Fantasy Library II

켈트·북구의 신들

KOKU NO KAMIGAMI / KERUTO HOKUO-HEN

by Nobuaki Takerube & Kaiheitai

Copyright © 1990 by Nobuaki Takerube & Kaiheitai

All rights reserved

Korean translation Copyright © 2000 by Dulnyouk Publishing Co.

Original Japanese edition published by Shinkigensha
Korean Translation rights arranged with Shinkigensha
through Japan Foreign-Rights Centre / KCC

켈트, 북구의 신들
ⓒ들녘 2000

초판　1쇄 발행일 2000년 1월 20일
초판 11쇄 발행일 2012년 5월 7일

지 은 이　다케루베 노부아키 외
옮 긴 이　이문수
펴 낸 이　이정원

출판책임　박성규
편집책임　선우미정
디 자 인　김지연
편　　집　김상진 · 이은 · 한진우 · 조아라
마 케 팅　석철호 · 나다연 · 도한나
경영지원　김은주 · 박혜정
제　　작　이수현
관　　리　구법모 · 엄철용

펴 낸 곳　도서출판 들녘
등록일자　1987년 12월 12일
등록번호　10-156
주　　소　경기도 파주시 교하읍 문발리 출판문화정보산업단지 513-9
전　　화　마케팅 031-955-7374　편집 031-955-7381
팩시밀리　031-955-7393
홈페이지　www.ddd21.co.kr

I S B N　89-7527-172-2(04830)
값은 뒤표지에 있습니다. 잘못된 책은 구입하신 곳에서 바꿔드립니다.

켈트·북구의 신들

다케루베 노부아키 외 지음

박수정 옮김

들녘

들어가는 말

최근 판타지라는 말이 사람들 사이에 서서히 퍼지고 있는 것 같다. 물론 이것은 '드래곤 퀘스트'를 비롯한 컴퓨터 RPG가 인기를 끌고, 그와 함께 게임의 배경인 판타지 세계에 흥미를 갖는 사람이 늘어났기 때문일 것이다.

그러나 게임을 즐기는 사람이나, 신화 팬들의 호기심과는 달리 서점에는 그에 답을 줄 만한 책이 그다지 많지 않다. 그리스 로마 신화 등에 대해서는 쉬운 해설서가 많이 나와 있지만, 북구와 게르만 쪽의 문헌은 손에 꼽을 정도이고, 켈트 쪽의 신화는 거의 없는 형편이다. 또한 그러한 문헌을 찾아내서 손에 쥔다고 해도, 너무 전문적이어서 일반 독자(특히 RPG를 적극적으로 플레이하고 있는 젊은 층)에게는 잘 받아들여지지 않는 경우가 많은 것 같다.

최근에는 게임에 나오는 캐릭터나 몬스터 등을 모아서 해설한 책의 출판도 한창인데, 게임 안에서의 역할을 서술하고 있는 것이 대부분이다. 그러한 책들은 게임의 배경인 판타지 세계를 알고 싶어하는 독자들에게는 아무래도 부족한 느낌을 줄 것이다. 저자도 그러한 독자 가운데 한 명이었다.

그래서 게임 플레이어에게도, 또 신화와 전승에 흥미를 갖는 독자에게도 만족감을 줄 수 있는 책을 만들려고 노력해왔다. 『켈트 · 북구의 신들』은 그러한 계열에 속하는 작품이다.

이 『켈트 · 북구의 신들』은 일반인들에게는 비교적 친숙하지 않은 북구와 게르만 신화, 켈트 신화에서 활약하는 신들을 취급하고 있다. 허공에서 사람들을 내려다보고 있는 '신'이 아닌, 땅에 발을 딛고 괴로움과 즐거움 안에서 살다가 죽어간 인간으로서 취급하고, 그 '삶'을 포착하려고 했다. 그러한 시도가 잘 되었는지 어떤지는 독자 여러분의 판단을 기다릴 수밖에 없다. 그러나 그러한 방법을 채택한 이상, 다른 해설서에 나와 있지 않은 저자의 의견이나 판단이 상당히 들어 있는 것은 분명하다.

사실 신화라는 것은 본래 모순된 것이다. 부모와 자식 관계는 엉망진창이고, 어떤 이야기에서는 이미 죽어버린 신이 다른 이야기에서는 아주 태연스럽게 살아 있기도 하다. 그리고 가장 골치가 아픈 것은 익숙하지 않은 고유명사가 계속 나와서 머리를 온통 혼란에 빠뜨리는 것이다.

이 책에서는 독자들이 그러한 문제로 불필요하게 고민하는 일이 없도록 몇 가지 배려를 하기로 했다. 우선 각각의 신화에 관해서는 모순된 내용을 풀어헤치고, 앞뒤 관계를 확실히 파악할 수 있는 형태로 고쳐놓았다. 그리고 이야기를 하듯 쉬운 문장으로 다시 고쳐 썼다. 고유명사는 가급적이면 원어에 맞추고, 그 의미를 덧붙였다.

이러한 작업에는 저자의 독자적인 판단이 상당히 들어가 있다. 그러나 그 판단과 기준은 독단과 편견이 아니고, 신화 자체의 내용으로부터 추리해서 도출되는 것에 근거를 두었다. 간혹 참신하고 대담한 설을 전개한 경우가 있는데, 저자는 논증이 되지 않으면 발표할 수 없는 연구자가 아니라, 일개 작가에 지나지 않기 때문에 설사 해석이 잘못된 경우가 있어도 독자들의 너그러운 양해를 바라마지 않는다.

어쨌든 논증보다는 증거이듯이 내용을 읽어보면 저자가 중요하게 생각한 내용들을 잘 알 수 있을 것이다. 아울러 멋진 일러스트도 독자 여러분들의 이해를 돕는 데 도움을 줄 것이다. 신화의 세계는 어려운 것이 아니라, 사실은 즐겁고 슬픈 것이라는 사실을 알 수 있게 될 것이다.

새 밀레니엄을 앞두고
괴병대를 대표하여 다케루베 노부아키(健部伸明)

차례

제2부 북구와 게르만의 신들

신화를 사랑하는 모든 사람들에게,
그리고 나를 지금까지 길러주신 아버지와 어머니께

제1부
켈트의 신들

나는 보았노라

심연에서 온 검은 새의 무리를

그들은 이 땅에 머물러

에린의 백성과 싸우고

전란을 일으켜 우리들을 쳐부순다

하지만 우리들 중 한 명이

높은 곳의 새를 쏘아

그 날개를 꺾는다

—『에린 침략의 서』 피르 보르 왕 요히의 꿈에서

거친파도의 로흘란
↑

스코틀랜드
(알바)

토리 섬

울라

코나흐타

미

맨 섬

라인

무안
●더블린

잉글랜드

웨일즈

아일랜드(에린)

콘월

●런던

독일

↓
저승

브르타뉴 반도

켈트 지도

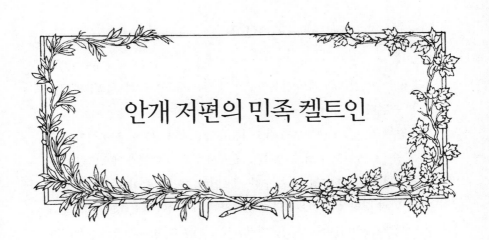

안개 저편의 민족 켈트인

켈트인은 유럽의 많은 민족 중에서도 상당히 오래된 역사를 가지고 있어서, 그 흔적은 적어도 기원전 10세기까지 거슬러 올라간다.

켈트(Celt)라는 말을 처음으로 사용한 것은 기원전 5세기의 역사가 헤로도토스였다(그가 부른 이름은 정확하게는 켈토이ΚΕΛΤΟΙ). 카이사르의 『갈리아 전기(Commentarii De Bello Gallico)』1)에 의하면 그 어원은 그들의 일족인 켈타이(Celtae)인에서 나왔다고 한다. 그러나 유감스럽게도 이 켈타이라는 단어가 어떤 의미를 나타냈는지는 현재로서는 알 수 없다.

그들은 긴 역사 속에서 추방되거나 침략을 받았기 때문에 그 민족적 특징을 많이 잃어버렸고, 때로는 다른 민족과 융합하기도 해서 오늘날 그 수는 그다지 많이 남아 있지 않다. 북구인의 경우 대부분 금발에 푸른 눈이라고 비교적 간단하게 설명할 수 있지만, 켈트인은 검은머리인 사람도 있고, 주홍색 머리나 금발, 은발인 사람도 있다. 눈동자 색깔도 흑색이나 회색, 갈색, 청색, 녹색, 그리고 보라색 등 여러 가지다(보라색 눈동자는 아일랜드 사람 중에서는 아주

---

1) 로마인은 그들을 갈리아(Gallia)인이라고 불렀다. 갈리아는 수탉을 나타내는 라틴어(Gallis)에서 유래한다. 로마인이 최초로 만난 켈트인이 가끔 수탉의 스탠더드(standard, 군의 깃발)를 가지고 있었기 때문에 그렇게 부르게 된 것이다.

적은 숫자밖에 없다). 피부색도 흰색이나 약간 검은 정도이고 키도 그렇게 크다고는 할 수 없다.

기원 전후 그리스의 대부분의 저술가들은 켈트인을 금발에 피부색이 희고 키가 큰 종족이었다고 말하고 있지만, 그 당시 이미 켈트인과 게르만인의 혼혈이 진척되고 있었기 때문에 순수한 켈트인이 어떤 모습이었는지는 잘 알 수 없다. 단지 경향상, 머리색보다는 눈동자나 피부색이 엷은 것을 켈트인의 특징으로 들 수 있다. 따라서 검은머리인데도 피부가 아주 하얗고 눈동자가 파란 사람은 켈트인의 피를 강하게 받은 사람이라고 할 수 있다(거꾸로 금발이면서 검은 눈동자를 가진 사람은 없는 것 같다. 백발은 그렇지 않지만).

머리카락 색에 비해서 빛깔이 엷은 켈트인의 눈빛은 다른 민족의 입장에서 보면, 대낮에 꿈이라도 꾸고 있는 듯한 인상을 준다(흔히들 젖은 눈동자라고 말하지만). 그들의 눈은 우리들에게는 보이지 않는 요정의 세계를 보고 있는 것은 아닐까. 켈트와 요정은 끊으려야 끊을 수 없는 관계에 있다. 필시 독자 여러분들이 알고 있는 대부분의 요정 이야기들은 켈트에서 기원한 것이라고 할 수 있다. 사실 요정이라는 존재는 켈트 신들의 후예인 것이다.

그들의 고국은 지금의 남독일 근처라고 전해지고 있다. 기원 전후에는 거의 프랑스 근처까지 영역을 넓혔다. 벨기에, 스위스, 이베리아 반도, 발칸 반도, 소아시아까지 영역을 넓혔던 시기도 있다. 그러나 그후, 여러 민족에게 억압을 받으면서 그들은 대륙을 떠나 영국이나 아일랜드 등의 섬에 숨어버렸다.

현재 대륙에서 켈트의 전통이 남아 있는 곳은 스페인의 일부와, 프랑스의 브르타뉴 지방에 지나지 않는다. 그렇다고 해도 스페인에서는 타민족의 전승과 혼합되어서 눈에 보이는 형태로는 남아 있지 않다. 브르타뉴인은 영국에서 다시 이주해온 사람들의 후예다. 따라서 켈트인의 전승을 찾으려면 영국이나 아일랜드 등의 섬나라를 찾아보는 수밖에 없다.

두 개의 켈트

켈트 신화의 배경

섬나라로 건너간 켈트인은 크게 두 종류로 나누어 볼 수 있다.[2]

하나는 게일어(Gaelic)를 사용하는 사람들로 대표되는 흐름이다. 여기에는 게일어를 사용하는 스코틀랜드인과 맹크스어(Manx)를 사용하는 맨 섬 사람이 포함된다.

다른 하나는 웨일즈어(Welsh) 또는 캄리어(Cymric)를 사용하는 웨일즈인으로 대표되고, 콘월어(Cornish)를 사용하는 콘월인, 브르타뉴어(Breton)를 사용하는 브르타뉴 반도의 사람들을 포함하고 있다.

이러한 분류는 언어학적인 접근에 의한 것이지만, 물론 언어(또는 방언)의 차이는 신화나 전승의 차이로도 나타난다.

아일랜드계 신화

아일랜드에는 상당히 많은 신화 전승이 남아 있다. 일본에서 요정 연구의 제1인자로 알려진 이무라 기미에(井村君江)에 의하면, 기독교를 널리 전파한 성 패트릭이 이교(異教)에 대해 관대했기 때문에 많은 전승이 남게 되었다고

---

2) 이것은 음성학에 의한 분류로서, q로 표기되는 자음이 다른 한편으로는 p 또는 b로 표기되기 때문에 q-켈트어파(아일랜드계), p-켈트어파(웨일즈계)라고 부르고 있다.

한다(거꾸로 영국은 앵글로 색슨인이나 노르만인의 침략을 받음으로써 기독교의 영향도 많이 받았다).

아일랜드의 각종 전승은 시나 산문의 형태로 남아 있지만, 그 기록은 8세기 경부터 시작되었다. 본래, 구전문학의 형태로 전승되어 온 전설이 기독교와 함께 건너온 알파벳에 의해 명문화된 것이다. 그 중 많은 전승으로 유명한 것이 바로 『라인의 서(Leabhar Laighneach)』이다. 이 책은 몇 권의 책이 합쳐진 것으로 그 중에서도 『에린 침략의 서(Leabhar Gabhála Érenn)』가 신의 기록을 남긴 것으로서 알려져 있다. 물론 『라인의 서』 외에도 열 손가락 안에 꼽을 정도의 문헌이 아직 남아 있다.[3] 이러한 책을 총칭하는 명칭은 특별히 없지만, 북구의 이야기처럼 '사가(saga)'라고 불리는 경우가 많은 것 같다.

이러한 것은 북구의 『에다』나 그리스의 『신통기』 등과 같이 신화의 원전으로서 정리되어 있는 것은 아니다. 또 그 내용도 신화나 영웅, 기사단의 전설, 성인담, 역사 이야기 등 여러 가지다. 따라서 켈트(아일랜드)의 신화를 알기 위해서는 그러한 책에서 신화 부분만을 빼내서 정리하는 작업이 필요하다.

켈트 신화의 학자들(마일즈 딜론 등)은 이러한 방대한 이야기를 시대별로 다음의 네 항목으로 분류하고 있다.

1. 신 이전의 종족과 신(神) 투아하 데 다난에 관한 신화
2. 그 이후의 울라(얼스터) 지방의 영웅 쿠 훌린과 그가 속하는 '붉은 지팡이 기사단'들의 활약을 그린 전설
3. 그 이후의 라인(라인스터) 지방의 영웅 핀 마쿨과 그의 아들 오신이 속하는

---

3) 그 외에도 『갈색암소의 서(Leabhar na uHidhre)』, 『바리모토의 서(Leabhar Baile an Mhota)』, 『켈스의 서(Leabhar Kells)』, 『지사지(地史誌 : Dinnshenchas)』, 『씨성해제(氏姓解題 : Coir Anmann)』 등이 유명하다.

'피나 기사단' 의 활약을 그린 전설

4. 그 이후의 역사 시대의 이야기

이 책에서 취급하고 있는 것은 물론 1의 시대의 이야기가 주가 되지만, 2나 3의 시대에서 얼굴을 내비치는 신에 관한 단편적인 삽화도 들어 있다.

아일랜드와 문화적으로 가까운 스코틀랜드에서는 아일랜드 전승 3시대의 이야기가 가장 많이 남아 있다. 물론 세세한 부분에서 몇 가지 차이점이 있다. 아일랜드에서 핀 일행은 주로 괴물이나 영내에 닥친 위기와 싸우고 있지만, 스코틀랜드에서는 주신 오딘을 숭배하는 로흘란(스칸디나비아)의 게르만인이나, 남쪽 대륙에서 건너온 로마의 군대와 전쟁을 한다. 또 2시대의 영웅 쿠 훌린이 핀 일행을 도우러 온다는 이야기도 있다.

이러한 이야기는 역시 몇 개의 오래된 사본에 남아 있는데, 이를 한 권의 책으로 정리한 사람이 바로 세이머스 맥크리히(Saumas MacMhuirich 18세기)[4]이다. 그는 스코틀랜드의 여러 곳을 찾아다니며 전승을 찾고, 이것을 게일어에서 영어로 열심히 번역했다.

그의 저서는 현재 『오시안(Dàna Oisein Mhic Fhinn)』이라는 제목으로 알려져 있다. 그의 노력 덕분에 켈트의 옛 이야기는 유럽 사람들에게 널리 알려지게 되었다.

맨 섬[島]의 신화와 전설은 명확히 문장화된 것으로는 남아 있지 않다. 또 유감스럽게 맹크스어도 현재는 거의 사용하는 사람이 없다고 한다.

---

4) 영어식으로는 제임스 맥퍼슨(James MacPherson)이다. 덧붙여서 매크(또는 맥)는 게일어로 자식을 의미한다. 따라서 제임스 맥퍼슨은 퍼슨의 자식 제임스라는 의미가 된다.

웨일즈계의 신화

또 하나의 계열 대표인 웨일즈에서는 옛날의 전승을 적은 시가 네 권의 책에 정리되어 있다. 『카이르마센의 흑서(The Black Book of Caermarthen) 12세기 중엽』, 『아나이린의 서(The Book of Aneurin) 13세기』, 『탈리에신의 서(The Book of Taliessin)』, 『하게스트의 적서(The Red Book of Hergest) 14~15세기』가 그것이다. 물론 이것들은 웨일즈어 문헌이기 때문에 대중들의 이해를 위해서는 영어로 번역될 필요가 있었다.

이 일을 해낸 인물이 샬롯 게스트(Charlotte Guest) 부인이다. 그녀는 『하게스트의 적서』 중 몇 가지 일화를 기본으로 하고, 『탈리에신의 서』에서 뽑은 한 편을 덧붙여 『마비노기온(Mabinogion), 1849』이라는 제목으로 발표했다.

'마비노기온'은 마비노기(Mabinogi)의 복수형으로, 마비노기는 어린이에게 들려주는 이야기 또는 음유시인에 의해 전해지는 이야기라는 뜻을 가지고 있다. 그 내용도 역시 몇 가지로 분류할 수 있다.

1. 네 갈래의 마비노기. 네 가지 신의 이름을 제목으로 하는 네 가지 신화
2. 마쿠센의 꿈. 로마 황제 마쿠센과 웨일즈 여왕의 로맨스
3. 흘루즈와 흘레베리스. 런던의 왕 흘루즈가 동생 흘레베리스의 힘을 빌어 국토에 쳐들어온 세 가지 재난을 퇴치하는 이야기
4. 아더 왕의 기사들의 활약을 그린 다섯 가지 이야기
5. 『탈리에신의 서』에 나오는 이야기. 음유시인 탈리에신의 이야기

이 중에서 1과 3은 신화를 소재로 한 것이다. 이러한 신화에 나오는 신은 일부 아일랜드의 신과 중복되는데, 대부분은 웨일즈 독자적인 것이다. 필자는

웨일즈만의 독자적인 신은, 아일랜드에서는 신의 적이 된 피르 보르 등의 거인족에 해당되는 것이 아닌가 생각한다. 실제로 그들은 아일랜드의 왕(신)과 싸우는 일도 있었기 때문이다.[5]

한편, 아일랜드와 웨일즈에 공통되는 신은 켈트 민족이 아일랜드계와 웨일즈계로 나누어지기 이전까지 거슬러 올라가는 옛날 신이라고 할 수 있다. 광명의 신 루/흘리우, 신의 왕 누아자/흘루즈, 바다의 신 리르/프리르와 그의 아들 마나난/마나위단, 대장간의 신 게브네/고반논 등이 그렇지만, 모두 다 출생은 수수께끼로 남아 있든지 아일랜드도 웨일즈도 아닌 다른 지방에서 태어났든지 둘 중의 하나이다.

그렇기 때문에 이러한 신의 원형은 기원 전후의 로마의 기록까지 거슬러 올라갈 수 있다. 그러한 것에 관해서는 각 신들의 편에서 다시 서술하겠다.

콘월의 전승은 특별히 한 권의 책으로 정리되어 있지는 않지만, 이 지방에서 태어난 아더 왕 전설은 켈트를 기원으로 한다. 이 이야기는 도버 해협을 건너, 프랑스에서 로맨스(기사 이야기)로 널리 퍼졌다. 그후 영국에 역수입되어 15세기에는 토마스 맬러리 경(Sir Tomas Malory)에 의해 『아더 왕의 죽음(Le Morte d'Arthur)』으로 집대성되었다. 아더 왕 이야기는 기독교의 영향이 너무 강해서, 깊이 들어가지 않으면 켈트의 흐름을 분별할 수 없을지도 모른다.

이상 열거한 것이 켈트 신화의 주요한 텍스트이다. 그러나 그 대부분은 아직 번역되지 않은 상태이므로 원전에 접하는 것이 불가능하고, 영역본이나 2

---

5) 이렇게 서로 근접한 지역에서 신과 요물이 역전하는 현상은 다른 곳에서도 볼 수 있다. 페르시아에서 신으로 나오는 아스라/아후라 마즈다는 인도에서는 요물이고, 거꾸로 악마였던 디바/다에와는 신이 된다. 또 중근동 지역의 신은 기독교에 의해 악마로 불려지게 되었다.

차 자료, 3차 자료에 의존해야 했다. 그 외에도 많은 자료가 있지만, 켈트계 언어로 남겨진 이야기는 아일랜드와 영국의 박물관이나 도서관, 헌 책방 깊숙한 곳에 잠들어 있어서 학자가 아닌 우리들의 눈에는 잘 띄지 않는다.

그러한 이유로 이 글은 원전 자료를 본 사람들 눈에는 오역으로 보여질 부분이 있을지도 모른다. 혹시 그런 사실이 있다면 알려주기 바란다.

그리고 이 책에서는 주로 아일랜드의 신화를 기본으로 하고, 그것에 다른 지역의 전승을 같이 이야기하는 형태로 진행해갈 것이다. 이는 아일랜드가 가장 많은 전승을 남기고 있기 때문이다.

보다 선명하고 풍요로운 켈트의 신화를 위해!

■ **고대 켈트의 전차**

켈트 신화의 세계관

켈트인의 고국은 게르만인이나 라틴 민족에 의해 정복되어 이미 사라져버렸다. 그렇기 때문에 순수한 켈트 신화는 어디에도 남아 있지 않다. 우리들은 영국과 아일랜드의 여러 섬에 남겨진 단편적인 자료에서 실마리를 얻어 켈트 신화의 세계관을 추측할 수밖에 없다.

다만 한 가지 말할 수 있는 것은, 켈트 사람들은 이 세상과 단절된 다른 세계의 존재를 확신하고 있었다는 사실이다. 그 지역은 여러 가지 이름으로 불려지고 있지만, 본질적으로는 현실 세계 이면의 세계이며, 음지의 세계이며, 죽은 자들의 영이 사는 저승이다.

이 음지의 세계는 바다의 저편, 호수의 저편, 땅 속, 숲 속 등으로 현실 세계와 연결되어 있다. 그곳은 지금도 요정이 얼굴을 내밀고 있으며, 행방불명이 된 어린이들이 없어지는 이상한 장소이다.

새롭게 태어나는 자의 영혼은 그곳으로부터 오고, 죽은 자의 영혼은 그곳으로 향하며, 또 신들이나 요정에 의해 선택된 용기 있는 자들은 살아서 그곳에 들어가 영원히 산다고 전해지고 있다. 그곳은 그리스의 '하데스', 게르만의 '헤르' 같은 더러운 것으로 가득 찬 나라는 아니다. 신이나 요정이 사는 젊음과 찬란함과 생명력이 가득 찬 낙원이다.

필시 켈트인에게 죽음이란 인생의 끝이 아니라 영원한 삶의 시작이고, 또 새로운 탄생의 태동이었을 것이다. 그들의 눈은 생전부터 죽음의 저편에 있는 나라를 지켜보고 있으며, 그것을 동경하고 있는 것 같은 생각마저 든다.

요정 연구의 제1인자인 이무라 기미에의 저작에 의하면, 신이나 악마의 존재를 이상하게 생각하는 아일랜드인조차도 요정의 나라에 관해서는 순수하게 믿는 것 같다. 혹시 그들에게 생이란 감미로운 죽음의 준비 단계일지도 모른다. 따라서 켈트에서 저승의 신은 생과 사 양쪽을 관리하고 있는 것이다.

이 생사관의 차이야말로, 서로 근접해 있던 게르만인과 켈트인을 구분하는 경계선이라고 필자는 느끼고 있다. 켈트인이 죽음을 마음속에 감추면서 살아가고 있다면, 게르만인은 생을 그대로 가슴에 안고 죽어가는 것이다. 죽어도 다음 세계가 있다고 안심하는 켈트인은 죽음을 긍정적으로 생각했지만, 게르만인은 죽음을 부정하고, 죽은 후에도 어떻게든 계속 살아가려 했다. 그런 의미에서 에인헤랴르(제2부의 '오딘' 편 참조)는 장렬한 생의 연장이라고 할 수 있을 것이다. 이 생사관의 차이가 나아가서는 세계관의 차이가 되어 나타나는 것이다.

죽음의 나라를 현실 세계의 척도로 잰 게르만인은 세계수(世界樹) 이그드라실 등으로 알려진 확실한 우주체계를 구성했다. 그에 비해 현실 세계조차도 저승의 척도로 잰 켈트인은 안개에 가려진 듯한 세계를 만들어낸 것 같다.

아일랜드 신화의 세계관

켈트의 몽롱한 안개 속에서 유일하게 윤곽이 보일 것 같은 것이 아일랜드의 신화 세계이다. 다만 본래 아일랜드는 영어 호칭으로6) 이 섬나라의 옛 이름인 '에린(Érin)'에 나라를 나타내는 접미어 '랜드(land)'를 붙인 것이다. 본문에서는 이후 아일랜드를 에린으로 부르기 때문에 주의해야 한다.

그런데 녹색의 섬 에린은 옛날에는 단 하나밖에 없는 불모의 황야였다. 그러나 시간이 흐름에 따라 동식물이 늘어나고, 신화상의 여러 종족이 이주하게 됨에 따라 황야는 개척되고, 대지는 넓어지고, 이윽고 다섯 개의 큰 지역으로 나누어지게 되었다.

섬의 북동부는 울라(Uladh : 둔덕, 옛 건축물의 잔해)라고 불려지고 있다. 영어에서 말하는 '얼스터'이지만, 현재 이 지역의 대부분은 영국령이다. 울라는 신화나 영웅 쿠 훌린 전설의 중심이 되는 지역으로 아버지신[父神] 다자의 궁전 '브르 나 보인'도 여기에 있다.

북서부 코나흐타(Connachta : 콘 의 눈)7)는 영어로 코노트이다. 거인족인 '피

---

6) 현지인들은 에이레(Eire) 공화국이라 부르고 있다. 물론 이것은 에린을 현대어로 읽은 것이다.

르 보르' 나 '포워르' 는 주로 이 지방에서 활약하고 있다. 신화상 최대의 결전이 행해진 모이투라 들판도 이 지방에 있다.

남동부는 라인(Laighean)[8], 즉 라인스터로, 아일랜드의 수도 더블린이 있는 지역이다. 쿠 홀린처럼 유명한 영웅 핀 마쿨은 주로 여기서 활약했다.

한때 라인의 북서부(섬의 중앙)는 미(Midhe : 중앙) 또는 미스로 불리며 하나의 지역으로 독립해 있었다(현재는 라인스터 지방으로 되돌아왔다). '미'에는 신과 인간의 결전이 벌어진 탈틴 평야가 있다. 또 더블린에서 북서쪽으로 30킬로미터 정도 가면 신의 수도 타라(Tara)가 있다. 다자의 궁전 브르 나 보인은 강을 끼고 그 반대쪽에 있다.

그리고 남서부는 무안(Mumhan) 또는 먼스터라고 하는데, 여기서는 신화나 전설상에서 중요한 사건은 많이 일어나지 않은 것 같다.

이 다섯 지역 외에 바다가 있고, 바다에는 몇 개의 섬이 있다. 마족 포워르의 왕 코난이 탑을 세운 토리 섬은 코나흐타의 최북서단에 있는 섬이다. 또 해신 마나난이 사는 맨 섬은 영국과의 해협에 있다.

영국에서 신화와 관계 있는 것은 동쪽의 웨일즈와 알바(Ailbha : 스코틀랜드)일 것이다. 그 동쪽(또는 북쪽) 바다의 저편에는 마족 포워르의 고향인 '거친 파도의 로흘란(Lochlann : 스칸디나비아 및 북방의 섬)'이 있다. 그곳은 심한 추위로 가득한 차가운 세계이며, 에린 신화에서는 세상의 한쪽 끝으로 여겨지고 있다. 그 수도는 베르베(Berbhe)이다.

---

7) 이 지방의 왕이며, 위대한 마술사였던 콘(Conn)이 어느 날 자신의 마력을 보이기 위해서 전 영토에 눈을 내리게 했다는 옛 이야기에서 코나흐타 지방의 이름이 유래되었다고 한다.

8) 라인 지방 지명의 유래는 고대에 아일랜드에 건너왔다는 피르 보르족의 한 족속인, 갈리온(Gaileoin)족에서 유래한다고 전해진다. 갈리온족에 관해서는 침략 신화4 '피르 보르'를 참조할 것.

그리고 남쪽(또는 서쪽)의 바다 저편은 저승이다(많은 문헌에서는 저승은 스페인이라고 적혀 있다. 이는 켈트인이 스페인에서 아일랜드나 영국으로 건너왔다는 역사적 사실과도 일치한다). 또한 웨일즈에서는 안누빈(Annwvyn)으로 불리고 있는 것 같다. 이 저승과 에린 사이에 있는 바다에는 보이지 않는 장벽이 있어서 간단하게 왕래할 수 없다. 그러나 이 장벽도 밤, 특히 추운 겨울밤이 되면 어떻게든 통과할 수 있을 정도로 약해진다.

저승의 주민들은 이때 잠시 배를 타고 약속의 땅인 에린으로 향한다. 물론 장벽을 빠져나올 때 많은 배들이 가라앉고, 많은 사람들이 바다의 해초 속으로 사라진다. 그

■ B.C. 2~3세기의 켈트 전사

러나 이런 과정을 거쳐 어떻게 해서든지 장벽을 넘은 종족이 신들을 포함해서 모두 여섯 종족이 있다. 장벽이 가장 약해지는 시기는 언제나 같았기 때문에 그 여섯 종족은 반드시 같은 날(5월 1일) 에린에 도착했다.

이제 신을 포함한 여섯 종족의 침략 신화를 간략하게 소개하겠다.

침략 신화

에린은 신에 의해 만들어진(생겨난) 섬이 아니라 신 이전부터 존재하고 있었다. 따라서 신화는 이 섬나라에 여러 종족이 흘러 들어오고, 서로 영토를 주장하며 싸우는 것으로 전개된다.

신들은 다섯 번째로 침략한 종족인데, 그들을 말하기 위해서는 그 이전의 네 종족부터 설명할 필요가 있다.

1. 반족

먼 옛날, 사람들은 어딘지는 모르지만 동쪽 끝의 나라에서 행복하게 살고 있었다.

그러던 어느 날, 인간 문명을 밑바닥에서부터 파괴해버리는 대재앙이 일어났다. 대지는 갈라져서 사람들을 삼켰고, 그 대지마저도 바다 밑으로 가라앉았다. 그리고 하늘도 소리를 내면서 공중에서부터 떨어졌다. 세계는 한순간에 죽은 자의 나라가 되어버리고 말았다.

그런 사실을 미리 안 사람들은 대재앙 전에 세 척의 배를 타고 바다로 도망쳤다. 그들은 신상을 바다에 띄우고, 그 인도에 따라서 배를 저어갔다.[9] 항해는 7년 3개월 동안 계속되었고, 그 사이에 두 척은 좌초되었다. 그러나 마지막

24

한 척은 서쪽 끝의 섬 에린에 도착할 수 있었다. 살아남은 것은 단지 오십 명의 여성과 세 명의 전사였다. 그것은 퀘사르(Caesair)[10]라는 이름의 여성이 이끌고 온 '반(Van 또는 Ban)' 이라고 불리는 종족이었다.[11]

당시 에린에는 나무도 풀도 없고, 동물도 아직 살고 있지 않았다. 그들은 서쪽의 끝인 이 섬이라면 대재앙을 피할 수 있을 것으로 믿었다. 그러나 40일 후, 에린에도 홍수가 일어났다. 애원도 쓸모없이 반 일족은 단 한 사람 핀탄(Fintan mac Bóchra : 옛날의 하얀 사람)이라는 남자를 남기고, 모두 파도에 휩쓸려 가고 말았다. 핀탄은 파도 속에서 수백 년 동안 잠이라도 자고 있는 듯 바다를 계속 떠다니고 있었다.

핀탄은 서쪽에서부터 배가 가까이 오고 있는 것을 보았다. 그리고 곧 의식을 잃었다. 핀탄은 거기서 한 번 죽었지만, 연어나 독수리, 매 등으로 다시 태어나 몇백 년간의 의식을 가진 채 그후 또다시 인간으로 태어나서 에린의 역사를 남겼다고 한다.

---

9) 비슷한 전승은 북구에도 있다. 아일랜드에 이주해온 사람들은 배 앞에 목조 토르 상을 띄워서 상이 멈춘 곳에 배를 멈췄다고 한다.

10) 전승에서는 그녀의 아버지는 비흐(Bith)이고, 그 아버지는 성서에 등장하는 노아라고 한다. 그러나 이것은 후에 기독교가 전래되고 나서 만들어진 이야기임이 명백하다. 또 어머니는 비타(Bheata)라고 하는데, 그녀의 이름에서 반족의 이름이 만들어진 것 같다. 그들이 여성을 수장으로 숭배한 사실에서 현재 반이라는 단어는 여성을 나타내는 보통명사가 되어 있다. 예를 들면, 반시(밴시)라고 하면 여자 요정이라는 의미가 된다.

11) 반 : 북구 신화에 나오는 반 신족과 같은 종족일 가능성이 있지만 단정할 수는 없다. 여기서 반이란 여성의 의미로, 살아남은 것이 대부분 여성이었기 때문에 붙여진 명칭이라고 생각된다. 한편, 북구의 반 신족은 마술에 능한 종족으로 알려져 있는데, 그 마술을 하는 자의 대부분이 여성이었다.

2. 파르홀론족/포워르족

그런데 새로 온 종족의 우두머리는 파르홀론(Parthólon : 바다의 파도)이라는 이름이었다. 천 명의 남녀를 이끌고 왔지만 무사히 무안 남서부에 도착한 배는 단 한 척뿐이었다. 그리고 그 배에서 내린 사람은 스물네 명의 남자와 같은 수의 여자들인 그들의 아내들이었다.

그때 에린에는 아직 세 개의 호수와 아홉 개의 강, 그리고 센 마이(Sen Mag : 옛날의 평야)라는 이름의 평원이 하나밖에 없었다고 한다. 파르홀론족은 이상한 칼로 점차 에린의 국토를 넓히고, 평지를 네 곳, 호수를 열 곳까지 늘려갔다.[12] 인구도 백 배가 되는 4~5천 명이 되었다(그 중 남성은 5분의 1에 지나지 않았다). 그들은 집을 짓고, 술을 만들고, 여러 가지 기술을 개발했으며, 법을 제정하여 처음으로 이 땅에 문명을 건설했다. 그러나 그와 동시에 불의나 질투, 친족간의 싸움 등 여러 가지 죄들도 생겨났다.

족장인 파르홀론은 에린이 그들의 종족으로 가득 찬 것에 만족하고는 주변 사람들과 배를 타고 동쪽의 알바(스코틀랜드)로 향했다. 그는 알바의 선주민족(피크트인?)과의 싸움에서 목숨을 잃었는데, 그 일족은 살아남아서 현재 스코틀랜드인의 조상이 되었다.

한편, 에린에서는 이주한 지 3백 년이 될 무렵에 중대한 위기가 닥쳐왔다. 북쪽의 해안에 정체 불명의 거인족이 상륙해온 것이다. 그 종족은 '포워르(Fomór)', 즉 '바다 깊숙이 사는 자'라고 불리며 어로나 해적 행위를 생업으로 하고 있었다(포워르는 북구의 게르만인이 변형된 모습이라는 설도 있다). 대부분 괴물과 같은 모습으로 산양의 머리가 달려 있기도 하고, 신체의 일부가 없기

---

12) 후대의 일설에 의하면 단순하게 불모지였던 곳을 인간이 살 수 있도록 개척한 것뿐이라고 한다. 또 이 시대에 만들어진 호수의 하나는 파르홀론의 아들인 루라(Rudraige)의 무덤을 팠을 때 나온 것이라는 전설이 있다.

도 했다. 그들은 '사람을 닮았으면서 사람이 아닌 자' 라고 불릴 때도 있었다.

때로 포워르 왕은 '다리 없는 키홀(Cichol Gri-cen-chos)' [13]이라 불리는, 팔도 다리도 없는 거대한 고깃덩어리 같은 요괴였다. 키홀은 한쪽 팔과 한쪽 다리의 병사들을 이끌고 습격해왔지만, 파르홀론족은 간신히 그들을 격퇴하여 북쪽 바다로 내쫓을 수 있었다('이하' 평원의 전투 : Cath Maige Itha). 그러나 이 승리는 곧 비극으로 이어지고 만다.

그 다음날, 에린 입성 3백 년 기념일에 마침 악성 전염병이 퍼지기 시작했다.[14] 이는 침략했던 포워르족이 두고 간 선물이었을까? 책에서는 거기까지 이야기해주지 않고 있다. 어쨌든 동료들은 계속 죽어가고, 파르홀론의 주민들은 자신들이 멸망할 운명이라는 것을 깨달았다. 그들은 살아남은 자에게 매장하는 고통을 덜어주려고, 모두 센 마이의 평원을 죽음의 장소로 선택하고 함께 죽어갔다. 이후, 이 땅은 타라트(Támh-lacht : 역병의 기지)라고 불렸다. 이것이 신의 도시 타라의 기원이다.

전염병은 불과 일 주일 만에 진정되었다. 살아남은 사람은 단 한 명뿐이었다. 파르홀론의 조카 투안(Tuan mac Cairill)이었다. 그는 늑대 등의 야생동물로부터 몸을 보호하기 위해 20년간을 동굴에서 보내고, 이윽고 노인이 되었다.

그리고 어느 날, 그는 벼랑 위에서 새로운 배가 들어오는 것을 보았다.

---

13) 키홀 : 필자는 이전에 키콜이라고 불렀다. 그러나 읽는 법을 통일하기 위해서 이 책에서는 키홀로 부르기로 한다. 겔리어는 발음과 표기가 대단히 어려운 언어로, 지방에 따라 읽는 법이 매우 다르기 때문에 '정확한' 발음이 특별히 정해져 있지 않다. 예를 들면, 아일랜드의 광명의 신 루(Lugh)는 루흐, 또는 루가라고 발음되고, 웨일즈어에서는 흘리우(Lleu), 영어에서는 러그(Lug), 라틴어로는 루구스(Lugus)라고 불린다.

14) 원문에는 파르홀론이 기독교 신들의 분노를 샀기 때문에 망했다고 씌어 있다. 그는 부모를 죽이고, 원래의 토지가 필요 없어지자 에린에 이주해온 것이다. 물론 이 책에서는 될 수 있는 대로 기독교의 영향은 배제할 방침이기 때문에 이 설은 채용하지 않았다.

3. 네베드족

투안은 그 배를 이끌고 있는 것이 종형제인 네베드(Nemhed mac Agnoman)임을 알았다.

그러나 자신의 추한 모습을 보여주기 싫었던 그는 모습을 드러내지 않기로 했다. 그는 늙어서 죽었지만, 수사슴, 산돼지, 바다독수리, 연어 등으로 다시 태어나 몇백 년 동안이나 의식을 가지고 핀탄과 마찬가지로 에린의 역사서를 남겼다고 전해진다.

한편, 네베드는 대략 1천 명의 일행과 32척(혹은 44척)의 함대를 이끌고 왔지만, 1년 반의 항해를 끝내고 에린에 도착했을 때는 한 척의 배와 남자 네 명, 여자 네 명밖에 남아 있지 않았다. 그러나 그들은 일행의 수를 8~9천 명까지 늘렸다. 평야도 열여섯, 호수도 열네 개나 되었다. 그리고 처음으로 에린에 '라흐(ráth)'라는 왕궁을 만들었다.

이 왕궁의 수로를 만든 것은 어딘가에서 나타난 네 명의 형제였다. 네 형제는 하루에 작업을 완성시켰기 때문에 네베드 왕이 그들의 힘을 겁냈고, 적이 되었을 때의 일을 생각해서 즉각 목을 쳐버렸다(북구 신화 '아스가르드의 성벽 축조'와 비슷한 점에 주의).

그러나 이것은 커다란 잘못이었다. 네 형제는 마족인 포워르의 첨병이었으며, 이것이 원인이 되어 포워르와의 전면전이 시작되었다(네베드 대 포워르의 싸움 : Catha Neimid re Formorcaib).

파르홀론족에게 패배한 포워르는 에린의 북서쪽에 있는 토리 섬에 거대한 유리탑을 세우고, 그곳을 요새로 삼았다. 그들은 네 번의 싸움을 했는데, 결과는 모두 네베드족의 승리였다. 네 번의 싸움에서 네베드 왕은 포워르의 두 명의 왕 겐(Gend)과 센안(Sengand)을 죽였다.

그러나 파르홀론족을 멸망하게 했던 그 전염병이 다시 맹위를 떨쳐 왕과 함께 2천 명의 동족이 목숨을 잃고 말았다. 족장을 잃은 네베드족은 포워르족이 시키는 대로 할 수밖에 없었다.

괴로운 몇 년간의 노예 생활이 네베드족에게 극심한 고통을 안겨주었다. 곡물과 가축의 젖, 그리고 자신들의 어린아이 중 3분의 2를 포워르족에게 바치지 않으면 안 되었다. 그러한 굴욕의 날들은 이윽고 반란으로 이어졌다. 그들을 이끈 사람은 네베드의 자손 삼형제, 즉 붉은 몸의 피르후스(Fearghus Leth-derg)[15]와 화려한 에를란(Erglann), 그리고 막내 세울(Semul)이었다.

세 사람은 6천 명의 병사를 이끌고 절벽 위에 세워진 탑을 공격하여 정복왕 코난 마크 페바르(Conann Mór mac Febar)를 죽인 다음 탑을 파괴하고 적군을 멸망시켰다. 물론 압정에서 해방된 즐거움에 피르후스 일행은 기분이 들떴고 승리의 감격에 도취했다.

그러나 그들은 중요한 것을 잊고 있었다. 포워르의 왕은 코난 한 사람만이 아니었다. 다른 한 명의 왕 모르크 마크 델라(Morc mac Dela)가 60척의 함대를 결집해서 코난의 복수전을 벌이기 시작한 것이다. 승리에 도취되어 있던 반란군을 포위하고 퇴로를 차단했다. 그리고 포워르의 왕 모르크가 일으킨 해일로 단 30명만 살아남고 모두 궤멸되고 말았다(코난 탑의 대학살 : Orgain Tuir Chonaind).

살아남은 사람들은 토리 섬에서 에린 본토로 도망갔지만, 곧 바다 저편으로 사라져버렸다.

그들은 세 명의 지도자에 이끌려 열 명씩 세 방향으로 흩어졌다. 피르후스의 아들 브리오탄(Briotan)이 이끄는 배는 영국으로 건너가 브리튼인의 선조가 되었다.

또 에를란의 아들 세욘(Semion)의 군대는 남쪽의 저승으로 돌아왔다. 거기서 또다시 현지인의 노예가 되어 긴 세월 동안 굴욕의 날들을 보냈다. 그들은 다음에 도래하는 '피르 보르(Fir Borg)' 등의 선조가 되었다.

다른 한 명의 지도자인 요바흐(Jobhath)의 군대는 북으로 향했다. 거기에는 마술을 중요시하는 이상한 섬나라가 있었는데, 그곳 사람들은 많은 지혜와 주문을 알고 있었다. 그들의 자손은 후에 에린으로 건너가 '투아하 데 다난 (Tuatha Dé Danaan)', 즉 아일랜드의 신이 되었다고 전해진다.

4. 피르 보르

다음으로 도래한 사람들은 피르 보르를 시작으로 하는 세 개의 부족이었다. 피르 보르는 가죽부대의 백성이라는 의미로, 공기를 넣은 가죽부대로 만든 배로 에린에 건너왔기 때문에 그러한 이름이 붙었다는 것이 일반적인 설이다. 단지 보르[16]는 벨가이인(Belgae : 로마 시대에 살았던 켈트의 일족. 벨기에 국명의 어원이 되었다)을 의미한다는 설도 있다. 만약 그렇다면 그들의 대부분은 금발에 키가 크고, 단단한 체격에(거인이었다고 한다) 엷은 색의 눈동자를 하고 있었을 것이다. 벨가이인은 게르만인과의 혼혈 종족이기 때문이다. 그들은 노예로 일하는 것을 참지 못하고 고국에서 뛰쳐나왔다고 한다.

다른 두 부족은 각각 '피르 도우난(Fir Domhnann)'과 '갈리욘(Gaileoin : 폭풍)' 족이라고 불리고 있다.

도우난은 그들의 지하 저승의 신으로, 풍요의 신 도우누(Domnu : 심연)를 말한다. 이 신의 성별은 확실하게 알 수 없어서 남신 또는 여신이라고도 하는데, 필자는 웨일즈에서 돈(Dôn)이라 불리는 여신과 동일한 신이라고 생각한다.[17] 그(그녀)는 생과 사를 지배하고, 바다까지 힘을 뻗쳐서 배를 난파시킬 수도 있

---

15) 피르후스 : 피르후스는 '용감한(남자다운) 힘'이라는 의미다.

16) 피르 보르 : 이 일개 종족명이 종족 전체에 퍼진 것이다.

다. 도우누는 그들의 주신이었기 때문에 피르 도우난은 세 부족 중에서 가장 힘이 강력했다.

갈리욘족은 질풍처럼 빠른 것으로 유명하다. 그들은 전쟁터에서 다른 부족이 도착하기도 전에 벌써 병영의 설치를 끝내놓을 정도로 행동이 민첩했다고 기록되어 있다.

세 부족의 총수는 5천 명으로, 부족마다 세 개의 군단으로 나누어 배를 타고 나아가 코나흐타의 서해안에 도착했다. 이때는 에린의 초자연적인 지각변동이 거의 진정(또는 개척할 장소가 없어져서)되어 있었기 때문에 그들은 에린을 다섯 지역으로 나누어서 통치했다. 그 중에서 북 무안, 남 무안, 코나흐타(수도)의 세 곳을 피르 도우난이, 울라는 피르 보르가, 라인은 갈리욘족이 통치했다.

그들은 지역마다 왕 이외에 다섯 지역을 통합하는 아르드리(ardrí)[18]를 추앙하고 있었다. 그들이 이주하고 나서 투아하 데 다난이 오기까지 37년간 9명의 아르드리가 왕위를 계승했다는 등의 기록이 남아 있다. 그 사이 포워르족의 습격은 한 번도 없었다. 이는 그들의 주신인 도우누가 포워르족의 왕과 혼례를 치렀기 때문이라고 생각된다. 그 혼사의 결과 포워르의 왕 가운데 한 사

---

17) 많은 학자들은 이 돈을 아일랜드의 어머니 신 다누로 추정하고 있다. 앞에서도 이야기한 것처럼, 필자는 아일랜드의 신과 웨일즈의 신은 똑같은 것이 아니라 오히려 대립하고 있기 때문에 많은 다수의 설과는 반대로 이러한 결론을 내릴 수밖에 없었다.

18) 아르드리: 모든 왕을 통솔하는 지고의 왕, 왕중왕이라는 의미다. 상위왕, 지고왕, 선왕(選王), 상왕 등으로도 번역되지만 정해진 번역어는 없다. 영어로는 하이 킹(High King) 혹은 킹 오브 킹즈(King of Kings)로 쓴다. 아일랜드 제도에서는 일족을 다스리는 왕을 리 투아헤(rítu ithe), 5대 지방 중 한 지방을 다스리는 왕을 리 케키드(rí cóicid), 그리고 아일랜드 전토(全土)의 왕을 아르드리라고 부른다. 아더 왕 전설에서는 브리튼 전토의 통치자를 펜드라곤(pendragon)이라 부르고 있다. 이 호칭은 아더의 백부이며 선선대의 왕이었던 이름에서 따온 것이다.

람인 인디히(Indich)가 태어났다.

5. 투아하 데 다난

'투아하 데 다난' 은 여신 다누의 일족이라는 의미로, 아일랜드에서 신으로 숭배되고 있던 종족이다. 생략해서 '데 다난' 이라 불리기도 한다. 웨일즈의 전승 '마비노기온' 에도 똑같은 종족이 나오는데, 거기에서는 신이 아니라 인간의 왕이나 기사로 묘사되어 있다. 물론 신비로운 힘을 구사하는, 인간을 초월한 존재임엔 틀림없는 사실이다.

그들은 자연을 조종하고, 죽은 자에게 다시 생명을 불어넣고, 사람의 감정을 움직이게 할 수 있었다. 지력, 담력, 용모, 예술, 건축, 무예 등 모든 면에서 다른 많은 종족과 큰 차이가 있다. 특히 지혜가 몹시 뛰어났기 때문에, '지혜가 있는 종족(aes n-eolais)' 이라 불리기도 했다.

그들은 거신족으로 불릴 만큼 모두 키가 컸다고 한다(로마인의 창보다 길었다는 표현이 있으니까, 적어도 2미터 이상은 되었을 것이다). 눈처럼 하얀 피부에 금발이나 붉은 머리, 엷고 푸른 눈동자, 그리고 망토가 바람에 휘날리는 모습이 특징이다.

앞에서 이야기한 것처럼, 데 다난의 신들은 북쪽의 이상한 섬에서 세월을 보내고 있었다. 그곳은 남쪽의 저승에 비하면 빛의 나라였다고 전해지고 있는데 이름은 확실하지 않다. 일설에 의하면, 하늘의 저편에 있었다고도 한다. 그들은 거기서 마술이나 학문, 드루이드(신관)의 교양 등을 배웠다.

그러나 옛날 에린에서 살던 시절의 기억은 날마다 그들을 슬프게 했다. 그래서 결국 신들은 그 섬을 떠나기로 결의했다.

물론 금방 에린에 돌아간 것은 아니다. 우선은 도바르, 야르도바르(Dobar, Iardobar : 파도와 파도 저편)의 나라에서 7년을 보냈다. 그후에도 로흘란(스칸디나비아), 알바(스코틀랜드) 등을 떠돌며 방랑했다.

그런데 투아하 데 다난이 에린에 도착하자 갑자기 바다에서 폭풍우가 일어났다. 섬에 상륙하는 것을 보이지 않게 하려고 마법으로 폭풍을 일으켰던 것이다. 사흘 동안 에린에는 햇빛이 없었고, 피와 불의 비가 내려서 선주민족인 피르 보르는 감히 집 밖으로 나올 수 없었다. 데 다난의 배는 그 폭풍구름을 타고 공중을 높게 또는 낮게 비행했다. 피르 보르 세 부족의 드루이드들이 폭풍의 마법을 깨부셨을 때 데 다난은 이미 코나흐타 지방의 북서부에 무사히 상륙하여 타라의 성을 쌓아놓았다. 신들은 두 번 다시 에린을 떠나지 않으리라고 맹세하고 타고 온 배를 전부 불살라버렸다. 그 연기가 다시 한 번 에린의

■ 침략 4종족의 계보　　　　　　　　　　　　　　　　※〈 〉은 종족명

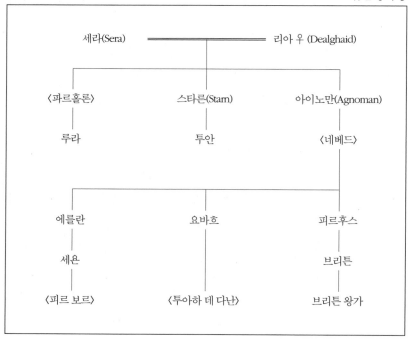

하늘을 검게 물들였다.

　물론 세 부족이 이것을 보고 가만히 있을 리는 없었다. 두 종족은 '모이투라 1차 전투(Cet Cath Maige Tured : 기둥 평야의 1차 전투)'[19]라고 불리는 결전에서 자웅을 가리게 되었다. 그리고 결국 피르 보르는 에린에서의 패권과 10만의 병력을 잃고, 코나흐타와 에린 주위의 작은 섬으로 쫓겨났다(상세한 것은 '누아자' 및 '브레스' 편 참조).

　그러나 신들의 영화도 영원히 지속되지는 않았다. 그후 그들은 '모이투라 2차 전투(Cath Mag Tuireadh na bFomorach)'의 결전에서 간신히 거인족 포워르를 쳐부쉈지만 결국 기다리고 있던 것은 새로운 종족의 도래였다.

6. 밀레족

　이 종족은 밀레(Milé)라고 불리는 지도자가 이끌었다. 36척의 배를 타고 온 그들의 고향은 역시 지하 저승이었다고 한다. 그들의 수호신은 죽음의 신 브레안(Bregan)과 그의 아들 이흐(Ith), 손자 빌레(Bile) 등 삼신(三神)이었다. 그리고 빌레는 밀레의 아버지였다.

　배가 도착한 날은 5월 1일이었다. 이후 이날은 빌레의 이름을 따서 벨티네(Beltine : 빌레의 불)라 불리고, 찬란한 태양과 쑥쑥 자라는 작물에 대한 감사를 나타내는 하지 축제가 행해지게 되었다.[20]

　밀레족은 '탈틴 전투(Cath Taillteann)'에서 투아하 데 다난을 물리쳤다. 이제 돌아오지 않는 신들은 바다 끝이나 땅 속으로 도망가서 거기에 그들만의 세계인 '티르 나 노이(Tir-nan-óg : 항상 젊은 나라)'를 만들어 숨어살게 되었다. 그

---

19) 여기서 말하는 '기둥'은 아일랜드에서 많이 볼 수 있는 거석이라고 전해지고 있다.

20) 벨티네의 기원에 관해서는 다른 설이 있다. 두 번째 입주자인 파르홀론의 아버지가 벨테네(Beltene)라고 하며, 축제는 그 이름과 연관되어 지어진 것이라고 한다.

리고 몇 세기가 지나 기독교가 상륙하면서 신은 더 이상 사람들로부터 숭배를 받지 못하고, 신체도 줄어들어 '시(Sidh : 요정)'가 되어버렸다고 한다.

밀레족은 그후 아일랜드 전역에 퍼져나갔다. 그들 종족은 지금도 살아남아 있다. 밀레족이야말로 현재의 아일랜드인의 직접적인 선조인 것이다.

다자 모르 Dagdha Mór

켈트의 신들 중에서 첫 번째를 꼽는다면 그것은 다자일 것이다(다그데, 다그다, 다우다, 다그자, 다지제 등으로도 불린다). 그 의미는 '좋은 신'으로, 이름이라기보다는 칭호 또는 별명에 가깝다(본명은 명확하지 않다). 그 외에도 '위대한다자(Dagda Mór)', '모든 이의 아버지인 기수騎手(Eochaid Ollathir)', '큰 지혜의주인(Ruad Rofessa)' 등의 이름이 있어, 모든 신들의 아버지로서 친숙했음을알 수 있다.

그의 궁전은 '브르 나 보인'이라고 불리며, 울라와 라인의 경계 부근인 보인 강 주변의 언덕 '뉴그렌지(Newgrange)'에 있었다고 한다.

다른 모든 신들은 품위가 있고, 우아하고, 아름다운 모습인 반면 다자만은그다지 뛰어나지 못한 풍모였다. 한껏 튀어나온 올챙이배에다 얼굴은 약간붉고, 붉은 머리털에는 흰머리가 섞여 있기까지 했다. 무릎까지 오는 말가죽부츠를 신고 있는데, 불룩한 모피 부분이 (안쪽이 아니라!) 바깥쪽으로 나 있다.옷깃 언저리가 열린 커피색 튜닉은 엉덩이까지밖에 오지 않고, 그 위에 입은망토도 어깨까지밖에 걸쳐져 있지 않다. 말하자면 옷이 작다는 것인데, 그것은 다자의 몸이 크다는 사실을 암시한다. 신화에서는 그가 사용하는 곤봉은여덟 명 정도가 아니면 들어올리지 못하고, 그의 숟가락 위에서 남녀가 애정행위를 할 수 있을 만큼 컸다고 한다.

그런 용모에 어울리지 않게 그는 상당히 호색가였다(하긴, 진짜 플레이보이

는 언뜻 봐서는 약간 지저분한 남자가 많다고 하니까 용모에 걸맞은 것인지도 모르겠다). 강의 여신 보안을 비롯해서 위니스 강의 소녀, 마족 포워르의 여왕 에바(Eba), 일족의 어머니 신인 다누 등 그와 염문을 흘리고 다닌 여성은 셀 수 없을 정도로 많다. 정식 부인은 브리아(Breug : 거짓말, 가짜), 민(Meang : 비난, 실패), 미발(Meabhal : 배신) 세 사람이라고 하는데, 그녀들의 성격이 이름처럼 그랬다면 바람을 피울 수밖에 없지 않았을까.

이렇게 여자 관계가 복잡했던 신은 또 하나의 근본적인 욕구인 식욕 또한 굉장했다. 그는 본래 향락주의자로, 자신의 욕구가 치닫는 대로 행동하는 경향이 있다. 그러나 그 어린애와 같은 성격은 많은 사람들에게 웃음을 자아내게 했고, 혐오스럽다기보다는 친근감이 느껴졌기 때문에 누구도 그를 미워하지는 않았다.

다자의 왕성한 색욕과 식욕은 포워르족과의 최종 결전 '모이투라 2차 전투'에서 큰 역할을 하게 된다.

포워르 성채에서의 다자

10월이 다가왔을 때, 포워르의 군대가 남쪽으로 진격하기 시작했다. 그것을 재빨리 발견한 것은 코나흐타를 근거지로 하고 있던 싸움의 여신 모리안이었다. 그녀와 상담을 한 다자는 곧 드루이드와 마술사들을 적진이 있는 위니스(Uinnius) 강까지 파견해서 진군을 혼란스럽게 하는 마법을 걸게 했다.

그러나 그것만으로는 충분하지 않았다. 신의 군대는 아직 완전하게 정비되지 않았던 것이다. 총사령관 루는 시간을 벌기 위해 포워르에 사절을 보내기로 했다. 그런 제의를 한 것도 역시 다자였다.

다자는 서쪽으로 달려가서 코나흐타의 위니스 강 주변까지 왔다. 그때 소녀의 새하얀 나체가 그의 눈에 들어왔다. 그는 가만히 멈춰 서서 풀숲에 쭈그리고 앉아서 그녀를 쳐다보았다. 보면 볼수록 아름다운 나체에 가슴은 울렁거리고, 숨쉬기도 힘들 정도였다. 소녀는 이쪽을 보더니 벗은 몸을 감추는 것이 아니라 마치 유혹하듯 다자를 바라보았다. 그는 천천히 강에 들어가 그녀를 부드럽게 안았다.

"소녀여! 그대는 너무도 아름다워서 나쁘구나."

소녀가 웃었다.

"당신은 나의 포로, 이젠 도망갈 수 없어요."

둘은 그대로 강가에 있는 바위에 몸을 기댄 채 한순간의 격렬한 사랑을 나누었다. 누가 누구에게 매혹의 마법을 걸었는가……. 둘에게 그것은 어떻든 상관없었다. 그들은 종족의 차이를 넘어서 서로 유혹하고 원했던 것이다.[21]
소녀는 헤어질 때 다자에게 한 가지 약속을 했다.

"알고 계신지요, 포워르의 마법의 함대가 물가로 향하고 있는 것을. 당신의 백성은 그 포워르와 싸우겠지요. 저는 당신을 위해서, 전투가 벌어지면 포워르의 피를 빨아 당신 백성에게 주겠어요."

강가에서의 일을 모르는 포워르들은 다자가 제일 좋아하는 오트밀로 그를 접대했다. 물론 마음속으로부터 환영했던 것은 아니었다. 큰 솥에 80갤런(약 360리터, 200되)의 우유를 넣고, 소고기와 메귀리, 소금을 넣고, 또 그 위에 산양, 양, 돼지를 집어넣고 삶아서 땅에 판 큰 구멍에 모두 부었다.

"설마 우리들이 정성을 들인 음식을 다 먹지 않고 남기는 일은 없을 테지. 환영의 접대를 거부하는 무례한 놈은 무사히 살아서 돌아가지 못한다고 생각

---

[21] 이 같은 로맨스는 싸움의 여신 모리안과의 사이에도 있었다는 설이 있다. 위니스 강 주변에서 둘은 만났고, 그 결과 모리안은 신들에게 한패가 될 것을 약속하고, 그들의 승리를 예언했다고 한다. 그러나 모리안은 누아자의 아내였기 때문에 필자는 이 설을 받아들이지 않았다.

해라."

그런 포워르의 목소리를 듣자마자 다자는 가슴에 손을 집어넣어 큰 숟가락을 꺼냈다. 그리고 순식간에 하나도 남기지 않고 전부 먹어버렸다. 올챙이배는 금방 터질 듯이 불러왔고, 일어서 보니 그 무게 때문에 비틀거리며 걸을 수밖에 없었다. 그것을 보고 웃지 않은 포워르인은 한 명도 없었다고 한다.

그는 신선한 공기를 들이마시려고 강변 쪽으로 휘적휘적 걸어갔다. 그리고 거기서 엷은 검은색 머리카락의 아름다운 소녀를 보았다. 소녀의 이름은 에바였다. 포워르족의 왕 가운데 하나인 인디히의 딸이었다. 욕정이 끓어오른 다자는 소녀의 앞길을 막았다. 에바가 웃으면서 밀어내려고 하자 다자는 그만 균형을 잃고 배를 밑으로 해서 강변으로 굴러 떨어졌다. 먹을 만큼 먹은데다가 엎어져 배가 눌렸기 때문에 다자는 고통을 견딜 수가 없었다. 그는 배 속에 있던 음식물을 강에 모두 다 토하고 말았다.

완전히 다 토한 다음 정신을 차렸지만 다자는 몸을 일으킬 수가 없었다. 소녀는 그 위에 앉아 있었다.

"당신, 나를 태운 채로 아버지가 있는 곳까지 데리고 가주시겠어요?"

"비켜주시오, 아가씨. 당신의 아버지는 배를 타고 이쪽으로 오고 있지 않소. 생트집 잡지 말아요. 내 힘을 보고 싶다면 보여주겠지만."

다자는 사지에 힘을 주고 일어서려고 했다. 그때 소녀는 그의 가랑이가 크게 부풀어오른 것을 보고 옷을 벗으면서 말했다.

"좋아요, 당신이라면."

다자는 시냇물 소리를 들으면서 적의 딸과 하나가 되었다.

"이대로 당신을 돌려보낼 수는 없어요."

흡족한 듯 소녀는 다자에게 달라붙었다. 하지만 다자는 데 다난의 진지에 돌아가야 했기 때문에 에바의 위협이나 애원에도 아랑곳하지 않았다.

"내가 마법으로 아버지가 이끄는 함대의 도착을 늦춰줄 수 있다면, 그 동안에는 여기에 있을 수 있겠지요?"

완전히 다자의 포로가 되어버린 소녀는 그렇게 말하지 않을 수 없었다.

이리하여 다자는 일 주일을 벌 수 있었다. 덕분에 투아하 데 다난 군은 완벽하게 싸울 준비를 갖추었다.

물론 그는 전투에서도 크게 활약을 했다. 다자는 혼자서 다른 모든 신들만큼의 역할을 했다고 전해지고 있다. 그렇기 때문에 '좋은 신'으로 불리게 된 것이다.

신의 승리로 끝난 이 '모이투라 2차 전투'는 10월 1일에 시작되었다. 이후이 승리를 기념하여, 신년제 사윈(Samhain : 여름이 끝날 때)은 다자의 축제가되었다. 그리고 그 활약 덕분에 사윈에는 오트밀을 만들어 축하하는 관습이생겨나게 되었다.

사윈은 밝은 계절의 끝이기도 했다. 사윈이 끝나면 괴물들이 나오는 어두운겨울이 시작된다. 현재도 이 축제는 할로윈(Halloween)이라는 이름으로 남아있다.

다자의 보물

다자의 어머니는 엘라다(Eladha : 지식, 시예詩藝)라는 지혜의 여신이기 때문에 그 아들인 다자도 바보는 아니다. 바보이긴커녕 아주 지혜롭고, 마술이나시, 음악 등에 뛰어난 재능을 발휘했다. 그러나 그 이상으로 야단법석을 떨거나 쾌락을 추구하는 경향이 강하다. 이는 분명히 그의 본성이 모든 것을 창조하는 대지의 신이고, 풍요의 신이며, 게다가 혼인의 신에서 유래하기 때문일것이다. 이는 그가 가지고 있는 보물을 보면 더욱 분명하게 알 수 있다.

보물 중에서 첫 번째로 들 수 있는 것이 신비의 섬 무리아스(Murias) 시(市)에서 가지고 온 마법의 큰 솥 '떨어지지 않는 것'이다. 이 솥은 원하는 자의 욕구에 맞춰 먹을 것이 넘쳐나기 때문에 결코 떨어지는 법이 없다. 그리고 또 몇 번을 요리해도 반드시 다시 살아 돌아오는 이상한 돼지도 그가 가지고 있는 보물이다. 그렇기 때문에 그에게 초청받은 사람 중에 배부르지 않은 사람이 없었다고 한다.

그 다음 보물은 악기의 일종인 하프인데, 이름은 '와드네(Uaitne : 기둥)'라고 한다. 이것은 신성한 떡갈나무를 깎아낸 것으로, 줄은 고양이의 간으로 만들어져 있다. 이 줄에 감춰진 마력으로 다자는 사람들을 웃기기도 하고, 잠들게도 하며, 울게도 할 수 있다. 게다가 사계절을 불러올 수도 있고, 이것으로 기후나 곡물의 재배를 좌우한다. 그는 종종 천지의 시작(이 신화는 현대에는 남아 있지 않다)이나 신이 에린에 강림했을 때의 이야기를 읊어댔다고 한다.

또한 이 하프는 의지를 가지고 있어서 그가 부르면 주인이 있는 곳까지 날아왔다. 그후의 전설에서 이 하프는 핀 마쿨의 손에 넘어가 이야기를 걸어오거나, 동물들의 이야기를 번역하거나, 다 타버린 것을 재생하는 등 영웅을 돕기 위해 대활약을 했다고 한다(버나드 에브슬린의 설에 의함).

이 하프는 '모이투라 2차 전투'가 한창일 때, 한 번은 하늘을 나는 포워르들에게 도난당한 적이 있다. 그때는 이미 적의 대장 발로르는 죽고 없었다. 루와 오마를 거느린 다자는 다시 한 번 포워르의 진지를 향해갔다. 이번만큼은 은밀하게 행동했다. 셋은 그 지방 사람처럼 변장을 하고, 연회 중에 술에 취해 있는 포워르의 옆을 지나 벽에 걸려 있는 하프를 보았다. 다자가 주문을 외우자 하프는 공중에서 춤을 추며 아홉 명의 포워르를 죽이고, 다자의 손으로 돌아왔다. 그는 즉시 잠자는 멜로디를 연주해서 주위를 잠재우고, 무사히 신의 성으로 귀환했다.

다자의 네 번째 보물은 여덟 개의 돌기가 있는 마법의 곤봉이다. 여덟 명이 겨우 들 수 있는 무게로, 쉽게 운반할 수 있도록 바퀴가 하나 붙어 있지만 끌어당긴 뒤에는 바퀴자국 구멍이 파일 정도였다고 한다. 다자가 이것을 한 번 휘두르면 여덟 명 정도는 쉽게 물리칠 수 있으며, 마치 말로 짓밟은 듯 전신의 뼈를 엉망진창으로 만들 수도 있다. 그러나 거꾸로 돌리면 사람의 생명을 되돌릴 수도 있었다.

이 곤봉이 상징하는 것처럼 다자는 강한 힘을 가진 싸움의 신 역할도 하고 있다. '모이투라 1차 전투'에서는 피르 보르의 전사 키르브(Cirbh)와 단둘이 싸워 그의 머리를 쪼개놓았다. '모이투라 2차 전투'에서는 마술 관련 지휘관이 되어 몇백 명이나 되는 적을 쳐부수고 마타(Mata)라는 이름의, 팔 하나에 백 개의 다리, 그리고 네 개의 머리를 가진 포워르를 잡아죽였다. 그리고 싸움이 끝나면 그 승리의 즐거움을 하프의 음색에 담아 축제의 노래를 연주했다.

마지막 보물은 '대해(大海)'라는 이름의 검은 갈기가 있는 수소다. 이것은 폭군 브레스의 명령으로 도랑을 만들고, 흙으로 요새를 개축하고, 신의 요새를 완성시킨 선물로 받은 것이다. 대해를 손에 넣을 수 있었던 것은 다자의 현명한 아들인 인우스의 진언 때문이었다. 그는 "브레스에게 에린에 있는 모든 소를 모으게 하고, 그 중에서 단 한 마리 검은 갈기를 가진 수소를 선물로 받으십시오"라고 아버지에게 조언했다. 인우스는 대해가 모든 소를 이끌고 있는 소의 주인이라는 것을 알고 있었던 것이다. '모이투라 2차 전투'가 끝났을 때, 대해는 큰 소리를 내며 울었다. 그 소리를 들은 소들은 포워르의 영역을 넘어서 신이 있는 곳으로 되돌아왔다. 다자는 단 한 마리의 소로 모든 소들을 되돌아오게 할 수 있었던 것이다.

그리고 보물이라고는 할 수는 없지만, 싸울 때 불어서 명령을 전달하는 데 사용하는 뿔피리를 가지고 있었다. 또 나무를 자르기 위한 도끼와 앞서 나왔던 큰 숟가락도 항상 지니고 있었다.

다자의 자식들

아들 중 하나인 인우스의 이야기가 나온 참에 자식들을 소개한다.

먼저 인우스는 보인 강의 여신 보안과의 사이에 생긴 아이다. 그러나 그가 장남은 아니다.

장남은 이름도 모르는 여신(다누일 가능성이 높다)과의 사이에서 태어난 싸움의 신, 붉은 털의 보브(Bodbh Dearg)이다. 보브는 '모이투라 2차 전투'의 전초전에서 거의 죽을 뻔했지만 적을 저지하는 데 큰 임무를 수행했다. 그 궁전은 코나흐타에 있었는데, 아버지와 자기 자신의 덕으로 아르드리(지고왕)가

■ 다자의 계보

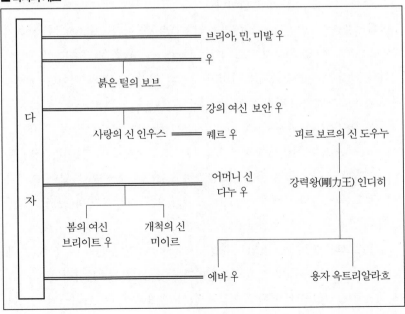

되고 나서는 무안에 살게 되었다. 그 궁전은 '시 알 페웬(Sídh al Femen)'이라고 불린다. 보브에게는 세 명의 양녀가 있었는데 그 이야기는 해신 리르에서 자세히 설명하도록 하겠다. 그리고 '무수한 금망치 렌(Len)'이라는 금 세공사를 종자로 데리고 있었다.

또 다자는 일족의 어머니 신인 다누와의 사이에 미이르와 브리이트라는 두 자식이 있었다.

로마의 다자

카이사르를 비롯한 로마의 저술가들은 켈트(갈리아)의 신에 관해서 몇 가지의 기술을 남기고 있다. 물론 시대나 지역이 다르기 때문에 그 신과 에린의 신이 똑같다고는 할 수 없지만, 몇몇 대신(大神)은 그 시대까지 거슬러 올라갈 수 있다. 물론 다자도 그 중의 한 명이다.

앞에서 다자는 별명이고, 그 본명은 알 수 없다고 했다. 그리고 기원 전후의 로마에도 이름이 없고 단지 디스 파테르(Dis Pater : 아버지 신)라고 불리는 신이 있었다. 이것은 풍요와 대지의 아버지로, 신과 인간을 낳은 어버이다. 어쩌면 디스 파테르는 에린의 다자의 전신인지도 모른다.

또 벨가이인(게르만인과의 혼혈이 진척된 켈트인의 일부족)들은 수켈루스(Sucellus)라는 숲의 신을 숭배하고 있었는데, 그 의미는 '좋은 타격자'이다. 이 신은 이름뿐만 아니라 성격이나 모습까지도 다자(좋은 신)와 똑같다. 머리카락은 길고, 턱수염과 구레나룻을 기르고, 거한으로 약간 뚱뚱하다. 또 작업복을 입고, 망치(=곤봉)와 물통(=큰 솥)을 가지고 있다.

그리고 그의 배우자 신은 난토수엘타(Nantosuelta)라는 숲의 여신이었는데, 강을 경계로 하는 승리와 전쟁의 여신이기도 했다. 그녀는 까마귀와 함께 그려지는 일도 있었는데, 어쩌면 이것은 다자의 애인이었던 위니스의 소녀나 에바의 전신인지도 모른다.

아버지 신의 죽음

다자는 모이투라 2차 전투에서 생긴 상처가 악화되어 죽었다고 한다. 하지만 버나드 에브슬린에 의하면, 2천 년간을 살고도 아직도 왕성한 남자였을 때 바다표범의 일족[22]에게 죽음을 당했다고도 한다.

신이 죽는다고 하면 특별한 일로 생각할지도 모르지만, 에린의 신은 대부분 불사신이 아니다. 싸움에서 죽는 것이 투아하 데 다난의 운명이다.

---

22) 론(Roane)이나 셀키(Selkie)라고 불리는 바다표범의 요정은 과연 어떤 존재였을까? 그들은 물갈퀴가 있는 인간의 모습을 하고 있고, 바다 속에서는 바다표범의 모피를 입고 생활하고 있다. 보통은 점잖은데, 학대를 받으면 폭풍을 일으켜서 역습을 하는 경우도 있다(더 자세한 사항은 『판타지의 마족들』참고). 그러나 에브슬린의 『핀 마쿨의 모험(The Green Hero Early Adventures of Finn McCool) 1975』을 보면, 그들은 흉악하며 썰매를 타고 북쪽 바다에서 습격해온다고 적혀 있다. 이렇게 너무나도 상반된 성격을 생각해보면, 필자는 이 괴물이 론이나 셀키 같은 것이라고 단정지을 만한 자신은 없다.

용맹스러운 지장

오마 그란아네헤

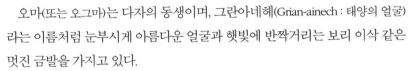

Ogma Grian-ainech

오마(또는 오그마)는 다자의 동생이며, 그란아네헤(Grian-ainech : 태양의 얼굴)라는 이름처럼 눈부시게 아름다운 얼굴과 햇빛에 반짝거리는 보리 이삭 같은 멋진 금발을 가지고 있다.

오마의 무기는 창과 '모이투라 2차 전투'에서 적의 왕 중 한 명인 테흐라(Tethra)에게서 빼앗은 마검이다. 이 검에 혼(또는 마물)이 머물고 있기 때문에 오마가 칼집에서 처음 뽑았을 때, 검은 지금까지 듣지도 보지도 못한 것을 모두 오마에게 이야기해주었다고 전해지고 있다.[23]

그는 투아하 데 다난의 주요한 신이지만 유감스럽게도 이렇다 할 만한 일화를 남기고 있지 않다. 대부분 형인 다자와 함께 언급되는 형태로 등장하며, 왕의 보좌관으로서 역할을 수행하고 있다.

브레스의 통치하에서는, 형인 다자가 성벽과 도랑을 만들고 있을 때 그는 바다 저편에서 불쏘시개로 쓸 장작을 날라왔다. 폭군 브레스는 오마에게 충분한 식사를 주지 않았기 때문에 데 다난의 강한 힘을 자랑하는 오마도 너무 배가 고픈 나머지 3분의 2나 되는 장작을 바다에 떨어뜨리고 말았다. 그래서

---

23) 켈트 신화에서 검에 영혼이 들어 있다는 사고방식은 보편적이라고 할 수 있다. 검은 물체가 아니라 전사를 지켜주는 살아 있는 것이고, 신 그 자체였던 것이다. 따라서 검에 빌기도 하고, 검에 대고 맹세를 하기도 하고, 검 자체를 믿고 떠받들었다는 풍습이 훗날에 전해지게 된다.

보통 때보다 세 배로 일하지 않으면 다자와 약속한 일을 끝낼 수 없었다.

누아자 지휘하의 모이투라 2차 전투에서 다자는 오른쪽 진영의 장군을, 오마는 왼쪽 진영의 장군을 맡았다. 그는 이 싸움에서 적의 왕 인디히와 20명의 근위를 상대로 한 발짝도 뒤로 물러나지 않겠다고 맹세했다. 그랬기 때문에 그는 인디히의 검에 맞아 중상을 입었다. 그러나 그 상처가 회복된 후, 인디히의 아들 옥트리알라흐를 멋지게 물리치기도 했다.

루가 왕이 된 후에 그는 다자와 함께 도둑맞은 하프를 찾으러 간 적이 있지만, 완전히 조역으로 활약다운 활약은 없었다.

오마는 두 가지의 상이한 능력을 가지고 있었다. 첫 번째는 지혜나 지식, 문학, 달변 등 지력(知力)에 관한 것이고, 두 번째는 신의 전사로서 싸움을 지배하는 것이다.

지혜의 신 오마

지혜에 관한 한 오마가 가져온 가장 중대한 은혜는 오감 또는 오암(ogam, ogham)이라는 특수한 문자를 발명한 것이다. 이것은 북구의 룬과도 비슷한 선각문자(線刻文字)로, 몇 개의 직선을 조합해서 만든 것이다. 에린의 신관인 드루이드는 이 문자를 돌이나 나무 등에 새겨서 마술을 행하는 데 도움이 되도록 했다. 또 오마 자신도 이 문자를 사용해서 비석에 기록을 남겼다고 한다.

오마는 위대한 사색가이고, 시인이며, 철학자로 그 내면에 풍부한 지식의 샘을 가지고 있었다. 그리고 자신의 지식을 달변의 혀를 사용해서 사람들에게 전해주기도 했다. 그에게는 케르와트(Cermait : 달콤한 말)라는 칭호가 있을 정도로 그의 한마디 한마디가 황금의 언어로서 사람들의 마음을 사로잡았다고 한다. 오마가 한번 입을 열면 주위에 있는 사람들은 누구도 움직이지 못할

정도였다.

그의 배우자 신도 시의 여신이라고 전해지고 있다. 의술의 신 디안 케트의 딸 중 한 명인 에덴(Étein)이 그의 부인이었다. 둘 사이에 풍자시인 코르플레와 대장장이 모엔(Moen)이 태어났다.

신들의 전사 오마

오마의 직업은 전사였다. 지금으로 말하면 직업군인이라고 할 수 있을 것이다. 전사로서 그는 투아하 데 다난에서 뛰어난 능력을 발휘함으로써 '죽음을 가져오는 자'라고 불리기도 했다. 어떤 이야기에서는 소 네 마리가 끌지 않으면 움직이지 않는 돌을 집어던질 수 있었다고도 한다.

두 번의 모이투라 전투에서는 신들의 장군 역할을 했는데, 이는 그가 유능한 지휘관으로서 싸움의 대세를 판단하는 기술을 몸에 익히고 있었음을 말해

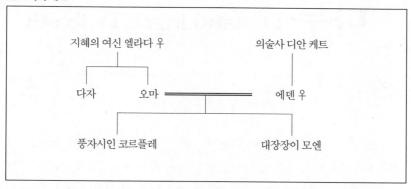

주고 있다. 짐 피츠패트릭의 말을 빌리면, 오마에게 싸움은 체스 게임과도 같은 것이었다. 항상 냉정한 판단에 기초해서 싸움의 대세를 자신에게 유리하도록 하는 것이야말로 오마의 가장 자신 있는 분야였다.

켈트의 헤라클레스 : 오그미오스(Ogmios)

2세기의 로마 저술가 루키아노스는 오마의 전신으로 생각되는 신을 기록하고 있다. 그 이름은 오그미오스라고 하는데, 루키아노스는 '켈트의 헤라클레스' 라고 불렀다.

당시의 조각상을 보면, 그 모습은 헤라클레스와 거의 같지만(사자의 모피와 곤봉, 활과 화살을 가진 노인), 과거의 오마라는 사실은 파악하기 힘들다. 단지 그 동상의 혀끝에서는 몇 개의 금으로 된 사슬이 나와서 주위에 모여 있는 청중들의 귀와 연결된다고 한다. 물론 이것은 그가 사람을 끌어들이는 달변가임을 나타내려고 한 것임에 틀림없다.

다누 Donand ingen Delbaith

다누(또는 다나, 아누, 아나)는 에린의 신의 시조로 숭배되는 여신[24]이지만, 그다지 자세한 이야기는 알려져 있지 않다. 신화에는 이름밖에 등장하지 않기 때문에 투아하 데 다난이 에린에 도착했을 때는 이미 죽었다고 생각하는 것이 좋을 것 같다. 다누라는 이름은 신을 나타내는 접두어 다(Da)에 어머니를 의미하는 아누(Anu)가 붙은 것으로 '어머니 신'이라는 의미를 나타내고 있다.

그녀의 딸 브리이트는 아침해와 함께 태어났는데, 이때 불기둥이 뿜어져 나와 하늘까지 뻗쳤다는 전설이 있다. 그렇다면 어쩌면 다누는 그때 그 불에 타 죽었는지도 모른다. 또 이 설화는 본래 그녀가 화산에서 유래하는 여신이었음을 암시하고 있다. 화구는 자궁과 여성의 음부를 상징한다. 따라서 다누는 생명을 관장하는 지모신(地母神)이라고 할 수 있을지도 모른다. 그러나 그렇게 단정하기에는 자료가 너무나 빈약하다.

그녀의 거대한 사체는 에린의 흙이 되었지만 두 개의 유두만은 현재에도

---

24) 다누와 그녀의 아버지인 델베흐(Delbaeth), 그리고 다자와 그의 어머니인 엘라다 이전에도 투아하 데 다난으로 분류되는 신은 있었다. 예언자 야르보넬(Iarbonel)과 그의 아들 뵤하흐(Beothach)가 바로 그런 신들인데, 그들에 관해서는 에린에 도착했을 때 지도자였다는 전승밖에는 남아 있지 않다. 또 누아자에게 왕권을 넘겨준 것도 명확하지 않다.

볼 수 있다. 무안(먼스터)의 킬라니 지방에 있는 쌍둥이 언덕이 그것으로, 지금도 '아누의 유두'라고 불리며 사람들에게 사랑받고 있다.[25)]

겨울의 마녀

이 같은 신화에서는 어머니 신 다누의 실제 모습에 접근하는 것이 상당히 어렵다. 그래서 시점을 민화로 옮겨보기로 한다.

아일랜드나 영국에서는 민화에 등장하는 마녀의 대부분은 여신 다누(또는 아누)의 구슬픈 말로(末路)라고 생각된다. 그 이름은 지방에 따라 다르고, 다누(또는 아누)의 이름을 그나마 유지하고 있는 것은 잉글랜드 레스터셔 지방의

---

25) 바빌로니아에서도 유방이 산으로 된 여신이 있다. 원초의 여신 티아마트이다. 그녀는 젊은 신에게 죽음을 당해 천지를 만드는 재료가 된다. 다누와 브리이트의 신화가 이와 같은 계열이라고 하면, 역시 브리이트는 다누를 죽였다는 결론에 도달할 수 있다.

어린이를 잡아먹는 마녀 블랙 애니스(Black Annis)와 스코틀랜드 연안에서 폭풍을 일으켜 배를 침몰시키는 젠틀 애니(Gentle Annie)뿐이다.

거의 같은 것이 스코틀랜드 하일랜즈(Highlands) 지방에서는 칼리아흐 베라(Cailleach Bheur : 푸른 노파)라고 불리고, 이것이 아일랜드 남부의 무안 지방에서는 킬로흐 바이라(Cailleach beara)가 되고, 맨 섬에서는 칼리아흐 니 그로마흐(Caillagh ny Groamagh : 음울한 노파), 아일랜드 북부의 울라 지방에서는 캐리 베리(Carry Berry), 웨일즈에서는 캐스 팔루크(Cath Paluc : 파르의 고양이)가 되는 것이다.

그녀들의 대부분은 파란 얼굴을 한 노파로, 고양이와 같은 날카로운 손톱과 이빨(때로는 고양이의 눈동자)을 가지고 있다. 동물들의 수호신이며, 물론 고양이는 그녀들에게 성스러운 동물이다. 고양이는 성애(性愛)를 상징하기 때문에 이러한 마녀의 이야기가 여신 다누의 성질을 물려받았다면, 그녀는 역시 사람들이나 동물들의 종족 번성을 관리하는 풍요의 여신이었다고 할 수 있을 것이다.

또 땅 속에 굴을 파고 산다는 이야기는 그녀가 지모신(地母神)이었다는 것과 신이 인간에게 패배한 후에 땅 속의 이세계로 이주했다는 전승과 일치한다.

그리고 다른 하나의 큰 특징은 이러한 마녀들의 대부분이 겨울과 관계가 있다는 사실이다. 마녀들은 겨울이 찾아오는 '사윈(11월 1일의 수확제)'에 활동을 시작하고, 지팡이로 두드려서 나무에서 잎을 떨어뜨리고(드루이드 신관의 마술을 생각하게 하는 행위다), 차가운 바람과 함께 겨울을 몰고 온다. 그리고 봄이 찾아옴과 함께 그 모습은 사라진다. 여기서 말할 수 있는 것은 다누가 겨울의 여왕이 아닌가 하는 것이다.

이러한 불모(不毛)의 상징이라 할 수 있는 겨울과, 풍요라는 두 가지의 상반된 요소가 한 명의 여신 안에 집약되어 있다는 사실은 상당히 기묘하게 여겨

질지도 모른다. 그러나 눈에 뒤덮여서 자유롭게 움직이지 못하는 시기일수록 새로운 생명이 머무르기 쉽다는 것은 분명하다고 말할 수 있다. 그리고 흙 안에 굴을 파고 겨울잠을 자는 동물들은 지모신인 다누의 태내에 다시 한 번 돌아가는 것이라고 할 수 있을지도 모르겠다.[26] 겨울이라는, 생존에 적합하지 않은 시기에 살아 있는 것들을 따뜻하게 지켜주는 것이 그녀의 역할이라고 할 수 있다. 또한 자신의 태내에 있는 자들을 위해 그 날카로운 이빨을 이용해서 먹을 것을 잡는 귀신, 그것도 역시 그녀의 모습이다.

다누의 자식들

다누는 많은 신을 낳았는데, 장남은 게브네라고 불리는 대장간의 신이었다. 차남은 신들의 왕 누아자, 셋째는 농업을 관리하는 아마에존이다. 이 세 형제의 아버지는 건축사인 고반이다. 다누는 투렌(Tuirell Bicreo)이라는 신도 남편으로 두었다. 둘 사이에는 브리안(Brian), 유하르(Iuchar), 유하르바(Iucharba)라는 이름의 세 아들과 아네(Ainé)라는 딸이 태어났다. 또 아버지 신 다자와의 사이에는 미이르, 그리고 앞에서 말한 것처럼 브리이트라는 딸도 있다.

브리이트는 때때로 어머니인 다누와 동일시되는 여신이지만, 필자는 전혀 다른 신, 오히려 반대 성격을 가진 신이 아닌가 생각한다. 둘 사이의 싸움은 민화 가운데서도 나오는데, 그에 관해서는 다음 편을 참조하기 바란다.

---

26) 이것은 그녀가 거대했음을 의미하고 있다. 에린의 킬로흐 바이라는 앞치마에 돌을 담아서 도로를 만들다가 갑자기 앞치마가 찢어져서 몇 개의 돌을 떨어뜨렸다. 그것이 현재에도 볼 수 있는 거석유구가 되었다고 한다.

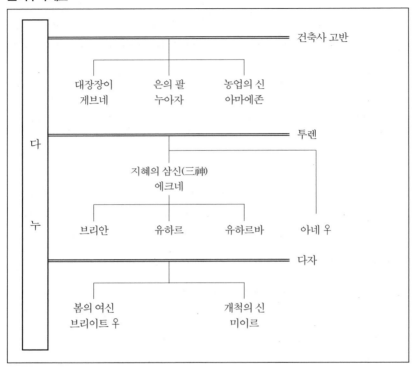

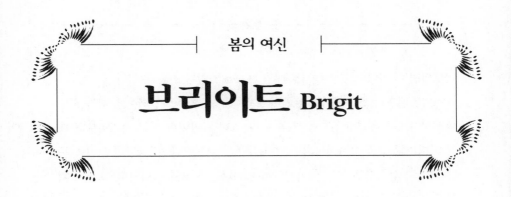

봄의 여신

브리이트 Brigit

브리이트는 높은 자, 또는 위대한 자라는 뜻으로 대장간을 관리하는 불의 여신이다. 그렇기 때문에 불사발, 또는 물쟁반을 상징하는 큰 마법의 컵을 가지고 있다.

또 예언을 가져오는 시와 노래, 치유, 공예 등도 그녀의 영역이다. 그리고 양을 성스러운 동물로 취급한다. 그녀는 투아하 데 다난의 어머니 신인 다누와 아버지 신인 다자 사이에서 태어났다.

브리이트의 기원은 상당히 거슬러 올라가는데, 기원 전후의 로마인은 그녀를 갈리아의 미네르바라고 불렀다(정확한 로마 이름은 Brigantia 또는 Bligand이다). 당시의 조각상에서는 머리에는 성벽과 같은 관, 오른손에는 창, 왼손에는 보석, 그리고 어깨에는 날개가 있는 모습으로 그려져 있다. 역시 불을 취급하는 직업의 수호신으로 되어 있다.

그녀는 '모이투라 1차 전투'가 종료되었을 때 정식으로 폭군 브레스의 부인이 되었고, 그 혼례가 있은 후 루아잔(Ruadhan)이라는 남자아이를 낳았다. 그러나 루아잔은 포워르 밑에서 자라나 '모이투라 2차 전투'에서 대장간의 신인 게브네에 의해 죽음을 당했다.

겨울의 마녀와 봄의 여신

앞에서 필자는 다누가 겨울의 여왕이라고 했다. 그리고 브리이트가 불을 관리했다면 이 어머니와 딸이 서로 대립 관계에 있었다고 볼 수 있다.

스코틀랜드의 전승에서는 브리이트가 다누의 후예인 칼리아흐 베라를 추방하여 따뜻함을 가져온다고 되어 있다. 그녀는 어머니 신의 태내로부터 태어나 어머니 신을 쫓아내는(또는 죽이는) 봄의 여신이다. 이 극적인 봄의 방문은 그녀의 성스러운 동물인 어린양이 태어나는 것으로 나타난다. 그렇기 때문에 2월 1일의 그녀의 축제는 '오멜크(Oimelc : 양의 젖소)'로 불린다.

웨일즈의 브리이트 : 아리안호로드

웨일즈의 전승 〈마소누이의 아들 마스〉에는 아리안호로드(Arianrhod) 또는 아란호로드(Arianrhod)라는 여신이 나온다. 이름의 의미는 '은백의 바퀴'다. 『탈리에신의 서』에서는 그 아름다움이 '칭송할 만한 옆모습'으로 표현되고, 흐르는 무지개를 보내 땅에 가득 찬 폭력을 추방한 것으로 기록하고 있다.

〈마소누이의 아들 마스〉에 등장하는 그녀는 조역에 지나지 않는데, 웨일즈 사람들 사이에서는 중요한 여신으로 숭배되었던 흔적이 있다. 필자는 이 여신이 에린의 브리이트와 동일한 신이었을 것으로 생각한다.

그녀는 바다 저편에 있는 '카이르 시디(Caer Sidi : 요정의 성, 또는 언덕의 성)'의 높은 첨탑에 살고 있었다. 그러나 뒤에는 북쪽의 관좌(冠座)에 궁전을 가지고 있었다고 전해진다.

언젠가 웨일즈의 왕 마스(Math)는 그녀를 부인으로 삼으려고 웨일즈의 궁정에 초대했다. 그러나 그는 그녀의 순결이 걱정되어 참을 수가 없었다. 마스 왕은 그것을 확인하기 위해 아리안호로드에게 마법의 지팡이를 두 갈래로 가르도록 명령했다. 그녀가 시키는 대로 하니까 곧바로 옷자락에서 두 명의 아기가 굴러나왔다.

마스 왕의 마술로 처녀가 아니라는 것이 확실해진 아리안흐로드는 부끄러운 나머지 자신의 성으로 되돌아갔다. 남겨진 아이 중 하나는 파도(波濤)의 아들 딜란이라는 이름으로 마스 왕 밑에서 자랐는데 대장장이 고반논의 손에 죽음을 당했다.

다른 한 아이는 2년 동안 친절한 부인의 손에 길러진 뒤, 왕의 조카인 구이디온(Gwydyon) 밑에서 무럭무럭 자랐다. 이 구이디온도 웨일즈에서는 신이 되었고, 하늘의 강에 성을 갖고 있었다고 전해진다. 마술, 달변 등 시예에 뛰어났던 그는 자신이 가지고 있던 기술의 전부를 이 아이에게 가르쳐서 남자아이는 현명하고 튼튼하게 자라나 보통 아이의 두 배 속도로 성장했다.

소년이 여덟 살이 되면서 구이디온은 그를 생모인 아리안흐로드에게 데리고 가서 진상을 이야기했다. 그러나 아리안흐로드는 그 아이가 자신의 아이라는 얘기를 듣고 싫은 표정을 지었다. 그리고 자신이 이름을 짓기 전에 누구든 이 소년에게 이름을 지어주어서는 안 된다고 이야기했다.

하지만 구이디온은 어떻게 해서든지 이 귀

여운 소년에게 이름을 지어주기 위해 계책을 세웠다. 둘은 가죽구두 기술자로 변신하여 다시 아리안흐로드의 성에 들어갔다. 이윽고 성 아래에서는 금은 세공으로 구두를 덮어주는 구두 기술자에 대한 화제로 들끓게 되었다. 물론 이 이야기는 아리안흐로드의 귀에도 들어갔고, 자신도 멋진 구두가 갖고 싶어서 기술자가 있는 곳으로 갔다.

그녀가 오는 것을 보고 구이디온은 소년에게 신호를 보냈다. 소년은 활을 꺼내서 아주 훌륭하게 물새를 쏘아 죽였다. 그 솜씨에 아리안흐로드는 감탄하여 무심결에 소리를 질렀다.

"저 빛나는 머리의 소년은 굉장한 솜씨로다."

그러자 구이디온은 변신을 풀고 마치 승리자처럼 외쳤다.

"이것으로 이름은 결정되었다. '훌륭한 솜씨의 흘리우(Llew Llaw Gyffes)'다."

흘리우는 즉 '빛나는 자'라는 의미로 에린의 루에 해당하는 신이다. 아리안흐로드는 구이디온의 계략에 빠진 것을 알고 발을 동동 구르며 분해했다. 그리고 크게 외쳤다.

"그렇다면 내 손으로 주기 전에 누구도 이 아이에게 무기와 갑옷을 주어서는 안 된다."

수년이 지나 흘리우는 용맹스러운 젊은이가 되었다. 구이디온은 다시 그를 데리고 아리안흐로드를 찾아갔다.

그러자 대군이 그녀의 성을 둘러싸기 시작했다. 당황한 아리안흐로드는 구이디온에게 어떻게 하면 좋을지 상담을 하러 왔다. 구이디온은 조금도 당황하지 않고 대답했다.

"갑옷을 준비하시오. 우리들이 싸워서 적을 쫓아버리겠소."

그녀는 구이디온이 말한 대로 흘리우에게 갑옷 한 벌을 입혀주었다. 그러자 구이디온이 걸었던 마법이 풀려서 환상의 군대는 모두 없어져버렸다.

"당신의 예언대로 흘리우는 당신 손에 의해 갑옷 한 벌을 받았소."

구이디온의 말에 아리안흐로드는 최후의 금기를 그들에게 내던졌다.

"또 나를 속였구나. 그렇다면 나는 이 아이에게 이 지상에서 사는 누구와도 결혼을 하지 못하도록 제약을 내리겠다."

그러나 구이디온은 왕 마스와 신통한 마술을 결합해 꽃으로 블로다이에드 (Blodeuedd : 꽃의 처녀)라는 이름의 아름다운 처녀를 만들었다. 그녀는 흘리우와 맺어져 얼마 동안은 달콤한 시절을 보냈다.

성녀 브리지트

기독교의 전래는 어두운 겨울의 상징인 여신 다누를 마녀로 추락시켰다. 그러나 그와는 반대로 밝은 봄의 상징인 브리이트는 성인의 칭호를 받음으로써 기독교 안으로 편입되었다. 이후 그녀는 성녀 브리지트(Saint Bridget)로 불리게 되었다.

브리지트는 에린에서 최초의 성녀라고 하며, 처음으로 여성만의 수도원을 세운 것으로 널리 알려져 있다. 그리고 죽은 후에는 라인(라인스터) 키르디아 지방의 수호 성녀가 되었으며, 스코틀랜드에서는 성모 마리아를 지킨 조산부 브리지트가 되었다.

그러나 어느 쪽 성녀라 할지라도 여신 브리이트의 흔적이 강하게 남아 있다. 에린의 성녀 브리지트가 죽은 날은 2월 1일인데, 이 날은 말할 것도 없이 오멜크의 날이다. 스코틀랜드에서도 기일은 1월 28일로 역시 비슷한 날짜다.

또한 둘 다 불과 관계가 있다. 키르디아의 수도원에서는 성녀 브리지트가 가져온 불이 신교가 들어오는 십수 세기까지 꺼지지 않고 계속 타고 있었다고 한다. 스코틀랜드의 조산부는 불이 붙은 양초로 관을 만들고 그것을 마리아에게 씌워서 백치로 보이게 함으로써 예수 사냥을 하고 있던 헤롯 왕의 마수에서 피할 수 있었다.

　이처럼 표면적으로는 이교의 전설이 구축된 것 같아도 기독교라는 필터를 떼어놓고 보면 의외로 그 본질이 보이는 법이다. 도그마의 필터 속에 진실이 숨겨져 있다고 필자는 생각한다.

겟슈

아리안흐로드와 구이디온의 일화에서 아리안흐로드는 자신의 아들에 대해 세 가지의 금기를 내리고 있다. 이와 같이 다른 이로부터 내려지는 금기, 또는 제약을 아일랜드에서는 '겟슈(geis)'라고 한다. 웨일즈에는 겟슈라는 말은 없는 것 같지만, 이 일화를 보면 비슷한 사고방식이 있었다는 얘기가 된다. 겟슈는 켈트의 기사에게는 당연히 지켜야 할 규칙이고, 그것을 깨면 목숨이 걸린 위기에 처하게 된다.

겟슈는 우선 젊은이가 기사로 서임될 때 드루이드 신관이 부여한다. 드루이드는 마술과 점성술 지식을 살려 그 젊은이가 자신의 생명을 잃지 않도록, 해서는 안 되는 금기를 찾아내 그것을 최초의 겟슈로 삼는다.

겟슈는 여성에게도 주어졌다. 여성은 자신이 사랑하는(또는 미워하는) 상대방에 대해서 자신이 원하는 것을 말한다. 물론 기사는 부인의 부탁을 단호하게 물리칠 수 없다. 그렇기 때문에 이것도 지키지 않으면 안 되는 겟슈가 되는 것이다.

혹시 이러한 켈트의 사고방식이 중세 이후의 기사도로 계승된 것은 아닐까? 기사는 곤란에 처해 있는 사람이나, 부인의 부탁을 물리치면 안 된다는 사고방식이 겟슈에서 유래한 것이라고 필자는 생각한다.

기사는 인생에서도 상호 모순되는 두 가지 이상의 겟슈를 안고 있는 때가 있다. 기사는 두 가지 욕구의 겟슈 사이에서 방황하고, 최종적으로 어느 하나의 겟슈를 파괴하게 되어 비극이 일어난다. 왕에 대한 충성과 부인에 대한 사랑이라는 두 가지 겟슈가 대부분의 기사들을 방황하게 만드는 요인이다. 이 테마는 왕 아더, 왕비 기네비어, 그리고 호수의 기사 랜슬롯의 비극적 결말이나 트리스탄과 이졸데의 연애 비화 등 유명한 로맨스(기사 이야기) 속에서 곧잘 이용되고 있다.

누아자 아케트라브

Nuadha Aírget-lámh

    신 중에서 가장 기품 있고, 가장 존경받는 신이 누아자(또는 누아다)일 것이다. 웨일즈에서 누즈(Nudd) 또는 흘루즈(Lludd)라고 불리며, 영국에서는 러드(Lud)라고 불리는 이 신은 성을 쌓고 그곳을 영국의 수도로 정했다고 전해진다. 그래서 이 도시는 이후 그의 이름을 따서 런던(London)이라 불리게 된 것이다.

    그는 전신에 빛나는 갑옷을 입은 전사의 모습으로, '클라우 솔라스(Claimh Solais : 불의 검, 빛의 검)' 라는 빛나는 검을 차고 있었다. 클라우 솔라스는 주문이 새겨져 있는 마검으로, 칼집에서 한번 꺼내면 너무나 무서워서 아무도 도망치지 못했다는 불패의 검이라 전해지고 있다. 이 검은 북방에 있는 신비의 섬 핀디아스(Findias) 시에서 가져온 에린의 네 가지 보물 중의 하나였다. 그의 머리털은 황금빛이고 진홍의 망토를 입고 있었는데, 이는 그가 빛의 화신이며 태양이 점지해준 자임을 상징한다. 마찬가지로 그의 애마도 역시 황금 피부와 갈기를 하고 있다. 소와 같은 뿔이 있는 투구의 이마 부분에는 진홍의 보석이 박혀 있다.

    누아자는 모리안 등 바이브 세 여신을 부인으로 삼아 많은 자식을 남겼다. 그러나 그 대부분은 연이어 벌어진 두 번의 모이투라 전투에서 생명을 잃었다. 이들을 열거해보면, 루아(Lughai), 카스므에르(Cassmaer), 타 모르(Tadh Mór) 등이 있는데, 모두 신화에서 그다지 중요한 활약은 하고 있지 않다.

그는 또 50명 정도의 친위대를 이끌고 있었다. 그들은 누아자와 대조적으로 아주 검은머리에 칠흑 갑옷과 말갈기 장식이 붙은 갑옷으로 몸을 감싸고 있었다. 빛을 따라다니는 그림자처럼 그들은 항상 누아자를 위해 앞장서서 싸웠다.

지고의 왕 누아자

누아자의 본질은 신들의 왕이라는 것으로 집약된다. 그는 왕으로서의 풍모와 사람을 지도하는 카리스마적인 성격, 그리고 공평함과 용기 등 왕으로서의 자격을 모두 갖추고 있었다.

물론 그가 전능한 것만은 아니었다. 마술에서는 다자에게 뒤지고, 싸움에서는 광명(光明)의 신 루, 그리고 피르 보르 전사 스렝보다 열등하다.

그러나 힘을 그 개인 한 사람만으로 평가할 수는 없다. 그에게는 생명을 내던지고서라도 자신을 지켜주는 몇백 명이나 되는 전사와 마술사가 있었다. 그는 장군 중의 장군이자, 왕 중의 왕이었다.

그의 생애는 상당히 고결하고 비극적이다. 그는 두 번의 큰 대전에서 투아하데 다난의 승리를 이끌었으나, 그로 인해 지불한 대가는 결코 적은 것이 아니었다.

첫 번째의 싸움에서는 자신의 오른팔과 함께 왕위를 잃었다(켈트의 전통은 불구가 된 자는 왕으로서의 자격을 박탈하기 때문이다).[27] 그리고 두 번째의 싸움에서는 자신의 생명과 승리를 맞바꾸었다.

---

27) 왕은 그 민족의 상징이기 때문에 완전한 자가 아니면 안 된다. 왕이 불구라면 그 민족 자체가 불구라는 것과 연결되기 때문에 누아자는 왕위를 물러나지 않으면 안 되었다. 그러나 그는 백성들에게 지지를 받고 있었는데, 만약 지지를 받지 못했다면 신관인 드루이드에 의해 죽음을 당하고 피의 속죄를 해야만 했을 것이다.

그는 항상 자신의 몸보다는 종족 전체의 운명을 생각했다. 따라서 그의 곁에는 그의 마음에 감동된 전사들이 몇 명이고 뒤따르고 있었다. 마치 아더 왕궁정의 원탁의 기사처럼.

치유의 신 누아자

그는 물을 지배하고 관리하는 신이기도 했다. 하늘에서 구름을 만들고, 바다에서는 어부들을 지키고, 땅에서는 모든 병을 치료하는 치유의 샘을 만드는 신이기도 했다. 누아자는 오랜 시간 동안 신앙의 대상이었기 때문에 오래지 않아 사람들은 그에게 본래의 은혜 이외의 것도 기대하게 되었다. 그래서 나중에 사람들은 누아자가 아들 복을 내려준다고도 믿게 되었다.

왕이 치유의 역할을 관리하는 것은 켈트의 전통에서는 비교적 흔히 볼 수 있는 일이다. 영국에서는 옛날에 병에 걸린 사람은 왕의 손이 닿으면 금방 낫는다는 신앙이 있었다. 18세기 초까지 실제로 영국 왕은 병자의 환부를 만져 그 병을 고치는 행사를 치르기도 했다. 물론 이는 왕권신수설에 기초한 신앙[28]이지만, 그 배경에 켈트의 치유신 영향이 전혀 없었다고는 할 수 없다.

누아자가 치유를 관리하게 된 다른 하나의 이유는 그가 빛이나 태양에 관계하는 신이었기 때문이다(앞서 말한 것처럼 그의 무기는 빛의 검이었다). 원래 왕이란 숭고하고 엄격한 위세를 갖고 있기 때문에 광명의 신과 연결된다고 해도 이상할 것은 없다.

인도나 유럽의 태양신의 대부분은 치유의 신 역할도 함께 하고 있다.[29] 그 것은 빛에는 모든 것(병이나 불결함)을 정화하는 힘이 있다고 믿었기 때문이다. 게다가 광명의 신은 불의 신이 승화된 것도 적지 않다. 불에 살균 정화 작

---

[28] '왕의 권리는 신으로부터 주어진 신성한 것이다'라는 것이 왕권신수설의 기본적인 사고방식이다. 따라서 왕은 신의 기적을 대행하는 것이 가능하고, 병든 자도 치료할 수 있는 것이다.

용이 있음은 말할 나위도 없다.

은의 팔 '아케트라브'

누아자는 대부분의 경우, '아케트라브(Aírget-lámh : 은의 팔)' 라는 칭호와 함께 불리고 있다(웨일즈 신화에서도 역시 은의 팔 흘루즈 Lludd Llaw Ereint라 부르고 있다). 이것은 일반적으로 싸움에서 잃은 팔 대신 은으로 만든 의수를 단 것에서 유래되었다고 볼 수 있다. 이에 대해 필자는 약간 다른 의견을 가지고 있다.

우선 첫 번째로 그가 의수를 달고 있던 기간은 길어야 7년(짧게는 며칠)밖에 되지 않는다. 그 시기에 그는 왕좌에서 물러나 있었고, 두드러진 활약을 하고 있지 않았다. 신화에 따르면 그가 왕으로서 활약한 시기에는 자신의 팔로 싸우고 있었다. 그렇게 자신의 팔로 싸우고 있을 때도 그는 아케트라브라고 불리고 있었다.

따라서 이 존칭은 그에게 가장 본질적인 의미를 가지고 있다는 생각이 든다.

게일어의 '팔 lámh' 이라는 단어는 팔의 연장선상에 있는 '무기' 나 그 무기로 인해 일어나는 '싸움' 의 의미를 나타낸다. 따라서 아케트라브란 '은색으로 빛나는 무기', 즉 누아자의 마검 '클라우 솔라스' 를 가리킨다고 필자는 생각한다(같은 칭호로서 광명의 신 루에게도 '긴 팔' 이라는 뜻의 라바다가 있다).

이 검이야말로 항상 누아자와 함께 있었던 최고의 전우였다. 바꾸어 말하면 누아자의 분신이었을지도 모른다는 것이다.

검이라는 것은 무기 중에서 유일하게 전투를 목적으로 해서 만들어진 것이다.[30] 따라서 검을 가진 신은 전쟁의 신이다(비교신화학을 전공하는 학자들은 전쟁의 신은 검을 인격화한 것이라고 주장한다). 북구의 티르나 그리스의 아레스도

---

29) 그리스 로마의 아폴론, 페르시아의 아흐라 마즈다, 인도의 아스라 등이 그렇다. 필자의 생각으로는 북구의 불의 백성인 무스펠도 그 속에 넣을 수 있겠다.

그렇고, 이 누아자도 그렇다. 그 칭호가 자기 자신의 상징인 검에서 유래한다고 하면 싸움의 신 누아자에게 그 이상으로 어울리는 것은 없을 것이다.

로마의 누아자/벨레누스

누아자는 대단히 위대한 신이었기 때문에 그가 아일랜드에 도착하기 전에 이미 켈트인 사이에 그 이름이 알려져 있었다. 켈트에 대한 로마의 기록을 보면, 역시 그였다고 생각할 만한 신을 발견할 수 있다.

켈트의 아폴론이라고 불린 벨레누스(Belenus : 빛나는 자) 또는 그란누스 (Grannus : 찬란한 자)가 바로 그들이다. 그들은 광명의 신이며 치유의 신이다. 또한 일족의 왕으로 가장 널리 숭배되었다.

벨레누스는 빛의 신이라기보다는 치유의 신으로서 많은 이들로부터 숭배되고, 병을 치료하는 샘물 또는 온천을 가지고 있었다고 한다. 온천에서 나오는 거품의 이미지 때문인지 갈리아(현재 프랑스)에서는 볼만누스(Bolmannus : 거품이 이는 자)라고도 불렸다. 부인인 실로나(Silona)도 역시 샘을 관리하고 있었던 것은 누아자의 부인들인 세 여신 역시 물과 관련된 신이었다는 것을 상기하게 한다.

누아자와 모이투라 1차 전투

누아자의 일생은 두 번의 대전투로 집약된다. 여기서는 그다지 알려져 있지 않은 켈트 신화의 중요한 일화를 소개함과 동시에 신들의 왕의 생애를 살짝 엿보기로 하자.

---

30) 그 밖의 무기는 항상 도구로부터 발달했다. 도끼는 본래 나무를 자르기 위한 것이고, 창이나 화살은 수렵 도구이다. 그리고 쌍날칼을 꽂은 창과 비슷한 대부분의 무기는 가래, 괭이 등의 농구가 발달한 것이다.

누아자는 에린 최초의 신들의 왕으로서 20년간 왕좌에 있었다고 한다. 그가 최초로 해결하지 않으면 안 되었던 일은 선주민족 피르 보르와의 민족 문제였다.

그는 계속 싸움을 피하려고 했다. 투사 브레스를 보내고, 에린을 둘로 나누어서 각각의 종족이 따로 떨어져 살자는 제안도 했다. 그러나 피르 보르의 세 부족은 이에 응하려고 하지 않았다. 피르 보르의 왕 요히(Eochaid Garb)가 섬의 반을 투아하 데 다난에게 양도하면, 언젠가는 섬 전체를 빼앗기는 날이 올 것으로 판단했기 때문이었다.

데 다난의 신은 선주민족의 분노를 피하기 위해 일시적으로 남방으로 물러갔다. 그러나 피르 보르의 추격은 그것을 용서하지 않았다. 결국 두 종족은 모이투라의 평야라고 불리는 땅에서 격렬하게 대치했다. 누아자는 피르 보르의 왕 요히에게 전령을 보냈다.

"최후의 통고를 가지고 왔다. 에린을 공유하고, 서로 힘을 합쳐서 외적에 대항하자는 제안을 다시 한 번 생각해주기 바란다."

요히는 한마디로 거절했다.

"장황하게 말하지 마라. 그런 제안은 받아들일 수 없다."

"할 수 없군. 그렇다면 개전의 시기를 알려다오."

"싸우기 위해서는 창을 준비하고, 투구를 닦고, 검을 갈 시간이 필요하다. 물론 그쪽도 그러할 것이다. 150일 후에 싸우자고 너희들 왕에게 전해라."

마침내 싸움의 날이 다가왔다. 그날 누아자는 다시 하나의 제안을 했다.

"이것은 투아하 데 다난과 너희들 피르 보르의 위신을 건 싸움이다. 싸움은 공정하게 하지 않으면 안 된다. 그쪽도 같은 수, 이쪽도 같은 수, 뛰어난 전사를 골라 싸워서 누가 이 약속의 땅 에린에 남을 것인가를 결정하자."

수를 생각하면 아무리 마술에 능한 신이라고 해도 피르 보르에 대적할 수는 없다. 이 제안이 받아들여지지 않는다면 신들은 죽을 각오로 싸움에 돌입하지 않으면 안 되었다.

그러나 피르 보르의 왕 요히는 이 요구를 받아들였다.

옛날 켈트에서는 일족의 존망을 단 한 명의 전사의 솜씨에 맡기는 경우가 있다. 그 승패는 하늘의 결정이라고 생각하고, 그 외에 아무리 전력이 남아 있다고 해도 진 쪽은 씩씩하게 철퇴한다.[31] 이 일 대 일의 싸움에 비하면, 누아자의 제안은 아주 쉽게 받아들일 수 있는 것이었다.

이리하여 '모이투라 1차 전투'의 막이 열렸다. 같은 수의 전사가 각각 일 대 일로 싸웠으며 이긴 자는 자신의 진지로 돌아와서 치유의 샘물에 들어가 상처를 치료했다. 싸움은 6일간 계속되었고, 양 진영 모두 전사의 힘과 마술사 드루이드 신관의 마력을 한껏 끌어내 대적했다.

첫날에 신은 심한 타격을 받았다. 그러나 둘째 날과 셋째 날에는 서서히 반격하기 시작했다.

나흘째의 싸움에서 누아자는 양 진영 중에서 최강의 투사로 알려진 스렝(Sreng) 또는 스트렝(Streng)이라는 자와 대적했다. 가장 털이 많고, 가장 키가 크고, 힘이 있고, 용감한 피르 보르의 전사 스렝과 맞선 누아자는 조금도 겁먹지 않았다. 결코 질 수 없었다. 투아하 데 다난의 왕인 그가 진다는 것은 일족이 지는 것과 마찬가지였기 때문이다.

두세 차례 둘의 검이 맞부딪쳤다. 스렝이 격렬하게 검을 휘둘렀다. 그 충격

---

31) 이와 같은 사고방식은 후세의 영국에도 남아 있다. 영국의 왕실에는 왕권을 지키는 전사(Champion of the King of England)가 있고, 신왕 즉위 때 왕을 왕으로 인정하지 않는 자도 일대 일로 싸울 권리를 가지고 있었다. 또 아더 왕의 이야기에서는 왕비 기네비어가 부정한 짓으로 의심을 받아 화형에 처해졌을 때, 그녀를 고발한 기사와 왕비의 무죄를 주장하는 랜슬롯 경이 일 대 일로 싸웠다는 이야기가 있다. 이처럼 누군가(또는 국가, 민족)의 운명을 등에 지고 대신 싸우는 것을 영어에서는 옛날부터 '챔피언'이라고 불렀다.

은 너무도 강했다. 검을 휘두르는 기술로는 누구에게도 뒤지지 않는 누아자도 그의 압도적인 힘에 눌려서 팔이 잘려나갔다.[32] 그 순간 의식이 멀어지고, 누아자는 자신이 패배했음을 알았다.

그러나 그는 한 가지 비책을 숨기고 있었다. 누아자가 전장의 한쪽 구석에서 죽어가고 있을 때 피르 보르의 왕 요히는 이미 이 세상에 없었던 것이다. 누아자는 아홉 명의 급사들에게 명령해서 요히의 눈에 환술을 걸어서 에린의 모든 물이 그의 눈에 보이지 않도록 했다.

싸움중에 목이 말랐던 요히는 물을 찾아서 전장 밖을 헤매고 다녔다. 그러다가 기다리고 있던 투아하 데 다난의 세 전사와 결투를 벌이게 되었다.

한편, 빈사 상태의 누아자가 있는 곳으로 최초로 달려온 것은 히르와흐의 엥유바(Aenguba Hiruath)라는 젊은이였다. 그리고 다자가 누아자의 근위대 50명의 전사들과 함께 뛰어와서 스렝의 공격으로부터 왕을 지켰다. 누아자는 의식불명인 채로 전장에서 옮겨져 치료사의 정성어린 간호를 받았다.

왕의 부상을 본 투아하 데 다난의 전사들은 그때까지 싸웠던 이상의 힘으로 적을 쳐부쉈다. 나흘째 전투에서 승리의 향방은 거의 신들 쪽으로 기울었다.

싸움은 하루가 더 계속되었다. 일시적으로 의식을 되찾은 누아자는 아군의 피해(그 중에는 자신의 세 아들도 포함되어 있다)를 확인하고 크게 가슴 아파했다.

그리고 엿새째, 요히가 죽은 뒤 피르 보르의 우두머리가 된 스렝이 죽음을 무릅쓴 각오로 무장한 열두 명의 근위대를 이끌고 투아하 데 다난의 진영으로 습격해왔다. 싸우면서 스렝은 크게 외쳤다.

"누아자여! 너와 일 대 일로 겨루고 싶어 찾아왔다."

---

32) 이때 팔의 어느 부분이 잘렸는가 하는 것은 큰 문제이다. 전승에 의하면 손목, 팔꿈치, 어깨라는 세 가지 이야기가 있고, 또 방패와 함께 잘려나갔다고 하는 문헌도 있다. 필자는 누아자가 출혈의 충격으로 혼절한 것으로 봐서 어깨가 잘려나갔다고 생각한다.

누아자는 상처로 인한 고열로 누워 있었기 때문에 그것은 불가능하다고 생각했다. 누아자의 근위병은 왕을 지키기 위해 필사적으로 검을 휘둘렀다. 그때 등뒤에서 소리가 들려왔다.

"스렝, 너의 오른쪽 팔을 묶고 싸우자. 그렇게 하면 너와 일 대 일로 싸우겠다."

그것은 왼손에 검을 든 지친 누아자의 모습이었다. 스렝은 웃었다.

"무슨 소리냐, 너의 팔을 자른 것은 나다. 그때 우리는 대등한 조건으로 싸웠던 것인데 내가 지금 손을 묶고 싸워야 할 이유가 없다."

물론 팔을 묶고 싸우더라도 누아자가 승리할 가능성이 있는 것은 아니었다. 투아하 데 다난의 신들은 말했다.

"이 싸움을 피할 수 있다면, 피르 보르에게 에린의 다섯 지방 중 그들이 원하는 지방을 하나 떼어주자. 거기에 사는 한 우리들에게 위해를 가하지 않을 것이다. 이것으로 이 싸움을 끝내자."

스렝의 심중을 알 수는 없지만 어쨌든 피르 보르의 백성들은 이 조건을 받아들여 코나흐타 지방을 차지하게 되었다. 이후 코나흐타에서는 피르 보르의 피가 오랫동안 전해 내려왔다. 지금도 그 지방의 사람들은 자신의 핏속에 용감한 스렝의 피가 섞여 있음을 자랑스럽게 여긴다고 한다.

이리하여 모이투라 1차 전투는 끝이 났다. 불구가 된 누아자는 왕권을 박탈당한 대신 많은 공을 세운 브레스가 왕이 되었다. 그러나 브레스는 북방의 마족 포워르와 짜고 투아하 데 다난으로부터 많은 세금을 거둬들였기 때문에 국토는 황폐하고 국민은 크게 고통받았다.

누아자와 모이투라 2차 전투

피르 보르와의 싸움 후, 누아자는 의술사인 디안 케트와 세공사인 크레드네의 힘을 빌어 은으로 의수를 만들었다. 곧바로 디안 케트의 아들인 치료사 미아흐는 마술로 누아자의 팔을 재생하여 은으로 만든 팔이 필요없게 만들었다.[33]

신체 장애를 완전히 극복한 누아자는 만장일치로 다시 왕이 되었다. 물론 왕위를 빼앗긴 브레스가 가만있을 리 없었다. 그는 마족 포워르의 진영으로 가서 투아하 데 다난과 다시 싸움을 벌이도록 선동했다.

누아자는 포워르와의 결전을 생각해서 우선은 군대의 훈련에 전력을 다했다. 힘과 광란으로 상대방에게 공포감을 주는 마족의 전술을 사용하기로 했다.

아일랜드의 화가이며 전승 연구가인 짐 피츠패트릭에 의하면 누아자가 펼친 것은 'ㄷ'자형의 진영이다. 우선 앞 열에는 큰 방패를 들게 해서 쉴드 월[34]을 만들고 오른손에 창을 들게 했다. 뒤쪽 열에는 검과 단검을 든 공격부대를 배치했다. 그 좌우 측면에는 양손으로 방패를 든 방어부대를 세로로 세워두었다. 방어부대는 도망갈 수도 없고, 또 공격도 불가능하기 때문에 역전(歷戰)의 용사들로 구성되었다.

싸움이 시작되면 먼저 창을 가진 방어부대가 적을 무찌르다가 돌파를 당하면 곧바로 후퇴한다. 좌우측의 방어부대는 유인되어 돌진해온 적을 둘러싸듯이 울타리를 만들고, 진을 삼각형으로 만든다. 이렇게 되면 적은 도망가지도 못하고, 증원을 기대할 수도 없다. 여기서 뒤쪽에 있던 공격부대가 앞으로 나와 적을 섬멸한다. 앞 열은 쉴드 월을 풀고 공격부대의 방어에 전념한다.

---

33) 아일랜드의 화가이자 전승 연구가인 짐 피츠패트릭의 주장에 따르면, 누아자의 새로운 팔은 재생한 팔에 마법의 은으로 된 의수(또는 토시)를 융합시킨 것으로 반은 자신의 팔이고, 반은 금속이었다고 한다. 이후 그는 이 팔 때문에 '은의 팔', 즉 아케트라브라고 불렸다.

34) Shield Wall : 방어를 중시한 전투대형. 전면에 방패를 세워서 일렬횡대를 만든다.

누아자의 이 전법은 일단은 포워르와의 전초전에서 효과를 발휘했다. 그러나 본 전투에서는 포워르의 왕 인디히(Indich mac De Domnann)가 이끄는 기마대에게 습격을 당해, 측면이 뚫리자 전술적인 가치가 없었다.

하지만 전면의 쉴드 월은 아직 유효했다. 적 본대의 공격은 투아하 데 다난의 두터운 쉴드 월에 의해 저지되었고, 신들이 던진 창은 마족을 무수히 쓰러뜨렸다. 포워르의 뒤쪽 열은 처음에는 이미 무너진 앞 열을 채우는 것 외에는 아무 것도 할 수 없었다.

그러나 전투가 진행되면서 결국 쉴드 월이 돌파당하자 사태는 완전히 진흙탕 속으로 빠져 들어갔다. 전장은 시체로 메워졌고, 전사들은 동료들의 시체를 밟으면서 싸웠다. 시간이 갈수록 시체가 쓰러질 공간조차 없을 정도가 되었고, 혼란스럽고 피가 눈에 들어가 앞이 보이지 않게 된 전사들은 시체에서 검을 빼내는 일도 잊어버렸다.

그때 큰 소리를 지르며 돌진해온 한 사람의 포워르가 있었다. 인디히 왕의 아들 옥트리알라흐(Octriallach)였다. 상대자는 역시 데 다난의 카스므에르, 누아자의 아들이었다. 둘의 격렬한 충돌로 양 진영은 일시 싸움을 중단하고, 침을 삼키면서 그 향방을 지켜보고 있었다.

옥트리알라흐는 카스므에르의 창의 일격을 방패로 받아 눌러서 꺾어버렸다. 누아자의 아들 카스므에르가 은상안(銀象眼)의 검을 뽑자, 옥트리알라흐도 도끼를 들었다. 다시 한 번 옥트리알라흐는 카스므에르의 검을 방패로 막고, 도끼를 땅바닥에 내동댕이쳤다. 그 순간 데 다난의 왕자는 방패와 함께 무참히 잘려버렸다. 무릎으로 일어선 그의 머리에 옥트리알라흐의 최후 일격이 가해졌다. 누아자는 또다시 사랑하는 아들을 잃어버리고 말았다.

신들과 마족의 싸움은 어느 쪽이 우세하다고 할 수 없는 상황에서 사흘째를 맞이했다. 누아자는 도중에 전술을 바꾸어 전면을 쉴드 월로 하고, 좌우의

■ 모이투라 2차 전투

[데 다난 군]		V. S	[포워르군]	
부대	대장		대장	부대
마나난의 아들들 요정기사단	긴 팔의 루	총사령관	사안의 마왕 발로르	드루이드 마술사
방패와 창의 전열 공격부대, 왕 친위대, 검과 단검의 후열 공격부대, 왕자들	은의 팔 누아자, 보좌관 카스므에르, 루아, 타 모르	대장	강력왕(剛力王) 인디히	기동부대(기병)
방패만의 좌측면 방어부대, 모이투라 1차 전투의 전사들	지장 오마	부장	용자 옥트리알라흐	본대(보병)
방패만의 우측면 방어부대, 다자의 아들들	위대한 다자, 보좌관 붉은 털 보브, 인우스			
드루이드, 마술사, 급사, 음유시인	제사장 모르피스	마술 지휘관	사안의 마왕 발로르	드루이드, 마술사
싸움의 세 여신 바이브 카흐	싸움의 마녀 모리안	독립부대	–	암살자 루아잔
(결국 싸움에는 참가하지 않음)	(마술사 마나난)	해장	불사신 엘라하	포워르 수송함대
9인의 호위 (루는 전장으로)	(긴 팔의 루)	수비대장	어둠 나라의 테흐라	아름다운 브레스, 토리 섬 수비대
공예신 콜루 콸레위히, 의술사 디안 케트, 아르미드		기타	대장장이 둘브	

* Jim FitzPatrick 『The Silver Arm』을 주 텍스트로 하여 필자가 작성

부대에게도 창을 주었다. 거북이처럼 모두 방패 속으로 숨고, 그 틈으로 나온 창으로 큰 창더미를 만들었다. 돌격해오는 포워르의 병사들과 말은 거기에 찔려서 속속 죽어갔다.

그러나 결국 인디히 왕이 이끄는 친위대가 좌측면을 돌파하고, 오마에게 중상을 입혔다. 데 다난의 본대와 좌측 부대의 혼전이 시작되었다(오른쪽에 있던 다자는 적장 옥트리알라흐를 잘 막고 있었다). 그것을 본 순간 황금 말에 탄 누아자는 검은 근위병의 진지에서 튀어나와 검을 들고 인디히를 향해 돌진했다.

"태양이여, 우리들에게 힘을 주소서. 우리들이 젊은 왕자의 원한을 풀게 해주소서!"

왕과 왕의 운명을 건 일 대 일 싸움이 시작되었다. 주위의 전사들은 왕들의 싸움에 방해가 되지 않도록 그 주위에서 멀리 떨어졌다.

몇 초간 우열을 가리기 힘든 검의 교차가 계속된 후, 누아자의 검이 인디히 흑마의 배를 찔러 창자를 파냈다. 누아자는 말에 깔린 인디히의 목에 검을 갖다대고 항복하라고 외쳤다. 그러나 죽음을 두려워하지 않는 인디히는 그것을 거절했다.

"내 한 목숨이야 어떻게 되든지 포워르는 패배의 굴욕을 당하지 않을 것이다."

누아자의 검 클라우 솔라스가 허공을 가르자 인디히의 목은 몸과 분리되어 땅에 떨어졌다.

하지만 누아자 자신의 생명도 그날 밤으로 끝나고 말았다. 그는 자신의 죽음을 예감했는지 왕자 루아를 시켜서 총사령관인 루를 전장으로 부르도록 지시했다.[35]

그러나 루가 모이투라로 달려왔을 때 누아자는 이미 숨을 거두었다. 사안

(邪眼)의 발로르에게 부름을 받은 악룡의 신 크로우 크루아흐(Cromm–Crúaich)가 그의 생명을 빼앗아 조용히 죽음의 나라로 데리고 간 것이다.

그러나 누아자는 죽음의 순간까지 크로우 크루아흐에게 맞섰다. 그리고 자신의 운명이 이제 죽음밖에 없다는 것을 알았을 때 빛의 검을 하늘에 들고 빌었다.

"투아하 데 다난에 빛을! 전사들에게 용기를! 여성들에게 평화를! 우리의 어린 자식들에게 자유로운 미래를!"

---

35) 루 외에는 발로르를 쓰러뜨릴 자가 없었다. 전초전에서 그를 잃어버릴 것을 염려한 누아자는 자신의 지시가 있을 때까지 타라의 도시에서 대기하고 있으라고 루에게 말해두었다.

대(大)브리튼의 왕 흘루즈

영국에서 누아자에 해당하는 신(또는 왕)을 찾는다면, 그것은 은의 팔 흘루즈일 것이다. 그가 세운 도시가 런던이라는 이야기는 이 편의 맨 앞부분에서 언급했기 때문에 여기에서는 『마기노비온』에서 전하는, 그의 영지를 습격한 이변에 관해서 이야기하도록 하겠다.

언제부터인지 영국에 세 가지의 괴이한 일이 일어나게 되었다. 흘루즈 왕은 현명하기로 이름난 동생 흘레베리스와 상의하여 그 수수께끼를 하나하나 밝혀나간다.

괴이한 일의 첫 번째는 코란냐이드(Corannyeid)라고 불리는, 인간 같지만 인간이 아닌 종족이 어딘가에서 나타난 일이다. 그들은 보통 인간의 언어로 대화하는 것이 아니라, 삐걱거리는 듯한 소리를 통해 의사소통을 한다. 그리고 인간의 대화도 바람을 타고 들려오는 것은 모두 들을 수 있다. 그런데 이 코란냐이드는 어떤 방법으로도 죽일 수가 없었다.

흘레베리스는 자신들의 대화가 코란냐이드에게 들리지 않도록(바람을 타고 가지 않도록) 뿔피리를 사용해서 왕의 귀에 직접 대고 이야기를 했다. 그러나 뿔피리 안에 숨어 있던 요물 때문에 이야기가 전부 반대의 의미로 전달되었다. 이상하게 생각한 흘레베리스는 와인으로 뿔피리를 씻어 요물을 내쫓아버린 다음 그제야 이야기를 바르게 전할 수 있었다.

그는 형인 왕에게 이상한 벌레를 주고, 그것을 갈아서 물과 함께 섞도록 지시했다. 이렇게 만들어진 마법의 물은 인간에게는 위해를 주지 않고 코란냐이드만을 쓰러뜨리는 힘을 가지고 있었다. 왕은 모든 백성과 코란냐이드를 대성당에 모으고 그 물을 뿌렸다. 그러자 코란냐이드는 그 자리에서 쓰러져 가루가 되어버렸다.

두 번째의 괴이한 일은 매년 4월 30일이 되면 들리는 무서운 외침이었다. 그 소리를 들으면 남자는 힘이 쇠약해지고, 여자는 유산을 하게 되고, 어린이는 오감을 잃어버리고, 동물, 식물, 평야, 산 모두가 번식력을 잃어버렸다.

흘레베리스는 그 소리가 영국에 옛날부터 살고 있던 드래곤의 소리라는 것을 알아냈다. 이 지역에 들어온 다른 드래곤에게 자기 영역을 침범당해 슬퍼서 운다는 것이었다.

흘레베리스는 왕에게 영국의 크기를 정확하게 측정하여 중심 부분을 찾도록 지시했다. 그리고 그곳에 땅 속 깊이 구멍을 파고, 최상급의 봉밀주를 담은 병을 넣고 그 위에 커다란 비단 시트를 깔도록 했다.

흘루즈가 그 술병을 감시하고 있는데 두 마리의 드래곤이 여러 가지 동물 모습으로 변신하면서 싸우는 모습을 볼 수 있었다. 이윽고 싸움에 지친 드래곤은 두 마리의 돼지로 모습을 바꾸고 봉밀주를 다 마시고는 병 안에서 잠들어버렸다. 왕은 그 틈에 시트를 묶은 다음 드래곤을 돌로 만든 상자 안에 넣고 가장 단단한 암반 밑에 집어넣었다. 그 이후 드래곤의 울음소리는 들리지 않았다.

세 번째의 괴이한 일은 왕실에 있는 식량창고의 식량이 하룻밤 사이에 없어진 사건이었다. 흘레베리스는 강력한 마술사가 주문으로 성에 있는 자들을 모두 잠재우고 일을 저질렀다는 사실을 밝혀내고, 왕에게 눈앞에 물이 든 병을 준비해놓고 왕이 불침번을 서도록 제안했다.

흘루즈 왕이 동생의 제안에 따라서 밤에 불침번을 서는데 급작스럽게 졸음이 쏟아졌다. 그러나 왕은 물 속에 얼굴을 담그고 정신을 차렸다. 그러기를 몇 번이나 반복했는지 모른다. 이윽고 중후한 갑옷을 입은 거인이 손에 바구니를 들고 식료창고로 들어가는 것이 아닌가. 왕의 눈앞에서 식량을 바구니 안에 계속 담고 있었다.

"네놈의 도둑질도 이제 끝이다!"

왕이 소리치며 검을 빼서 목을 베려고 했다. 당황한 거인도 거기에 맞서다가 두세 번 검을 휘두르더니 그만 쓰러지고 말았다.

"제발 살려주세요."

거인이 애원하자 왕이 대답했다.

"그렇게 나쁜 짓을 해놓고 자비를 구하는 걸 보니 아주 넉살이 좋은 놈이구나."

"살려만 주신다면 지금까지 나쁜 짓을 한 만큼 선행을 베풀겠습니다. 앞으로는 더 이상 나쁜 짓은 하지 않겠습니다. 그리고 당신 밑에서 하인으로 일하겠습니다."

왕은 검을 거두고 거인을 하인으로 삼았다.

이 이야기가 후세에 전해지는 흘루즈와 흘레베리스의 모험이다.

디안 케트 Dian-Cécht

데 다난의 의술사로는 인우스의 상사병을 간파한 페르네 등 많은 인물이 있다. 그러나 가장 유명한 신을 이야기하라고 하면 바로 디안 케트를 들 수 있다. 이름의 의미는 '격렬한 힘'이다.

목이 날아갔거나 뇌나 척추가 부서지지 않는 한 그는 어떤 상처라도 치료할 수 있었다(단, 잘린 손과 발목은 연결할 수 없었던 것 같다). 또 물에 담그기만 하면 모든 상처가 치료된다는 '치유의 샘'을 가지고 있었다. 유감스럽게도 이 샘은 '모이투라 2차 전투'에서 적의 왕자 옥트리알라흐에 의해 메워져버렸다.

디안 케트의 공적으로 유명한 것은 오른팔을 잃은 신들의 왕 누아자에게 은의 팔을 붙여준 것이다(실제로 만든 것은 신들의 세공사 크레드네이다).

그리고 또 한 가지는 에린을 위기에서 구해낸 것을 들 수 있다. 그러나 그 후 누아자와 모리안의 아이(유감스럽게도 이름은 알려져 있지 않다)는 디안 케트의 손에 목숨을 잃고 말았다.

모리안의 아이와 세 마리의 뱀

어느 날 모리안은 누아자와의 사이에서 남자아이를 얻었다. 그러나 디안 케트는 모리안이 낳은 아들에게서 나쁜 징조를 느꼈다.

이 아이를 자라게 놔두면 에린에 재앙이 올 것이라고 판단한 그는 아이를 붙잡아서 심장을 찢어버렸다. 그러자 그 안에서 세 마리의 독사가 얼굴을 내

밀었다.

그 뱀이 다 자라나면 에린에 사는 신들이 모두 잡아먹힐지도 모른다고 생각한 디안 케트는 그 뱀을 죽여서 재가 될 때까지 태우고 그 재를 강물에 뿌렸다.

그러자 강은 그 재 안에 있던 독으로 거품이 생기고 끓어올라 하류의 생물들을 모두 죽게 했다.

에린은 구했지만 그 대가가 너무도 컸던 것이다.

뛰어난 의사 디안에게 문제가 있었다면 그것은 바로 그의 성격이다. 위의 설화에서도 알 수 있듯이 그는 개인의 생명을 그다지 중대하게 생각하지 않

았다.

또 너무나도 자신의 의술을 자랑했기 때문에 자신의 기량을 초월하는 자의 존재를 허용하지 않았다. 그렇기 때문에 그는 아들인 미아흐(Miach)가 자신보다 더 뛰어난 의사라는 사실을 알고는 너무 화가 나서 죽여버렸다.

디안 케트와 그의 자식들

디안 케트에게는 미아흐 외에 많은 자식들이 있었다. 장남 미아흐와 차남 오위아흐(Omiach)는 아버지와 같은 의술사였다. 그들은 기관의 이식이나 재생 같은, 보다 고도의 마술적 치료를 알고 있었다.

그들의 누이인 아르미드(Airmid)도 치료에 관계되는 여신이다. 다만 오빠들이 주로 외과적인 치료를 잘한 반면 그녀는 약초를 관리했다.

오마의 부인이 된 에덴도 그의 딸인데, 그녀는 시의 여신이다. 키안을 장남으로 하는 세 형제도 그의 자식들인데, 상세한 것은 '키안' 편을 참조하기 바란다. 여기서는 의술을 관리하는 자식들과 디안 케트의 일화를 소개한다.

은의 팔 누아자와 디안 케트 부자

'모이투라 1차 전투'에서 오른팔을 잃은 누아자는 고열로 생사의 갈림길에서 헤맸다. 그의 생명을 구한 것은 죽음을 관리하는 돈(Donn)과 싸움의 세 여신 바이브의 주문, 디안 케트의 의술이었다.

디안 케트는 팔이 잘린 부분에 고약을 발라 상처 부분을 완전히 낫게 했다. 그리고 세공사인 크레드네와 함께 누아자에게 줄 은으로 된 팔을 만들었다 (일설에 의하면 완성될 때까지 7년이 걸렸다고 한다).

누아자는 생명을 건질 수는 있었지만, 왕위는 브레스에게 넘길 수밖에 없었다. 그는 모이투라 1차 전투에서 한쪽 눈을 잃은 전사를 부하로 삼고 쓸쓸하

■ 디안 케트의 계보

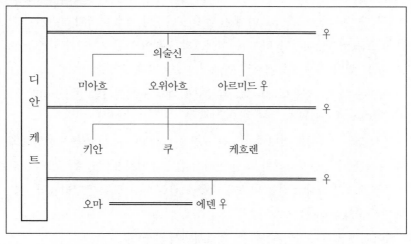

게 은둔 생활을 해야만 했다. 누아자는 날이 갈수록 초췌해졌고 한숨만 늘었
으며, 죽지는 않았지만 그렇다고 체력이 회복되는 것도 아니었다. 그 전투에
서 죽은 자식들의 일도 그를 괴롭히는 하나의 요인이었다.

그러던 어느 날 두 명의 청년이 방문했다. 외눈박이 부하가 그때 문을 지키
고 있다가 누구냐고 물었더니 그 중의 연장자인 한 젊은이가 대답을 했다.

"우리들은 의술사 디안 케트의 아들 미아흐와 오위아흐다. 누아자님의 상
태가 좋지 않다는 얘기를 듣고 달려왔다."

"누아자님은 이미 디안 케트의 치료를 받았다. 너희들의 솜씨가 아버지보
다 뛰어나다는 것을 증명하지 못하면 안으로 들어갈 수 없다."

"그렇다면 증명할 수 있는 기회를 주겠는가? 당신은 눈이 성치 못한 것 같
은데."

"그렇다. 이것은 모이투라 전투에서 거인의 창에 찔려서 생긴 상처다."

"그럼 저 지붕 위에서 잠자고 있는 고양이의 눈 한쪽을 당신께 드리지."

미아흐 형제는 아무런 어려움 없이 그 자리에서 남자의 눈에 고양이 눈을 이식했다. 양쪽 눈이 모두 보이게 된 남자는 너무나 기쁜 나머지 누아자가 있는 곳으로 뛰어들어갔다. 잠시 후 미아흐와 오위아흐는 누아자가 있는 곳으로 안내되었다. 가는 도중에 안쪽 방에서 한숨소리가 들려왔다.

"저것은 다르브 다올(darbh-daol : 투구벌레)에게 홀린 전사의 한숨소리다."

오위아흐가 중얼거렸다.

두 사람은 누아자를 만나자마자 곧 진찰을 시작했다. 그리고 곧 누아자에게서 은 팔을 떼어냈다. 그러자 그 팔 안에서 검은 등딱지가 덮인 투구벌레가 튀어나왔다. 도망가려고 하는 다르브 다올을 집안 사람 모두가 달려들어 간신히 밟아 죽였다.

미아흐는 곪은 누아자의 어깨를 치료하면서 말했다.

"이것이 누아자님에게 달라붙어 자양과 생명력을 빨아먹은 다르브 다올이라는 벌레입니다. 이대로 은 팔을 붙이면 언제 다올의 온상이 될지 모릅니다. 생명을 지키기 위해서라도 그리고 왕위를 되찾기 위해서도 누아자님은 자신의 팔을 되찾아야 합니다."

그는 누아자가 잃은 것과 똑같은 길이와 굵기의 팔을 가진 자를 찾아내 그 팔을 이식해야 한다고 설명했다. 그리고 얼마 지나지 않아 돼지를 기르는 모잔(Modhan)의 팔이 그와 딱 맞는다는 것을 알아냈다. 물론 모잔도 팔을 잃기 싫은 것은 당연했다. 그가 말했다.

"당신들, 어차피 붙일 것이라면 누아자님 팔을 붙여주시오."

"물론 그렇게 하지."

모잔은 사람을 모이투라에 보내어 누아자의 다 썩어버린 팔을 가지고 오게 했다. 의술사 형제는 팔을 가져오자 곧바로 행동을 개시했다. 오위아흐는 뼈의 잔해를 깨끗하게 맞추고, 미아흐는 근육이나 신경이 되는 약초를 모아서 어깨뼈에 붙였다. 그리고 주문을 외우면서 그 팔을 누아자의 절단부에 접합했다.

"근육은 근육에, 신경은 신경에! 부서진 팔을 고쳐주십시오."

9일 동안은 아무런 변화가 없었다. 미아흐는 팔을 누아자의 가슴 위에 놓았다. 그후 9일이 지나자 약초 주변을 피부가 덮어갔다. 그후 또 9일간 의술사는 습포로 치료를 계속했다. 그렇게 해서 27일 후 누아자는 완전히 자신의 팔을 되찾게 되었다.

이 소문을 듣고 화를 낸 것은 두 사람의 아버지인 디안 케트였다. 자신은 7년이나 걸려서 은으로 만든 팔밖에 만들지 못했는데, 자기 자식들은 단 27일 동안에 진짜 팔로 되돌려놓았기 때문이다.

"미아흐, 나는 너를 저주한다!"

디안 케트는 검을 손에 들고 미아흐의 머리를 내리쳤다. 그러나 피부를 약간 스쳤을 뿐 머릿속은 이상이 없었기 때문에 금방 치료했다. 아버지가 다시 검을 휘두르자 이번에는 두개골이 갈라졌다. 물론 미아흐의 의술은 당해내지 못했다. 세 번째 검을 휘두르자 이번에는 상처가 뇌 속에까지 미쳤는데 그래도 아들은 죽지 않았다.

그러나 네 번째에는 뇌수가 둘로 갈라졌다. 아무리 미아흐라고 해도 뇌를 붙일 수는 없어서 결국 숨을 거두고 땅에 쓰러질 수밖에 없었다.

디안 케트는 아들의 유해를 정중하게 장사지내고 묘까지 만들었다. 그러나 미아흐는 죽어서도 그 힘을 후세에 남기게 된다.

얼마 안 있어 그의 묘지에서는 3백65종의 풀이 나왔다. 이것은 인체의 3백65곳에서 발생하는 질병에 효과가 있는 약초로서, 모든 약초를 정확하게 사용하면 늙지도 죽지도 않는 것이 가능했다. 미아흐의 누이인 아르미드는 망토를 펼쳐서 약초가 섞이지 않도록 주의하면서 하나하나 따기 시작했다. 그러나 디안 케트의 분노는 사그라들지 않았다. 약초의 내막을 알게 된 디안 케트는 아르미드의 망토를 잡아채 약초를 엉망진창으로 섞어놓았다. 다행히 그것으로 분노가 가라앉아 아르미드는 겨우 살아남을 수 있었다. 하지만 그로 인해 이후 사람들은 어느 풀에 어떤 효과가 있는지 정확하게 알 수 없게 되어버렸다. 그리고 불로불사의 방법도 영원한 수수께끼로 남게 되었다.

그런데 이 이야기에는 후일담이 있다. 독자 여러분들은 고양이 눈을 넣은 전사를 기억할 것이다.

실제로 그는 눈과 함께 고양이의 습성도 약간은 이어받았다고 한다. 그 남자가 밤에 잠을 자면 고양이 눈은 일어나서 먹이를 찾고, 낮에 일을 할 때면 그 고양이 눈은 졸음이 쏟아졌다. 그래도 그 남자는 한쪽 눈만 있을 때보다는 두 눈이 다 있는 것이 좋다고 생각했다.

물론 여기에도 장점은 있다. 필자 생각으로는 아무리 깊이 잠들어도 결코 습격당하지 않는 것이 최대의 은혜가 아닐까 한다.

콜루 콸레위히

Colum Cuallemeach

켈트에서는 숫자 3이 신성시되고 있었다. 신들의 대부분은 세 명이 하나의 기능을 관리하고, 마치 한 사람처럼 행동했다. 이러한 켈트의 삼신일체 중에서도 가장 멋진 조화를 자랑하는 것이 공예의 삼신 콜루(또는 돌루)였다.

이름의 유래는 잘 알려져 있지 않다. 돌루(Dolum)라는 설에 의하면 그 의미는 '불평, 처참한 경우' 이며, 콜루(Colum)라는 설에 의하면 '비둘기' 라는 뜻이 된다. 칭호인 콸레위히는 '접대하는 동료' 를 의미하는데, 후세에 기술자나 상인들이 조직한 길드를 상기시킨다.

콜루 콸레위히는 대장장이 게브네, 세공사 크레드네, 목공 루흐다 세 명으로 이루어진 신이다. 또 세 명의 신 밑에는 잡일을 담당하는 견습 여성이 한 명 있었다.

대장장이 게브네(Goibne)

공예의 신 콜루 콸레위히의 우두머리는 대장장이 게브네이다. 그는 비교적 기원이 오래된 신으로, 웨일즈에서는 고반논(Govannon)이라고 불린다. 이름은 옛날 아일랜드어나 웨일즈어로 위대한 대장간이라는 의미다. 어머니는 다누다. 또 외눈에다 외팔이인 동생이 있었다.[36)]

게브네는 철강을 연마하는 기술을 관리하고 있었기 때문에 신들의 검이나 창의 대부분은 그의 작품이었다. 그는 해머를 단 세 번 치는 것으로 무기를 만

들 수 있었다. 그 무기는 적을 놓치는 일이 없었고, 대부분의 경우 한 번으로
상대방을 죽일 수 있는 힘을 가지고 있었다.

'모이투라 2차 전투' 때에는 포워르 진영에도 둘브(Dulb)라는 우수한 대장
장이가 있었지만, 게브네의 기술은 그보다 한 수 위였다. 이런 뛰어난 대장장
이가 있었기 때문에 신들이 모이투라 2차 전투에서 승리할 수 있었던 것이다.

그가 단지 무기만 만들었던 것은 아니다. 그의 작품 중에서 비교적 유명한
것 중에 '마법의 연어잡이 망'이 있다. 이 망은 물에 집어넣으면 건질 수 없는
것이 없을 정도로 질겼다고 한다.

게브네가 가지고 있는 것 중에서 또 하나 훌륭한 것이 있다. 그것은 불로불

---

36) 『갇힌 신들』이라는 책을 보면, 대장간을 관리하는 신은 한쪽 눈, 한쪽 손, 한쪽 발이 되는
것이 당연하다고 한다. 즉, 대장간의 직업병이라는 것이다. 강한 불을 바라보기 때문에 눈에
상처를 입고, 해머로 금속을 두드리므로 손을 다치게 된다. 또 골풀무(발로 밟아서 사용하는
풀무)를 밟아서 바람을 보내는 경우에는 발도 상하게 된다. 그리스 신화에서도 대장간 일에
뛰어난 종족은 외눈박이 키클로프스(사이클로프스)였다.

사의 에일(역주 : 홉을 넣지 않은 영국산 맥주)이다. 신들은 게브네가 베푸는 연회에서 언제나 이 마법의 에일을 마셨기 때문에 항상 젊은 모습을 유지할 수 있었다. 이것은 바다의 마술사 마나난으로부터 받은 선물이었다.

세공사 크레드네(Creidne Cred)

크레드네는 청동이나 놋쇠 세공을 주로 하는 세공사였지만, 금이나 은 등의 귀금속 세공도 그가 맡아서 했던 것 같다. 무기는 창의 날끝과 몸통을 연결시키기 위한 물림쇠, 검의 몸통, 방패의 테두리와 중앙 돌기부를 만들었다.

그의 최대 걸작은 의사 디안 케트의 의뢰로 만든 누아자의 은으로 만든 팔이었다. 크레드네도 세 번 해머를 두드리면 거의 모든 세공을 완성시키는 명장이었는데, 그 은 팔만은 7년이나 걸렸다고 한다. 팔에는 오감 문자('오마' 편 참조)로 주문이 새겨져 있고, 진짜 팔과 똑같이 움직이도록 만들어진 뛰어난 것이었다.

목공 루흐다(Luchta mac Luachada)

그는 목공으로서 나무 공예를 관장했다. 무기는 주로 방패나 창의 무늬를 만들었고, 세 번 도끼를 휘두르면 모든 것이 완성되었다고 전해진다.

게브네와 포워르의 암살자 루아잔

공예의 신 콜루 콸레위히는 모이투라 2차 전투에서 중요한 역할을 한다. 지금부터 소개하는 것은 싸움 이틀째의 일화다.

지난밤의 싸움에서 상당수의 부상자를 낸 마군 포워르는 날이 없는 무기를 손에 들고, 상처 입은 몸으로 채찍을 휘두르면서 전장으로 향했다. 그리고 놀라운 것을 보았다.

데 다난 군에서는 어제 중상을 입었던 전사가 상처 하나 없이 멀쩡하게 살아 있는 게 아닌가. 그뿐만 아니라 어제 싸움에서 상당히 많은 무기가 파괴되었을 텐데 무기의 수에는 전혀 변함이 없었다.

그럭저럭 그날의 싸움을 버틴 포워르 왕 인디히는 데 다난 군의 비밀을 알기 위해 루아잔(Ruadhan)이라는 이름의 스파이를 보냈다. 루아잔은 아름다운 브레스와 봄의 여신 브리이트의 자식으로 포워르와 데 다난 양쪽의 피를 모두 이어받았지만 마족 밑에서 포워르로 자랐다. 그러나 루아잔은 신의 피를 강하게 받았기 때문에 언뜻 봐서는 데 다난으로 보였다. 그런 조건 때문에 그는 이번 임무에 최적의 인물이었던 것이다.

루아잔은 데 다난의 젊은이로 변장하고 신들의 캠프로 잠입해 들어갔다. 누구도 그를 이상하게 생각하지는 않았다. 루아잔은 유유히 콜루 콸레위히의 공방에 들어가서 견학하는 체하면서 그들이 일하는 모습을 경탄의 눈으로 바라보았다.

루아잔의 눈앞에서 먼저 게브네가 쇠망치를 휘둘렀다. 철을 세 번 두드리니까 거기에 창의 날끝이 완성되어 있었다. 게브네는 날끝을 잡고 입구의 가로목을 향해 강하게 던졌다. 날끝이 깊고 확실하게 가로목에 들어가자 빼내서 완성시키는 것이다.

다음으로 루흐다가 도끼를 세 번 휘둘러 몸체를 완성시키고, 가로목에 꽂혀 있는 날끝을 향해서 그 몸통을 던졌다. 몸통은 바람 가르는 소리와 함께 날끝의 손잡이 부분에 들어가 부르르 떨면서 떨어지지 않았다.

마지막으로 세 번 휘둘러서 물림쇠를 완성시킨 크레드네가 손잡이를 향해 그 물림쇠를 던졌다. 물림쇠는 손잡이 구멍을 통해 몸통 깊숙이 꽂혀 날끝을 확실하게 고정시켰다.

그리고 견습하는 여자가 창을 가로목에서 빼서 날끝을 갈아 창을 완성시켰다. 그렇게 일을 했기 때문에 데 다난의 무기는 짧은 시간 안에 금방 보충되었던 것이다.

루아잔은 적지 않은 놀라움과 함께 그곳을 떠나 이번에는 의술사 디안 케트가 있는 곳으로 향했다. 디안 케트는 마술로 샘에 치유의 힘을 갖게 해서 죽어가는 전사들을 회생시켰다.

루아잔은 포워르의 진영으로 돌아가서 본 것을 그대로 보고했다. 수수께끼가 풀리자마자 포워르의 왕 인디히는 곧바로 행동으로 옮겼다.

우선 왕자 옥트리알라흐의 부대를 보내서 디안 케트의 샘물을 메우라고 지시했다. 그리고 루아잔에게는 콜루 콸레위히의 우두머리 게브네를 살해하도록 명령을 내렸다.

루아잔은 다시 데 다난의 진영에 잠입하여 게브네가 있는 곳으로 갔다.

"게브네님, 다음 싸움을 위해서 저에게 창을 하나 만들어주시지 않겠습니까? 최후의 일격을 가하고 싶은 상대가 있습니다."

아무 것도 모르는 게브네는 빙그레 웃으면서 대답했다.

"그것은 아주 쉬운 일이다. 청년이여, 아주 좋은 걸로 하나 만들어주지."

콜루 콸레위히의 삼신은 번개처럼 창을 만들고 견습공에게 날끝을 갈게 해서 루아잔에게 건네주었다. 루아잔은 내심 웃으면서 창을 받아들었다.

"고맙습니다, 게브네님."

루아잔은 그 자리를 떠나 출구가 있는 곳까지 갔다가 뒤돌아섰다. 일을 마친 루흐다와 크레드네는 이미 자리를 뜨고 없었고, 거기에는 게브네밖에 보이질 않았다. 그는 천천히 말을 내뱉었다.

"그런데 당신의 창은 결코 목표를 빗나가지 않는다고 들었는데 정말입니까?"

"물론이지. 그리고 명중한 창은 절대로 상대를 살려두지 않지."

"그 말을 들으니 안심이 되는군요. 그러면 그것을 여기서 시험해볼까요?"

루아잔은 창을 크게 휘두르며 혼신의 힘을 다해 게브네를 향해 던졌다. 게브네의 배에 창이 깊숙이 꽂히자 피가 뿜어져 나왔다. 그러나 게브네는 의식을 잃지 않았다. 그는 창을 자신의 배에서 뽑아 들고 반대 손에 옮겨 쥔 다음 루아잔을 향해 던졌다. 창을 맞은 루아잔은 비명을 지르며 쓰러졌다.

죽어가는 두 사람은 서로 상처를 누르면서 뛰어나왔다. 루아잔은 부모가 기다리는 포워르의 진영으로, 게브네는 디안 케트가 있는 곳으로 달려갔다. 디안 케트는 딸 아르미드와 함께 곧바로 게브네를 치유의 샘으로 옮겼다. 다행히 게브네는 상처가 나아서 죽음의 운명에서 벗어났다.

그러나 루아잔은 어머니 신 브리이트의 팔 안에서 숨을 거둘 처지에 놓여 있었다. 생명을 구하려면 디안 케트의 치유의 샘물에 뛰어드는 수밖에는 다른 방법이 없었다.

하지만 왕자 옥트리알라흐가 그 샘을 메우고 돌아온 것이 마침 그때였다. 이제는 별다른 방법이 없었다. 브레스와 브리이트는 아들의 죽음에 통곡했다.

이것이 에린에서의 최초의 통곡이었다고 한다.

게브네의 아버지 고반과 마왕 발로르

콜루 삼신 중 게브네는 다른 전설에서는 아버지와 함께 활약하고 있다. 그의 아버지는 고반 세르(Gobhan Saer)로, 솜씨가 훌륭한 목수(석공)이며 건축사였다.

데 다난의 백성이 에린에 이주한 직후, 게브네는 아버지 고반 세르와 함께 마왕 발로르에게 불려간 적이 있다. 발로르는 많은 보수를 약속하고 그들에게 자신의 궁전을 만들도록 의뢰했다.

고반 세르는 무사히 돌아가지 못할 것을 예측하여 부인(다누인지는 명확하지 않다)에게 이렇게 말해놓았다.

"혹시 아들 혼자 돌아오면 나는 죽었다고 생각해라. 그리고 나나 게브네가 아닌 다른 놈이 심부름 왔다고 하면서 들어오면 어떻게 해서든지 가두어놓아라."

신들 중에서 가장 우수한 목수와 대장장이가 함께 만들었기 때문에 완성된 궁전은 그야말로 대단히 훌륭했다. 발로르는 완성된 궁전을 보고, 이대로 둘을 돌려보내면 신들이 무적의 성을 만들 수 있을 것이라는 생각을 하고 비밀리에 그 둘을 죽이기로 계획을 세웠다.

그러나 마족의 영역에 와서 그냥 돌아갈 수 없을 거라고 깨닫고 있던 고반 세르는 천장에 구멍을 뚫어놓고 발로르에게 말했다.

"죄송합니다. 이렇게 큰 구멍은 여기에 있는 도구로는 고칠 수 없습니다. 아들 게브네를 집에 보내 도구를 가져오게 했으면 좋겠는데요……."

자신은 제쳐놓고라도 아들만은 도망치게 하고 싶은 부모의 마음이었다. 그러나 발로르는 고반 세르의 의도를 금방 알아차렸다. 그래서 게브네가 아니라 발로르 자신의 아들(유감스럽게도 이름은 알려져 있지 않다)을 보냈다.

게브네의 집에 도착한 발로르의 아들은 전에 게브네가 부인과 약속한 대로 붙잡히고 말았다. 게브네의 어머니는 남편과 아들 게브네, 약속한 보수를 주지 않으면 인질을 돌려보내지 않겠다고 발로르에게 통고했다. 아무리 발로르라도 자신의 아들만은 귀여워했기 때문에 그 제안에 따르지 않을 수 없었다.

게브네 부자를 배에 태우고 나아가려고 할 때, 발로르는 고반 세르에게 물었다.

"너희들이 이렇게 가버리면 도대체 누가 내 궁전의 지붕을 고치느냐?"

고반 세르가 대답했다.

"가바지 고에게 부탁하면 된다. 그런 수리를 하는 데는 그를 따를 기술자가 없다."

이리하여 고반 세르 부자는 무사히 돌아올 수 있었다.

그런데 대신 일하러 간 가바지 고는 어떻게 되었을까? 그 이야기는 '키안' 편에 나오니까 그쪽을 참조하기 바란다.

고반논 : 웨일즈의 게브네

웨일즈에서는 대장장이 게브네가 고반논이라고 불렸다는 것은 앞에서 이야기한 바 있다. 고반논은 왕에게만 충성을 맹세하고 왕 이외의 다른 자가 내리는 명령은 결코 듣지 않았다고 한다.

고반논에 대해서는 이렇다 할 일화가 남아 있지 않다. 다만 자신의 조카인 파도의 아들 딜란(Dylan eil Ton)을 한 방에 때려 죽였다는 이야기만 전해지고 있다.

딜란은 아리안흐로드('브리이트' 편 참조)의 자식 중 하나로, 파도에 상관없이 마치 물고기처럼 헤엄칠 수 있었다. 필자는 딜란이야말로 에린의 루아잔이 아닐까 생각한다.

■ **삼위일체의 신들**

공예의 신 콜루	지혜의 신 에크네	싸움의 세 여신 바이브
대장장이 게브네 청동세공사 크레드네 ┬ 목공 루흐다	브리안 유하르 ── 유하르바	모리안 마하 ── 네반

코르플레 Córple

코르플레는 지장(智將) 오마와 시의 여신 에덴의 아들이고, 다자를 능가하는 가장 뛰어난 음유시인이었다.

'모이투라 2차 전투'에서는 너무나 치욕스러워서 무기를 잡을 수 없게 만드는 풍자시를 지어 포워르 군을 괴롭혔다고 한다. 그는 전투 첫날에 오른손에 돌, 왼손에는 가시나무를 들고 아침해가 떠오름과 동시에 주술을 써서 상대방의 신체적 자유를 빼앗는 노래를 불렀다.

켈트의 음유시인[37]에게는 몇 가지 역할이 있었다. 그들은 전승을 전하는 것과 함께 하프 등의 악기에 맞추어 시를 읊는 궁정 악사, 마술이나 예언을 하는 드루이드 신관이기도 했다.

음유시인이 부르는 노래에는 깊은 지혜와 감정, 힘이 감춰져 있기 때문에 사람들은 시인에 대해서 높은 존경심을 품고 있었다. 왕조차도 그들을 가볍게 보지 않았다. 시인의 기분을 상하게 해서 왕위를 잃은 자도 몇 명 있다. 신

---

37) 『아일랜드 문학은 어디에서 왔는가』의 저자이며, 게일 문학의 제1인자인 미쓰하시 아쓰코(三橋敦子)에 의하면, 아일랜드의 음유시인은 계급이 높은 순서로 필라(File), 드루이(Drui), 바드(Bard)라고 불렸다고 한다. 그리고 아일랜드의 울라 지방에서는 음유시인의 우두머리는 올라브(ollamn)라고 불렸으며, 웨일즈에서는 최고 높은 계급의 음유시인을 마비노그(Mabinog)라고 불렀다.

들의 폭군이었던 브레스도 왕위를 빼앗긴 왕 중의 한 명이다.

코르플레의 풍자시와 폭군 브레스의 실각

이 사건은 폭군 브레스가 데 다난 일족을 통치하던 때에 일어났다. 백성들은 무거운 세금에 허덕이고, 거리에는 웃음소리가 없어지고, 궁정에는 광대들의 웃음소리조차 사라졌다. 단지 브레스 왕만이 사치스럽게 생활하고 있었을 뿐이다.

그때 불쑥 나그네 음유시인인 코르플레가 나타났다. 당시는 왕이라고 할지라도 나그네 시인의 방문을 거절할 수 없었기 때문에 브레스는 할 수 없이 그에게 적당한 방을 내주었다.

그 방은 어둡고 습기가 많았고, 좁은데다 난로도 없었다. 급사가 그에게 식사를 가지고 왔지만 도저히 먹을 수 없는 것이었다. 다 썩은 빵 세 조각에 마실 것은 물뿐이었다.

완전히 기분이 상한 코르플레는 다음날 아침에 시를 지어서 거리를 돌아다녔다.

여행에 지친 이국의 손님을 접대할 식사도 없다
쟁반 위에는 고기도 없고, 그릇 안에는 우유도 없다
몸을 편안히 쉬게 하고, 잠을 청할 편한 의자도 없다
어둠과 추위를 쫓을 불도 없고 빛도 없다
왕은 시인조차도 환영하지 않고 내쫓는다
그렇다면 브레스 그 자신도 같은 고통을 받아야 옳다

이 시는 에린 최초의 풍자시였다. 이 시는 신들 사이에 널리 퍼졌고, 곧 브레스 배척 운동으로 발전했다.

관습적으로 불구자가 왕이
될 수 없다는 것은 '누아자'
편에서 이야기했다. 이때 사
람들은 이렇게 생각했던 것
이다. 시인에게 그렇게 풍자
되는 것은 브레스의 마음이
불구이기 때문이라고.

백성들은 세금을 내지 않
았고, 전사는 브레스를 지켜
주지 않았으며, 브레스에게
왕으로서 경의를 표하는 사
람은 단 한 명도 없었다. 그는
고립되었고 마침내 왕으로
서의 권력을 잃었다. 제아무
리 대단했던 브레스라도 민
중의 힘에는 대항할 수 없었
다. 그가 권좌에서 내려오자
그 대신 누아자가 복위했다.

코르플레 이외의 음유시인

코르플레 외에도 시나 음악의 신은 몇 명 더 있다.

하프 솜씨로 유명한 신은 아브칸(Abcan mac Bicelmois)이다. 그가 시(Sidh : 요
정)의 언덕에서 곡을 연주하자 훌륭한 솜씨에 반한 지혜의 삼신 에크네가 왔

다. 아브칸은 그들에게 설득당해 신들과 함께 어울렸다. 사실 그는 데 다난의 일족이 아니라 요정이었는지도 모른다.

시로 유명한 신으로는 엔(En mac Ethomain)이 있었다. 엔은 고사에 대해 조예가 깊어 시인뿐만 아니라 역사가, 전승가로서도 숭배되고 있었던 것 같다.

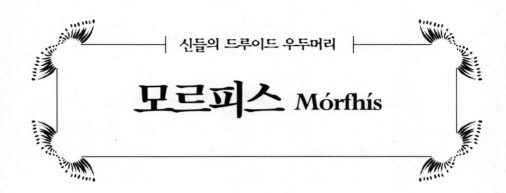

모르피스 Mórfhís

켈트에는 드루이드라는 특수한 계급이 있었다. 그들은 켈트의 신관이고 현자이며 점술가로서, 사람들을 이끄는 지도자이며 교사이기도 했다. 그들의 주임무는 신들에게 제물을 바치거나 왕을 보좌하는 것이었다.

신인 투아하 데 다난이 도대체 무엇을 빌었는지 독자 여러분은 의문으로 생각할지도 모른다. 그것은 자연 그 자체이다. 태양이나 바람, 바다 등 자연의 여러 현상에 대해 기도를 하고 그 가호를 기대한 것이다.

드루이드들은 마술 솜씨가 뛰어난 것으로 유명하다. 그들의 마술은 역시 자연에 작용하고, 자연의 힘을 빌려서 하는 것이다.

이러한 마술이나 지혜의 대부분은 신들이 아직 에린에 오기 전, 북방의 마법의 섬에 있을 때 배운 것이라고 한다.

그 섬에는 네 개의 도시가 있었다. 도시에는 각각 하나의 보물이 있었고, 한 명의 드루이드가 있었다.

핀디아스(Findias)의 도시에는 우스키아스(Uscias)가 지키는 마검 '클라우 솔라스(Claimh Solais : 빛의 검, 불의 검)'가 있었다. 검을 빼서 들면 빛이 발산되어 적을 현혹시키는 이 검은 후에 신들의 왕인 누아자의 소유가 된다.

무리아스(Murias)의 도시에는 세위아스(Semias)가 지키는 마법의 솥 '떨어지지 않는 것'이 있었다. 이 솥 안에서 계속 음식을 꺼낼 수가 있었는데, 뒤에 아버지 신인 다자의 소유가 된다.

고리아스(Gorias)의 도시에는 에스라스(Esras)가 지키는 마법의 창 '브류나크(Brionac : 관통하는 것)'가 있었다. 이것은 던지면 번개가 되어 적을 죽음에 이르게 하는 작열의 창으로, 광명의 신인 루의 소유가 되었다.[38]

팔리아스(Falias)의 도시에는 '리아 파르(Liath Fail : 운명의 돌)'라고 불리는 대관석이 있었다. 이것은 대관식을 할 때 왕자의 발 밑에 두는데, 정당한 왕이 올라서면 외치는 소리를 낸다고 하는 기적의 돌이다.

이 리아 파르를 지키고 있던 자가 드루이드의 우두머리인 모르피스(의미는 '위대한 지혜')다. 그는 많은 고대 주문을 알고 있었고, 대지와 관련된 마술을 특기로 했다. 모이투라 2차 전투에서는 전장 주변에 있는 열두 개의 산들을 울려서 지진과 산사태로 포워르 군의 진격을 저지했다(혹은 에린에서 열두 개의 큰 산을 불러들여 적군 위에 떨어뜨리려 했다고도 전해진다).

이 네 명 외에도 많은 드루이드들이 있었다.

■ **신들의 4대 비보(秘寶)**

비 보	수호자	마법의 도시	계승자
대관석 리아 파르	모르피스	팔리아스	왕들
마검 클라우 솔라스	우스키아스	핀디아스	왕 누아자
마법의 솥 '떨어지지 않는 것'	세위아스	무리아스	아버지 신 다자
마법의 창 브류나크	에스라스	고리아스	광명의 신 루

38) 아더 왕 전설에도 이와 비슷한 전승이 있다. 젊은 아더는 '바위'에 꽂혀 있던 '검' 엑스칼리버를 뽑아서 왕이 된다. 마법의 창과 큰 솥은 성배 전설에 등장해 크게 활약한다. 원탁의 기사들은 예수 그리스도의 옆구리를 찔렀다는 롱기누스(Longinus)의 성스러운 창과 그때 흘러나온 피를 받았다는(큰 솥은 아님) 성배(Sangreal)를 찾아서 떠난다. 이처럼 아더 왕의 전설은 켈트의 보물이 기독교의 성물로 바뀌어진 것이다.

　마워스(Mamós)는 최초의 드루이드였다고 전해지고 있고, 마술사 피올의 아버지였다. 마워스의 수염은 대장장이 게브네에 의해 마법의 연어잡이 망이 되었다.

　여자 드루이드도 있었다. 키안의 신화에 등장하는 비로(Biróg)는 키안을 도와서 광명의 신 루가 점지받도록 준비한 인물이다.

마술사들

　드루이드만이 마술을 사용한 것은 아니다. 그들 외에도 마술을 전문으로 하는 많은 마술사들이 있었다.

　마술사와 드루이드가 사용하는 마법의 효과는 다소 다르다. 드루이드는 자연 그 자체를 이용해서 비를 오게 하거나 안개를 부르지만 그 마술의 효과는 실제 기상 현상과 아무런 차이가 없다. 그에 비해서 마술사는 어느 특정 부분에만 짙은 안개를 발생시키는 등 초자연적인 마술을 사용한다.

이러한 마술사 중에서도 가장 뛰어난 자는 최초의 드루이드 마워스의 아들 피올(Figol mac Mamós)이다. 그는 불과 인간의 신체에 관한 마술을 특기로 하고, 모이투라 2차 전투에서 세 가지 불의 비를 오게 해서 적의 용기와 힘을 3분의 1로 줄였다. 그리고 아군에게는 호흡의 효과를 두 배로 해서 용기와 힘을 일곱 배로 만드는 마법을 걸었다. 게다가 적과 적군의 말의 배뇨를 정지시켜 요독으로 적을 고통스럽게 했다.

피올만큼이나 유명한 마술사로는 땅에 관한 마술을 특기로 하는 마흐안(Mathgan)이 있었다. 그는 모르피스와 마찬가지로 산들을 울리거나 불러들이는 것이 가능했다고 한다.

여자 마술사로는 베퀼레(Bécuille)와 디아난(Dianann)이 있었다. 그녀들은 나무나 흙덩어리에 마술을 걸어서 무장한 군대로 보이게 하여 적에게 위협을 주었다.

데 다난 군에는 물을 관리하는 아홉 명의 급사가 있었는데, 그들도 역시 마술을 익히고 있었다. 아홉 명의 급사는 적에게 참을 수 없는 갈증을 느끼게 하고, 거기에 환상까지 걸어서 전쟁터 부근의 강과 호수를 적의 눈에 보이지 않게 할 수도 있었다(혹은 열두 개의 큰 강과 열두 개의 큰 호수에 명령을 내려서 물의 흐름을 바꾸어 포워르가 물을 마시지 못하게 만들었다고 전해진다).

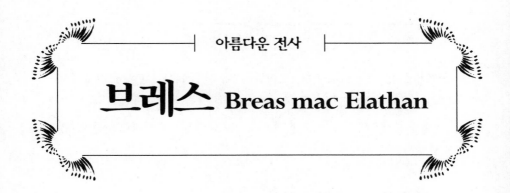

아름다운 전사

브레스 Breas mac Elathan

브레스는 양면성을 가진 신이다. 그 몸에는 투아하 데 다난과 마족 포워르의 양쪽 피가 흐르고 있다.

혼혈이었기 때문에 모습은 수려하고 눈부시게 아름다워서 흔히 아름다운 브레스라고 불리고 있다(실제로 브레스에는 '아름답다'는 의미가 있다). 푸른 눈은 마치 바다 속처럼 깊게 빛나고, 황금빛 머리는 여름의 태양과도 같다. 피부는 백설같이 희고, 입술은 입맞춤을 원하기라도 하듯 도드라져 있다.

소가죽에 청동판을 붙인 갑옷을 입고, 머리에는 오감 문자('오마' 편 참조)가 새겨진 투구, 어깨에는 금으로 수를 놓은 진홍색 망토를 걸치고 있다.

무기를 잡으면 누구에게도 지지 않을 정도의 힘을 발휘하고, '모이투라 1차 전투'에서는 투사로서, 지휘관으로서 활약했다. 그의 용기는 누구에게도 지지 않았으며, 오마와 마찬가지로 전사가 그의 직업이었다.

그러나 왕이 되자마자 그의 나쁜 성격이 드러났다. 그는 오락의 가치를 인정하지 않았다. 그래서 시나 노래, 음악, 춤 등을 브레스의 궁전에서는 보기 힘들었다. 시인들은 환영받지 못하고 광대들은 쫓겨났다. 그리고 사람들에게 무거운 세금을 부과해서 그 대부분을 마족 포워르가 있는 곳으로 보냈다. 무거운 세금과 포워르에 대한 공포가 더해지고 있는 와중에 데 다난은 쇠퇴하고 서서히 약해져만 갔다.

물론 그런 통치가 오래갈 수는 없었다. 단 7년 만에 왕위에서 물러난 그는 마족인 포워르의 섬으로 갔고, '모이투라 2차 전투'에서는 포워르 편에서 싸우다가 패해서 죽었다.

그러면 브레스의 일생을 출생 때로 거슬러 올라가서 순서대로 더듬어보기로 하자.

에리와 불사신의 왕 엘라하

브레스의 어머니 에리(Ériu)는 왕족인 델베흐(Delbaeth)의 딸이자 다누의 누이였다. 그녀는 데 다난 중에서도 1, 2위를 다투는 아름다움을 자랑하며, 남자들의 구혼을 피해 '미(미스)' 해안의 탑에 숨어서 살고 있었다.

바다가 잔잔해진 어느 날, 거울처럼 투명한 해면을 한 척의 은빛 배가 물결하나 일으키지 않고 다가오고 있는 것이 보였다. 바람 한 점 없는데 돛은 크게 펼쳐져 있었다. 배는 물가에 정박했다. 그 배에서는 한 명의 늠름해 보이는 남자가 내렸다. 하얗고 투명한 피부, 어깨까지 내려오는 갈기와 금발, 상의와 망토는 황금 자수로 덮여 있고, 목에는 다섯 개의 황금 목걸이를 하고 있었으며, 가슴에는 반짝이는 보석을 박은 금 브로치를 달고 있었다. 손에 든 두 개의 은으로 된 창, 허리에 찬 금빛 검, 그는 포워르 왕 중에 한 명인 불사신 엘라하(Elatha mac Delbaeth)[39]였다.

엘라하는 곧장 에리의 탑을 향했고, 그녀의 방으로 통하는 계단을 뛰어 올라갔다. 에리는 엘라하를 본 순간 어떻게 할 수도 없이 사랑에 빠져드는 자신을 통제할 수가 없었다. 엘라하는 에리에게 사랑의 밀어를 속삭였다. 그리고둘은 하나가 되어 하룻밤을 지냈다.

---

39) 기묘하게도 엘라하의 아버지와 에리의 아버지 이름이 같다. 어쩌면 브레스나 루아잔뿐만 아니라 엘라하도 투아하 데 다난과의 혼혈이었는지도 모른다. 만약 그렇다면 엘라하와 에리는 이복 형제가 된다.

그러나 다음날 아침에 엘라하는 포워르 섬으로 돌아가지 않으면 안 되었다. 에리는 눈물을 흘리면서 말렸지만 어쩔 도리가 없었다. 더 이상 붙잡고 있으면 언젠가는 데 다난 사람들에게 발각되어 에리도 엘라하도 혼날 것이 틀림없었다.

엘라하는 그녀에게 자신의 가운데 손가락에서 빼낸 금반지를 건네주면서 이렇게 속삭였다.

"이 반지에는 우리 종족과 신분을 나타내는 표시가 새겨져 있다. 당신은 아홉 달 뒤에 남자아이를 낳을 것이다. 그 아이가 자라서 이 반지가 맞게 되면 내게로 보내야 한다. 그리고 그 아이에게는 아름다운 브레스라고 이름을 지어주어라. 내가 이 섬에서 본 것은 전부 아름다웠다. 아들의 이름을 들으면 나는 이 섬에서의 아름다운 일을 기억해낼 것이다."

■ 브레스의 계보

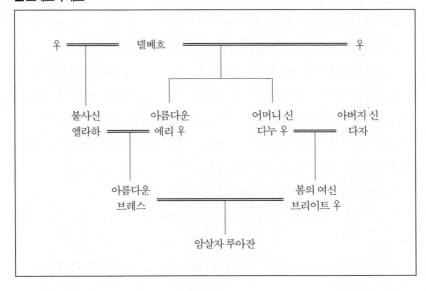

엘라하는 에리를 남기고 떠나갔다.

브레스는 그렇게 해서 태어난 것이다. 그는 쑥쑥 자라서 보통 아이 두 배의 속도로 성장했다.

그러나 오랜 세월 동안 이 이야기는 사람들에게 알려지지 않았다. 브레스 자신조차도 아버지가 포워르족의 누구라는 것밖에는 듣지 못했다.

엘라하가 순수하게 사랑 때문에 그녀와 만난 것인지, 아니면 데 다난의 내부 붕괴를 노리고 혼혈의 왕자를 낳게 한 것인지 아직 여기서는 이야기하지 않도록 하자.

청년 브레스와 모이투라 1차 전투

빠르게 성장한 브레스는 아버지에 필적할 만큼 아름답고 씩씩한 청년으로 성장했다. 그리고 모이투라 1차 전투 때 이미 젊은 왕 누아자의 전사로서 신뢰받는 지위를 쌓고 있었다.

피르 보르의 아르드리(지고왕)가 척후로서 최강의 투사인 스렝(Sreng)을 보냈을 때, 브레스는 왕 누아자의 명령에 따라 그를 막는 역할을 맡았다.

스렝과 브레스는 데 다난 군의 진영 가까이서 거리를 유지하며, 방패의 그림자에 몸을 숨기고 서로 상대를 관찰하고 있었다. 긴 침묵이 흐른 뒤 먼저 소리를 지른 것은 스렝이었다.

"내 이름은 자랑스런 피르 보르의 아르드리이신 요히 마크 에르크를 섬기는 전사 스렝이다. 그런데 너는 누구냐?"

브레스는 약간 놀라면서 대답했다.

"나는 여신 다누의 전사로서 은 팔의 왕 누아자를 모시는 아름다운 브레스다."

스렝도 그 말을 듣고 놀랐다. 선주민족인 피르 보르와 침략자인 투아하 데 다난의 말이 통했기 때문이다.

둘은 자기 종족의 계보를 서로 거슬러 올라가 보기로 했다. 그러자 둘 다 '코난 탑의 대학살'에서 살아남은 네베드족이라는 사실을 알았다. 브레스는 한 가지 제안을 했다.

"같은 네베드 친족끼리 싸울 필요가 없지 않은가. 지금 에린을 둘로 나누어 서로 반씩 차지하고 살기로 하자. 그리고 함께 외적으로부터 몸을 지키는 것은 어떤가."

스렝은 우선 그 말을 그들의 왕인 요히 마크 에르크에게 전달했다. 브레스의 제안으로 둘은 헤어질 때 서로 무기를 교환하기로 했다. 이는 상호 신뢰를 확인하고 상대의 무기를 알 수 있다는 두 가지 의미가 있었다.

브레스가 가지고 돌아온 창은 지금까지 본 적이 없을 정도로 거칠었으며, 무겁고 날이 없었다. 이 창에 감춰진 파괴력은 상상만 해도 무서웠고, 갑옷을 입었더라도 관통당하면 상당한 상처를 각오해야 할 것 같았다

한편, 스렝이 가지고 돌아온 창은 피르 보르의 왕들을 경탄시켰다. 데 다난족의 창은 가볍고, 얇고, 사용하기 쉬울 뿐만 아니라 날끝이 뾰족하고 날카로웠다. 이런 창이라면 간단하게 방패나 갑옷을 관통할 것이 틀림없었다.

같은 종족에서 나왔다고는 하지만 스렝과 브레스의 무기는 큰 차이가 있었다. 피르 보르와 투아하 데 다난이 걸어온 길이 무기의 차이로 나타난 것이다.

피르 보르의 아르드리, 요히 마크 에르크는 우선 브레스가 제안한 것을 받아들이기로 했다. 그러나 에린의 반을 잃는다는 것은 요히에게서는 전 영토의 왕인 아르드리의 칭호를 잃는다는 것을 의미했다. 그리고 토지가 반으로 줄어든다는 것은 일족의 의식주 공간이 부족해진다는 것을 의미했다. 장기간의 평화는 처음부터 기대할 수 없었다.

이윽고 피르 보르의 불만은 모이투라 1차 전투 때 폭발했다. 브레스는 이때

스렝에게 건네주었던 자신의 창을 되찾아서 많은 적을 쓰러뜨려 무공을 세웠다.

폭군 브레스의 탄생

모이투라 1차 전투에서 불구가 된 누아자 대신 브레스가 왕이 되었다.[40] 그는 데 다난의 백성을 올바르게 통치할 것을 맹세하고, 그것을 이루지 못할 경우에는 스스로 왕위에서 물러날 것을 선언했다.

브레스가 새로운 왕이 된 이유는 몇 가지가 있다. 우선 첫 번째로 데 다난 왕족의 피를 이어받았기 때문이다. 두 번째로는 모이투라 1차 전투에서 세운 공적이 컸기 때문이다. 세 번째는 아름답고 씩씩한 그의 용모를 들 수 있다. 브레스는 많은 여성들에게 선망의 대상이었다. 그러나 무엇보다 중요한 것은 그가 데 다난과 마족 포워르 양쪽의 피를 이어받았다는 것이다.

데 다난의 백성은 모이투라 1차 전투로 큰 타격을 입었고, 또 거인족 포워르의 습격을 받아 변변히 싸워보지도 못하고 패했다. 그렇기 때문에 포워르의 피를 받은 브레스라면 마족과 교섭을 잘할 것이라고 기대했다. 하지만 유감스럽게도 왕으로서의 브레스는 전사 브레스만큼 힘을 발휘하지 못했다.

그가 먼저 한 일은 포워르족과 투아하 데 다난의 사이에 인척 관계를 만들어 평화를 유지하는 것이었다. 브레스 자신은 봄의 여신 브리이트를 아내로

---

40) 모이투라 1차 전투에서 활약한 브레스(Breas)와 그 후의 폭군 브레스(Bress)는 별개의 신이었다는 설이 있다(De Jubainville과 T. W. Rolleston 등). 처음의 브레스는 모이투라 1차 전투에서 죽었다는 것이 그 근거다. 그러나 신들의 생사는 자료에 따라 다르다. 오마나 다자의 장남인 보브 등도 모이투라 2차 전투에서 죽었다는 설과 부상만 입었다는 설이 있다. 필자는 이야기의 흐름으로 볼 때 두 명의 브레스는 동일인물이라는 설을 채택했다.

맞이하여 아들 루아잔('콜루' 편 참조)을 얻었다. 그리고 다른 한 쌍, 마왕 발로르의 딸 에흐네와 데 다난의 왕자 키안을 결혼시켰다(그러나 이 결혼은 사후 승인의 형태로 이루어졌는데, 둘 사이에는 이미 루라는 아이가 있었다. 그 일에 관해서는 뒤에서 다시 언급할 예정이다).

다음으로 그는 데 다난의 백성들에게 무거운 세금을 부과했다. 인두세로서 1인당 1년에 금 1온스를 내도록 했다. 게다가 어느 가정에나 있는 절구나 반죽하는 그릇, 가축을 기르기 위한 히드의 목초지마다 세금을 부과했다. 이 세금은 포워르에 대한 공물이 되어 결코 사람들에게 환원되는 일이 없었다. 데 다난의 백성들은 굶주리고 쇠약해져서 서서히 포워르의 노예가 되어갔다.

더구나 세금징수 방법은 아주 교묘하고 악랄했다. 예를 들면 갈색 털이 있는 젖소만 세금을 걷겠다고 발표했다. 사람들은 그 정도라면 대단한 것이 아니라고 생각하고 찬성했지만, 브레스는 검사할 때 모든 소를 두 개의 불 사이로 빠져나가게 했다. 당연히 소털이 그을려서 색깔이 갈색이 되면 브레스는 모든 소를 자신의 것으로 만들어버렸던 것이다(신들이 이 소들을 되찾아오는 이야기는 '다자' 편 참조).

브레스의 실각

이렇게 백성들을 괴롭히던 브레스가 실각하는 원인이 되는 사건이 몇 가지 있다.

그 첫 번째가 아버지 신 다자에 대한 재판이다. 어느 날 밤, 브레스가 좋아했던 키딘벨(Cidínbél)이라는 맹인이 시체로 발견되었다. 브레스는 다자가 식사할 때 항상 키딘벨과 함께 있는 것을 보고 그가 독을 넣었다고 판단했다. 그의 추리에 대해 다자의 아들인 인우스가 강력하게 항의했다.

"이것이 과연 데 다난의 왕이 하는 재판입니까? 우리 아버지는 그 거지(키딘벨)가 날마다 식사를 구걸하니까 당신에게 받은 참새 배도 채우지 못할 만큼 적은 양의 식사마저 모두 그에게 주었습니다. 더구나 키딘벨을 우리 아버지에게 보낸 것도 브레스 당신이 아닙니까? 나는 아버지가 여위어가는 것을 차마 볼 수가 없어서 식사에 황금 덩어리를 섞어놓도록 아버지께 말씀드렸습니다. 거지는 그 황금이 들어간 식사를 하고서 죽은 것입니다."

곧바로 키딘벨의 사체가 해부되었다. 그러자 인우스가 말한 대로 키딘벨의 배에서 황금 덩어리가 발견되었다. 이 사건으로 브레스는 완전히 백성들에게 신용을 잃어버렸다. 브레스가 아버지 신 다자의 사람 좋음을 알고 굶겨 죽이려 했던 것이 폭로되었기 때문이었다.

브레스 실각의 두 번째 원인은 누아자의 부활이다. '디안 케트' 편에서 말한 것처럼 누아자는 잃어버린 오른팔을 재생시켜 왕으로서의 자격을 되찾았다.

그리고 세 번째 원인은 시인 코르플레의 풍자시라고 할 수 있다('코르플레' 편 참조).

인망을 잃은 브레스는 즉위 때 했던 약속대로 왕위에서 물러나야만 했다. 하지만 그는 몇 년간의 유예를 요구했다. 다시 왕이 된 누아자는 세금을 가볍게 할 것(인두세 외의 모든 세금이 폐지되었다)을 조건으로 브레스의 요구를 들어주었다.

이리하여 폭군 브레스의 권세는 불과 7년으로 끝났다고 한다.

아버지 엘라하가 있는 곳으로 향하는 브레스

실의에 빠진 브레스는 어머니 에리로부터 아버지 엘라하의 이야기를 들었다. 에리는 엘라하에게 받은 반지를 브레스에게 건네주면서 말했다.

"왕위를 되찾으려면 아버지의 지혜를 빌리는 것이 좋겠다.[41] 너는 이제 드디어 그 반지를 낄 자격이 생겼구나."

반지는 브레스의 가운데 손가락에 꼭 맞았다. 그 반지에는 포워르의 왕족을
나타내는 문장이 새겨져 있었다. 이는 반지가 브레스를 포워르의 왕족으로
인정하는 것과 동시에 브레스가 투아하 데 다난의 혈통에 이별을 고한 것을
의미했다.

그는 어머니 에리와 처 브리이트, 어린 아들 루아잔, 그리고 심복인 부하들
은 물론 개와 말까지 데리고 아버지가 기다리는 포워르 섬을 향해 떠났다. 배
에 휴전 깃발을 올리고 안개에 싸인 섬으로 배를 몰고 갔다.

포워르들은 그들을 정중하게 맞이했다. 그러나 손님으로 대접받기 위해서
는 자신들의 뛰어난 기술을 상대방에게 보여줘야만 했던 것이 당시의 관습이
었다(북구 신화인 '우트가르다 로키 방문' 의 신화에도 그런 이야기가 나온다).

그들에게는 자랑할 만한 '쿠 브리(Cú Brea : 아름다운 맹견)' 라는 개가 있었기
때문에 우선은 개 경주를 하기로 했다. 에린에서 가져온 다른 몇 마리의 개와
함께 쿠 브리는 포워르의 개와 경쟁을 했다.

쿠 브리의 위력은 질풍과도 같아서 곧바로 선두로 달려 장애물인 강가에
도착했다. 그러나 담을 기어올라가서 쿠 브리가 본 것은 아주 힘센 포워르의
전사였다. 전사는 쿠 브리를 걷어차서 강물에 빠뜨렸다.

쿠 브리는 두세 번 강에 빠졌지만 그만한 일로 쉽게 포기할 브레스의 개가
아니었다. 쿠 브리는 있는 힘을 다해 포워르 전사를 물려고 뛰어올랐다. 겁을
먹은 포워르의 전사는 당황해서 도망갔다. 그러자 쿠 브리는 목표물을 향해
달려가서 브레스의 생각대로 첫 번째로 도착했다. 2위, 3위도 역시 에린에서
데리고 온 개였다.

---

41) 엘라하에는 지혜라는 의미가 있다.

상황이 이렇게 되자 포워르인들은 도저히 참을 수 없었다. 그들은 다시 경마로 승부를 내자고 했지만, 역시 브레스측의 압승이었다.

마침내 검술 시합을 하지 않으면 안 될 상황이 오고야 말았다. 하지만 브레스는 모이투라 1차 전투에서 갈고 닦은 솜씨를 발휘해 순식간에 일곱 명을 쓰러뜨렸다. 그 광경을 보고 앞으로 나선 인물이 있었다.

"뒤로 물러서라. 내가 상대해주겠다."

번쩍이는 얼굴과 멋진 옷차림은 틀림없이 왕의 풍모를 나타내고 있었다. 브레스의 어머니 에리는 그의 눈동자를 가만히 쳐다보고 있었다. 브레스는 겁먹은 기색도 없이 검을 잡았다. 그때 브레스의 손등에서 무엇인가가 빛났다. 포워르의 왕은 크게 숨을 삼킨 다음 검을 도로 집어넣었다.

"그 반지는 내가 에리에게 준 것이다. 그렇다면 네가 내 아들인 브레스가 아니냐."

"그렇습니다, 아버님. 저희들은 아버님을 만나기 위해 이렇게 데 다난의 혈통을 포기하고 온 것입니다."

부자는 서로 화해하고 눈물을 흘렸으며, 브레스는 여기까지 와야만 했던 이유를 이야기했다. 그러나 부왕 엘라하는 가만히 생각하다가 엄한 어조로 이렇게 말했다.

"아들아, 유감스럽지만 나는 네가 왕위를 찾도록 도와줄 수 없다. 너는 정치를 결코 잘했다고는 할 수 없다. 백성과 신하들이 너를 저주했다고 하더라도 너는 그 이상의 축복으로 갚지 않으면 안 된다. 너는 이제 더 이상 왕으로서의 자격이 없다."

고개를 숙인 브레스 앞에서 엘라하는 몇 마디 덧붙였다.

"그러나……, 우리들의 맹주인 발로르 왕이라면 너를 도와줄지 모르겠구나. 안내자를 붙여주마. 발로르 왕이 있는 곳으로 떠나거라."

브레스는 발로르 왕을 만나 투아하 데 다난을 공격하려면 지금이 좋은 기회라고 말했다. 발로르는 브레스를 보면서 대답했다.

"언젠가는 기회가 오겠지. 하지만 지금은 때가 아니다. 데 다난의 백성들에게 착취할 것은 아직도 많이 남아 있다. 착취할 만큼 하고 나서 그들이 아주 바짝 말라버렸을 때 단번에 쳐부수는 것이다. 에린을 바다 속으로 침몰시키고 그들을 모두 죽여버리는 거지."

브레스와 광명의 신 루의 싸움

발로르가 말한 '때'는 좀처럼 오지 않았다. 20년의 세월이 흐른 후 브레스의 아들 루아잔도 제 몫을 하게 되었다. 브레스는 그 동안 포워르 군에게 데 다난 병사들이 전개하는 '전술'을 가르쳤다. 한 명은 방어, 다른 한 명은 공격을 담당하면서 항상 짝이 되어 행동하도록 훈련시켰다.

그러는 도중에 포워르의 세금 징수원들이 에린에서 인두세를 걷다가 '루'에게 살해당하는 사건이 일어났다. 발로르도 무거운 허리를 들고 드디어 투아하 데 다난과의 전면전을 결의했다.[42]

대장인 인디히 왕은 높이 소리쳤다.

---

42) 발로르는 선전포고를 하기 전에 대책회의를 열었다. 그 회의에는 포워르 왕들 외에도 여러 명이 모였다. 우선 발로르의 친족으로는 열두 명의 어린이, 부인인 비뚤어진 이빨의 카흘린, 종형제 네드(Neid)를 조부로 하는 에브(Eab)와 스인하브(Seanchab : 오래된 입)가 참석했다. 그리고 유력자로서 큰 발꿈치의 소달(Sotal Sál mhol), 긴 몸의 루아흐(Luaith : 몸 동작이 가벼움), 전설이나 옛날 이야기를 하는 루아흐(Luaith), 토리스카자르 도시의 위대한 티네(Tinne Mór), 툭 튀어나온 무릎의 레스킨(Loiscinn Lomghlu ineach), 드루이드인 로바스(Lobais) 등 아홉 명의 예언시인이자 철학자들이 있었다. 그리고 긴 몸의 루아흐와 전설이나 옛날 이야기를 하는 루아흐는 브레스를 위해 기마대 조달을 했다.

"에린 놈들이 우리들의 지배에 만족하지 않는다면 가루가 될 때까지 부숴 버리겠다."

바다의 대장인 브레스의 아버지 엘라하는 포워르의 거점 중의 한 곳인 토리 섬에서 에린 본토까지 함대를 띄워 배로 다리를 만들었다.

마침내 브레스는 선발대를 이끌고 데 다난 군을 공격해 들어갔다.

출전하는 브레스에게 마왕 발로르가 말했다.

"가거라, 브레스. 지금이야말로 네 손으로 내게 거역하는 루의 목을 칠 때다. 그리고 에린의 주위에 고삐를 둘러서 테흐라의 배에 단단히 연결시켜라. 에린을 북쪽의 로흘란까지 끌고 가서 바다 속에 침몰시키고, 데 다난의 벌레 같은 인간들을 근절시켜라!"[43]

그는 순식간에 코나흐타를 점령하여 다른 곳으로 가기 위한 전진기지로 삼았다. 당시 코나흐타의 백성은 피르 보르의 사람과 데 다난의 혼혈이 섞여 있었다. 그리고 코나흐타를 통치하는 왕은 다자의 장남인 붉은 털의 보브였다. 보브는 브레스의 진격을 가만히 보고 있을 수밖에 없었다.

그런데 어느 날 아침, 브레스뿐만 아니라 모두가 깜짝 놀랄 만한 이변이 일어났다. 아침해가 틀림없는데 서쪽의 지평선에 나타난 것이다.

"태양이 서쪽에서 떠오르다니 무슨 일이냐?"

브레스는 채비를 차리고 진영 밖으로 나갔다. 그러자 서쪽의 언덕 저편에 눈부신 후광에 빛나는 한 젊은 기사가 서 있었다. 바로 데 다난의 유일한 희망인 광명의 신 루였다. 루는 브레스에게 예를 갖추고는 큰 소리로 말하기 시작했다.

---

43) 에린에 끈을 묶은 다음 끌어당겨서 포워르의 영토에 합치려는 것이다. 이러한 '나라 끌어당기기'에 관해서는 제2부 '북구 / 게르만의 신들'의 '디스' 편 참조.

"동포 브레스여, 같은 포워르와 데 다난의 피를 이어받은 자로서 말한다. 이 대로 군대를 뒤로 물리고 코나흐타 지방에서 떠나라!"

브레스는 루의 모습에 두려움을 느꼈다. 그러나 군을 이끄는 자로서 루의 요구를 들어줄 수는 없었다. 그가 내뱉었다.

"루여, 너는 저주받을 것이다!"

이 말을 마지막으로 둘은 전혀 다른 운명의 길을 걷게 된다.

루는 보브의 원군이 오기까지 적군과 식량을 줄게 하는 주문을 외웠다. 그 주문으로 젖소들은 브레스의 진영으로부터 도망쳤고, 젖이 나오지 않는 소만 남게 되었다.

사흘 후, 루는 요정기사단을 이끌고 붉은 털 보브의 군대를 정비하여 포워르 군에게 공격을 감행했다. 그 수는 거의 3천 명에 이르렀다. 루는 누아자에게 배운 'ㄷ' 자형으로 군대를 배치해서 적들을 단번에 물리치려고 단단히 준비했다(자세한 것은 '누아자' 편 참조).

루가 공격해오자 브레스는 우선 창을 던져 비처럼 내리게 했다. 하지만 루의 군대는 큰 방패로 쉴드 월을 만들어 창을 되돌려보냈다. 드디어 백병전이 시작되자 루의 군대는 곧바로 전열을 후퇴시켰다. 루는 전진해오는 적군을 좌우의 방어부대가 포위할 수 있도록 삼각형 형태의 진을 만들었다. 루의 전술을 모르고 너무 깊숙이 쳐들어온 적들은 이 삼각형의 망 안에 포위되어 도망갈 수도 이동할 수도 없게 되어버렸다.

루는 이때를 노려서 요정의 기사들에게 신호를 보냈다. 그러자 날개 달린 요정 말의 발 밑에서 마법의 안개가 자욱하게 뿜어져 나와 포워르 군의 시야를 막아버렸다.

이런 위기 속에서도 브레스는 전혀 당황하지 않았다. 그는 드루이드에게 명령해 차가운 바람을 일으켜 안개를 날려버리고, 데 다난 군의 머리 위에 격렬한 우박을 내리게 만들었다.

갑자기 쏟아지는 우박에 맞아 루 군대의 기가 꺾인 틈을 이용해 브레스는 후방에 대기하고 있던 기마대를 불렀다. 기마대는 둘로 나뉘어 데 다난 군 좌우의 방어부대를 향해 돌격해서 방패로 만든 울타리를 무너뜨렸다. 이를 기회로 브레스는 단번에 승기를 잡으려고 선두에 서서 루의 군대를 마구 베기 시작했다. 그의 칼에 붉은 털 보브는 깊은 상처를 입고 데 다난 군은 모두 쓰러졌다.

루는 말에 탄 채로 일단 언덕 위로 피신한 다음 병사들을 모았다. 브레스는 퇴각하는 데 다난 군을 보자 승패는 이미 결정났다고 생각하고 진을 풀도록 지시했다. 그러나 브레스의 이런 어리석은 결정이 승부의 갈림길이 되고 말았다.

루는 날개가 달린 요정기사단을 이끌고 방심하고 있는 적의 기병대를 향해 하늘에서부터 돌격을 감행했다. 기마병끼리 싸움을 하고 있는 동안 보병은 다시 강건한 쉴드 월을 만들고 그 사이로 창을 내민 채 포워르 군을 향해 돌진해갔다. 기병대는 요정기사단과의 싸움에 말려들어서 좌우의 방어부대를 물리칠 여유가 없었다. 포워르의 용사들은 데 다난 군의 창에 속속 쓰러져갔다.

마침내 브레스와 루는 정면으로 대치했다. 루의 전술에 패배한 브레스는 이미 체념하고 있었다. 브레스의 입에서 탄식의 말이 흘러나왔다.

"같은 피를 이어받은 자로서 여기서 검을 거두자. 싸움은 이것으로 충분하다. 우리 군은 진을 풀겠다. 너처럼 요정에게 축복받은 상대에게는 어떻게 해도 맞설 수가 없다. 우리들을 살려준다면 이후 두 번 다시 너희들과 싸움을 하지 않겠다는 것을 여기서 맹세한다."

루는 잠시 동안 주저하더니 입을 열었다.

"우리들은 같은 피를 물려받은 동포다. 너의 병사들을 더 이상 죽게 하고 싶지 않다. 물러가도 좋다. 브레스여, 우리 할아버지인 마왕 발로르에게 전해라. 당신의 목숨은 이제 나 루에게 달려 있다고."

브레스는 살아남은 포워르 군을 모아 북쪽으로 물러갔다. 그리고 떠나면서 한마디를 남겼다.

"루여, 너는 살아남지 못한다. 아무리 너라고 해도 발로르와 맞서면 살아날 수 없다."

하지만 루는 재미있다는 듯이 말했다.

"모든 것은 운명이 결정하겠지."

모이투라 2차 전투와 브레스의 최후

루와의 약속대로 브레스는 계속되는 모이투라 2차 전투에는 직접적인 참가는 하지 않았다. 토리 섬의 요새에 틀어박혀 수비대의 우두머리 가운데 하나가 된 것이다. 그는 이 싸움에서 아들 중 하나인 루아잔을 잃었다('콜루' 편 참조).

그리고 이 싸움이 포워르의 패배로 끝나면서 그는 다시 루의 포로가 되었다. 브레스는 목숨을 부지하기 위해 이렇게 비굴하게 말해야만 했다.

"포워르에 전해오는 비법을 가르쳐주겠다. 그렇게 하면 이제부터 에린의 암소는 모두 젖이 잘 안 나오는 곤란한 일을 겪지 않을 것이다."

루는 브레스의 목숨을 구해주기 전에 드루이드들과 상담을 했다. 그러나 드루이드들은 암소의 수명이 연장되지 않는 한 그런 것은 그다지 도움이 되지 않는다고 판단했다. 브레스는 살기 위해 다음 조건을 제시해야만 했다.

"그렇다면 매년 풍작을 거둘 수 있는 비법은 어떠냐?"

드루이드들은 대답했다.

"루님, 우리들은 항상 봄에 괭이로 땅을 파서 종자를 뿌리고, 여름에 기르고, 가을에 거둬들여 겨울에 비축해서 먹고 있습니다. 그 이상 무엇을 바라겠습니까. 브레스의 목을 치십시오."

루는 그들의 의견을 물리치면서 말했다.

"브레스여, 우리들이 알고 싶어하는 것은 그런 것이 아니다. 봄의 어느 시기에 괭이질을 해서 씨를 부리고, 가을의 어느 시기에 거둬들이면 좋은지 그 정확한 시기를 알고 싶다. 알겠는가, 브레스?"

그 물음에 브레스는 어렵지 않게 대답해서 목숨을 연장할 수 있었다. 그러나 최후의 난관이 기다리고 있었다.

"이미 포워르들은 패해서 북쪽의 바다 저편으로 도망갔다. 브레스, 이제 너는 그들과 함께 갈 수 없다. 다시 데 다난에 들어오고 싶다면 한 가지 조건이 있다. 너의 힘을 이들 앞에서 보여주는 것이다. 이국에서 온 손님은 뛰어난 솜씨를 보여주지 않으면 환영받을 수 없다."

루는 그렇게 말하고 3백 개의 양동이와 거기에 가득 담을 우유를 준비했다. 예전에 포워르 군이 다자에게 한 것과 똑같은 것을 브레스에게 요구했던 것이다.

브레스는 겨우겨우 양동이 3백 개에 가득 담긴 우유를 마셨다. 그리고 포만감을 느끼면서 죽어갔다고 전해진다.

맺음말

브레스는 데 다난에서 자랐으면서도 마음은 항상 포워르였던 것은 아닐까. 생각해보면 '모이투라 1차 전투'에서의 활약도 그의 몸 안에 흐르고 있던 포워르의 피 때문이었다. 데 다난을 지키기 위해 싸운 것이 아니라, 끓어오르는 피 때문에 싸웠던 것이다. 만약 그렇다면 그는 왕이 되자마자 변절한 것이 아니다. 스스로 자신이 포워르라는 것을 자각함으로써 포워르로서 살 수밖에 없었던 것이다.

양쪽의 피가 섞인 혼혈아의 업과 슬픔 속에서 죽어간 브레스. 필자는 도저히 그를 나쁜 신이라고 이야기할 수가 없다.

키안 Cian

키안은 '아득히 먼 자'라는 의미인데, 광명의 신 루의 아버지로 알려져 있다. 아버지는 의술신 디안 케트이고, 같은 어머니의 형제로서 쿠(Cú : 맹견)와 케흐렌(Cethren)이 있다. 전사, 대장장이, 의술사로서 뛰어났으며, 변신 마술도 알고 있었다.

그는 포워르 마왕 발로르의 딸 에흐네(Ethne)를 아내로 맞이하여 광명의 신 루를 얻었다. 그러나 지혜의 삼신 에크네의 원한으로 '모이투라 2차 전투' 이전에 죽음을 당했다.

키안 살해 이야기는 '에크네' 편으로 넘기고, 여기서는 광명의 신 루의 탄생에 관한 일화를 소개하도록 하겠다.

키안과 탑 안의 공주 에흐네

키안의 아내인 에흐네가 태어났을 때, 발로르는 왕비이자 드루이드인 카흘린(Caithleann)의 예언을 들었다. 그 내용은 "당신은 에흐네의 아들 손에 죽는다"는 것이었다. 그래서 발로르는 손자가 태어나지 않도록 에흐네를 토리 섬의 유리탑에 가두어놓고 남자가 주변에 얼씬도 못 하도록 만들었다. 그녀는 해가 지나면서 점점 아름다워졌지만 남자라는 존재는 전혀 알지 못했다.

어느 때인가 발로르가 궁전의 건축을 대장장이 게브네에게 부탁한 적이 있었다. 그런데 앞으로 조금만 더 하면 멋진 궁전이 완성되는데, 그만 공사를 중지하지 않으면 안 될 상황에 처하게 되었다('게브네' 편 참조). 발로르는 하는 수 없이 최후의 완성을 가바지 고(Gabhaidheachd Gó : 위험한 사기)라는 기술자에게 맡기기로 했다.

가바지 고는 동료 게브네로부터 발로르의 이야기를 이미 듣고 있었기 때문에 속아넘어가지 않도록 조심스럽게 처신했다. 그리고 성공의 보수로 발로르가 소유한 마법의 잿빛 암소(한 번에 2백 통의 젖을 짤 수 있었다)를 받았다.

잿빛 암소를 관리하기 위해서는 마법의 고삐가 필요했는데, 발로르로부터 그 고삐를 넘겨받지 못한 가바지 고는 날뛰는 소를 관리하는 일로 아주 곤란에 빠졌다. 그래서 결국 암소를 전문적으로 다루는 전사를 고용하기로 했다. 이 소를 지키는 전사가 바로 키안이었다. 키안은 가바지를 만나 훌륭한 검을 만들어주면 암소를 지켜주겠다고 했다.

이리하여 소 지키는 일을 하고 있던 키안의 귀에 어느 날 '탑 안의 공주'에 대한 소문이 들려왔다. 소를 지키는 지루한 날들을 보내는 동안 키안은 그 공주를 상상하면서 시간을 보냈다. 그 상상은 어느 사이에 사랑으로 변해갔다.

키안의 생각이 너무나도 지극했던지, '탑 안의 공주' 에흐네의 꿈속에도 언제부턴가 그의 모습이 나타나게 되었다. 에흐네는 밤마다 꿈에서 만나는 이상한 인물 때문에 가슴이 점점 두근거렸다. 탄탄한 신체, 불룩하지 않은 가슴, 늠름한 팔, 모두가 탑 안의 여자들과는 전혀 달랐다. 그녀는 주변에서 자기를 돌봐주는 여자들에게 꿈의 의미를 물어보았지만, 어느 누구도 정확한 답을 해주지 않았다. 마왕 발로르가 이 세상에 남자라는 존재가 있다는 것을 알게 해서는 안 된다고 엄하게 그녀들의 입을 막아 놓았던 것이다.

이렇듯 키안은 에흐네를 꿈속에서 상상하고, 에흐네도 꿈에서 그를 보는 이상한 날들이 계속되었다.

그런데 어느 날 공상을 하다 깨어나 보니 소가 없어졌다는 것을 알았다. 키안은 서둘러서 소의 뒤를 쫓아갔다. 그러나 소의 발자국은 무심하게도 북쪽의 해변에서 딱 끊겨 있었다. 암소는 발로르의 생각대로 바다를 건너서 마족 포워르에게로 돌아갔던 것이다.

가바지 고는 성질이 과격한 사람이어서 소를 잃어버리고 이대로 돌아갔다가는 죽음을 당할 것이 뻔했다. 그렇다고 북쪽으로 가는 배도 없었다. 키안은 자신의 어리석음에 화가 나서 머리털을 쥐어뜯으며 어찌할 바를 몰라했다.

그때 앞쪽 바다에서 가죽선을 타고 한 남자가 오고 있는 것이 아닌가. 그는 배를 해안에 댄 다음, 자신의 이름이 마나난 맥리르[44]라고 밝히고 나서 무엇인가 힘이 될 만한 일이 없는가 하고 키안에게 물었다.

키안은 답답한 마음에 그 동안의 이야기를 하고, 포워르에 데려가 달라고 부탁했다. 그러자 마술사 마나난 맥리르는 다시 이렇게 물었다.

"너의 소를 찾아주면 그 대신 나에게 무엇을 해줄 수 있느냐?"

"저는 사람에게 줄 수 있는 것을 가지고 있지 않습니다. 그렇기 때문에 꾹 참고 가바지 고 밑에서 일하고 있는 것입니다."

"그렇다면 네가 포워르에서 얻은 것의 반을 내게 줄 수 있느냐?"

키안은 고개를 끄덕였다. 나쁜 거래라고는 생각되지 않았기 때문이다. 마나난은 뜻깊은 미소를 짓고 키안을 자신의 '파도를 진정시킴' 호에 태웠다.

정말이지 눈 깜짝할 사이에 '파도를 진정시킴' 호는 발로르가 사는 토리 섬에 도착했다.

"또 만나세, 젊은이!"

마나난은 웃으면서 안개가 자욱한 바다로 사라져갔다.

---

44) 다른 설에 의하면, 키안이 포워르에 건너가는 것을 도와준 것은 여자 드루이드인 비로그(Biróg)라고 한다. 그녀는 키안에게 여장을 시켜서 탑 안으로 숨어들게 했다고 한다.

그곳은 차갑게 얼어붙은 나라였다. 포워르 사람들은 불이라는 것을 모르는 것일까? 모든 음식은 날것이었다. 그것은 키안에게 참기 어려운 고통이었다. 그는 불을 피워 고기를 익혀 먹으며 허기를 채웠다. 키안이 불을 피웠다는 소문은 당연히 마왕 발로르에게도 알려졌다.

마왕 발로르는 해변으로 걸어오더니 '불을 만드는 자'로서 자기 밑에서 일하지 않겠느냐고 키안에게 물었다. 그는 바라지도 않았던 제안을 받아들이기로 했다.

불을 만들고, 요리사로 일하는 동안에도 키안에게는 잊을 수 없는 것이 있었다. 하나는 암소이고, 또 하나는 '탑 안의 공주'였다.

그는 틈을 살펴 유리탑에 잠입하려고 생각했다. 그리고 섬의 거인들을 상대로 검술을 배우기도 했다.

이렇게 매일같이 탑을 찾아가던 중에 문이 잠겨져 있지 않은 날이 있었다.

키안은 곧장 안으로 들어갔다. 컴컴한 방에 들어가 불을 켜니까, 그 빛에 나

타난 것은 상상했던 것 이상으로 아름다운 에흐네의 모습이었다. 둘이 사랑에 빠지는 데 시간은 필요치 않았다.

키안은 틈만 있으면 에흐네의 탑으로 달려갔다. 그리고 1년 후에 에흐네는 귀여운 남자아이를 낳았다. 마왕 발로르를 죽인다고 했던 바로 그 운명의 아이였다.

발로르는 그제야 사실을 알아차리고 대노했다. 에흐네는 키안의 생명이 위급하다는 것을 알고, 암소와 마법의 고삐를 그에게 건네주고 재빨리 피하라며 슬피 울었다. 이별을 아쉬워할 틈도 없이 키안은 어린아이를 안은 채 암소를 끌고 달려야만 했다. 추적자들은 키안을 뒤쫓아오고 있었다. 한참을 달리다가 마침내 1년 전에 상륙했던 해변에 닿았다.

절체절명의 위기에 빠진 그는 마지막 결심을 하고 큰 소리로 외쳤다.

"마나난 맥리르!"

그러자 눈 깜짝할 사이에 '파도를 진정시킴' 호에 탄 마나난의 모습이 해변에 나타났다. 아기와 암소, 그리고 키안이 '파도를 진정시킴' 호에 타자, 마나난 맥리르는 급히 배를 출발시켰다.

잠시 후 발로르의 사안(邪眼)이 번쩍 뜨였다. 그러나 '파도를 진정시킴' 호는 아주 빨라서, 이미 사안의 효과가 미치지 않는 곳으로 벗어나 있었다.

발로르는 분노에 치를 떨며 마술을 부려 바다를 폭풍으로 뒤덮도록 만들었다. 그러나 마나난 맥리르는 바다의 신답게 눈 깜짝할 사이에 역주문을 외워서 폭풍을 잠재워버렸다.

발로르가 다른 주문을 외우자, 배 주위가 시뻘건 불의 바다로 변했다. 그러나 위대한 마술사 마나난 역시 역주문을 외워서 주위의 바다를 대지로 바꾸어놓았다. 그들을 뒤쫓던 포워르의 배들은 움직이지 못했지만, '파도를 진정시킴' 호는 바다에서와 똑같이 땅 위에서도 달릴 수 있는 배였다. 이리하여 무사히 에린의 해안에 도착한 키안에게 바다의 마술사인 마나난이 물었다.

"아주 위험할 뻔했군, 젊은이. 자, 약속대로 저 섬에서 얻은 것 중 반을 나에게 줘야지? 흠, 아기밖에 없는 것 같은데, 반을 나에게 줄 수 있겠나?"

키안은 입술을 깨물며 어린애를 마나난에게 건네주었다.

"데리고 가십시오. 이 아이는 나와 에흐네의 아기입니다. 아이를 둘로 나눌 수는 없지 않습니까……."

그러자 바다의 신은 깊이 고개를 끄덕이더니 만족스러운 듯이 말했다.

"그야말로 기다리고 있던 대답이다. 걱정하지 마라. 내가 이 아이를 훌륭한 전사로, 마술사로서 키워주겠다. 이름은 둘 다우나(Dul-Dauna : 전지전능)가 좋겠지."

이 말을 끝으로 바다의 신 마나난은 아기를 데리고 안개가 자욱한 바다로 사라졌다.[45] 둘 다우나, 즉 광명의 신 루는 이렇게 해서 태어났다.

---

[45] 이 같은 이야기는 아더 왕 전설에도 있다. 브리튼 왕 우더 펜드라곤은 마술사 멀린의 힘을 빌려 아들 아더를 얻었다. 그러나 마술사와 약속한 대로 그는 아이를 멀린에게 건네줘야만 했다. 만약 그렇다면 바다의 신 마나난은 멀린의 원형인지도 모른다.

루 라바다

Lugh Lámhfhata

데 다난의 많은 신들 중에서 유일하게 루만이 전지전능했다. 이름의 의미는 '빛' 또는 '빛나는 자'로, 웨일즈에서는 흘리우(Lleu), 영국에서는 러그(Lug)라고 부른다. 이름처럼 그는 빛의 화신으로 알려져 있다. 따라서 밤하늘에 빛나는 은하수는 '루의 쇠사슬'이라 하고, 비온 뒤에 하늘에 떠 있는 무지개는 '루의 활'이라 부른다.

로마 시대의 갈리아에서는 루구스(Lugus)라 불렀고, 마술의 신 메르쿠리우스와 동일시한 적도 있다. 그의 이름은 지금도 프랑스의 리용이나 네덜란드의 라이덴 등 많은 도시에 남아 있다.

루는 젊고, 정열적이고, 무서움을 모르며, 모든 기술에 능통했다. 전투에서는 누구보다 강했고, 평화시에는 누구보다 즐겁게 생활했다. 그는 대지의 여신이라 불리는 브이를 아내로 맞아들였다고 전해진다. 브이는 '무인' 중앙부의 평원을 개척한 개척 신으로, 후에 요정 여왕의 하나가 되었다.

루는 '모이투라 2차 전투'의 최대 공로자로서, 죽은 누아자의 뒤를 이어 40년간 왕으로서 데 다난의 백성을 통치했다. 그후 에후르 마퀼(Ethur MacCúill)에게 왕위를 물려주고 잠적했다고 전해지는데, 일설에 따르면 왕위를 찬탈당하고 죽음을 당했다고도 한다. 그러나 그는 신들의 시대가 끝나도 전설 속에서 모습을 나타내고 있다. 그는 영웅 쿠 훌린의 아버지로, 그를 지켜주고 상처 입은 몸을 치료해주며, 움직이지 못하는 그를 대신해서 적과 싸웠다고 한다. 그리고 그 자신도 요정왕의 하나가 되어 많은 영웅들을 요정의 나라로 인도했다고 전해진다. 또한 아일랜드에 전해지는 전설 중에는 에린의 모든 백성들에게 루의 피가 흐르고 있다고 한다. 그 정도로 그는 사람들로부터 사랑받는 신인 것이다.

바다의 신 마나난 맥리르와 루

루는 순수한 투아하 데 다난이 아니었다. 아버지는 데 다난의 왕족 키안으로, 의술사 디안 케트의 아들이다. 그러나 어머니인 에흐네(Ethne)는 포워르의 마왕 발로르의 딸이었다.

루는 같은 혼혈이었던 브레스에 뒤지지 않을 정도로 격동의 삶을 살았다. 앞서 '키안' 편에서 설명한 것처럼 그는 소년 시절에는 부모인 키안과 에흐네가 아닌, 바다의 신 마나난 맥리르의 밑에서 자랐다. 당시의 이름은 둘 다우나(Dul-Dauna : 전지전능)였다.

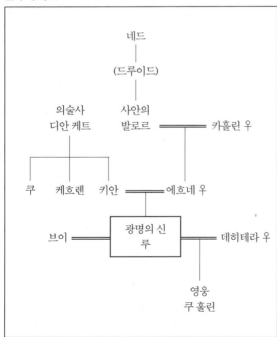

■ 루의 계보

네드
(드루이드)

의술사 디안 케트   사안의 발로르 ══ 카홀린 우

쿠   케흐렌   키안 ══ 에흐네 우

브이 ══ 광명의 신 루 ══ 데히테라 우

영웅 쿠훌린

둘 다우나는 바다의 마술사 마나난의 열 번째 아들로 자라면서 여러 가지 마술과 전사로서의 기술을 배웠다. 그는 잠자리에서 마나난으로부터 자신의 출생에 관한 얘기와 쳐부숴야 할 대상인 발로르에 대한 얘기를 들었고, 언제부터인가 자신이 그렇게 하지 않으면 안 된다는 것을 숙명적으로 느끼게 되었다. 그리고 루라는 이름을 받고 늠름한 전사로 자라났다.

양어머니 탈튜

옛날 에린에서는 귀족의 자제가 어느 정도 연령이 되면 예의범절을 배우기 위해 다른 집의 양자로 보내는 관습이 있었다. 마나난 맥리르도 피르 보르족의 왕 요히 마크 에르크에게 루를 보냈다.

요히에게는 탈튜(Tailltu)라는 아내가 있었다. 그녀는 아이를 낳을 수가 없어서 그랬는지 루를 자신의 아이처럼 귀여워하며 애정으로 보살폈다. 루는 마나난 밑에서 훌륭한 기술은 배울 수 있었지만 어머니의 애정은 받을 수 없었기에, 탈튜를 마치 친어머니처럼 여기며 따랐다. 어려서 생모에게서 떨어져야만 했던 그는 거친 성격으로 자랐고, 애정에 굶주려 있었던 것이다. 그런 굶주림을 채워준 것이 탈튜였다.

그러나 언제나 그렇듯 역사는 무정하게 흘러간다. 양부모 쪽인 피르 보르족과 생부 쪽인 다난족의 최종 결전인 모이투라 1차 전투가 시작된 것이다. 어느 쪽에도 설 수 없었던 그는 단지 팔짱을 끼고 바라볼 수밖에 없었다. 그리고 양부 요히 마크 에르크가 싸움에서 죽자, 그는 양모인 탈튜와 함께 포로가 되었다.

탈튜는 피르 보르족으로서 코나흐타로 도망가기보다는 루의 어머니로서 데 다난족 속에서 그를 키우는 길을 선택했다. 생부 키안이 있는 장소에서 루를 키우는 것이 좋다고 생각했기 때문이었다. 그러나 다른 종족인 그녀가 데 다난족으로 들어가려면 조건이 필요했다. 즉, 인척 관계를 맺어야 했던 것이다.

그녀는 대평원의 주인인 요정왕 두아흐(Duach : 검다)의 아내가 되어 투아하데 다난의 사람이 되었다. 그 둘은 루를 훌륭한 청년으로 키웠다. 두아흐는 요정에게만 전해지는 비법을 가르쳤고, 훗날에는 하늘을 나는 요정 말에 탄 요정기사단을 그에게 주었다.

또 생부인 키안은 그에게 싸움 기법을 전수하고, 할아버지인 디안 케트는 의술을, 루가 태어나게 된 동기를 만든 게브네는 대장간의 기술을 가르쳤다.

그러나 때는 폭군 브레스의 시대였다. 루의 양어머니 탈튜는 브레스에게 큰 일을 명령받고 있었다. 그녀는 데 다난 왕 브레스가 시킨 대로, 평원을 도끼로 개척하고 농지를 만들어 에린을 클로버가 만발하는 녹색의 나라로 만들었다. 하지만 결국 그녀는 고생으로 인해 죽고 말았다. 이 때문에 루는 발로르에 대한 증오심과 함께 브레스에 대해서도 좋지 않은 감정을 갖게 되었다.

후에 루가 왕이 되어, 8월 1일을 중심으로 벌어지는 수확제가 자신의 이름을 따서 '루나사즈(Lughnasadh)' 로 불리게 되자 그 축제를 양어머니였던 탈튜에게 바쳤다. 사람들은 수확에 대하여 탈튜에게 감사하고, 그녀를 곡물의 여신으로서 숭배하게 되었다.

루의 모습, 장비, 종속자들

탈튜가 죽고 나서 루는 에린을 떠났다. 그리고 수년간 역사에서 사라져버렸다. 그가 간 곳은 양아버지인 마나난 맥리르의 나라였다.

마나난은 그가 성인이 될 때까지 모든 뒷바라지를 해주었다.

그렇게 성장한 그는 '황금' 의 이미지가 있던 신들의 왕 누아자와 비교해서 '하얀 전사' 로 불리게 되었다. 그의 모습은 다음과 같다.

키가 크고 금발의 푸른 눈에 새하얀 피부로, 정면에서 보면 눈을 뜨고 볼 수 없을 만큼 빛을 발하고 있다. 그렇기 때문에 보통 때는 투구를 써서 그 후광을 감추고 있다.

투구는 황금으로 만들었으며 좌우로 소의 뿔이 나와 있고, 이마에는 두 개, 후두부에는 한 개의 붉은 보석이 박혀 있다. 목에는 황금 목걸이를 걸고, 몸에는 금으로 수놓은 비단 옷과 황금 쇠사슬과 갑옷으로 무장되어 있고, 그 위에 강철로 된 가슴막이를 하고 있다. 갑옷은 어떤 무기를 사용해도 뚫지 못하도록 두 번이나 버린 것이다. 어깨는 녹색 로브를 늘어뜨려 은 브로치로 고정시켜 놓았다. 발에는 황금 샌들을 신고 있었다.

왼쪽 허리에는 마법의 십자검 '프라가라흐(Fragarach : 복수하는 것, 응답하는 것)'이 매달려 있다. 이 검을 보면 적군은 관능적인 여성을 본 것처럼 힘을 잃어버리기 때문에 유혹하듯이 적을 베어 쓰러뜨리며, 한번 잘리면 결코 살아날 수가 없었다고 한다.

왼손에 든 큰 방패는 짙은 감색으로, 가장자리는 은, 안쪽에는 독을 바른 몇 개의 다트(던지는 화살)가 숨겨져 있다.

어깨에 걸려 있는 두 개의 창은 무겁고, 독사의 피로 단련되어 있다.

루의 말은 흐르는 갈기의 '안바르(Aonbarr : 빛나는 갈기)'라는 백마로, 춘풍과 같이 빠르고, 바다 위에서도 땅에서와 마찬가지로 달릴 수 있었다. 일단 이 말에 타면 낙마도 하지 않고 칼에도 맞지 않는 마법의 말이다.

또한 백마와 흑마로 나누어진 이륜전차도 가지고 있는데, 이 백마가 안바르와 동일한 말인지는 알 수 없다.

루의 배는 '파도를 진정시킴'이라고 불렸고, 안바르와는 반대로 땅을 마치 바다에서와 같이 달릴 수 있었다.

나아가 그는 몇 종류의 신수(神獸)를 데리고 다녔다. 우선 마법의 개는 싸울 때 불의 탄환이 되어 적에게 돌격하고, 목욕을 하면 그 물을 포도주로 바꾸는 힘이 있다. 마법의 돼지들은 아무리 먹어도 다음날에는 멀쩡하게 되살아난다. 까마귀들은 루의 말을 멀리 전하기도 하고, 전장에서 정보를 모아오는 역할을 했다. 그 까마귀들은 '卅' 자 모양의 은사슬로 연결되어 함께 날아다녔다.

그리고 루를 따라다니는 마나난의 아홉 아들들도 있었다.

이렇게 루가 가지고 있는 물건이나 따르는 종속자들은 모두 루가 바다의 신 마나난의 궁전에서 나올 때 선물로 받은 것이었다. 루가 떠나려고 할 때 마나난은 다음과 같이 말했다.

"가거라, 루. 지금이야말로 너의 숙원을 풀 때다!"

다시 돌아오는 루

루가 다시 에린에 돌아왔을 때, 신들은 '발로르의 언덕'이라고 불리는 장소에 모여 있었다. 거기에는 1년에 한 번, 포워르가 보낸 세금 징수원들이 와서 인두세로 1인당 1온스의 금을 거둬갔다. 세금을 못 내는 사람은 가차없이 코가 잘렸다. 오늘이 바로 그해의 인두세를 징수하는 날이었다. 언덕 저편으로부터 포워르의 일족들이 몰려왔다. 징수원의 우두머리는 코호파르(Cochopar)로, 에이네(Eine), 에이파흐(Eithfath), 코론(Coron)을 보좌로 거느리며 81명의 징수원을 데리고 왔다. 사람들은 그들에게 무릎을 꿇었다. 왕 누아자와 그의 아내인 바이브 세 여신도 있었다. 포워르들은 불손한 태도로 사람들을 내려다 보았다.

루는 눈에 띄지 않게 왕 누아자에 다가가서 이렇게 말했다.

"왜 저런 야만족들이 제멋대로 날뛰게 놔두십니까? 데 다난의 자부심은 땅에 떨어진 것입니까? 당신까지 땅에 엎드릴 줄은 몰랐습니다."

왕은 조용히 화를 가라앉히면서 말했다.

"지금은 쓸데없는 짓을 할 때가 아니다. 지금 싸워서 전멸하면 포워르를 이길 수 없다. 때를 기다리는 것이다. 나 스스로가 이렇게 무릎을 꿇지 않으면 백성들을 다스릴 수가 없다."

둘의 대화를 뒤로하고, 징수원들 우두머리인 코호파르는 왕비 모리안에게 다가갔다. 그리고 군중들의 면전에서 능욕하려고 그녀의 가슴에 손을 뻗쳤다. 주위는 쥐죽은듯이 조용해졌다. 모리안은 눈을 돌리고, 입술을 세게 깨물고 있었다. 누아자는 어깨를 떨면서 조용히 참을 수밖에 없었다. 루는 더 이상 참지 못하고 데 다난의 백성들을 향해 크게 소리쳤다.

"창피한 줄 아시오! 일어날 자가 아무도 없단 말인가! 데 다난의 자존심이 이렇게까지 떨어졌는가 말이오!"

누아자는 루의 어깨를 붙잡고 말리려고 했다.

"그만둬라. 지금 무기를 잡아서는 안 된다."

포워르의 징수원들은 재미있다는 듯이 그 광경을 바라보고만 있었다.

"너희들은 모두 겁쟁이들이다!"

루는 누아자의 손을 뿌리치고, 백마 안바르에 뛰어올라 마검 프라가라흐를 하늘 높이 쳐들었다. 그러고는 한순간 어안이 벙벙해 있는 코호파르의 목을 쳤다. 누구의 눈에도 그것은 무모한 짓으로 보였다. 그러나 등뒤에서 갑자기 아홉 명의 기사가 나타나서 루와 함께 싸움에 가담했다. 말할 필요도 없이 그들은 마나난의 아홉 자식들이었다. 하얗게 빛나는 10인의 기사들은 미처 예상치 못한 싸움에 휘말려든 포워르들을 살육하기 시작했다. 겨우 살아남은 아홉 명은 데 다난의 왕 누아자의 곁으로 숨어 목숨을 구걸했다. 루는 누아자와 그 뒤에 숨어 있는 징수원들을 흘낏 바라보더니 화를 삭이면서 검을 칼집에 집어넣으며 말했다.

"너희들을 죽이는 것은 간단하다. 하지만 살려서 보낸다. 돌아가서 너희들 왕에게 전해라. 루가 너의 목을 칠 것이라고……"

이리하여 루는 '모이투라 2차 전투'의 동기가 되는 사건을 만들었던 것이다.

모든 기능을 터득한 왕자 '일다나'

세금 징수원 살상 사건으로 에린 땅에는 갑자기 활기가 돌았다. 이렇게 되면 승패 여부에 상관없이 싸울 수밖에 없었다.

누아자는 수도 타라에 전사와 마술사를 모아놓고 전쟁에 대비한 회의를 주재했다. 그때 타라의 성문에 나타난 그림자가 있었다. 물론 루였다. 그는 문지기를 향해서 소리쳤다.

"나는 의술사 디안 케트의 손자이자 전사 키안의 아들, 마왕 발로르의 손자이면서 에흐네의 아들인 루다. 문을 열어라."

'발로르의 언덕'에서 일어난 사건을 보지 못한 그들은 루를 알지 못했다. 게다가 이름을 팔기 위해 대단한 이름들을 거들먹거리며 자신을 선전하러 오는 젊은 전사들을 그들은 질리도록 봐왔다. 문지기는 루도 그런 전사들 중 하나라고 생각하고 아예 상대조차 하지 않았다.

"이 성에는 한 가지 뛰어난 재주가 없으면 들어갈 수 없다. 그것은 왕의 지시다. 너는 뭔가 다른 사람들에게 자랑할 만한 기술이 있는가?"

루는 곧바로 자신이 가장 자랑하는 기술을 말했다.

"나는 공예사다."

문지기가 킥킥거리며 웃었다.

"우리 군에는 솜씨가 좋은 콜루 콸레위히의 삼신이 있다. 그들이 있으니까 다른 공예사는 필요 없다."

"전사로서 그 누구에게도 지지 않는다. 힘보다는 기술로써 승부한다."

"우리 군의 챔피언은 오마 그란아네헤이다. 그 외에는 필요 없다."

이런 식으로 루는 자신의 기술을 하나하나 말했다. 하프 연주, 시인, 전설이나 옛날 이야기하는 재주, 마술사, 의술사, 그리고 최후에 이렇게 말했다.

"그래도 만족스럽지 못하다면 왕 누아자에게 물어봐라. 지금까지 말한 모든 것을 혼자서 할 수 있는 자가 필요없는가를!"

문지기는 귀찮은 듯이 안으로 들어가서 왕에게 알렸다.

"'일다나(Il-Dána : 모든 기능을 터득한 왕자)' 가 왔습니다."

이후 루는 일다나로 불리게 되었다. 누아자는 문지기에게 설명을 듣고 그를 안으로 들어오도록 지시했다. 루는 그 말을 듣고 고개를 끄덕이면서 말했다.

"지금은 벌써 저녁이다. 날이 저물고 나서 문을 여는 것은 좋지 않다. 거기서 잠깐 기다려라."

그리고 탄력을 이용해서 한 발로 성벽의 담을 뛰어넘어 안으로 들어갔다.

누아자는 루를 보고 그다지 놀라지 않았다. 분명히 언덕에서 사건을 일으켰던 청년이라고 생각했기 때문이었다.

그는 루에게 우선 체스를 두어보라고 했다. 잠시 보고 있으니 체스의 명인들은 루의 전술에 말려들어 모두 꼼짝하지 못했다.

누아자는 루에게 경의를 표하고, 자신의 옥좌 옆에 있는 '현자의 자리' 로 그를 불러들였다. 그리고 전사 오마를 불러서 힘을 보여주도록 명령했다. 오마는 황소 네 마리가 겨우 끌 수 있는 돌을 들어서 안뜰로 집어던져버렸다. 그러나 루는 안뜰로 내려오더니 오마가 던진 것보다 더 큰 바위를 찾아서 들어 올려 보였다.

마지막으로 누아자는 하프를 타보라고 지시했다. 루가 왕의 지시를 받고 '잠자는 것을 살핌' 이라는 곡을 연주하자 궁정 안의 모든 사람들이 꼬박 하루 동안 잠이 들어 눈을 뜨지 못했다. 그리고 '슬픔을 살핌' 을 연주하자 울지 않는 사람이 없었고, '웃음을 살핌' 을 연주하니 뒹굴며 웃지 않는 자가 없었다.

누아자는 옥좌에서 내려와 루에게 말했다.

"내가 틀렸다. 루, 네가 데 다난 편에서 싸워준다면 우리들은 포워르를 이길 수 있을 것이다. '발로르 언덕'에서 굴욕을 당할 때 사실은 내가 앞에 나서서 싸웠어야 했다. 나는 네가 말한 것처럼 겁쟁이다. 부족한 내 대신 네가 왕이 되어 데 다난의 백성을 이끌도록 해라. 지금부터 옥좌는 네 것이다."

루는 황공하여 거절했지만 끈질긴 누아자에게 지고 말았다.

"알겠습니다. 그렇다면 싸움이 끝날 때까지만 제가 총사령관이 되기로 하겠습니다."

다른 모든 신들도 아무런 반대 없이 루에게 협력하기로 맹세했다. 단지 지혜의 신 에크네 삼형제를 제외하고는······.

마법의 창 브류나크와 긴 팔 '라바다'

누아자와 드루이드인 에스라스는 아직 누구에게도 주지 않았던 신들의 마지막 보물을 루에게 주기로 했다. 마법의 창 '브류나크(Brionac : 관통하는 것)'가 바로 그것이다.

브류나크는 마법의 도시 고리아스에 있었던 신들의 네 가지 보물 중 하나로, 창으로 불리지만 실제로는 '타흘룸(tathlum : 딱딱하게 굳은 공)'[46]이라고 불리는 탄환이었다.

브류나크는 의지를 가진 피에 굶주린 무기로, 루의 손에서 떨어지는 순간 눈앞이 캄캄해질 정도로 하얀빛을 내며 천둥과 번개를 동반해서 적을 향해 날아간다. 그리고 잇달아 적의 몸을 관통하고, 끊임없이 살육을 계속한다. 루

---

46) 타흘룸 : 싸움터에서 벤 적의 목에서 빼낸 뇌수와 석회를 반죽해서 만든 것으로, 투석구를 사용해서 적에게 던진다. 일반적으로 한 번 사용하면 못 쓰는 일회용이다. 그러나 루의 브류나크는 한 번 사용하고 버리는 일회용이 아니었다.

는 이 브류나크를 가지고 있는 한 결코 패배하지 않았다고 전해진다.

브류나크가 내는 섬광으로 인해 루의 오른쪽 팔과 적군 사이에는 빛의 흔적이 남는다. 옆에서 보면 마치 루의 팔이 늘어나서 적을 관통하는 것처럼 보였기 때문에, 그때부터 그는 루 라바다, 즉 '긴팔의 루'로도 불리게 되었다.[47]

모이투라 2차 전투의 전초전

루와 누아자가 타라의 도시에서 전략회의를 하고 있을 때 급한 연락이 왔다. 반역자 브레스가 이끄는 포워르의 선발대가 코나흐타의 해안에 도착했다는 것이었다.

데 다난 군은 아직 정비되어 있지 않았기 때문에 루는 서둘러 두 가지 대책을 세웠다. 하나는 아버지 신 다자를 적진으로 파견해서 어떻게 해서든지 일주일 정도 시간을 벌어보려는 것이었다('다자' 편 참조). 그리고 다른 하나는 본대가 도착하기 전에 선발대를 쳐부수는 것이었다. 그러나 두 번째의 대책은 누아자가 반대했다.

"지금 코나흐타에 군대를 보낼 여유가 없다. 여기서 전력을 잃으면 인디히가 이끄는 본대와 싸울 전력이 남지 않는다."

"그러면 코나흐타 왕 보브를 죽게 내버려두라는 말입니까?"

"큰 일을 하기 위해서 작은 것은 버려야 한다. 사사로운 정에 이끌리면 이길 수 있는 싸움도 지게 된다."

"그렇게는 할 수 없습니다!"

루는 타라를 뛰어나와 애마 안바르에 올라타고 아버지 키안에게 향했다. 무

---

47) 같은 명칭은 웨일즈에도 전해지고 있다. 흘리우 흘로우 구위페스(Lleu Llaw Gyffes : 굉장한 팔을 가진 흘리우)라는 이름이 그것이다. 흘리우라는 이름의 유래에 관해서는 '브리이트' 편 참조.

서운 위세로 달려오는 아들을 보고 키안은 형제 쿠와 케브렌을 데리고 밖으로 나왔다. 셋은 루의 이야기를 듣고 자신들도 함께 싸우게 해달라고 말했지만 루는 그것을 거절했다.

"아버지와 숙부께는 다른 일을 부탁하겠습니다. 대평원의 주인 두아흐에게 가서 요정기사단을 데리고 와주셨으면 합니다."

셋은 알았다고 고개를 끄덕이고 루의 양아버지인 두아흐에게로 향했다. 두아흐는 그들의 요구를 듣고 에린 전역에 흩어져 있던 요정기사들을 불러모았다. 키안 부자도 역할을 분담해서 요정들을 불러모았다. 그러나 그 과정에서 키안은 혼자 있을 때 불행하게도 에크네 삼형제와 맞닥뜨리는 바람에 그만 죽음을 당하고 말았다(상세한 것은 '에크네' 편 참조).

그런 사실을 모르는 루는 곧장 코나흐타로 향했다. 그가 아버지의 죽음을 안 것은 브레스가 이끄는 선발대를 물리친 뒤였다.

누아자의 죽음

루가 돌아오자 누아자는 알아듣게끔 타일렀다.

"제발 경솔하게 행동하지 말아라. 네가 아니면 발로르를 쓰러뜨릴 수 없다. 나는 네가 전초전에서 죽지 않을까 안절부절못했다. 제발 모이투라의 결전에서는 내가 지시하기 전에는 이 타라를 떠나지 말도록 해라. 너는 우리 군대 비장의 무기다."

아울러 그는 루에게 아홉 명의 호위병을 붙여주었다.

모이투라 2차 전투가 시작되자 루는 타라에 함께 남은 마나난의 아홉 아들들과 함께 누아자의 지시를 기다리다 지루해지기 시작했다. 그리고 첫날의 전투 소식을 듣는 순간 그는 더 이상 참을 수가 없었다.

"발로르의 진격 속도는 누아자의 예상보다 훨씬 빠르다. 전쟁터에서 오는

지시를 기다리다가는 너무 늦는다!'

이렇게 외치더니 루는 마나난의 아홉 아들과 함께 타라의 성벽을 뛰어넘었다. 그리고 요정기사단을 불러모아서 뒤쫓아오도록 하고는 밤새 모이투라를 향해 달렸다. 도중에 누아자가 보낸 왕자 루아와 합류하여 데 다난의 진지에 도착했다.

그러나 그곳에서 본 것은 죽음의 뱀 크로우 크루아흐에 의해 생명의 불꽃이 꺼진 누아자와 마하, 그리고 네반의 모습이었다. 그토록 서둘러서 왔는데도 이미 늦었던 것이다. 루는 울부짖었다.

"내가 옆에 있었으면 이런 일은 없었을 텐데……."

때때로 누아자와 루는 서로 대립했지만, 루는 마음속으로 누아자를 존경하고 있었다. 서로 다른 것을 가슴에 간직하고 있으면서도 서로를 인정했던 것이다.

루는 결사의 각오로 다음날 최후의 결전에 나갔다. 이 전투에서 너무나도 많은 이들이 피를 흘리며 싸웠다. 만약 루가 승리하지 못하면, 루가 알고 있는 더 많은 사람들이 죽어갈 것이었다.

마왕 발로르의 죽음

모이투라 2차 전투는 나흘째를 맞이했다. 피아간에 훌륭한 장군들을 많이 잃었기 때문에 어느 쪽도 전술을 전개할 만한 지휘관이 남아 있지 않았다. 이날의 최종 결전은 그야말로 피로 피를 씻는 육탄전이었다.

루는 발로르와 상대할 때까지 자신의 정체가 탄로나지 않게 모자를 깊숙이 쓰고, 한쪽 눈을 감추었다. 그리고 한쪽 발로 아군 주위를 뛰어다니며, 사기를 고무하는 마법의 군가를 불렀다.

혼전 중에 신들의 전사 오마가 드디어 적장 옥트리알라흐를 무찔렀다. 이로

써 적은 천천히 후퇴하기 시작했다.

적진은 약간 높은 언덕에 있었다. 그 언덕 위에는 급히 만든 옥좌에 발로르(Balor bslc-beimnech)가 앉아 있었다.

새까만 로브로 몸을 감싸고, 손에는 드루이드의 지팡이를 들고 있었다. 무엇보다도 무서운 것은 굳게 닫힌 왼쪽 눈이었다. 그 눈에는 마법과 같은 힘이 잠재되어 있었다. 발로르의 아버지는 드루이드였는데, 그가 조제한 약의 증기가 발로르의 왼쪽 눈에 들어간 것이다. 그때부터 그의 눈에는 사람을 살상하는 무서운 힘이 깃들게 되었다고 한다.

발로르는 너무나 강한 그 마력을 억제하기 위해 마법의 은 눈꺼풀을 만들어서 단단히 고정시켰는데, 어른 네 명이 억지로 열지 않는 한 그 마법의 눈꺼풀은 열리지 않았다.[48]

지금 바로 그 발로르 앞에 루가 모습을 드러냈다.

"운명이 인도하는 대로 내가 왔다!"

그렇게 말하고 루는 변장을 벗어 던져버렸다. 발로르는 옆에 있던 왕후에게 물었다. 드루이드였던 그녀는 곧 대답했다.

"조심하십시오. 당신의 손자 루입니다. 에흐네와 키안의 아들 라바다지요."

그 말을 듣자 노여움이라고도 두려움이라고도 할 수 없는 감정이 발로르의 내면에서 끓어 올라왔다. 그는 곧 옆에 있던 네 명의 노예에게 명령했다.

"눈꺼풀을 열어라. 내 손자의 모습을 이 왼쪽 눈으로 확인하고 싶다!"

---

48) 발로르의 눈[邪眼]에 관해서는 여러 가지 설이 있다. 주요한 설은 다음과 같다. 1. 하나밖에 없는 눈이 사안이었다. 2. 두 개 있는 눈 중에서 한쪽이 사안이었다. 3. 이마에 있는 눈 하나가 사안이고, 보통 보는 눈은 뒤에 붙어 있었다. 4. 두 개의 눈은 정상이고, 이마에 있는 세 번째 눈이 사안이었다.

은 눈꺼풀에 붙은 끈이 풀어지자, 눈이 아찔할 정도의 빛이 드러났다. 발로르의 눈구멍에서부터 번개 같은 불덩어리가 날아와 데 다난의 전사들을 차례차례 쏘아서 쓰러뜨렸다. 전사들은 그냥 서 있다가 다음 순간 재로 변하고, 그 재와 녹은 갑옷이 뒤섞였다. 드디어 빛이 루를 향해 날아갔다.

그 바로 직전에, 루는 슬링(sling : 투석기)에 마법의 창 브류나크를 메고 숙적 발로르를 향해 던졌다. 두 개의 불덩어리가 공중에서 맞부딪쳤다. 격렬한 폭발음과 함께 온 세상이 새하얀 빛줄기로 뒤덮였다.

빛이 정상으로 되돌아왔을 때 루는 자신이 아직 살아 있다는 것을 알았다. 그리고 발로르의 얼굴에 큰 구멍이 뻥 뚫렸다는 것도 알았다. 발로르의 눈은 그대로 뒤로 뚫고 나가 대지에 떨어졌다. 그 무서운 열로 대지가 녹으면서 증기를 뿜어내기 시작했다. 적진은 발로르의 눈에서 나오는 빛으로 완전 괴멸 상태였다. 피에 굶주린 루의 무기 브류나크는 제물을 찾아서 차례차례 포워르를 찔러 죽였다.

포워르들이 도망치자 데 다난들이 추격하기 시작했다. 주요 거점인 토리 섬 요새가 함락되면서 브레스도 붙잡히는 신세가 되었다. 오마는 테흐라의 검을 손에 넣었다('오마' 편 참조).

이리하여 모이투라 2차 전투는 끝났고, 신들은 에린을 지킬 수 있었다.

그리고 최대의 공로자 루는 누아자가 죽은 후 정식으로 왕위에 올라 40년간 데 다난의 백성을 이끌었다고 전해진다.

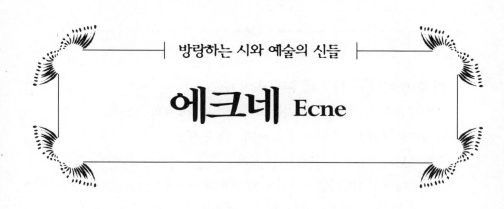

에크네 Ecne

에크네는 '투렌의 아들' 또는 '다누의 삼형제'로 불리며, 문학과 예술과 시가의 신으로서 지혜가 뛰어났다. 투렌(Tuirell Bicreo)은 그들의 아버지 이름이고 어머니는 다누다.

장남은 브리안(Brian), 차남은 유하르(Iuchar) 그리고 막내 아들은 유하르바(Iucharba)이다. 또 아네(Ainé)라는 누이가 있다.

그들은 검술에 능하고, 모습을 바꾸는 마술에도 숙달되어 있다. 성격은 용맹하지만 어떤 의미에서는 잔혹하다고도 할 수 있다. '모이투라 1차 전투'에서는 누이자의 한쪽 팔이 잘린 뒤에 달려오는 적을 쳐부수며 왕을 지켰다. '모이투라 2차 전투'에서는 광명의 신 루의 아버지 키안을 죽여 벌을 받기도 했다.

그들의 다른 이름 '다누의 삼형제'는 투아하 데 다난의 어원이 되었으므로, 예전에는 상당히 중요한 신이었음을 알 수 있다. 아마도 루나 마나난과 같은 새로운 신들에게 주신으로서의 위치를 빼앗기고 2급 신으로 전락해버린 것일 수도 있다. 루의 아버지 키안을 죽인 것은 그 화풀이였는지도 모른다.

필자는 그들의 원형을 로마 시대의 갈리아(프랑스)에서 볼 수 있다고 생각한다. 당시(기원 전후) 갈리아에는 테우타테스, 타라니스, 에수스라고 불리는 삼위일체의 신들이 있었다. 그 삼신에게 공통되는 요소는 살육과 광란을 좋아한다는 것이었다.

피를 좋아하는 신 : 테우타테스(Teutates)

그의 이름에는 '호전적인 자'라는 의미가 있고, 갈리아의 주신으로서 가장 널리 숭배되고 있었다. 다만 신봉자들에게 제물을 요구했다.

그는 청년의 모습으로 나타나는데 날개가 달린 구두와 둥근 베레모 같은 것을 머리에 쓰고 지팡이를 손에 들고 있었다(로마 메르쿠리우스의 영향으로 볼 수 있다). 그리고 수산양과 수탉을 성스러운 동물로 여겼다.

그에게는 두 가지 역할이 있었다. 하나는 통상 교역의 수호신으로서 여행자나 상인들을 지키는 일이었고, 다른 하나는 신들의 왕으로서 전쟁에서의 승리를 관장하는 것이었다. 그는 싸움이나 왕을 상징하는 별명을 많이 가지고 있었다.

테우타테스의 아내는 로스메르타라는 풍요의 여신이다.

우레의 신 : 타라니스(Taranis)

타란(Taran) 또는 토란(Trann)이라고도 불리는데, 그 의미는 '우레를 일으키는 자', '빛나는 자'이다. 에크네 삼신의 아버지 투렌의 어원은 여기에서 왔는지도 모른다.

테우타테스처럼 피를 좋아하는 것을 제외하면, 그 성격은 북구의 토르와 똑같다. 하늘의 신으로서 풍우(風雨)와 번개를 조종하고, 농작물의 작황을 결정한다. 그는 번개와 바퀴를 손에 잡은 모습으로 그려져 있다.

싸움의 광란신 : 에수스(Esus)

에수스는 '존재'를 의미한다. 앞의 신들보다도 더 피를 좋아하는 싸움의 신으로, 북구의 오딘과 아주 비슷하다. 그는 싸움에 광란을 가지고 와서 적이나 아군을 가리지 않고 살육하고, 그 피에 취했다고 전해진다. 그의 신자는 제단에서 제물의 피를 흘리거나 나무에 매달거나 전장에서 죽인 적을 바치기도 한다.

모습은 도끼를 손에 든 나무꾼으로, 세 마리의 새(일설에 의하면 학)를 데리고 있는 것으로 그려져 있다.

키안의 죽음

이러한 갈리아 삼신의 성격을 이어받았다고 생각되는 에크네들의 인생은 에린 신화에서도 살육으로 가득 차 있다. 그들의 가장 유명한 모험은 먼저 키안의 살해로 시작된다.

원래 에크네와 키안은 사이가 좋지 않았다. 더구나 키안의 아들인 루가 갑자기 총사령관으로 발탁되었기 때문에, 순수하게 왕족의 피를 받은 에크네 삼신으로서는 내심 못마땅하게 생각하고 있었다.

'모이투라 2차 전투'가 시작되려고 할 무렵, 그들은 우연히 혼자 있는 키안과 맞닥뜨렸다. 키안은 에크네들이 무서워 드루이드의 지팡이로 자신을 쳐서 돼지로 변신하고 가까이 있던 돼지의 무리 속으로 들어갔다. 그것을 보고 있던 에크네의 장남 브리안이 말했다.

"조금 전까지 저기에 있던 전사가 어디로 갔는지 아느냐?"

두 명의 동생이 답했다.

"어디로 갔는지 모르겠는데요, 형님!"

"군대에서 도대체 무엇을 배웠느냐? 그놈은 키안이다. 돼지로 변장하고 데다난의 돼지 무리 속으로 들어갔다. 그놈은 지금 혼자다. 오랫동안 품어왔던 원한을 풀 수 있는 좋은 기회다."

브리안은 그렇게 말하고 동생과 함께 사냥개로 변신했다. 그들은 키안의 냄새를 맡고는, 다시 인간의 모습으로 돌아와 돼지 키안을 창으로 찔렀다. 큰 상처를 입은 키안이 말했다.

"제발, 나를 인간의 모습으로 죽게 해주게나."

두 명의 동생이 그렇게 해주려고 하자 브리안이 대답했다.

"좋다. 돼지보다는 인간을 죽이는 쪽이 보람이 있겠지."

인간의 모습으로 돌아온 키안은 말했다.

"어리석구나. 돼지를 죽이면 다만 그 죄로 끝나지만, 지금 나를 죽이면 너희들은 살인자다. 나를 죽인 무기는 너희들의 죄상을 사람들 앞에서 외칠 것이다. 내 마술을 우습게 보지 마라."

"그렇다면 무기는 사용하지 않는다. 이 돌로 충분하다."

에크네들은 그렇게 말하고 길가에 있던 돌로 키안을 무참하게 죽였다. 그리고 누구에게도 발견되지 않도록 묻어버리려고 했지만, 땅은 여섯 번이나 그것을 거부하며 키안의 시체를 다시 내놓았다. 그러나 일곱 번째는 간신히 묻을 수 있어서 에크네들은 그 위에 돌을 올려놓아 키안이 되살아나지 못하게 만들었다.

루의 재판

루가 모이투라 2차 전투의 전초전에서 돌아와 보니, 아버지 키안의 모습이 보이지 않았다. 두 명의 숙부도 최근에 그의 모습을 보지 못했다고 했다. 두근거리는 가슴으로 루는 여기저기 키안의 소식을 묻고 또 물었다. 그때 어느 평원에서 그를 부르는 소리가 들렸다. 그것은 길가에 뒹굴고 있는 돌멩이의 소리였다. 돌은 사건의 진상을 상세하게 이야기했고, 루는 아버지의 유골을 파내어서 가슴에 안고 돌아왔다. 그는 아버지의 묘를 만들어주고, 타라로 돌아와 현자의 자리에서 청중에게 외쳤다.

"여러분에게 한 가지 물어보고 싶은 것이 있다. 혹시 여러분의 아버지가 죽

음을 당했다면, 여러분은 어떤 대가를 요구할 것인가?"

옆에 있던 누아자가 반문했다.

"키안이 죽었는가?"

루가 무겁게 고개를 끄덕이자 주위는 숙연해졌다. 누아자의 목소리가 울려
퍼졌다.

"나라면 금방 죽이지는 않을 것이다. 손발을 하나하나 잘라서 그 범인이 고
통 속에서 죽어가도록 할 것이다."

루는 천천히 걸으면서 말했다.

"죽이는 것은 간단한 일이다. 하지만 그들에게는 그 이상의 고통이 필요하
다. 그렇게 생각하지 않나, 브리안?"

루가 브리안의 어깨를 두드렸다. 도망가려던 에크네 삼형제는 너무나 무서
워서 몸이 움츠러들고 목소리도 나오지 않았다.

"나는 너희들에게 사과 세 개, 돼지가죽 하나, 창 하나, 두 마리의 말과 마차,
일곱 마리의 돼지, 한 마리의 어린 강아지, 구이 꼬챙이 하나, 그리고 세 번의
비명을 요구한다."

	아이템	획득 방법
황금사과 세 개	장 소 : 동쪽의 헤스페리데스 동산 수호자 : 많은 기사들과 세 명의 여왕 특 징 : 직경 10센티미터 정도, 맛은 꿀처럼 달고, 먹어도 없어지지 않으며, 순간적으로 모든 상처와 병을 고치는 힘이 있다. 던지면 반드시 적에게 맞고, 상대를 죽인 후 다시 돌아온다.	헤스페리데스의 사람들은 서방으로부터 세 명의 젊은이가 사과를 빼앗으러 온다는 예언을 받았기 때문에 엄중하게 경계를 하고 있었다. 셋은 매로 변신을 한 다음 사과나무 위를 돌다가 보초의 화살이 모두 떨어졌을 때 급강하해서 훔쳤다. 세 명의 여왕이 물수리로 모습을 바꾸고 쫓아와 번개를 치게 해서 그들을 추격했지만, 셋은 백조로 모습을 바꾸어 물 속으로 잠수해서 도망쳤다.
돼지가죽	장 소 : 그리스 수호자 : 왕 투이스(Tuis), 특 징 : 닿기만 하면 모든 상처와 병이 치료되고, 죽어가는 자도 되살아나게 할 수 있다. 안에 물을 담아두면, 9일 후에 포도주로 변한다.	음유시인으로 변장한 후 왕궁으로 들어가 돼지가죽에 관한 멋진 시를 읊어주고 그 보상을 요구했다. 돼지가죽 가득 황금을 준다고 하면서, 투이스 왕이 황금을 재는 사이 셋은 돼지가죽을 빼앗아서 도망쳤다. 브리안은 그 와중에 투이스 왕을 살해했다.
작열하는 독창 「도살자」	장 소 : 페르시아 수호자 : 왕 페자르(Pisear) 특 징 : 날끝이 작열하고 있으며, 창이 있는 곳 전체를 파멸하게 할 정도의 파괴력을 지니고 있다. 그렇기 때문에 항상 큰 가마솥 안의 얼음물에 담겨 있다. 이것을 가지고 있으면 사람을 죽이지 않고는 견딜 수가 없다.	음유시인으로서 왕궁에 들어가, 독창에 관한 멋진 시를 읊어주고 그 대가를 요구한다. 격노한 페자르에게 헤스페리데스의 황금사과를 집어던져 그 머리를 부순 다음 창을 강탈한다.
두 필의 말과 전차	장 소 : 시칠리아 수호자 : 왕 도바르(Dobhar) 특 징 : 땅뿐 아니라 바다에서도 달릴 수 있다. 속도는 봄바람과 같고, 세상에 필적할 말과 전차는 없다. 죽어도 뼈를 한군데 모으면 몇 번이고 되살아난다.	왕의 용병이 되어 내부에 잠입한다. 전차가 달리고 있을 때 옆에서 뛰어올라 마부를 밀어젖히고 그대로 타고 도망간다.
돼지 일곱 마리	장 소 : 황금기둥 나라 수호자 : 왕 아사르(Easar) 특 징 : 죽어도 다음날 아침이면 다시 살아난다. 먹으면 그 다음부터는 병에 걸리지 않는다.	에크네 삼형제의 활약을 들은 아사르 왕은 순순히 에크네에게 준다. 에크네는 아사르 왕에게 감사를 표하고, 앞으로 그가 부르면 언제라도 달려와서 부하로서 싸울 것을 약속한다.

	아이템	획득 방법
강아지 파리니스	장 소 : 이로다 국(Iouraidhe) 수호자 : 국왕(이름은 불명) 특 징 : 태양보다 아름답게 빛나는 암컷 사냥 개. 발견한 야수를 잡지 않고서는 견 딜 수 없다.	에크네의 소문을 들은 이로다 왕은 만전의 경 비 태세를 갖춘다. 의붓아버지인 아사르 왕의 설득에도 불구하고, 이로다 왕은 강아지를 내 놓지 않는다. 에크네는 정면 대결하고, 왕을 붙 잡아서 그 몸값으로 강아지를 받는다. 에크네 의 실력을 인정한 왕은 아사르 왕과 마찬가지 로 그들과 우호적인 관계를 맺는다.

이렇게 되면 누구의 눈에도 에크네 삼형제가 범인이라는 사실이 명백해진
다. 루를 노려보며 브리안이 말했다.

"너의 요구는 너무나도 쉽다. 루, 계속해라."

광명의 신은 고개를 끄덕이면서 자신의 요구에 대해 자세히 설명했다. 그것
들은 모두 세상에 하나밖에 없는 마법의 물건으로 이미 강력한 수호신이 있
었다(이에 관해서는 표 참조).

에크네들은 이 요구를 듣는 순간 정신이 아찔해졌다. 도저히 완수할 수 없
다고 생각했기 때문이었다. 셋은 집으로 돌아와서 아버지인 투렌과 의논했다.
투렌은 이 시련을 극복하기 위해서는 루가 가지고 있는 마법의 말 안바르와
땅과 바다를 달릴 수 있는 배 '파도를 진정시킴'호가 필요하다고 말했다. 루
는 공정을 기하기 위해 '파도를 진정시킴'호는 빌려주었지만, 에크네가 너무
빨리 마법의 물건들을 찾을 것 같아 안바르는 빌려주지 않았다.

이리하여 셋의 정죄 여행이 시작되었다.

에크네 삼형제의 시련

그들이 찾아야만 했던 최초의 여섯 가지 물건과 그것들을 손에 넣는 방법에 관해서는 앞 표에서 설명했던 대로다.

최후의 시련

루는 멀리서 마법으로 에크네들이 최초의 여섯 가지 시련을 통과한 것을 알고 몹시 불쾌하게 생각했다. 그래서 그들에게 망각과 망향(望鄕)의 주문을 걸기로 했다.

이 주문에 걸린 에크네들은 남은 두 가지의 시련을 완전히 잊어버리고, 모든 것을 이루었다고 생각하고는 에린으로 돌아왔다.

에린의 궁정은 온통 그들에 대한 화제로 들썩였다. 힘든 시련을 완수해냈다고 모두가 칭찬했던 것이다.

그러나 모이투라 2차 전투를 끝내고 정식으로 왕이 된 루는 옥좌에 앉아서 말했다.

"과연 너희들의 공적은 훌륭했다. 그러나 보상은 아직 끝나지 않았다. 아마도 너희들은 아직 두 가지의 시련이 남아 있다는 것을 잊고 있는 것 같구나."

그 순간, 주문에서 깨어난 그들은 낙담했다.

"비겁하다. 루!"

앞으로 다시 두 가지의 시련을 완수해야 할 것을 생각하니 가슴이 찢어지는 것 같았다. 그들은 아버지인 투렌과 누이 아네에게 이별을 고하고, 두 번 다시 만날 수 없을지도 모른다고 생각하면서 다시 에린을 떠났다.

그들에게 남겨진 두 가지의 시련은 다음과 같다.

	아이템	획득 방법
구이 꼬챙이	장 소 : 핀카라 섬 수호자 : 여성들 특 징 : 핀카라(Fianchuive) 섬은 바다에도 땅에도 없다고 하며, 그곳을 찾는 것 자체가 모험이다.	유난히 눈에 띄는 해상과 육지를 찾은 후, 브리안은 그 섬이 틀림없이 해저에 있다고 생각하고 어림짐작으로 바다 속으로 들어갔다. 그리고 에린과 알바 해협의 대륙붕에서 수중 섬을 발견했다. 브리안이 살짝 다가가서 훔치려고 할 때 요정이 웃으면서 "가져가도 좋다"고 말한다. 그들의 용기에 대한 선물이라는 것이다.
세 번의 외침	장 소 : 북쪽 로홀란 언덕 수호자 : 거인 미즈케나와 세 아들 특 징 : 수호자 미즈케나(Midhchaoin)를 물리치고 언덕 위에서 세 번 외친다.	물론 포워르의 미즈케나가 간단하게 언덕으로 가게 하지 않는다. 우선 브리안이 미즈케나의 심장을 관통시켜 살해한다. 이어서 거인의 세 아들들과 각각 일 대 일로 싸운다.

이 마지막 싸움은 에크네들에게는 아주 치명적이었다. 간신히 미즈케나의 아들들을 쳐부쉈지만 자신들도 중상을 입었다. 그대로 영원히 잠들어버릴 것 같은 동생들을 격려하며 브리안은 언덕 위로 기어올라갔다.

"자, 외치자. 그리고 모든 시련으로부터 해방되자."

그들의 외침은 포워르의 나라 전체에 메아리쳤다.

브리안은 혼수상태에 빠져버린 동생들을 '파도를 진정시킴' 호에 태우고 그리운 에린으로 향했다.

그러나 그들은 에린 땅을 밟자마자 전신의 힘이 빠져 쓰러지고 말았다. 그들의 아버지 투렌이 왔다. 브리안은 필사적으로 아버지에게 말했다.

"아버지, 이 구이 꼬챙이를 가지고 루에게 가십시오. 그리고 가능하면, 그 모든 병을 고친다는 돼지가죽을 저희들에게 빌려다 주세요……."

투렌이 루에게 갔지만 루는 단호하게 말했다.

"당신 자식들은 훌륭하게 대가를 치렀고 시련을 극복했다. 이제 더 이상은 아무런 미련도 남지 않았을 것이니 마음 편히 죽어도 좋다."

이 말을 듣고 브리안은 두 명의 동생과 어깨를 나란히 하고 해변에 누워 그대로 죽음을 맞이했다. 눈앞에서 아들들이 죽는 모습을 보고 투렌은 너무나 슬픈 나머지 심장이 터져 죽고 말았다. 그리고 남은 누이동생 아네는 오빠들의 공적이 세상에 길이 전해지도록 비석에 오감 문자('오마' 편 참조)로 모든 이야기를 써서 남겼다.

에크네의 누이동생 아네와 성 안나

삼형제의 누이동생 아네는 무안(먼스터) 남부 지방의 수호여신으로 알려져 있다. 풍요의 여신으로서 가축의 출산과 작물의 수확을 관리하고, 연약한 여성들을 지킨다.

그녀는 브리이트처럼 훗날 성녀로 받들어지게 되는데, 그 이름은 성 안나(St. Anne)이며 예수의 할머니라고 전해진다.

또 민간 전승에서는 에린의 영웅 중 한 명인 게라르드 백작(피츠제럴드)의 어머니라고도 전해진다. 게라르드 백작은 영국 군대를 쫓아버린 전사이자 마술사로, 특히 변신술이 뛰어났다. 그는 죽은 후에도 땅 밑에 있는 요정의 나라에서 조용히 잠자고 있다고 전해진다. 그리고 1년에 한 번 하지 전날 밤에 눈을 뜨고 자신의 영내에 위험이 다가오고 있지 않은지를 감시했다고 한다. 그가 타는 말은 은으로 만든 발굽쇠를 하고 있어서 오랜 시간 동안에 조금씩 닳아 없어졌다. 그 발굽쇠가 거의 닳아 없어졌을 때, 그는 다시 땅 속에서 되살아나 에린의 백성들을 이끈다는 것이다.

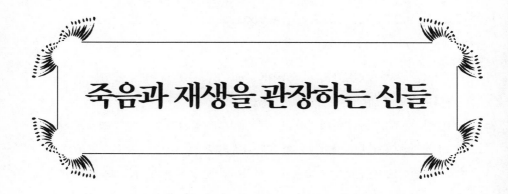

죽음과 재생을 관장하는 신들

고대 켈트 사회에서 가장 유명했던 신은 말의 여신 에포나와 뿔을 가진 신 케르눈노스(Cernunos : 뿔을 가진 자)일 것이다. 여기서는 다른 신들과의 통일성을 생각해서 아일랜드어인 카르눈(의미는 같다)으로 표기하도록 하겠다.[49]

정설에 따르면 카르눈은 죽음과 저승과 재생을 관장하는 신이었다고 한다. 그러나 그 실체는 상당 부분 불명확한 상태다. 여기서는 카르눈을 비롯해서 일반적으로 죽음을 관리하는 신들을 모아서 소개하기로 하겠다.

죽음의 나라에서 기다리는 자 : 카르눈(Carnún)

카르눈의 모습은 큰 가마솥에 장식으로 새겨져 있거나 상(像)으로 출토되기도 하기 때문에 비교적 잘 알려져 있다. 가장 유명한 것으로 알려진 덴마크에서 출토된 큰 솥의 장식을 보면, 그는 이름대로 긴 수사슴의 뿔을 기르고 있었고, 좌상(坐像)으로 새겨져 있다. 목과 오른손에 목걸이와 팔찌를 끼었고, 왼손에는 뿔이 나 있는(또는 숫양의 머리의) 뱀을 들고 있다. 그리고 그 주위를 많은 야수(사슴, 늑대, 야생소, 울프하운드[50])가 둘러싸고 있다.

다른 그림을 보면 그는 좌우에 부속 신을 데리고 있거나 삼면상으로 되어

---

49) 카르눈 : 짐 피츠패트릭에 의한 역.

50) 울프하운드 : 아일랜드 특유의 개로 늑대사냥에 이용되는 사냥개. 늑대의 피를 이어받았다고 한다.

있어, 삼위일체가 켈트 사상의 근본이었음을 엿볼 수 있다. 또 뿔이 있는 뱀 두 마리를 허리띠 대신 허리에 두르고 있는 것도 있다.

일반적으로 그는 지하세계를 관장하는 것으로 알려져 있는데, 그리스의 하데스처럼 사후세계도 관리했을 것으로 추측된다.

서문에서도 언급했지만, 켈트인은 사람이란 모두 죽음의 나라에서 왔다는 생각을 갖고 있었다. 그렇기 때문에 카르눈은 죽음과 동시에 생명의 탄생도 관장하는 풍요의 신이기도 했다.

그는 사람이 태어나기 전 나라의 왕이며, 죽어서 가는 나라의 왕이다.

그러나 죽음의 신으로만 보는 견해는 약간 일면적이다. 큰 가마솥의 그림 모양으로 판단해볼 때 좀더 짐승의 왕이라는 사실이 강조되어도 좋을 것 같다. 분명 옛날의 켈트인은 그에게 수렵의 성공을 기원했을 것이다. 물론 상당히 오랫동안 문헌이나 기록을 남기지 않았던 켈트인의 특징 때문에 그 진상

을 명확히 밝히기란 불가능하다.

카르눈은 아일랜드의 신화에는 거의 등장하지 않는다. 짐 피츠패트릭은 카르눈을 불길한 징조(예를 들면, 원시 세계를 멸망케 한 홍수나 폭군 브레스의 악정)로 그림이나 신화 속에서 표현하고 있는데, 이러한 것은 다른 문헌에서는 볼 수 없는 것이기 때문에 그의 독자적인 견해라고 볼 수 있다. 그리고 그의 그림에서 카르눈은 사슴이 아니라, 소 또는 산양처럼 뿔이 있는 것으로 그려져 있다.

죽음을 가져오는 자 : 크로우 크루아흐(Cromm-Crúaich)

크로우 크루아흐는 얼스터 남부에서 숭배되고 있는 신으로, 제사의 흔적이 지금도 '숭배의 평야(Mag Slecht)' 라는 지명으로 남아 있다. 하지만 그 모습은 잘 알려져 있지 않다. 기록에 따르면 사람들은 그의 동상을 금과 은으로 만들고, 그 바깥쪽에 청동장식을 입힌 12체의 석상(부속신)을 배치해놓았다고 한다.

그는 힘과 싸움, 죽음을 관리하며 사람들에게 제물을 요구했다. 그에게 기원하면 싸움에서 큰 효과가 있었으며, 가을 추수를 풍성하게 해줬다고 한다. 그러나 그 대가로 첫아이(또는 아이의 3분의 1)를 바쳐야만 했다.

그의 상(像)은 5세기경 아일랜드에 기독교를 전파한 성 패트릭에 의해 파괴되고 말았다(반대로 그때 크로우 크루아흐 상이 패트릭의 파괴를 피했다는 전승도 있다). 이후 그에 대한 신앙은 시들어버렸다.

이처럼 피를 동반하는 신앙은 기원 전후까지 거슬러 올라가는데, 카이사르의 『갈리아 전기』 등에도 소개되어 있다. 카이사르는, 인간이나 동물을 태워서 바치는 신상은 거대한 뱀과 닮았다고 쓰고 있다. 어쩌면 이 거대한 뱀과 크로우 크루아흐는 동일한 신을 가리키고 있는지도 모른다.

크로우는 '바퀴 또는 초승달' 이라는 의미이고 크루아흐는 '산, 겹침, 무덤' 이라는 뜻이기 때문에 '겹쳐진 바퀴' 라는 의미로 해석하면, 해골을 감싸고 있는 뱀의 모양을 쉽게 상상할 수 있다. 또 '무덤의 초승달'이라는 의미로 해석하면, 유적 위에 자리 잡고 있던 초승달 모양의 뿔이 있는 신의 모습을 상상할 수 있다.[51] 별명으로 켄 크루아흐(Cenn-Crúaich)가 있는데 이는 '언덕의 왕'이라는 뜻이다.

여기서 생각할 수 있는 것은 카르눈 신과 함께 나타나는 양의 머리를 한 뱀이다. 짐 피츠패트릭은 이 뿔 있는 뱀을 크로우 크루아흐와 동일시했다. 뱀(또는 용) 모습의 크로우 크루아흐는 피츠패트릭의 신화 속에서 두 번 등장한다.

첫 번째는 모이투라 1차 전투에서 피르 보르의 드루이드 신관 케사르(César)는 제물을 바쳐서 이 용을 불러들인다. 이때는 신들의 왕 누아자도 간신히 격퇴할 수가 있었지만 두 번째는 무리였다.

모이투라 2차 전투의 사흘째 밤, 적의 마왕 발로르가 이 죽음의 뱀을 불러들인다.

크로우 크루아흐는 폭풍과 어둠 같은 검은 안개를 몸에 걸치고, 투아하 데 다난의 진영으로 다가갔다. 누아자는 민감하게 그 낌새를 알아차리고 침대에서 일어나 빛의 검 클라우 솔라스를 잡고 그 날을 이마에 갖다댔다.[52] 그러자 누아자의 뜻에 따라 검은 태양과 같은 빛을 띠었다. 그리고 투구에 박혀 있는 보석이 진홍빛을 내며 누아자를 감쌌다.

누아자는 빛에 휩싸여 마법의 폭풍 속으로 들어갔다. 그리고 그 빛의 검으로 마법의 검은 안개를 제거해버렸다. 그는 안개 속에서 크로우 크루아흐의 무서

---

51) 그러나 De Jubainville는, Curuach는 '피투성이'를 의미한다고 주장한다. 그의 설에 따르면 크루아흐는 '피투성이의 초승달'이라는 의미라고 한다.

52) 이 동작은 검의 마력을 자기 자신에게로 향하게 하여 해방하는 의식이다. 영웅 핀 마쿨도 아버지의 유물인 마법의 창을 이마에 대고 가호를 기원한 일이 있다.

운 모습을 보았다. 그것은 어둠 그 자체인 거대한 용으로 뿔과 이빨, 날카로운 발톱을 가지고 있으며, 인간 몇 명을 한꺼번에 삼켜버릴 수 있을 것 같았다.

누아자는 우렁차게 외치면서 크로우 크루아흐에게 덤벼들었다. 그때 그를 염려한 세 명의 왕비 바이브 카흐가 전차를 타고 달려왔다.

그러나 크로우 크루아흐가 날카로운 발톱을 마구 휘둘러대는 바람에 눈 깜짝할 새에 마하와 네반이 죽고 말았다. 혼자 남은 모리안은 겁에 질려 자매들의 죽음을 그저 지켜보는 수밖에 없었다.

용에게 휘감긴 누아자는 아내들의 죽음을 슬퍼할 여유도 없었다. 그는 어둠에 대항할 수 있는 유일한 무기인 '빛의 검'으로 크로우 크루아흐를 힘껏 베었다. 용의 팔과 몸이 하나하나 떨어져나가고, 드디어 어둠의 마신은 질척거리는 진흙 덩어리처럼 되어버렸다.

그래도 아직 숨이 끊어지지 않고 살아 있었다. 크로우 크루아흐의 본질은 어둠이고, 용의 모습은 단지 외피에 지나지 않았다. 크로우 크루아흐는 발부터 누아자를 삼키기 시작했다. 누아자는 용감하게 계속 검을 휘둘렀지만, 그것은 팔을 붙잡히는 행위에 지나지 않았다. 그는 생생한 어둠 속에서 생명력이 떨어지는 것을 느끼며 서서히 질식되어 죽어갔다.[53]

누아자를 잡아먹고 만족한 크로우 크루아흐는 서서히 자신의 세계로 사라져갔다.

죽은 자를 다스리는 자, 돈 오 돈하자(Donn Ó Donnchadha)

'돈'이란 '악' 또는 '갈색(의 머리)'을 나타내는 말이다. 투아하 데 다난의 일족이며, 죽음과 관련된 모든 일을 맡고 있었다. 죽은 자의 영혼을 편안하게

---

53) 누아자는 발로르의 눈에서 나온 빛에 맞아 죽었다는 전승도 있다. 이 전승에서도 마하와 네반은 이때 동시에 죽었다고 한다.

저승으로 보내는 것이 그의 역할이었다. 아버지는 미이르다. 그의 궁전은 '무인'의 서쪽 끝 딩구르 반도에 있는 '테헤 두인(Tech Duinn : 돈의 저택)'이었다.

그는 온몸을 호화스러운 옷으로 감싸고 있는데, 비단 속옷 위에 비단 외투를 걸치고 술이 달린 빨간 망토를 황금 장식으로 여몄다. 또 머리에는 황금 투구를 썼으며, 허리에는 황금빛 검을 찼다.

그는 누아자가 팔에 입은 부상 때문에 죽어갈 때, 바이브 카흐와 함께 그 영혼을 현세로 돌아오게 하는 의식을 행했다. 먼저 누아자의 머리털을 석회로 굳히고, 신체에 청색으로 마법의 수호 문장을 새겼다. 그리고 고통받고 있는 누아자의 영혼을 육체로부터 해방시켜, 누아자 스스로가 저승에서 부활의 비법을 알아 올 수 있도록 만들었다.

돈은 인간 시대가 되고 나서 다른 데 다난의 신들과 싸움을 한 적이 있었다. 3년간의 싸움 후 돈은 자신이 불리하다는 것을 깨닫고 영웅 핀 마쿨과 그 기사들에게 원조를 부탁했다. 핀들은 기뻐하며 그것을 받아들였고, 1년간의 싸움 끝에 멋지게 데 다난 군을 쳐부수었다. 돈과 데 다난들은 화해를 하고, 그후로 다시는 싸우지 않았다고 한다.

죽음의 신 안쿠

브르타뉴 지방 서부에는 안쿠라고 불리는 죽음의 신 전설이 전해지고 있다. 안쿠는 키가 크고 말랐으며, 차양이 넓은 모자와 외투로 몸을 감추고 있다. 외투 안은 백골 혹은 다 썩은 시체로, 혼을 거두어들이기 위한 큰 낫(또는 창)을 손에 들고 있다. 그러나 그 날은 보통의 낫처럼 날이 안쪽에 붙어 있지 않고 바깥쪽에 붙어 있다. 그는 끊임없이 목을 흔들흔들 움직이면서 이제 곧 죽을 것 같은 사람을 찾아다닌다.

그는 역시 같은 모습의 조수 두 명과 두 마리의 말이 끄는 이륜마차를 이끌고 있다. 앞의 말은 굉장히 말랐고 뒤의 말은 살이 쪘는데, 모두 긴 갈기가 무릎 언저리까지 내려왔다. 안쿠는 죽은 자의 영혼과 시체를 마차에 싣고 어디론가 사라졌다. 마차가 달리면 기름이 떨어진 것처럼 삐걱거리는 소리를 내는데, 실체가 없기 때문에 산 인간은 탈 수 없다.

누군가가 안쿠를 목격하면 그 주변 사람이 죽었으며, 물론 목격한 본인이 죽는 경우도 있었다고 한다.

그는 무서운 신이지만 한 가지 미덕이 있었다. 그것은 어떤 자라도 차별하지 않는다는 것이다. 세상의 관습 중에서 죽음만이 모든 이에게 평등하게 찾아오는 것처럼.

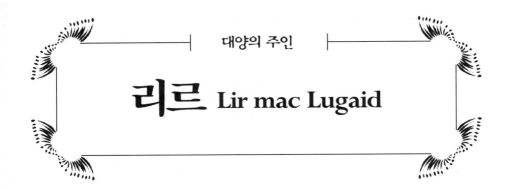

리르 Lir mac Lugaid

리르는 큰바다(大海)의 신인데, 바다뿐만 아니라 강과 하천을 관리하는 수역(水域)의 왕이다. 정확하게는 투아하 데 다난이 아니라 요정의 일족이라고 할 수 있다. 궁전은 '시 피나하(하얀 평원에 있는 요정의 언덕 : Sídh Finnachaid)'라고 불리는 언덕 위에 있기도 하고 바다 속에도 있다고 하지만, 인간에게는 보이지 않도록 숨겨져 있다. 웨일즈에서는 흘리르(Llyr), 영국에서는 리어(Leir)라고 불리며, 셰익스피어의 희곡 『리어왕(King Lear)』의 모델이 되기도 했다.

그에게는 '혀가 짧음'이라는 별명이 있는데, 예쁜 여성이나 보석에 정신이 없는 어리석은 왕의 대표적인 인물로 이야기되고 있다. 성격은 거친 바다와 같이 아주 변덕스러워서 분노와 탄식, 환희 사이를 빈번하게 오간다.

버나드 에브슬린의 『핀 마쿨의 모험』에서는 그리스의 바다 신 포세이돈과 같은 모습으로 묘사되어 있다. 즉, 세 갈래의 창을 든 녹색 수염을 기른 거인으로, 고래 가죽으로 만든 갑옷에 물개 모피로 만든 망토를 걸치고, 머리에는 진주로 만든 왕관을 쓰고 있는 모습으로 그려져 있다. 또 드루이드의 지팡이를 들고 있으며, 그것으로 타인의 모습으로 변신할 수도 있었다.

그는 어류를 마음대로 조종할 수가 있고, 상어나 청새치, 메로우(Merrow : 인어) 등의 군대를 두고 있었다. 그리고 날치가 끄는 전차로 하늘을 달렸다고 한다.

이 바다의 신은 다른 많은 신들과 싸웠는데, 특히 영웅 핀 마쿨의 시대는 그

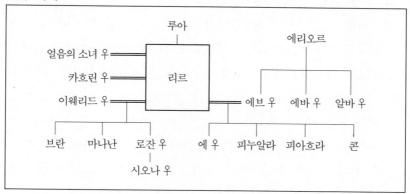

에게 격동의 시대였다. 그는 먼저 싸움의 신 티아(북구의 티르를 말하는 것인지 명확하지 않다)를 바다 속에 잠재웠고, 겨울의 신 빌마크[54]와 싸웠으며, 마지막에는 자신의 손자 일브리히(Ilbhreach)[55]와 핀 마쿨의 사촌 카일테(Caoilte)의 연합군과 싸워 멸망하고 말았다. 그후 일브리히는 조부의 뒤를 이어 큰바다의 신이 되었다고 한다.

---

54) 빌마크는 에브슬린의 이야기 가운데서만 등장한다. 그는 수염을 기르고, 겨울과 바람, 금속을 관리하는 신으로 '얼음의 소녀들'을 비롯해서 안개의 악마, 박쥐 날개의 안개 마녀, 냉기의 마녀, 지진을 일으키는 거대한 뱀 괴물, 화산의 거인, 바람의 거인 등 여러 가지 요물을 자기 밑에 거느렸다. 『핀 마쿨의 모험』에는 그 외에도 옛날 신화에는 등장하지 않는 신들이 소개되어 있다. 티아도 그 중 한 명이다. 아마라는 성장을 주관하는 대지의 여신으로 핀 마쿨의 수호신이 되었다.

55) 이 이름은 독일의 요정왕 알베리히(Alberich)와 유사하다. 'Albe'는 북구의 요정 알브를 의미하고, 'rich'는 아일랜드어의 왕 리를 의미한다고 하면, 그의 이름은 바로 요정왕을 의미하게 된다. 요정 연구가인 캐서린 M. 브리그즈에 의하면 이 일브리히 또는 알베리히가 오베론(Oberon)으로 바뀌었으며, 셰익스피어의 『한여름 밤의 꿈(A Midsummer Night's Dream)』에 요정왕으로 등장한다는 것이다.

리르의 부인과 자식들

리르에게는 많은 부인과 자식들이 있었다. 맨 처음 부인과의 사이에는 요정왕 마나난과 브란, 로잔(Lodhan)이 태어났다. 아일랜드의 신화에 이 부인의 이름은 나오지 않지만, 웨일즈 신화에서는 이웨리드(Iweridd : 아일랜드)라고 불린다.

두 번째 부인은 붉은 털 보브의 양녀 에브(Aebh)이다. 그녀는 두 쌍의 쌍둥이를 낳는데, 그것이 원인이 되어 하늘에 불려갔다.

그후 리르는 에브의 동생인 에바(Aeife)를 세 번째 부인으로 삼았는데, 나중에 나오는 설화에 의하면 그녀는 요물이 되어버렸다고 한다.

이외에도 리르의 부인으로 두 명의 여성이 더 알려져 있다. 그 중 한 명이 겨울의 왕 빌마크의 여전사인 '얼음 소녀들' 중 하나다. 버나드 에브슬런에 따르면, 그 때문에 빌마크는 몹시 화가 나서 리르를 감쪽같이 속여서 자신의 나라 지하 깊숙한 곳에 가둬두었다고 한다. 이렇게 갇힌 리르를 구한 것이 바로

영웅 핀 마쿨이었다. 그러나 리르는 그에게 감사하기는커녕 핀이 데리고 있던 여성 카흐린(Cathrean)을 빼앗았다. 그녀는 리르의 아내로 알려진 최후의 인물이다. 그에 관한 유일한 신화는 에린 3대 비극의 하나인『리르 자식들의 비운(Oidheadh Clainne Lir)』으로서 사람들에게 알려져 있다. 이제 이야기를 소개해보기로 하자.

리르와 붉은 털 보브

'탈틴 전투'에서 세 왕이 전사하자 신들은 자신들을 통치할 수 있는 새로운 아르드리(지고왕)를 선출해야만 했다. 그 후보에 오른 왕들이 무안의 왕 붉은 털 보브와 미(Midhe)의 인우스, 코나흐타의 왕 일브리히, 라인의 왕 미이르, 그리고 울라의 리르 등이었다. 그 중에서 가장 유력했던 왕은 아버지 신 다자의 아들인 붉은 털 보브와 인우스였다. 그러나 인우스가 "아르드리가 되는 것은 질색이다. 내 궁전에서 매일 즐겁게 보내는 게 더 좋다"며 후보를 사퇴했기 때문에 붉은 털 보브로 쉽게 결정되었다. 다른 신들도 이 결정에 불복하지 않았다. 단 한 신, 리르를 제외하고는.

그는 자신이 선택되지 않은 것에 대해 화가 나서 인사도 하지 않고 그 자리를 박차고 나왔고, 그후에도 계속 보브에게 공손하게 대하지 않았다. 화가 난 신들은 리르의 궁전에 불을 지르려고 했지만 현명한 왕 보브는 그것을 말리면서 이렇게 말했다.

"그렇게 화를 내지 말아라. 리르의 부인은 지난번 싸움에서 패배한 슬픔으로 심장이 파열되어 죽었다고 들었다. 리르 자신도 아내의 죽음을 슬퍼해서 쇠약해 있지 않느냐? 그래서 내 양녀를 그의 부인으로 주려고 한다. 새로운 아내를 맞이하면 기분이 풀릴 것이다."

이리하여 리르는 보브의 양녀 에브를 아내로 맞이하게 되었다. 아름다운

데다 빈틈이 없고, 무엇보다도 마음씨가 착해서 리르를 기쁘게 했다. 에(Aedh : 불꽃)라는 딸과 피누알라(Fionnghuala : 하얀 어깨)라는 아들이 태어나자 보브도 자기 손자의 탄생을 기뻐하며 리르가 있는 곳으로 빈번하게 찾아가게 되었다.

짧은 시간 동안이었지만 모두 행복에 젖어 그 누구도 다가오는 불행의 전조를 알아차리지 못했다.

리르 자식들의 비운

에브는 얼마 후에 다시 두 아이를 낳았다. 피아흐라(Fiachra)와 콘(Conn)이라는 이름의 남자 쌍둥이였다. 그러나 출산의 고통 때문에 에브가 그만 죽고 말았다. 물론 리르도 깊은 슬픔에 빠져 자식들만 없었다면 죽었을지도 모른다.

보브는 엄마 잃은 손자들을 차마 볼 수가 없어서 다른 한 명의 양녀 에바를 리르의 아내로 보내기로 결심했다.

에바도 처음에는 착한 양어머니였다. 아이들을 훌륭하게 키우는 기쁨을 알았던 것이다. 그러나 아이들이 커가면서 마음속에 어느새 악마가 숨어들었다. 그녀는 언제부터인지 자신은 리르의 사랑을 받지 못하는 것이 아닌가 하는 의심을 품기 시작했다. 리르는 아침에 일어나면 곧바로 아이들과 놀았고, 밤이 되면 아이들과 함께 침대에서 잠을 잤다. 그래서 에바는 아이들 때문에 자신이 소외되었다고 생각하고, 마침내 언니의 자식들을 없애버릴 결심을 하게 되었다. 그러나 에바도 지금까지 길러온 아이들에 대한 정은 버릴 수가 없었다. 막 검을 빼들었으나 도저히 내리칠 수가 없었다. 그녀는 검을 드루이드의 지팡이와 바꾸어 들고, 그것으로 아이들을 쳐서 백조로 변하게 만들었다.

물론 이 일이 리르나 보브에게 알려지지 않을 리가 없었다. 화가 난 보브는 드루이드의 지팡으로 에바를 치며 이렇게 말했다.

"땅에도, 땅 위에도, 그리고 땅 밑에도 없는 자의 모습으로 변할 것이다!"

그후 에바는 악령이 되어 삶도 죽음도 허락되지 않은 채 허공을 헤매고 다녔다고 한다.

리르와 보브는 매일 백조가 된 네 명의 아이들이 있는 곳으로 찾아갔다. 그러나 그것은 3백 년 동안만이었다. 에바의 주문으로 다음 3백 년 동안 아이들은 험한 파도 속에서 살아야만 했다. 누이인 에는 동생들을 필사적으로 보호했지만 북쪽의 바다는 험했고, 그 생활은 고통의 연속이었다. 그러나 그 고통과 작별을 고할 날이 왔다.

그들은 다시 땅으로 돌아와 그리운 아버지의 궁전으로 향했다. 그곳에서 그들이 본 것은 황폐한 잔해들뿐이었다. 리르는 손자인 일브리히의 손에 죽음을 당해 이미 세상을 떠나고 없었다.

슬픔 속에서 그들은 마지막 3백 년을 보냈다. 그때 에린에 기독교의 빛이 들어왔고, 그들은 본래의 모습을 되찾았다. 그러나 그것은 이미 나이 9백 살을 넘은 노인의 모습이었다.

그들은 성자 모 하이워크(Mó Chaemóc)의 세례를 받고 조용히 숨을 거두었다. 이제 시대는 더 이상 이교의 것이 아닌 기독교의 시대가 되었던 것이다.

요정의 왕이자 마술사

마나난 맥리르

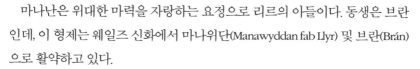

Mananán mac Lir

마나난은 위대한 마력을 자랑하는 요정으로 리르의 아들이다. 동생은 브란 인데, 이 형제는 웨일즈 신화에서 마나위단(Manawyddan fab Llyr) 및 브란(Brán) 으로 활약하고 있다.

요정왕의 궁전은 맨 섬에 있었는데, 신의 이름이 바로 섬의 기원이 되었다. 그에 대한 신앙은 상당히 오랫동안 지속되었고, 뱃사람이나 어부들의 수호신 으로서, 또는 해상무역로를 지켜주는 통상의 신으로서 널리 숭배되고 있었다. '하얀 머리' 라는 칭호를 갖고 있으며, 파도 위에서 은발과 진한 색 망토를 휘 날리고 있다. 이 망토에는 위대한 마력이 있어서 마나난은 마법을 사용할 때 꼭 이 망토를 상대방의 위쪽에 펼쳤다. 망토를 휘두르면 자신이 원하는 대로 모습을 감추거나 변신할 수도 있다(가장 변신하기 좋아하는 모습은 바다새나 파 란 해오라기다). 폭풍을 일으키기도 하고 바다를 거칠어지게도 할 수 있다. 사 람과 사람 사이에 보이지 않는 운명의 장벽을 만들고, 두 번 다시 만나지 못하 게도 할 수 있다.

그의 몸은 파괴되지 않는 황금 사슬 갑옷과 마법의 흉갑으로 둘러싸여 있 으며, 어떠한 공격도 되받아칠 수 있었다. 황금의 갑옷에는 두 개의 마법의 보 석이 박혀 있어서 등대처럼 주위를 밝혀주었다. 맨 섬의 일부에서는 그가 세 개의 다리를 가지고 있어서 누구보다도 빨리 달릴 수 있었다고 전해진다.

마법의 물건

마술사 마나난은 많은 마법의 물건을 가지고 있었다. 그 대부분은 그의 양자인 '루' 편에서 기술했다. 그 밖에 드루이드의 지팡이를 가지고 있었다. '키안' 편에서 본 것처럼, 그는 이 지팡이를 이용해서 땅, 물, 불, 바람의 4원소를 자유자재로 조종했다.

황금으로 된 '진실의 그릇'도 그의 물건이다. 이 그릇에는 그 앞에서 세 번 거짓말을 하면 부서지고, 진실을 세 번 말하면 원래대로 돌아오는 신비한 힘이 있다. 어깨에 메고 다닐 만큼 큰 마법의 은 지팡이에는 황금사과가 아홉 개 달려 있다. 이것을 흔들면 아름다운 음악이 흘러나와 아무리 잠을 못 이루는 사람이라도 하루 동안 깨지 않고 잠자게 하는 능력을 가지고 있다. '진실의 그릇', '수면의 지팡이'는 한때 에린의 왕 코루아크(Cormac)에게 빌려주었는데, 그가 죽은 다음 마나난에게 되돌아온 것이다.

두 개의 투창은 '노란 자루', '붉은 투창'이라는 이름으로 알려져 있으며, 루에게 빌려준 프라가라흐 외에도 '작은 분노'와 '큰 분노'라는 이름의 마검 두 개를 가지고 있었다. 이 네 가지 무기는 나중에 영웅 편 마쿨의 부하 디아르와드에게 빌려주기도 했다.

마나난의 궁전은 그곳에 살면 누구든지 늙지 않는다는 바다 저편의 '항상 젊은 나라'에 있었다. 거기에는 늙음을 쫓아내는 술이 무진장으로 넘치며, 아무리 먹어도 다음날 다시 살아나는 돼지, 태워도 없어지지 않는 장작, 먹어도 줄어들지 않는 곡식, 우유가 떨어지지 않는 젖소, 깎아도 털이 없어지지 않는 양이 살고 있었다. 그리고 그곳에는 시간이라는 것이 존재하지 않는다. 따라서 현세에서 아무리 시간이 흘러도 '항상 젊은 나라'에 사는 사람들은 늙지도 않고 죽지도 않는다.

마나난의 계보

그는 다자의 양자였다고도 전해지지만 자세한 것은 알려져 있지 않다. 또 광명의 신 루를 양자로 길렀다.

본처의 이름은 판(Fanndh : 상냥한 사람)이었는데 사랑의 신 인우스의 누이였다. 그녀는 한때 남편과 싸우고 나서 헤어진 다음 영웅 쿠 훌린에게 가서 숨어살았던 적도 있었다. 이 둘 사이의 로맨스는 『쿠 훌린의 병(Serglige Con Culainn)』으로 널리 알려져 있는데, 결국은 결혼한 쿠 훌린을 위해 판은 그곳에서 나와 마나난에게 되돌아가는 것으로 끝난다.

마나난은 판에게서 아홉 명의 '파도의 자식들' 을 얻었다. 각각의 이름은 알려져 있지 않지만, 피오나 매클라우드에 의하면 스코틀랜드에서는 첫 번째 파도에서부터 아홉 번째 파도까지 모두 그 역할이 정해져 있다고 한다. 그렇다면 '파도의 자식들' 에게 그와 같은 역할이 있었다고 할 수 있는데, 그 주어진 역할은 다음과 같다.

"첫째는 인간에게 유익한 해초를 돌봐주는 것이다. 다른 파도는 깊은 곳에서 잠들어 있는 물고기의 잠을 깨우고, 다음의 파도는 이것, 그리고 다음의 파

■ 마나난의 계보

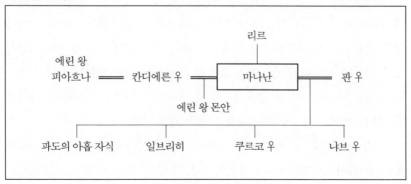

도는 저것 하는 식으로 각기 역할이 있지만, 일곱 번째 파도는 인간을 무서워하고 미워하는 파도의 요물을 비롯한 바다의 여러 생물들을 불러 깨운다. 여덟 번째의 파도는 승려들이 여신 마리아의 속삭임을 전한다고 말하지만 누구도 자세한 것은 알지 못한다. 그리고 아홉 번째 파도는 마음먹은 장소 어디에서나 파도를 부르는 소리를 울려퍼지게 할 수 있다. 이런 식으로 '와라, 이리로 와라, 바다가 기다린다! 그 뒤를 따르라!' 하고 파도가 말하면, 그 파도소리를 들은 사람은 누구든지 일어나서 그 소리에 복종해서 죽었다고 한다."(『켈트 민화집 — 아홉 번째의 파도』)

즉, 아홉 번째 파도는 해변에 사는 것들을 죽음으로 유인하는 역할을 했던 것이다.

마나난의 아들 중에서 유일하게 이름이 알려져 있는 것은 일브리히다.

딸로는 쿠르코(Curcóg)와 황금빛 머리의 냐브(Niamh)가 있다. 쿠르코는 후에 인우스의 양녀가 된 딸이다.

냐브는 영웅 핀 마쿨의 아들 오신을 마나난이 사는 '항상 젊은 나라'로 데리고 간 것으로 알려져 있다. 그녀의 아름다운 모습은 금발, 푸른 눈, 하얀 피부로 묘사되는데, 금으로 별을 박아넣은 갈색의 망토를 금 브로치로 꾸몄으며 황금의 왕관을 쓰고 있었다. 오신은 그녀와 함께 몇 년을 '항상 젊은 나라'에서 살았는데, 나중에는 고향이 그리워 냐브가 붙잡는 것도 뿌리치고 마나난의 말을 타고 에린으로 되돌아왔다. 그러나 이미 고향은 수백 년의 세월이 흐른 뒤였다. 변해버린 에린의 모습을 보고 절망한 순간 말에서 떨어진 그는 눈 깜짝할 사이에 나이를 먹어 노인이 되어버렸다. 이후 그는 자신의 아버지인 핀 마쿨의 업적을 후세에 전하는 역할을 하게 되었다.

마나난의 부인은 그 외에도 여러 명이 알려져 있다. 칸디에른(Caintigern)은 울라 왕 피아흐나(Fiachna)의 부인이었다. 그러나 피아흐나가 스코틀랜드로 원정을 가자, 만약 하룻밤을 같이 보낸다면 궁지에 빠진 남편을 구해줄 수 있다는 마나난의 속임수에 빠져 그렇게 하고 말았다. 그래서 둘 사이에 몬안(Mongán)이라는 아들이 태어났다. 몬안은 마나난의 밑에서 자랐기 때문에 마술 왕이 되었고, 침략 신화의 핀탄이나 투안처럼 여러 가지 동물로 다시 태어나면서 에린의 역사를 후세에 전했다고 한다.

또 클리나(Cleena)라는 부인은 무안의 풍요를 관리하는 지하의 여신이라고 하는데, 한때 마나난을 떠나 인간 남자와 같이 살았던 적이 있다. 그러나 어느 순간 마나난이 연주하는 하프 소리에 이끌려 다시 '항상 젊은 나라'로 되돌아오게 된다.

마나난과 항상 젊은 나라

마나난이 신화에서 활약하는 것은 세월이 꽤 흐른 다음부터이다. 본격적으로 모습을 나타낸 것은 밀레족과의 결전이었던 탈틴 전투 때였다. 마나난은 잘 싸웠지만 운명은 밀레족 편에 있었다. 에린에서 추방당한 신들에게 마나난은 요정왕의 한 명으로서 앞으로 신들이 요정과 한편이 되어 대지 밑이나 바다 저편에 '항상 젊은 나라'를 만들어서 살면 어떻겠냐고 제안했다. 갈 곳이 없는데 다난의 신들은 물론 여기에 동의했다. 마나난은 신들에게 다음과 같은 것들을 선물했다. 첫 번째는 영원히 젊음을 유지할 수 있는 술(이것은 대장장이 게브네의 소유가 되었다)이었고, 두 번째는 아무리 잡아먹어도 다음날이면 다시 살아나는 돼지였다. 그리고 세 번째는 언제 어느 때라도 밀레족의 눈에서 모습을 감출 수 있는 마술, 페흐 피아다(feth fiada)였다.

이리하여 신과 요정들은 하나의 종족이 되어 사람들에게서 모습을 감추어 버렸다.

강의 여신

보안 Bóann

에린에는 강에 관한 여신들이 많이 있었다. 싸움의 세 여신 바이브도 물가에 자주 모습을 드러낸다. 봄의 여신 브리이트도 그 이름을 브렌토 강에 남기고 있다.

강과 관계가 있는 여신 중에 가장 유명한 것은 보안이다. 그녀는 일명 에흐네(Eithne. 발로르의 딸과 다르다)라고 하는데, 먼 곳을 바라볼 수 있는 마법의 거울을 가지고 있었다. 하얀 젖소로 변할 수 있으며, 풍요를 관장하고 있었다(보안은 하얀 젖소라는 의미가 있다).

그녀의 이름은 미(Midhe)와 울라의 경계를 흐르는 보인 강에 남아 있다. 그녀의 이름이 이 강에 남은 유래는 다음과 같다.

어느 물가에 아홉 그루의 개암나무가 있었다(북구의 세계수 이그드라실의 뿌리도 역시 아홉 개였다는 것에 주의). 그 나무에는 새빨간 열매가 열리는데 그것을 먹은 자는 이 세상의 모든 것을 볼 수 있는 지혜를 갖게 된다고 전해진다. 그러나 그것을 따먹는 것은 신들에게도 금지된 일이었다. 그렇기 때문에 다 익은 열매는 강에 떨어져서 물 속에서 헤엄치던 연어의 먹이가 되었다(그 연어는 곧 '지혜의 연어' 핀탄이라고 불리게 되어 영웅 핀 마쿨의 입으로 들어가게 된다).

그러던 어느 날 보안이 그 금기를 깨고 열매를 따려고 했다. 그 순간 샘물은 넘치고 강이 되어 그녀를 떠내려가도록 했다. 다행히 그녀는 도망쳤지만 개

암나무는 떠내려가 흔적도 없이 사라지고 말았다. 이후 보안은 그 강을 지키면서 살아갔다고 전해지고 있다.

보안에 관한 신화에서 또 한 가지 중요한 사실은 아버지 신 다자와의 로맨스다. 보안의 남편은 다자와 만나난 다음의 마력을 가진 마술사 엘크와르(Elcmar mac Cairbre Crom)[56]였다. 그러나 그녀는 남편을 사랑하지 않았다. 보안은 마술사로서 최고의 힘을 가진 다자를 동경하고 있었다. 어느 날 둘은 엘크와르가 왕 브레스에게 초대되어 없는 틈을 타서 은밀하게 관계를 가졌다. 그날 그녀는 아이(인우스)를 갖게 되었다. 그런 사실은 알게 된 다자는 궁전에 마법을 걸어 밖에서의 하루가 궁전 안에서는 아홉 달이 되도록 만들었다.

아무 것도 모르고 아홉 달 동안 잠자고 있던 보안은 저녁 때 일어나서 남자 아이를 낳았다. 그리고 이렇게 말했다.

"하룻밤 만에 태어나다니 무척 성질이 급한 아이구나."

아이는 그때부터 젊음의 인우스라고 불리게 되었다. 보안은 엘크와르가 돌

---

56) 엘크와르는 망토를 황금 브로치로 여미고 있었다고 한다. 그의 숙부 시왈(Sigmall) 역시 마술에 능했던 것으로 알려져 있다.

아올 무렵에는 산후 조리를 완전히 끝내고 평소와 다름없이 엘크와르를 맞이했다.

그 외의 강의 여신들

보안 외에도 강과 관계가 있는 여신들은 많이 있다.

갈라보그는 코나흐타 북부 주(州) 슬라이고의 여신으로, 스위니라는 인간과의 경쟁에서 패배한 후 호수에 몸을 던져 강이 되어 흐르고 있다고 전해진다. 그녀는 코나흐타의 여왕으로서 영웅 쿠 훌린과 자웅을 겨룬 메브 및 피니바라는 또 다른 여신과 삼위일체를 형성하고 있다.

시오나(Sionna)는 코나흐타와 라인의 경계에 있는 샤논 강의 여신으로, 리르의 손녀이다. 여우로 변신하기도 하는데, 아름다움과 교활함으로 널리 알려져 있다. 그녀에 관해서는 보안과 비슷한 이야기가 알려져 있다. 그녀는 지혜의 나무 열매를 따려고 하다가 샘에서 불어난 물에 떠내려가 죽었다고 한다. 이후 그 샘에서 내려온 강은 그녀의 이름으로 따서 샤논 강으로 불리게 되었다.

사브(Sadhbh)는 사슴의 여신으로, 영웅 핀 마쿨과 인연을 맺고 시인 오시안을 낳아 길렀다. 그 이름은 세반 강에 남아 있다.

또한 자세한 내용은 알려져 있지 않지만, 데바의 이름은 데 강에, 크로타는 크라이드 강에, 벨베이아는 와흐 강에 그 이름들이 남아 있다고 한다.

그녀들은 북구의 '발키리아'와 어느 정도 비슷한 성격의 신들이었다. 그녀들은 모습을 감추는 날개옷 같은 것을 가지고 있었는데, 만약 그것을 빼앗으면 아내로 삼을 수 있었다. 또 몇 가지 동물(또는 새)로 변신한다는 점에서도 같은 성질의 신으로 볼 수 있다.

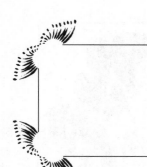

젊은 사랑의 신

인우스

Oengus mac indhóc

인우스 마크 이노그(또는 안가스)는 반짝이는 금발을 가진 신으로서 사랑과 젊음을 자랑하는 미의 화신으로 이 세상에 태어났다. 뛰어난 하프 연주 솜씨를 가지고 있었는데, 그 솜씨는 아버지인 다자에게서 물려받은 것이었다. 그의 연주를 듣는 사람들은 모두 사랑에 빠졌다고 전해진다. 또 그가 입을 맞추면, 그 자리에서 사랑의 노래를 하는 네 마리의 작은 새로 변했다.

그는 다자의 여러 자식 중에서 가장 많은 사랑을 받았다. 또 요정왕 마나난의 왕비 판과는 같은 어머니에게서 태어난 오누이였기 때문에, 처남매부지간인 마나난으로부터도 사랑을 받았다. 하지만 그는 형인 미이르를 아버지로 생각하면서 자랐다.

미이르의 궁전에는 같은 또래의 소년 소녀가 각각 1백50명이나 있었다. 인우스는 곧 그들의 리더가 되었다. 그것은 용모뿐만이 아니라 그에게 카리스마적인 성격과 통솔력이 있었기 때문이었다. 물론 그를 좋게 생각하지 않는 이들도 있었다. 친구들 중에서는 피르 보르족의 토리아흐(Toríath mac Febal)가 특히 그랬다. 둘은 사사로운 일에 서로 반목하며 자주 싸웠다. 아홉 살이 되었을 때, 그는 토리아흐로부터 자신의 출생에 관한 중대한 비밀을 듣게 되었다.

"나는 알고 있다. 너는 아버지도 어머니도 없는 고아일 뿐이다!"

울면서 매달리는 인우스에게 미이르는 사실을 이야기해주었다. 그리고 다자에게 데리고 가서 인우스가 더 이상 고통받지 않도록 아들로서 인정할 것

과 영지를 부여해줄 것을 요구했다. 그러나 여기서 자신의 아들이라고 인정해버리면 라이벌인 마술사 엘크와르에게 그의 부인과 통정한 사실이 밝혀질 것을 우려한 다자는 마나난과 상의해서 한 가지 묘책을 생각해냈다.

"사원의 축제날에 무기를 가지고 엘크와르의 궁전에 가라. 그날은 모두가 평화를 즐기는 날이니까 설마 엘크와르도 네가 무장하고 있다고는 생각하지 않을 것이다. 그리고 죽인다고 위협해서 하루 낮과 밤을 궁전의 주인이 되게 해달라고 요구해라. 그러면 모든 것이 다 잘될 것이다."

인우스는 다자가 말한 것을 실행에 옮겼다. 하루가 지나 엘크와르가 돌아오자 인우스는 다자가 가르쳐준 대사를 그대로 옮겼다.

"나는 당신으로부터 낮과 밤, 궁전을 양도받는 계약을 맺었다. 그러나 모든 시간은 낮과 밤으로 이루어져 있다. 그렇기 때문에 나는 영원히 당신의 궁전을 양도받은 것이다."

이리하여 그는 엘크와르의 궁전이었던 '브르 나 보인'을 자신의 궁전으로 만들었다. 그 궁전은 보인 강의 북쪽 언덕에 있다. 그곳은 마나난의 '항상 젊은 나라'와 비슷하다. 세 그루의 큰 나무와 두 마리의 돼지, 영원히 죽지 않게 하는 술이 담긴 큰 항아리가 있었는데, 그 모두가 아무리 먹고 마셔도 영원히 떨어지지 않는 것이었다. 그후 인우스는 마나난과 함께 인도에 가서 황금 물병과 일 년 내내 벌꿀술 우유가 나오는 젖소 두 마리를 마법의 비단 끈으로 사로잡아 와서 둘이서 나누어 가졌다.

인우스의 꿈

인우스가 주인공으로 등장하는 이야기 중에서 『인우스의 꿈(Aislinge Oenguso)』이 있다. 이는 그가 아내를 맞이하는 이야기다.

어느 날 밤 한 아름다운 소녀가 인우스의 꿈에 나타났다. 지금까지 본 적이 없는 아름다운 소녀의 모습에 황홀해진 그는 그녀를 초대하기 위해 손을 잡았다. 그 순간 꿈에서 깨어나 눈을 뜬 인우스는 이내 슬픔에 젖었다.

그러나 다음날 밤에 또 그녀가 나타났다. 이번에는 손에 하프를 들고 있었다. 그녀의 연주에 매료된 그는 소녀를 끌어안고 싶어졌다. 그러나 손을 잡으려고 하자 그녀는 또 사라지고 말았다.

그런 꿈이 일 년 동안 계속되었다. 인우스는 상사병에 걸려 날마다 쇠약해져 갔지만 누구에게도 그 이야기를 하지 않았다. 많은 의술사들이 왔지만, 페르네(Fergne)를 제외하고는 누구도 그 원인을 알아차리지 못했다. 페르네는 인우스가 마음의 병에 걸렸다는 것을 한눈에 알아차리고 모든 것을 어머니인 보안에게 이야기해서 그 소녀를 찾도록 지시했다.

보안은 일 년에 걸쳐 에린 곳곳을 찾아다녔지만 그 소녀는 어디에도 없었다. 곤경에 빠진 그녀는 남편인 다자(이때 엘크와르는 죽고 없었다)와 의논했다. 다자는 자신의 아들이자 인우스의 배다른 형제인 왕 보브와 의논했다. 그는 아르드리(지고왕)의 지위를 이용해서 보안의 손이 미치지 못한 곳까지 샅샅이 뒤졌다.

이렇게 다시 일 년이 지난 다음 드디어 그 소녀가 코나흐타의 요정왕 에할 안뷰알(Ethal Anbúail)의 딸, 퀘르 이보르웨이흐(Cúer Ibormeith)라는 것을 알았다.

보브는 인우스를 데리고 그녀가 기다리는 '로흐 벨 드라곤(Loch Bél Dracon : 용의 입 같은 호수)'으로 갔다. 거기에는 1백50명의 소녀가 있었고, 두 명씩 은 사슬로 연결되어 있었다. 그러나 단 한 명, 황금 목걸이를 목에 걸고 있는 소녀 가 있었다. 그 소녀가 바로 퀘르였다.

"지금 그녀를 강제로 데려가는 일은 그야말로 간단하다. 하지만 나는 그럴 수 없다."

인우스가 그렇게 말하는 것을 듣고, 붉은 털 보브, 보안, 다자는 다시 의논을 해서 일단 퀘르의 아버지에게 둘의 결혼을 승낙해달라고 부탁하기로 했다. 하지만 퀘르의 아버지 에할은 막무가내로 받아들이지 않았다. 이렇게 되면 강제로 하는 수밖에 없었다. 신들은 코나흐타의 인간왕 아릴과 여왕 메브(영 웅 쿠 훌린의 숙적)로 이루어진 연합군을 조직해서 에할을 사로잡았다. 그래도 그는 결혼에 동의하지 않았다.

"나로서는 어쩔 수 없다. 그렇게 결혼시키고 싶으면 딸에게 물어봐라. 그애 는 크나큰 마력으로 일 년마다 인간이 되기도 하고 백조가 되기도 한다."

결국 양쪽 부모들 사이에서 당사자들에게 맡기는 것으로 이야기가 되었다. 인우스는 기쁨에 차서 로흐 벨 드라곤으로 달려가 1백50명의 소녀들과 함께 백조로 변해 있는 퀘르에게 소리쳤다. 백조 모습을 한 소녀는 그에게로 가까 이 왔다. 인우스는 그대로 그녀에게로 뛰어들었다. 그 순간 그의 모습은 퀘르 와 마찬가지로 백조가 되고 말았다.

두 마리의 백조는 호수를 날아올라 인우스의 궁전으로 돌아왔다. 그리고 함 께 사랑의 노래를 불렀다. 그 둘의 노랫소리가 너무나도 아름다워서 듣고 있 던 사람들을 사흘 동안 잠에 빠져들게 했다. 이리하여 둘은 부부가 되었고, 어느 때는 인간의 모습으로 궁전에서 지내고, 또 어느 때는 백조의 모습으로 호수에서 놀았다고 전해진다.

미이르 Midír

미이르는 봄의 여신 브리이트의 동생이자 다자의 아들이다. 그를 양자로 기른 것은 마술사 마나난이었다. 그리고 앞에서 본 것처럼 사랑의 신 인우스의 양아버지이기도 했다. 그의 궁전은 '브리 레흐(Bríleigth : 회색빛 남자의 둔덕)'라고 불렸는데, 이는 그가 은발이었기 때문에 붙여진 이름이다. 궁전 앞에는 항상 학 세 마리가 경비를 서고 있었다.

그는 긴 머리카락을 어깨까지 내리고, 회색 눈동자에 붉은 옷을 즐겨 입었다. 그는 날끝이 다섯 개인 창과 하얗게 빛나는 중앙 돌기, 금색으로 빛나는 보석이 박힌 은방패를 가지고 있다.

미이르는 두 명의 부인이 있었다. 첫 부인 파우나흐(Fuamnach)는 마법을 쓸 줄 알았다. 두 번째 부인 에단(Etain)은 인우스의 일화에서 잠깐 나왔던 코나흐타 왕 아릴의 딸이다.

그와 두 부인에 관한 이야기는 『에단을 향한 구애(Tochmarc taine)』로 알려져 있다.

미이르의 부상과 인우스의 배상

이 이야기는 인우스가 엘크와르에게서 궁전을 빼앗은 날로부터 정확하게 일 년 후에 시작된다. 때는 겨울이 시작되는 사원 축제. 미이르는 양자(사실은 동생) 인우스를 방문했다. 궁전에서는 젊은이들이 활기차게 경기를 하고 있었고, 인우스는 그것을 즐거운 듯 보고 있었다.

그러나 사소한 일로 옥신각신하다가 젊은이들이 싸움을 하기 시작했다. 당황한 미이르는 젊은이들 사이에 들어가 언쟁을 말리려고 했지만, 어디선가 튀어나온 한 젊은이가 들고 있던 호랑가시나무로 만든 작은 지팡이에 한쪽 눈이 찔려 안구가 빠져버렸다. 그는 한탄하면서 인우스에게 말했다.

"너 때문에 나는 불구가 되었다. 이제 이 눈으로 아무 것도 볼 수 없다. 왕의 자격을 잃게 되어 백성들을 다스릴 수도 없게 되었구나."

인우스는 서둘러서 그를 의술사 디안 케트에게 데리고 갔다. 디안 케트의 의술은 정말 뛰어나서 빠진 눈을 간신히 제자리로 집어넣었다. 인우스는 진심으로 양아버지를 걱정하고 있었다.

"여기서 일 년 정도 요양하시는 것이 좋겠습니다."

그러자 미이르는 고집스럽게 말했다.

"그것은 문제될 것이 없지만 한 가지 조건이 있다. 이 부상에 대한 보상으로 일곱 명의 여자 노예와 내 지위에 어울리는 전차와 정장 한 벌, 그리고 에린에서 가장 아름다운 여성을 내 아내로 삼게 해다오."

전차와 정장을 곧 준비한 인우스는 가장 아름다운 여성이 코나흐타의 왕 아릴의 딸이라는 것을 알고 즉시 아릴의 궁전으로 갔다. 그러나 아릴은 자신의 딸을 헐값에 팔려고 하지 않았다. 지참금 대신에 열두 개의 평원을 옥토로 만들어 사람과 가축이 살 수 있도록 할 것과 열두 개의 하천을 새로이 만들어서 바다로부터 물고기가 올라오도록 할 것, 그리고 에단의 몸무게와 같은 무게의 금을 요구했다. 이런 요구는 에린의 선주민족이 했던 것으로, 데 다난족인 인우스에게는 상당히 무거운 요구 사항이었다. 인우스는 고민 끝에 아버지인 다자에게 모든 일을 이야기하자, 다자는 타고난 힘으로 모든 것을 하룻밤 만에 이루어냈다. 마침내 인우스는 미이르에게 에단을 데려다주었다. 미이르는 그녀가 마음에 들었고, 둘은 일 년간 인우스의 궁전에서 살았다.

에단과 전처 파우나흐

미이르에게는 현명하고 마술에 능한 파우나흐라는 전 부인이 있었다. 그녀는 양아버지이며 드루이드인 브레살(Bresal Etarl mh)로부터 남편이 새로운 아내를 맞아들였다는 얘기를 듣고, 그가 돌아오기만을 기다렸다. 그녀는 둘을 환영하는 척하면서 에단과 단 둘이 있을 때를 노려서 드루이드의 지팡이를 휘둘러 그녀를 물웅덩이로 변하게 만들었다. 그리고 자신은 집으로 돌아가버렸다.

이윽고 이상한 일이 일어나 물웅덩이는 벌레가 되었고, 벌레는 번데기로부터 성충이 되어 날개가 있는 작은 벌레가 되었다. 그 벌레는 아름다운 소리를 내고 날아다니며 향기로운 냄새를 주위에 풍겼다. 그 향기를 맡은 사람은 어떤 상처나 병도 금방 치료가 되었다. 그리고 항상 미이르의 주위를 맴돌며 떨어지지 않았다. 결국 미이르는 그 벌레가 사랑하는 에단이라는 것을 알았다. 그의 사랑은 그녀가 벌레로 변했어도 변하지 않았다. 그것을 안 파우나흐는 다시 질투심에 불타서 마법으로 바람을 일으켜 벌레를 날려버렸다.

에단은 벌레의 모습으로 천 년을 보냈다. 그리고 어느 때인가 울라 왕비가 마시는 물에 떨어져 왕비의 딸로 다시 태어나게 되었다.

다시 태어난 에단

다시 태어난 딸 역시 예전과 같이 에단이라는 이름이 붙여졌고, 나중에는 에린의 아르드리(지고왕)의 왕비가 되었다.

어느 때인가 아르드리 앞에 미이르가 나타났다. 그는 아르드리에게 체스 시합을 하자고 제안했다. 만약 자신이 진다면 어디에서도 볼 수 없는 훌륭한 말

50마리에 에나멜 끈을 매주기로 했다. 그러고는 계획대로 일부러 게임에 진 다음 약속한 말 50마리를 주었다.

두 번째 졌을 때는 큰 산사나무 통과 50마리의 산돼지, 젖소, 끈 달린 송아지, 머리가 세 개 달리고 뿔이 세 개 있는 숫양, 금빛 검, 상아로 만든 검, 망토를 아르드리에게 주었다.

세 번째 졌을 때는 부하인 요정들과 황소를 이용해서 황폐한 땅을 개간하고, 늪을 메우고, 나무를 심고, 사람이 다닐 수 있는 길을 만들어주었다.

그리고 네 번째 게임을 하기 전에는, 이긴 자가 원하는 것을 모두 들어주기로 하자고 제안했다. 세 번째로 졌던 미이르가 어젯밤에 했던 엄청난 작업을 보고 아르드리는 약간 두려움을 느꼈지만, 계속 이겼기 때문에 자기가 질 것이라고는 꿈에도 생각하지 않았다. 또 이긴 후에 원하는 것을 받을 생각에 그만 눈이 멀어 결국 승낙하고 말았다. 물론 이번에는 진짜 실력으로 시합을 한 미이르에게 그는 참패를 당하고 말았다. 미이르가 말했다.

"약속대로 내 요구를 말하지요. 당신의 부인을 내 팔에 안고 입맞춤하고 싶소."

왕은 약속을 지켜야 했다. 마지못해 승낙했지만 약속한 날이 다가오자 그는 성 주위를 정예 병사들로 굳게 지키게 하고, 절대로 미이르를 안으로 들여보내지 말도록 지시했다.

그러나 미이르는 어디로 들어왔는지 성안으로 들어왔고, 에단을 낚아채 둘이서 백조가 되어 하늘 저편으로 사라져버렸다.

그 사실을 알게 된 아르드리는 화를 삭이지 못했다. 그는 부하를 통솔해서 에린에 있는 요정의 언덕을 모조리 쳐부수고 말았다. 그러자 궁지에 몰리게 된 미이르는 최후의 도박을 했다. 그는 에단과 똑같은 여성 50명을 모아서 아르드리에게 선택하도록 했다. 하지만 아르드리는 단번에 자신의 아내를 찾아냈다. 물론 그것은 틀림없이 에단이 그에게 살짝 신호를 보냈기 때문이었다.

에단은 이미 전세의 기억을 잊고 있었던 것이다. 그녀에게서 미이르는 단지 약탈자에 지나지 않았고, 아르드리야말로 자신을 가장 사랑하는 현세의 남편이었던 것이다.

전쟁터의 세 여신

바이브 카흐

Badhbh Cath

바이브는 싸움과 살육, 그리고 사랑을 관리하는 삼신일체의 여신이다(북구 신화의 발키리아 또는 노른에 해당한다고 생각하면 될 것이다). 잔학함과 상냥함, 증오와 애정을 겸비한 여성으로, 어떤 모습으로 나타날지는 상대방에 따라 다르다.

바이브는 '깊은 산의 까마귀' 또는 '악녀'라는 의미이며, 카흐에는 '싸움'이 라는 의미가 있다. 따라서 바이브 카흐는 '싸움의 까마귀' 또는 '싸움의 마녀' 를 의미한다. 로마에서는 아투 보두아(Athu Bodua)라고 불리고 있는 것 같다.

세 명 모두 까마귀로 변신해서 싸움터를 날아다니다가 무기 앞에 앉기도 하고, 전사자의 눈알을 찌르기도 한다(또는 불전차에 타서 창으로 전사들을 찔러 죽인다고도 한다). 그리고 높은 하늘에서 머리가 이상해지는 소리를 내서 전사 들이 냉정한 판단력을 잃게 하고, 싸움을 광란 상태로 만든다. 그녀들은 싸움 이 벌어지는 곳은 어디든지 날아가서 그 싸움을 조장한다. 많은 사람을 죽게 하고, 그 시체를 쪼아먹는 것이 그녀들의 역할이다. 또 그녀들의 배후에는 무 수한 귀신들이 뒤따라다니며 함께 싸움터에서 난동을 부린다고 전해진다.

바이브 카흐는 검술과 마술이 모두 뛰어나고, 특히 적에게 불운을 가져다주 는 저주가 가장 뛰어났다. 투아하 데 다난이 에린에 상륙할 때, 함대를 안개로 감추고 전 국토에 피와 불의 비를 오게 하여 피르 보르의 백성을 밖으로 나가 지 못하게 한 것도 그녀들이 한 일이었다고 전해진다.

또 미래를 통찰하는 능력이 있어서 사람들의 죽음이나 종족들의 멸망을 정확하게 알아맞히었는데, 사람의 죽음을 알릴 경우 하천가에서 그 사람의 피로 물든 의복이나 갑옷을 빨았다.

그녀들의 거처는 물가였다. 날개옷(이 옷을 몸에 걸치면 까마귀로 변신하여 하늘을 날 수 있다)을 벗고 목욕할 때도 있는데, 그때 날개옷을 훔쳐서 그녀들에게 소원을 말하면 들어줬다고 한다. 이런 이야기는 동양권에도 있을 정도로 비슷한 전설들이 널리 퍼져 있다.

바이브들은 전쟁터에서는 격렬하게 살육을 반복하지만, 그러는 동안에도 사랑에 목숨을 걸었다. 한번 사랑한 대상은 자신의 생명을 내던져서라도 끝까지 지켰지만, 사랑을 거부하는 자는 그가 죽을 때까지 가차없이 공격했다. 그러나 그를 죽인 후 시체에 대해서만큼은 자비를 베풀었다.

바이브의 우두머리는 여왕 모리안이고, 나머지 둘은 네반과 마하이다. 그녀들은 자매로, 아버지 이름은 에른와스(Emmass)이다. 이들 세 명은 모두 신들의 왕 누아자의 부인이었다.

셋은 누아자가 오른팔이 잘려서 죽을 지경이 되었을 때, 필사적으로 주문을 외워 그의 몸에 백, 흑, 적의 염료로 마법의 모양을 그려서 그의 영혼을 이 세상으로 되돌아오게 만들었다. 그리고 누아자가 마왕 발로르가 풀어놓은 죽음의 뱀 크로우 크루아흐에게 공격을 받았을 때도 과감하게 맞서서 싸웠다. 이때 크루아흐의 발톱에 마하의 머리가 갈라지고 네반은 몸을 관통당해, 둘은 누아자와 함께 죽고 말았다.

단지 모리안만 혼자 살아남아 그 뒤의 이야기에도 계속 등장하게 된다.

네반(Neamhain)

이름의 의미는 '독을 가진 여자'이며, '광란적인 싸움의 여신'이라고도 불린다. 그녀는 전사들의 머리를 혼란시켜서 같은 동지끼리 싸우도록 유도하기도 한다. 유감스럽게도 그녀에 관해서는 특별한 이야기가 없다. 다만 필자는 그녀가 아더 왕 전설에 나오는 호수의 귀부인 니뮤에(Nimue)로 모습을 바꾸어서 등장했다고 보고 있다. 그녀는 마술사 멀린의 제자였는데, 그를 혼자서 차지하고 싶어서 바위 밑(혹은 떡갈나무 속)에 숨겨놓았다고 한다. 그 정도로 바이브의 사랑은 격렬했다.

붉은 머리 마하(Macha Dearg)

모리안이 회색빛의 이미지를 풍기는 데 비해 마하는 피처럼 붉은 것을 상징으로 한다. 붉은 머리에 붉은 눈썹, 진홍빛의 옷과 진홍빛의 망토를 걸치고, 외다리의 붉은 말을 타고 전쟁터를 누빈다. 그녀는 전쟁에서 무차별적으로 살육을 하고, 그것에 흥분하여 도취되었다고 한다.

이름에는 '싸움'이라는 의미가 있고, 흔히 '싸움의 여신'이라고 불린다. 전사들은 적의 목을 자신의 문 앞에 걸어 마하에게 올리는 제물로 삼았다. 그녀는 까마귀 모습으로 와서 그것을 쪼아댔다.

그녀는 싸움의 여신이기도 하지만 동시에 어머니로서의 역할도 했으며, 풍요도 지배했다. 작물의 풍작이나 자식 등에 관한 기원은 그녀에게 기도하면 이루어졌다고 한다. 이는 그녀가 몇 번씩 죽음을 당해도 그때마다 다시 태어나 살아 돌아오는 무한의 생명력을 가진 여신이었기 때문이었다.

최초의 전생(轉生)은 네베드(네베드족의 족장)의 부인으로, 포워르족과의 싸움 때 전사한 것이다.

두 번째의 전생은 앞서 말한 대로 누아자의 부인으로 태어나 죽음의 뱀 크로우 크루아흐에게 죽음을 당한 것이다.

세 번째의 전생은 밀레족의 여왕으로 태어나서 울라(얼스터)를 통일하는 최

초의 여왕이 된 것이다. 그녀가 여왕이 될 수 있었던 것은 싸움의 여신답게 왕
권을 주장하는 큰아버지 킨베이(Cimbaoth)와 결혼해서 권력을 잡은 다음, 다
른 한 명의 큰아버지인 디호르바(Dithorba)를 참살함으로써 이루어졌다. 게다
가 복수심에 불타는 디호르바의 아들들을 마력으로 유혹해서 붙잡은 다음 노
예로 부리기도 했다. 그녀가 건설한 도시는 후에 '에빈 부하(Emain Macha : 마
하의 쌍둥이)'라고 불렸으며, 울라 지방의 수도 역할을 했다.

네 번째의 전생에서 그녀는 요정으로 태어나 농민인 크룬느후(Crunnchu)의
부인이 되었다. 그녀는 남편에게 공개적인 장소에서는 그 누구에게도 자신에
대한 이야기를 해서는 안 된다고 거듭 이야기했다('겟슈'에 관한 글 참조).

그녀의 특기는 말타기였는데, 남편 크룬느후는 울라(얼스터) 왕의 말이 너
무나 빨리 달리는 것을 보고 그만 자신의 부인이 더 잘 달린다는, 해서는 안
될 말을 하고 말았다. 이에 화가 난 왕과 민중은 마하를 끌어내서 달려보게 하
라고 크룬느후를 몰아세웠다. 이때 그녀는 출산이 얼마 남지 않아서 도저히
달릴 수 있는 상태가 아니었지만, 사람들은 아무도 이해해주지 않았다. 그녀
는 임신한 몸으로 말을 타고 달리다가 쌍둥이를 낳았지만 그만 죽고 말았다.
그녀는 죽으면서 울라 사람들에게 엄청난 저주를 퍼부었다.

"오늘 이후로 너희들은 9대에 걸쳐서 저주받을 것이다. 정말로 힘이 필요할
때 남자들은 내가 고통을 당한 것처럼 고통을 받을 것이고, 4일 낮과 5일 밤
동안 힘을 잃게 될 것이다."

이 예언은 울라가 코나흐타 군에게 공격을 받을 때 정확하게 실현되었다.
만약 이때 영웅 쿠 훌린이 없었다면 울라는 코나흐타의 여왕 메브에게 함락
되었을 것이다.

이 네 번의 전생 이후 그녀는 까마귀의 여신이 아니라, 말을 잘 탔기에 말의
여신으로 숭배되기 시작했다(말은 풍요를 상징한다). 오래지 않아 그녀는 켈트

의 옛 여신 에포나와 동일시되었다.

모리안(Morrighan)

모리안 혹은 모리유(Morrighu)는 잿빛 까마귀의 화신으로, 항상 잿빛 이미지가 따라다닌다. 회색머리를 무릎까지 길렀으며, 회색 망토를 걸친 모습으로 등장한다. 망토 밑으로는 튼튼한 갑옷이 있고, 손에는 두 개의 창을 가지고 있다. 전쟁에서는 군사 1만 명에 필적하는 함성을 질렀다. 그리고 때로는 마하처럼 새빨간 장식으로 몸을 단장했다고 전해진다.

큰 키와 아름답고 창백한 피부, 우윳빛 가슴, 언제나 슬픈 듯한(또는 잔혹한 듯한) 입술에는 웃음을 띠고 있다.

이름의 의미는 '큰 여왕'으로, 바이브 세 여신의 우두머리에 잘 어울린다고 할 수 있다. 죽음과 사랑을 지배하는 신이며, 별명은 '까마귀의 여왕', '싸움의 여왕', '유혹자' 등으로 불렸다.

특기는 변신인데, 바이브의 상징인 까마귀(특히 잿빛 까마귀) 외에도 소녀나 노인, 뱀장어, 바다뱀, 수컷 원숭이로 변신할 수 있었다.

그녀는 전쟁터에 나타나서 전사들에게 잔학한 행위와 파괴를 부추겼으며, 죽음과 피가 넘쳐나는 것을 보고 즐거워하는 무자비한 여신으로 그려지고 있다. 그러나 사랑하는 대상이 있으면 몸을 아끼지 않고 성심성의껏 보살폈다. 누구든 그녀의 가호를 받으면 초인적인 힘과 용기를 받을 수 있었다.

예를 들면 그녀는 인간 시대에까지 살아남아 영웅 쿠 홀린을 사랑한 적이 있다. 하지만 그녀는 심하게 버림받고 나서 때때로 쿠 홀린의 목숨을 노리게 된다. 그러나 그것은 단지 그런 척하는 것뿐이고, 실제로는 그가 위험에 처했을 때 목숨을 건져주었다. 그마저도 쿠 홀린에게 부담을 주지 않으려고 자신이 도왔다는 사실을 절대로 알리지 않았다. 그녀는 그를 미워하면서도 사랑하는 마음을 떨쳐버릴 수가 없었다. 쿠 훌린의 운명이 다하려고 할 때, 물가에서 그의 피로 물든 갑옷을 빨아서 이대로 싸움터로 향하면 살아서 돌아오지 못할 것이라는 사실을 알렸다. 그러나 얼스터 사람들에 대한 책임감 때문에 쿠 훌린은 전쟁터로 향했다. 그가 죽자 모리안은 까마귀로 변해서 그의 어깨에 내려앉아, 시체를 옮기려는 적으로부터 쿠 훌린을 지켰다.

신들의 시대에 모리안은 싸움에서 몇 가지 큰 활약을 한다. 모이투라 1차 전투에서는 마법으로 적군의 심장에 돌고 있는 피를 멈추게 하여 용맹함을 빼앗았고, 신장 안에 있는 소변을 멈추게 하여 검의 기술을 빼앗았다. 모이투라 2차 전투에서는 도망가는 남자들을 붙잡아 찢어 죽이거나 결코 낫지 않을 상처를 입히기도 했다.

그리고 모이투라 2차 전투가 끝나자 에린의 전 국토를 날아다니며 신들의 위대한 공적을 이야기하기도 했다. 지금부터 시작되는 짧은 시간의 평화와 저편에서 기다리는 신들의 시대에 대한 종말을 노래로써 모든 생물들에게 들려주었던 것이다.

하늘 저편에 있는 데 다난의 기사들이여
그대들의 피와 목숨과 용기로 싸워 이긴 녹색의 섬 에린을 보고 있는가
두 번 다시 그대들과 같은 용맹한 자들이 나타나지 않으리라
머지않아 하늘과 땅이 손을 맞잡고, 평화가 넘치리라
남자들에게는 힘이, 그리고 여자들에게는 새로운 생명이
그리고 사람들 사이에는 사랑이 생겨나리라
하지만 그런 시대도 곧 종말을 맞을 것이다
여름에도 꽃은 피지 않고, 젖소에서 젖이 나오지 않고

나무들은 열매를 맺지 않고, 바다에서는 고기가 사라질 것이다

여자들은 부끄러움을 모르게 될 것이고

남자들은 힘을 잃게 될 것이다

그리고 사람들은 모두 도둑이 될 것이다

사람이 사람을 믿지 아니하며, 배신이 만연하여

세상에는 미덕이라는 것이 사라질 것이다

그런 징후들이 나타날 때 세상은 멸망의 길로 접어들 것이다

인간 세계에서의 바이브들

그녀들은 오랫동안 죽음을 알리는 여신으로서 공포의 대상이었다. 그리고
아일랜드에서는 현재까지도 요정의 모습으로 살아남아 있다.

그 하나는 반시(Bean Sidhe : 여자 요정. 영어로는 밴시)로, 별명은 '우는 여자'
다. 신분이 고귀한 사람이 죽기 전에는 반드시 그녀들이 울음소리를 내거나
그 사람의 피로 물든 의상을 강에서 빤다고 전해진다.

다른 하나는 듈라한(Dullachan)이라는 목이 없는 여기사로, 역시 목 없는 말
이 끄는 이륜마차를 타고 있다. 그녀들은 죽음이 정해진 사람의 집 앞에 와서
노크를 하고, 문을 열어준 자에게 양동이 가득 든 피를 뒤집어씌운다.

그리고 앞서 말한 것처럼 모리안은 아더 왕 전설에서 마녀 모건 르 페이
(Morgan Le Fay)로 다시 태어난다. 그녀는(영웅 쿠 훌린에게 모리안이 그렇게 한
것처럼) 아더 왕에 대해 미움과 애정이라는 상반된 감정을 가슴에 안고, 어느
때는 적으로 또 어느 때는 아군으로 등장한다. 그리고 아더 왕의 죽음을 알아
채고 영원의 나라 아발론으로 그 시체와 영혼을 유인해간다(이때 왕을 데리고
가는 여왕은 모건을 포함해서 세 명이다. 물론 이것은 바이브의 수와 같다).

그녀들의 연애는 항상 사랑하는 사람의 죽음과 함께 한다. 물론 초자연적인

존재인 그녀들은 영원에 가까운 생명을 가지고 있지만, 그녀들이 사랑하는 전사들의 생명에는 한계가 있었던 것이다. 바이브나 반시의 울음소리는 자신들을 남기고 죽어간 연인들에게 보내는 진혼가라고 볼 수 있을 것이다.

에포나와 흐리안논(Epona & Rhiannon)

에포나는 기원 전후 로마의 기록에 등장하며, 이후 유럽에서 넓게 숭배된 말(馬)의 여신이다. 이름의 의미는 위대한 말이고, 말을 바라보고 앉아 있는 모습의 상(像)이 많이 출토되고 있다. 그러한 상들을 보면, 그녀는 주름진 천을 허리에 감고 있으며, 머리에는 관을 쓰고 목걸이를 걸었으며, 손에는 과일이 수북하게 담긴 잔(풍요의 상징)과 동물들을 부르기 위한 뿔피리를 가지고 있다. 또 그녀의 주위에는 항상 새와 개들이 떼지어 있다.

에포나는 자연 그 자체, 생명력의 화신으로서 풍요를 지배하며 기사들의 수호신으로 숭배되고 있었다.

그녀의 모습은 나중에 아일랜드의 마하와 웨일즈의 흐리안논으로 이어지는데, 여기서는 흐리안논에 대해서 잠깐 살펴보기로 하자.

흐리안논은 웨일즈 지하에 있는 요정나라의 여왕으로, 화술과 마술이 특기였다. 그녀는 '흐리안논의 새'로 불리는 '세 마리' 요정 새의 소유자인데, 이 새들은 지상의 어떤 새보다도 아름다운 소리로 지저귀며, 그 노래는 슬픔으로 의욕을 잃은 사람의 마음을 위로해주었다고 전해진다.

어느 날 흐리안논은 아버지에 때문에 사랑하지도 않는 남자에게 억지로 시집가게 될 처지에 놓이게 되었다. 그녀에게는 좋아하는 남성이 있었다. 그는 디베드 주의 영주 푸일(Pwyll)로, 안누빈(요정나라)의 영주 아라운(Arawn)을 구한 적이 있어서 요정들 사이에서도 널리 이름이 알려져 있었다.

흐리안논은 그에게 도움을 청하기 위해 한 가지 기적을 일으키기로 했다. 그녀는 요정 말에 타고 디베드의 기사들이 쫓아오지 못할 정도로 멀리 도망갔다. 그것에 흥미를 느낀 푸일은 그녀의 속셈대로 그녀에게 접근했다. 그리고 둘은 여러 가지 난관을 물리치고 행복하게 맺어졌다. 그러나 푸일은 수명의 한계가 있는 인간이어서 결국에는 흐리안논을 혼자 남기고 먼저 죽었다.

그녀는 나중에 바다의 신 마나위단의 부인으로 다시 태어난다.

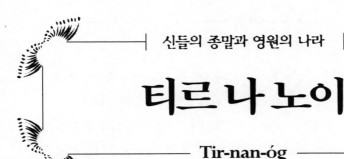

티르 나 노이

Tir-nan-óg

에린에서 멀리 떨어진 남쪽, 여기는 음지의 나라. 사람에 따라서는 죽은 자의 나라라고 부르기도 한다. 에린 모든 백성들의 고향, 그리고 죽어서 가는 나라이다.

그곳에는 죽음의 신 브레얀이 높은 곳에 세운 첨탑이 하나 있었다. 그 첨탑 위에서 브레얀의 아들 이흐는 북쪽을 향하고 있었다. 추운 겨울날이어서 공기는 얼어붙을 듯이 맑았다. 그는 한순간 자신의 눈을 의심했다. 수평선 저쪽에서 섬의 그림자를 본 것 같은 기분이 들었기 때문이다. 그는 눈을 비비며 자신이 본 것이 구름인지 아닌지를 확인하고, 만류하는 형제의 손을 뿌리치고 90명의 부하들과 함께 바다를 건너갔다.

이흐는 에린에 상륙해서 그 아름다운 풍경과 자연에 감동받아 남쪽 해안에서부터 북쪽으로 나아갔다. 그리고 마침내 인간을 만났다. 다자의 손자 또는 오마의 손자라고도 일컬어지는 데 다난의 세 왕이었다.

[데 다난의 세 왕]

1. 에후르 마퀼(Ethur MacCúill : 파괴의 아들), 부인 반바(Banba)
2. 테오르 마케헤트(Tethor MaxCécht : 힘의 아들), 부인 폴라(Fodhla)
3. 카이호르 마그레네(Caethor MacGréine : 태양의 아들), 부인 에리우(Ériu)

처음에 세 왕은 이흐를 환영했지만, 그의 태도를 보고 아무래도 침략자의 스파이 같다고 판단하여 결국 그를 죽여버리고 말았다. 이흐의 부하들은 그의 시체를 가지고 음지의 나라로 돌아가서 브레얀에게 사태의 진상을 보고했다.

복수심에 불타는 브레얀은 이흐의 아들 빌레, 손자 밀레 등 일족을 이끌고 에린으로 향했다. 이것이 흔히 이야기하는 '밀레족의 침입' 이다.

그들은 에린의 대지의 요정에게 속아서 섬을 세 번 돌 때까지 상륙 지점을 찾지 못했다. 그 사이에 세 명의 귀중한 희생자를 냈다. 결국 최초로 상륙한 것은 밀레의 아들 중 한 명인 시인 아워린(Amorgin)이었다. 그는 오른쪽 발로 섬을 밟는 순간 에린의 모든 정령들과 일체화되어버렸다. 아워린의 입에서는 감동한 나머지 자연스럽게 노래가 흘러나왔다.

> 우리는 바다를 건너는 바람, 대해의 거친 파도, 파도의 중얼거림
> 우리는 일곱 번이나 싸워온 황소, 절벽의 매
> 우리는 태양의 찬란함, 가장 아름다운 꽃
> 우리는 용맹스러운 멧돼지, 맑은 물 속의 연어, 초원의 호수
> 우리는 세공사의 기술, 지혜의 말, 싸움에 피끓는 창날 끝
> 우리는 사람의 머리에 감정의 숨결을 불어넣어 주는 신
> 우리들 이외에 산상수훈을 말할 자가 있을까
> 우리들 이외에 태음의 연령을 알 수 있는 자가 있을까
> 우리들 이외에 태양이 자는 곳을 알릴 수 있는 자가 있을까

그는 에린 그 자체의 축복을 받고 상륙한 것이다. 밀레족은 데 다난의 지방 영주들과의 크고 작은 분쟁들을 진압하면서(슬라브 미스의 싸움 : Cath Sliabh Mis) 에린 안쪽으로 계속 전진했다. 그리고 마침내 세 명의 왕비를 차례로 만

났다. 그 세 명의 왕비는 모두 밀레족이 만약 에린을 차지하려 한다면, 이 섬에 자신들의 이름을 붙여달라고 말했다. 하지만 막내인 에리우만이 밀레족의 장래를 축복했기 때문에 그녀의 이름이 남아서 에린이라고 불리게 되었다.

새로이 침입한 밀레족은 타라의 도시 데 다난의 세 왕 앞에 당당하게 모습을 드러냈다. 세 왕은 사흘만 기다려주면 섬을 비워주겠다고 했지만, 거기에 속아넘어갈 밀레족이 아니었다. 왕들은 고민 끝에 적의 시인인 아워린에게 모든 판단을 맡기기로 했다.

"하지만 조건이 있다. 어느 쪽에 조금이라도 유리한 판단을 내리면 네 목숨은 없다고 생각해라."

이 말에 시인은 신중하게 판단을 내렸다.

"데 다난의 백성에게는 주권이 있다. 따라서 밀레의 백성이 갑작스럽게 차지해서는 안 된다. 해안에서부터 파도 아홉 개 정도 떨어진 곳으로 배를 되돌리고 거기에서 대기해라. 밀레족은 데 다난의 백성이 공격을 하지 않는 한 진격을 해서는 안 된다."

쌍방 모두 아워린의 판단에 만족하고 개전을 기다렸다. 그런데 어느 틈엔가 밀레족의 배 주위에 안개가 자욱이 끼더니 바람이 강해졌다. 바다는 크게 요동을 치고 배는 나뭇잎처럼 흔들렸다. 밀레의 아들 중 육감이 뛰어난 에베르 돈(Emer Donn)이 말했다.

"이것은 적의 마법이 틀림없다."

그리고 주위를 살펴보기 위해 형제 중 하나인 아레헤(Airech)를 배의 돛대 위에 올려보냈다. 그가 돛대 맨 윗부분까지 올라갔을 때, 심한 돌풍이 불어 배를 흔들어 넘어뜨렸다. 큰 비명소리와 함께 아레헤는 갑판 위로 굴러 떨어졌다. 에베르 돈이 달려오자 아레헤는 이렇게 말하고는 숨을 거뒀다.

"위에는 안개도 바람도 없다. 형이 말한 대로 그들의 마법이다."

에베르 돈은 슬픔과 격노로 마치 미친 듯이 소리를 질렀다.

"아워린! 아레헤의 원수를 갚아주자. 저들의 마법을 깨부숴라!"

시인은 험악한 표정으로 배 앞으로 나가 큰 소리로 외쳤다.

"에린의 땅이여! 나는 아워린이다. 내가 이 해변에 처음 발을 디뎠을 때는 나를 축복해주더니 왜 이처럼 우리들을 고통스럽게 하느냐. 이 섬은 우리들의 것이 아니었느냐!"

그 목소리가 파도 사이를 오가며 울리더니 태풍이 거짓말처럼 잔잔해졌다. 밀레족은 힘차게 물살을 헤치고 에린을 향해서 진격을 개시했다.

섬이 가까워졌을 때 에베르 돈은 화가 나서 에린 본토에 저주를 퍼부었다.

"이 섬에 있는 놈들을 모두 죽여라. 한 명도 남겨서는 안 된다."

그의 목소리가 채 울려퍼지기도 전에 바다 위로 한 명의 마술사가 모습을 드러냈다. 요정왕 마나난이었다.

"에린의 대지가 너희들을 용서한다 할지라도 너희들이 바다에 있는 한 나의 세력권 안에 있는 것이다. 입 조심하지 않은 것을 후회하게 될 것이다!"

그 순간 바다의 마술사가 진한 색 망토를 뒤집었다. 그러자 앞을 분간할 수 없을 정도의 폭풍이 일어 밀레족의 배는 서로 충돌하며 서서히 바다 물고기의 밥이 되어갔다. 물론 에베르 돈도 그 가운데 한 명이었다.

그러나 운명이 손을 들어준 밀레족의 진격을 막아내기에는 역부족이었다. 마나난의 출현도 너무 늦은 것이었다. 많은 희생자를 내면서도 밀레족은 에린에 상륙했다. 그리고 땅 위에서 치열한 백병전이 벌어졌다.

최초의 싸움은 '글렌 파시(Glenn Faisi) 평야의 싸움'이라고 불리는데, 신들은 이 싸움에서 패배하여 물러날 수밖에 없었다. 그리고 다음 전투인 '탈틴 전투'는 신과 인간의 운명을 건 결전이 되었다.

유감스럽게도 이 두 번의 싸움에 대해서는 상세하게 알려져 있지 않다. 다만 에린의 세 왕은 이 결전에서 왕비와 함께 죽은 것으로 알려져 있다.

계속해서 벌어진 '드뤼 리인(Druim Ligean) 싸움'은 밀레족에 의한 토벌전에 지나지 않았다.

이리하여 밀레족은 에린을 손에 넣었다. 그러나 곧바로 평화가 찾아오지는 않았다. 밀레의 두 아들이 에린의 패권을 놓고 싸움을 시작했기 때문이다. 에베르 핀(Eber Finn)과 에레원(Eremon)이 그 둘의 이름이다. 이들은 한동안 에린을 두 지역으로 나누어서 통치했다. 그러나 마지막에는 에레원이 에베르 핀을 물리치고 통일 왕국을 이룩했다. 그때부터 지금에 이르기까지 밀레족의 혈통이 아일랜드 사람들에게 흐르고 있다고 한다.

한편 패배한 신들은 어떻게 되었을까? 지금까지 이 책을 다 읽어본 독자들은 알 것이다.

그렇다. 투아하 데 다난의 신들은 마나난을 비롯한 여러 요정왕들의 권유로 둔덕 밑이나 바다 저편의 나라에서 살기로 했다. 그곳은 '티르 나 노이', 즉 항상 젊음을 유지할 수 있는 낙원이었다. 거기에 사는 사람은 모두 늙지 않았다. 보석이 열리는 나무가 있고, 향기로운 냄새와 풍경, 그리고 아름다운 여성들이 사는 나라다.

신들은 인간들의 눈을 피해 그곳에서 다른 세계의 생활을 즐겼다. 그러나 항상 평온하기만 하면 금방 싫증나게 마련이다. 신들이나 요정들도 마찬가지였다. 그들은 가끔 티르 나 노이를 빠져나와 인간들에게 참견을 하기도 했다.

그리고 선택된 영웅은 때때로 그들의 나라로 초대되는 일도 있었다. 영웅들은 매일같이 살벌한 싸움이 계속되는 곳을 떠나, 요정이나 신이 되어 시간이 멈춘 나라에서 생의 피로를 풀었다. 그것은 마치 감미로운 잠이 가져다주는 꿈의 세계와도 같았다.

하지만 그러한 생활도 영원하지는 않았다. 이 세상이 끝날 때쯤 그들은 다

른 세계의 꿈에서 깨어나 이 세상으로 되돌아왔다고 한다. 그리고 다시 끝없는 싸움의 날들이 시작되는 것이다.

켈트의 대표적인 영웅이라고 할 수 있는 아더 왕의 묘비명은 다음과 같다.

> 대 브리튼의 왕 아더, 여기에 잠들다
> 그는 예전에 왕이었고, 언젠가 다시 왕이 될 것이다

켈트에서 신들의 전사가 된다는 것은 영원한 영웅이 되는 것을 의미하는지도 모른다.

지금도 많은 켈트의 전사들은 요정의 나라에서 자신들의 순서를 기다리며 잠들어 있는 것이다.

■ 에린 신화 연표

1. 대홍수 : 이 세상에 대홍수가 일어나 많은 사람들(신들)이 죽는다. 그러나 몇몇 종족이 배를 타고 그곳을 탈출할 수 있었다.

2. 반족의 침략 : 50명의 여자와 세 명의 남자가 에린에 표류해온다. 그러나 해일이 밀어닥쳐, 핀탄 이외에는 전멸한다.

3. 파르홀론족의 침략 : 24명의 남자와 24명의 여자가 표류해온다. 그들의 숫자는 5천 명까지 늘어난다. 그들은 마법을 이용해서 에린의 국토를 넓혔으며, 호수를 세 개에서 열 개로, 평야를 한 개에서 네 개로 늘렸다.

4. 이하 평원의 싸움 : 마족 포워르의 왕 '다리 없는 키홀'이 한쪽 다리, 한쪽 팔의 병사들을 이끌고 습격해온다. 파르홀론족은 이를 격퇴하지만, 그후 투안 한 명만 제외하고 모두 전염병으로 전멸한다.

5. 네베드족의 침략 : 네 명의 남자와 네 명의 여자가 표류해와서 9천 명까지 늘어났으며, 파르홀론족에 이어 에린을 개척하고, 호수를 열 개에서 열네 개로, 평야를 네 개에서 열여섯 개로 늘렸다.

6. 네베드와 포워르의 싸움 : 네베드족은 처음으로 에린에 라호(왕성)를 쌓는다. 그 성벽을 쌓은 것은 포워르의 목수인데, 그때 분쟁이 생겨 두 종족은 전쟁을 벌인다. 네베드족은 몇 차례 승리를 했지만, 머지않아 역병으로 대다수가 죽고 나머지는 노예가 되었다.

7. 코난 탑의 대학살 : 네베드의 세 아들은 반역을 꾀해 적장의 하나인 코난과 싸우는데, 다른 한 명의 왕 모르크가 부른 해일로 인해 반란군은 괴멸된다. 살아남은 서른 명은 열 명씩 세 방향으로 에린을 탈출한다.

8. 피르 보르 세 부족의 침입 : 세 부족은 5천 명으로 구성된 함대를 이끌고 도착한다. 에린을 다섯 지방으로 나누어 분할통치하고, 다섯 왕을 통치하는 왕 '아르드리'를 선출한다. 또 마족 포워르와 강화를 맺고 에린을 평화롭게 통치한다.

9. 투아하 데 다난의 침입 : 데 다난의 신들이 도착하고, 피르 보르 세 부족과 일시적으로 평화를 유지한다. 포워르의 왕 발로르는 대장장이 게브네와 그 아버지를 불러서 자신의 궁전을 만들게 한다. 키안이 활약하고 브레스와 루가 태어난다. 루는 피르 보르의 왕비 탈튜의 밑에서 자란다. 당시의 왕은 누아자에게 왕위를 물려준다.

10. 모이투라 1차 전투 : 그러나 머지않아 두 종족은 에린의 패권을 놓고 싸움을 펼친다. 첫날은 피르 보르들이 싸움을 유리하게 이끌었지만, 둘째 날과 셋째 날에는 신들이 만회한다. 넷째 날 신들의 왕인 누아자가 오른팔을 잃고, 피르 보르의 아르드리는 목숨을 잃는다. 5일째는 신들은 많은 희생을 감수하면서도 승리를 눈앞에 둔다. 6일째에는 강화가 맺어지면서 피르 보르들은 코나흐타와 에린 주위의 섬에서 살 수 있게 되었다.

11. 폭군 브레스의 통치 : 왕권을 잃은 누아자를 대신해 젊은 전사 브레스가 왕위를 계승했으나, 브레스는 마족인 포워르와 짜고 데 다난의 백성들로부터 세금을 착취하다가 7년 만에 왕위에서 물러난다. 브레스는 포워르 국의 로홀란으로 도망간다. 그를 대신해 불구를 극복한 누아자가 왕좌에 복귀한다. 미아흐가 아버지인 의술사 디안 케트에게 죽는다. 암살자 루아잔이 태어난다.

12. 광명의 신 루의 등장 : 27년 후, 루가 포워르의 세금 징수원을 죽여 모이투라 2차 전투의 원인을 만든다. 루는 누아자를 대신하여 총사령관이 된다. 그것을 미워한 에크네 삼형제는 루의 아버지 키안을 살해한다.

13. 전초전 : 루는 코나흐타에서 브레스와 대결하여 그를 쳐부순다. 붉은 털 보브가 부상당한다. 아버지 신 다자는 적의 선발대 캠프에 대사로 가고, 개전의 시기를 늦추는 데 성공한다. 에크네 삼형제의 죄가 발각되고, 그들은 죄를 대신하기 위해 보물을 찾아 탐험에 나선다.

14. 모이투라 2차 전투 : 첫째 날 포워르의 왕자 옥트리알라흐가 누아자의 아들 카스므에르를 쓰러뜨린다. 둘째 날 옥트리알라흐는 신들의 치료의 샘물을 메운다. 또 브레스의 아들 루아잔이 대장장이 게브네를 죽이라는 밀명을 받고 데 다난의 진영으로 잠입했다가 거꾸로 죽고 만다. 셋째 날, 오마가 부상을 당한다. 그날 밤, 누아자와 그의 부인 마하, 네반은 적의 마왕 발로르가 풀어놓은 죽음의 뱀에 물려 목숨을 잃는다. 루가 도착한다. 넷째 날, 오마는 옥트리알라흐를 물리친다. 다자가 부상당하고 하프를 빼앗긴다. 마왕 발로르는 손자인 루와 대적하지만 눈을 찔리고 영원히 잠든다. 포워르군은 패배하여 에린의 땅을 떠난다. 오마는 적장 중 하나인 테흐라로부터 검을 손에 넣는다. 모리안은 예언시를 읊는다.

15. 전쟁의 사후 처리 : 루는 정식으로 왕이 된다. 포로가 된 브레스는 루의 계략에 말려 죽음을 당한다. 다자가 루와 오마를 데리고 로흘란으로 가서 하프를 되찾는다. 에크네 삼형제는 탐험에서 돌아와서 죽고 만다.

16. 밀레족의 침입 : 꽤 많은 시간이 흘러 왕위는 루에서 카이흐르 마그레네 등의 세 왕에게로 넘어간다. 이 섬에 에린이라는 이름이 붙는다. 밀레족과 데 다난은 몇 차례 싸움을 벌였지만, 신들은 한 번도 이기지 못한다. 가장 큰 싸움은 탈틴 평야의 싸움이었으며, 이 싸움에서 패배한 신들은 떠나고, 밀레족이 마침내 에린의 새 주인이 된다.

17. 신들의 유랑 : 신들은 지하나 바다 저편에 낙원을 만들고 인간 세계와 결별한다. 아버지 신 다자의 아들 보브가 신들을 통치하는 요정왕이 된다.

18. 영웅 쿠 훌린과 붉은 지팡이 기사단의 시대 : 쿠 훌린은 광명의 신 루의 아들로 태어난다. 싸움의 여신 모리안은 쿠 훌린을 사랑하여 방황한다. 울라 지방은 마하의 주술에 걸린다. 사랑의 신 인우스, 개척의 신 미이르의 연애담이 만들어진다.

19. 영웅 핀 마쿨과 피나 기사단의 시대 : 리르는 핀의 도움을 받지만 은혜를 원수로 갚는다. 죽은 자를 통치하는 신 돈은 다른 신들과 싸움을 일으켰다가 핀의 도움으로 승리한다. 바다의 신 리르는 손자 일브리히와 핀의 사촌인 카일테의 연합군 손에 죽는다. 신들은 요정왕이 되어 위대한 영웅들을 자신들의 '항상 젊은 나라'로 초대하는 것을 관습으로 삼는다.

20. 현대 그리고 종말 : 신들은 더 이상 인간들의 숭배를 받지 못하자 그 몸이 작아져서 요정이 되었다고 한다. 그러나 이 세상의 종말이 가까워지면, 신들의 나라에서 살고 있는 영웅들은 현실 세계로 돌아와 외적과 필사적으로 싸울 것이라고 전해진다. 따라서 '항상 젊은 나라'는 그때 싸울 전사들을 양성하고, 보존하기 위한 장소라고 할 수 있다.

요정이란 무엇인가?

요정을 아일랜드에서는 에스 시(Aes Sidhe : 언덕의 백성)라고 한다. 같은 명칭이 북구의 요정에게도 남아 있다. 북구 사람들은 트롤(Troll)이나 드워프 소인을 하그폴크(Haugfolk : 언덕의 백성)라 부르고 있다.

켈트나 북구에서, 요정은 신화에서 그다지 많이 언급되어 있지 않다. 신화 속의 주인공으로 적지 않은 활약을 하지만 그 실체에 관해서는 언덕 밑에 살고 있다는 것밖에는 알려진 것이 없다.

민간 전승을 보면 그들에게 다음과 같은 몇 가지 공통적인 특징이 있음을 알 수 있다.

먼저 그들은 지하에 재산을 모아두고 있으며 수공예 기술이 뛰어나다는 것(드워프는 대장간이나 금속 세공을 뜻하며, 아일랜드의 레프라혼은 구두 제작을 뜻한다), 그들이 지상에 출몰하는 시간은 보통 저녁 이후라는 것, 어린애들처럼 감정의 기복이 심하다는 것, 마음이 착해서 잘 속기도 하고 그와 반대로 인간 속이기를 좋아한다는 것, 자기가 원할 때 모습을 감춘다는 것, 됨됨이가 좋지 않은 요정 아기를 몰래 인간의 아기와 바꾸곤 한다는 것, 그리고 마음에 드는 사람을 자신들의 나라로 데려가기도 한다는 것 등이다.

루가 데리고 간 요정기사단은 이러한 성질을 가지고 있었는지도 모른다. 이러한 요정들의 원래 모습이 어떤 것인지는 정확하게 알려져 있지 않지만 신화를 통해서 어느 정도 유추해볼 수 있다. 침략 신화에는 요정들이 언제 에린에 들어왔는지 아무런 설명이 없다. 그러나 '언덕의 백성'이 하나의 키워드가 된다. 아일랜드나 영국의 언덕 위에는 스톤 서클이라든지 돌멘이라고 불리는 '거석유구(巨石遺構)'가 많이 남아 있다. 요정은 이러한 유적을 남기고 어디론가 사라진 켈트 이전의 선주민이었는지도 모른다.

제2부

북구와 게르만의 신들

우리들은 보았다, 물푸레나무가 서 있는 것을
그 이름은 이그드라실, 그 높은 수목은 하얀 진흙을 뿌린다
그 진흙보다도 많이 생기는 물방울
계곡에 흘러서 그것은 항상 울창하게 솟아 있다
우르드(운명의 여신)의 샘에서

— 「무녀의 예언」 제19절에서

아이슬란드

라플란드

스웨덴

노르웨이

핀란드

멜라렌 호수

아일랜드

덴마크

고틀란드 섬

영국

세란 섬

독일

북구 지도

북구 / 게르만 신화의 밑바탕

북구 신화는 그리스 · 로마 신화에 비해서 접할 기회가 적고, 자료도 많지 않기 때문에 그다지 친숙하지 않을지도 모른다. 따라서 신들의 이야기를 하기 전에 몇 가지 사항을 미리 알아두는 편이 좋을 것 같다. 그래서 잠깐 그 이야기를 먼저 해보도록 하자. 그 첫 번째는 신화가 계승된 나라가 어디인가 하는 점이고, 둘째는 그 신화가 어떠한 문헌에 남아 있는가 하는 점이다.

흔히들 '북구 신화'라고 하지만, 실제로는 북구 5개국 모두가 공유하고 있는 신화 체계는 아니다. 일반적으로 우리가 북구 신화라고 부르는 것은 아이슬란드나 노르웨이에 전해지는 『에다(Edda)』나 '사가(saga)'라고 불리는 이야기와, 덴마크인 삭소 그람마티쿠스(Saxo Grammaticus, 1150년경~1220년경)가 쓴 『데인(덴마크)인의 사적(Gesta Danorum)』속에 나오는 일화를 근거로 한 것이다.

물론 이러한 이야기를 전한 것은 북구에 사는 스칸디나비아인(노르드인 또는 노르만인이라고도 한다)이었다. 그러나 크게 보면 북구인은 (민족 대이동으로 유명한)게르만 민족에 속하기 때문에 그와 동일한 신화는 스웨덴이나 독일, 베네룩스 3국(네덜란드, 벨기에, 룩셈부르크), 영국에도 조금씩 남아 있다(단, 같은 북구이긴 하지만 핀란드는 포함되지 않는다. 핀란드인은 아시아계 인종이기 때문에 신화 계통이 상당히 다르다).

그런 의미에서 '게르만 신화'라는 말이 사용되고 있으나, 실제로는 북구 신화와 거의 같은 것을 가리킨다고 할 수 있다. 북구 이외의 게르만 여러 지역에서는 문헌이 거의 남아 있지 않기 때문에 북구 신화에 더 보탤 수 있는 요소는 거의 없다. 다만 독일에는 『니벨룽겐의 노래(Das Nibelungenlied)』라는 서사시가 남아 있다.

또 게르만인 이외의 기록으로는 로마의 저술가 타키투스(Publius Cornerius Tacitus, 55년경~120년경)가 저술한 『게르마니아(De Germania Liber)』가 있다.

그러면 이러한 북구 / 게르만 신화의 원전이란 어떤 것이었는가를 먼저 살펴보기로 하자.

두 개의 신화 전설집 『에다』

『에다』는 본래 스노리 스튀를뤼손(Snorri Sturlson, 1179년~1241년)이라는 아

■『신 에다』의 구성

서문	스노리의 독자적인 신화관과 세계관 등을 소개
제1부 길피의 속임수	스웨덴 왕 길피를 배후 인물로 신들에게 제물을 바친 이야기를 하는 신화 대관(大觀)
제2부 시어법	바다의 거인 에기르와 시(詩)의 신 브라기의 대화에서 켄닝[57]에 관한 설화와 실례를 이끌어내는 시 독해법
제3부 운율 일람	작자의 창작시로 운율법을 기록하고 있는 음운법

---

57) 켄닝(Kenning) : 어떤 사물을 다른 두 가지 이상의 단어로 표현한 것. 예를 들면 '싸움의 나무=전사', '검의 폭풍=전투', '한쪽 눈이 없는 자=오딘' 등. 북구의 시에서 자주 볼 수 있는 기법이다.

이슬란드 시인이 저술한 시학 입문서였다.

'에다'라는 말이 무엇을 의미하고 있는가에 대해서는 학자들 사이에도 의견이 분분하다. 노래와 시, 감성 등을 의미하는 고대 북구어의 'oðr'에서 왔다는 설과 소년기에 스노리가 공부했던 아이슬란드의 남부 도시 'Oddi'에서 왔다는 설, 증조할머니라는 의미의 'edda'에서 왔다는 설, 라틴어의 'edo', 즉 편집을 의미하는 말에서 유래했다는 설 등이 있다.

『에다』의 구성은 앞의 표와 같은데, 특히 제1,2부에서는 많은 신화와 사건들을 다루고 있다. 이는 스노리가 북구의 시를 이해하고 또 시작(詩作)을 위해서는 신화에 대한 깊은 이해가 필수적이라는 사실을 알았기 때문이었다.

그러나 그후 스노리의 『에다』와 같은 내용이 들어 있는 많은 운문시들이 발견되었다. 이러한 시들을 총칭하여 『고(古)에다』라고 부르고, 스노리의 저작을 『신(新)에다』라고 부르게 되었다. 따라서 흔히 '에다'라고 하면 이 두 작품을 총칭하는 용어로 사용되며, 그 속에 많은 신화 전승이 들어 있는 사료로 평가되고 있다.

역사와 영웅의 이야기

'에다'와 달리 '사가'는 12세기 이후 아이슬란드 등에서 성립한 산문 장편 문학의 총칭(짧은 작품은 '사트르(þáttr)'라고 한다)이다. 분야도 전설, 역사, 성인(聖人) 이야기 등 여러 가지이며, 대단히 방대한 내용으로 이루어져 있다. 하지만 신화를 다룬 내용은 그다지 많지 않아서 이 책에서 접할 기회는 별로 없을 것이다.

유명한 '사가'에는 독일의 『니벨룽겐의 노래』처럼 주인공의 활약을 그린 『볼숭그 일족의 사가(Vǫlsunga saga)』, 아이슬란드인들의 생활을 그린 『에이르

계곡 주민의 사가(Eyrbyggja saga)』, 바이킹의 북미 대륙 항해를 그린 『붉은 머리 에리크의 사가(Eiriks saga ins rauða)』 등이 있다. 옛 영어로 씌어진 영웅서사시 『베오울프(Beowulf)』도 이 '사가'에 포함될 것이다.

'사가'에는 원래 '전해진 이야기'라는 의미가 있는데, 이 점에서 시인 등에 의해 전해진 전승을 문장화한 것이라는 사실을 알 수 있다. 또 '사트르'에는 '일부분'이라는 의미가 있다. 즉, 주인공의 일생을 부분적으로 발췌해서 쓴 것이 '사트르'다.

『데인인의 사적(事跡)』

삭소의 『데인인의 사적』은 스노리의 『에다』와 거의 같은 시기에 씌어진 것이지만, 『에다』와 '사가'가 옛날 북구어로 씌어진 반면 삭소는 라틴어로 썼다. 『데인인의 사적』에는 『에다』와 '사가'에는 없는 귀중한 설화가 많이 실려 있다. 다만 삭소는 신들을 북구 각국 왕가의 조상으로 보고, 그 역사를 묘사하는 데 주안점을 두었다.

이렇게 '신들은 실존한 영웅이 신격화된 것이다'라는 입장을 '에우헤메리즘[58]'이라고 한다. 삭소의 입장은 이 '에우헤메리즘'을 강하게 드러낸 것으로, 필요 이상으로 신들의 영광을 깎아내린 경향이 있다. 그의 저서 속에서 신들은 신으로서의 숭엄한 모습이 없는 것으로 묘사되어 있으며, 또한 권모술수에 능한 남자들이 피로 원수를 갚는 투쟁의 날들이 적지 않게 묘사되어 있다(특히 주신 오딘에 대한 비판에는 신랄한 면이 있다).

그러나 『데인인의 사적』에는 『에다』와 '사가'에는 실려 있지 않은 중요한

---

58) 에우헤메리즘(euhemerism) : 3~4세기의 그리스 철학자인 에우헤메로스에 의해 처음으로 주장되었으며, 에우헤메로스론(論)이라고도 한다. 신화나 전승에 나오는 신들은 태고의 위대한 영웅이나 마술사가 신격화된 것이라고 보는 입장이다.

내용들이 많이 실려 있어서 결코 경시할 수 없는 자료이다. 경우에 따라서는 『에다』에 나오는 것과 전혀 다른 얘기가 나오는 일도 있다. 그것은 『에다』와 '사가'가 북구 동부(노르웨이나 아이슬란드)의 관점에서 씌어진 것에 비해, 『데 인인의 사적』은 북구 서부(스웨덴이나 덴마크)의 시각에서 씌어졌기 때문이다.

신화를 객관적으로 보려고 할 경우, 이렇게 다소 상반된 입장에서 씌어진 책이 있다는 것은 대단히 의미 있는 일이다.

『니벨룽겐의 노래』

이 이야기는 용을 죽인 영웅 지크프리트(이는 현대 독일어로 읽은 것이고, 중세 독일어로는 지프리트라고 읽는다)에 대한 일대 비극으로 작자 미상의 서사시다. 약 1200년경에 씌어졌으며, 이는 당시 많은 북구 신화에 관한 문헌이 저술되었던 시기와 겹친다.

이 이야기와 수법은 같지만 취향이 조금 다른 이야기들이 『에다』나 『볼숭 그 일족의 사가』 등 몇몇 영웅 이야기에도 그려지고 있으며, 그런 이야기에 등장하는 영웅은 시구르드로 불린다. 하지만 이 책의 주제는 영웅이 아니라 신이기 때문에 『니벨룽겐의 노래』에 관해서는 더 이상 설명하지 않기로 하겠다. 다만, 훗날 독일의 작곡가 바그너가 이 독일의 서사시와 북구의 여러 전승을 합쳐서 〈니벨룽겐의 반지(Der Ring des Nibelungen)〉라는 대악극을 완성했다는 사실은 음악사적으로 유명한 이야기라는 사실을 덧붙여둔다.

『게르마니아』

이 책은 로마의 역사가 타키투스가 북방의 원수 바바리안(게르만 민족)의 문화와 생활을 기록한 것으로, 게르만 민족의 고대사를 연구하는 데 없어서는 안 될 중요한 자료이다. 이 책에는 각종 종교의식과 여러 신들에 관한 내용이 자세하게 서술되어 있다.

　지금까지 거론한 것이 북구 게르만 신화를 이야기할 때 없어서는 안 될 1차
적인 원전 자료들이다. 이 밖에도 몇 가지 단편적인 자료(표 참조)가 남아 있지
만, 그런 것들은 필요에 따라 참고하기로 하겠다.

　그럼 서론은 이 정도로 하고 신화 속으로 바로 들어가도록 하자.

■ 북구 신화에 관한 단편적인 자료

●『갈리아 전기(Commentarii De Berllo Gallico)』, 　카이사르(Gaius Julius Caesar, B.C.100년경~B.C.44년경)
●북구의 시 　10세기~14세기의 스칼드들[59)
●『안스카리 전(Vita Anskarii)』, 　스웨덴의 림베르트(Rimbertus, 870년경)
●『함부르크 대사제관구의 사적(Gesta Hammaburgensis Ecclesiae Pontificum』, 　그리스도 교회 연대기 저술가 브레멘의 아담(Adam Bremensis, 1070년경)
●『리살라(Risala)』와 그 밖의 여행기 　아라비아 여행가 이븐 파들란(Ibn Fadlan, 10세기)
●『앵글로색슨 연대기(The Anglo-Saxon Chronicle)』

59) 스칼드(skáld) : 북구의 음유시인. 왕후에게 초대되어 궁정을 순회하며 신화상의 사건이
나 왕의 사적을 시로 읊어 귀족을 즐겁게 하는 것이 직업이었다.

북구의 창세신화

이야기에는 항상 시작과 끝이 있다. 신화의 세계도 마찬가지다.

북구 신화에서 세계는 거인의 시체로부터 생겨나고, 신과 거인의 마지막 전쟁인 라그나뢰크로 인해 멸망하는 모습으로 그려진다. 이야기에 등장하는 모든 신들은 이 한정된 시간 안에서 살아간다.

신들이 태어나서 살아가고, 그리고 죽어가는 모습을 알기 위해서 먼저 그 세계를 조심스럽게 탐색해보도록 하자.

세계의 원초와 주신(主神) 오딘의 탄생

북구 신화의 무대는 혼돈의 지옥 밑바닥에서 시작된다.

세계에는 바다도 산도 없고, 시간을 정하는 날도 달도 없었다. 단지 깊고 큰 나락 '긴눙가가프(Ginnungagap)'만 있었다.

그러던 어느 날 긴눙가가프의 북쪽에 '니블헤임(Niflheim : 안개의 나라)' 혹은 '니블헬(Niflhel : 안개의 저승)'이라고 불리는 얼음의 나라, 그리고 남쪽에는 '무스펠스헤임(Muspellsheim : 불꽃 백성의 나라)'이라는 불꽃의 나라가 나타났다.

니블헤임에서 날아온 서리는 무스펠스헤임의 열기와 융합되어 물방울이 되고, 그 물방울이 생명의 열매가 되어 최초의 거인인 이미르(Ymir : 양성을 가진 자, 또는 거인의 유래)[60]가 탄생했다. 그리고 그 다음의 물방울에서는 거대한 젖소 '아우드후물라(Auðhumula : 비옥한 여명)' 가 태어났다. 이미르는 이 젖소의 젖을 마시고 자랐다. 그리고 자기 자신과 한 몸이 되어(양성을 가지고 있기 때문에) 많은 거인을 탄생시켰는데, 그 후예가 신들의 최대 적인 '서리 거인족(hrímþursr 또는 jotunn)' 이 되었다고 한다.

아우드후물라의 먹이는 맵고 짠 서리가 굳어진 얼음이었다. 젖소는 얼음을 빨면서 그 속에 아름답고 늠름한 남자가 갇혀 있는 것을 보았다. 그가 바로 신들의 시조인 부리(Búri : 식료 창고)였다. 부리는 얼음 속에서 모습을 드러내고, 아들 보르(Borr : 배의 창고)를 낳았다.[61]

■ 신과 거인족의 계보

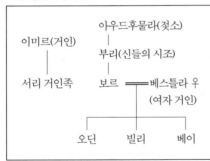

■ 『게르마니아』의 원초

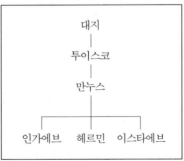

---

60) 이미르 : 이 어원은 산스크리트어의 'yama' 로, 염라대왕까지 거슬러 올라갈지도 모른다. 염라대왕은 천지 창조 후 최초로 죽은 자이며, 그렇기 때문에 지옥의 모든 것을 지배하는 대왕이 되었다.

61) 신화 자체에는 언급되어 있지 않지만 이미르처럼 자기 자신과 교접한 것이 아닐까? 그리고 부리와 보르의 어원은 역시 노아의 방주의 전설을 연상시킨다. 신들은 부리 또는 보르라고 불리는 네모난 배를 타고 홍수를 피해 북구의 해변으로 표류해왔는지도 모른다. 얼음 덩어리 속에 갇힌 신들(혹은 네모난 배)을 해방시킨 것은 이미르와 아우드후물라였다.

보르는 거인족의 딸을 아내로 삼아 세 명의 아들을 낳았는데, 여기에 탄생한 그의 아들들이 훗날 천지를 만들어냈다.[62] 이 세 아들 중 장남은 나중에 주신이 되는 오딘(Óðinn : 격노, 광란), 차남은 빌리(Vili : 환희, 욕망, 소원), 삼남은 베이(Véi : 비탄)가 되었다.

또 하나의 세계의 원초

같은 이야기는 타키투스의 『게르마니아』 2장에도 기록되어 있다. 여기에 보면 신들의 이름은 틀리지만 그 계보나 구조는 크게 다르지 않음을 알 수 있다. 즉, 12세기에 성립된 북구 신화는 적어도 1세기까지는 거슬러 올라간다는 것을 알 수 있다.

타키투스에 의하면 최초의 신은 '대지'에서 태어난 투이스코(Tuisco : 종족의 신, 양성을 가진)라고 한다. 그의 아들 만누스(Mannus : 사람)는 세 명의 아들을 낳았고, 거기에서 게르만의 각 부족이 탄생했다. 그 이름은 각각 인가에브(Ingaev : 인그, 즉 프레이?), 헤르민(Hermin : 북구의 헤르메스, 즉 오딘?), 그리고 이스타에브(Istaev : 뜻 미상)이다.

이 셋이 북구 신화에서 오딘 삼형제[63]에 해당한다는 것은 두말할 필요도 없다.

---

62) 신들 이름의 의미를 자세히 살펴보면 재미있다. 북구 세계는 '분노', '즐거움', '슬픔'이라는 인간의 가장 근원적인 세 가지 감정에서 비롯되었다고 할 수 있다.

63) 삼형제 : 북구에서 3이라는 숫자는 신성한 숫자였던 것 같다. 주신(主神)은 항상 둘을 데리고 다녔으며, 마치 삼인일체처럼 행동했다. 오딘은 형제인 빌리와 베이를 잃은 후, 헤니르, 로키를 자신의 보좌관으로 삼아 삼인일체를 유지했다. 또 『신 에다』에서 신화를 이야기하는 신 하르(Hár : 높은 자. 그의 정체는 오딘이다) 역시 야븐하르(Jafnhár : 똑같이 높은 자)와 스리디(Þriði : 세 번째 사람)라는 부속신을 데리고 다녔다. 그 외에도 삼인일체에 관한 기술이 많이 남아 있다.

세계 창조

북구의 천지창조는 살해에서 시작되었다. 세 명의 신들은 이미르를 갈기갈기 찢어 서리 거인족을 멸망시키려고 했다. 그러한 사실에 대해 북구의 시인들은 마치 짠 것처럼 입을 꾹 다물고 있었기 때문에 왜 세 신이 늙은 거인을 죽이려고 했는지는 확실하지 않다. 다만 『에다』 등의 자료에 보면, 신들은 거인족을 악마 같은 존재로 생각했던 것 같다. 아마도 오딘들은 "거인족을 멸망시키지 않으면 언젠가는 자신들이 멸망하게 된다"는 예언을 듣고 자신들의 운명을 바꾸려고 했던 것은 아니었을까?

어쨌든 이미르는 죽었고 나락에 빠졌던 긴눙가가프는 그 피로 가득했는데, 이것이 지금의 바다이다. 피바다가 삼켜버린 서리의 거인들은 한 쌍의 부부[64]를 남기고 모두 죽었다. 그러나 이 북구판 노아라고도 할 수 있는 부부로부터 거인족은 다시 살아나게 된다. 신들은 아직 거인족이 살아 있다는 것을 모르고 있었다.

신들은 이미르의 몸으로 대지를 만들었고, 두개골로 하늘을 만들었으며 그 밖에 여러 부분으로 모든 세계를 만들었다.[65]

인간은 해변가에서 발견된 두 개의 나무로 만들어졌는데, 남자는 아스크(Askr : 물푸레나무), 여자는 엠브라(Embra : 느릅나무 또는 덩굴풀)라는 이름이 붙었다. 이들에게 오딘은 호흡과 생명을, 빌리가 지혜와 신체를 움직이게 하는 힘을, 그리고 베이가 얼굴 모양과 말, 지각력을 각각 전해주었다.[66]

---

64) 이 부부 가운데 남성 쪽의 이름만 알려져 있다. 베르겔미르(Bergelmir : 벌거숭이로 외치는 거인)가 그 이름이고, 아버지는 스루겔미르(Þruðgelmir : 힘있게 외치는 거인), 할아버지는 아우르겔미르(Aurgelmir : 땅의 외침의 거인)이다. 이 아우르겔미르는 이미르의 별명이다. 따라서 홍수에서 살아남은 거인은 이미르의 손자가 되는 셈이다.

■ 이미르의 몸과 세계의 관계

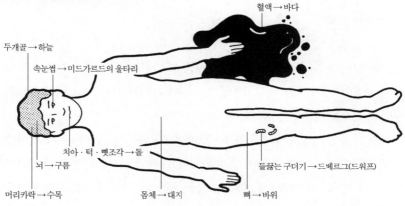

혈액→바다

두개골→하늘

속눈썹→미드가르드의 울타리

치아·턱·뼛조각→돌

뇌→구름

들끓는 구더기→드베르그(드워프)

머리카락→수목

몸체→대지

뼈→바위

또 이미르의 눈썹으로 대지를 둘러싸서 그 안에 요물이나 야수가 들어오지 못하게 했다. 둘러싸인 그 안쪽이 현재 인간들이 사는 세계 '미드가르드(Miðgarðr : 둘러싸인 안쪽, 대지)'이다. 신들은 미드가르드의 중앙(가장 높은 산의 정상)에 신전을 짓고 날마다 시합을 벌이거나 연애를 하면서 재미있게 살았으며, 그 주위에는 금과 같은 보물이 넘쳐흘렀다.

아스가르드의 탄생

황금시대는 오래 가지 않았다. 어느 날 거인족의 세 여성[67]이 미드가르드에 찾아왔다. 오딘들의 '아스 신족'은 이때 처음으로 거인족이 멸망하지 않았다는 것을 알고 새파랗게 질렸다. 그리고 이제 곧 다가올 거인족과의 마지막

65) 이것과 거의 같은 신화는 메소포타미아에도 있었다. 주신(主神) 마르두크(혹은 아시리아의 수호신 아슈르)는 태고의 여신인 티아마트를 죽이고, 그 시체로 하늘과 땅의 모든 것을 만들었다. 티아마트가 신들에게 공격받은 것은 신들이 너무나도 어리고, 시끄럽고, 장난을 치는 등 참을성이 없었기 때문이라고 전해진다.

전쟁인 '라그나뢰크(ragnarǫk : 여러 신들의 운명, 신들의 황혼)'를 피할 수 없다는 사실을 알았다.

　그후 얼마 동안 '반 신족'이라고 불리는 또 다른 신들이 아스 신족에게 싸움을 걸어왔다. 이 싸움은 지리멸렬한 상태에 빠져서 결국 서로 인질을 교환하기로 하고 평화조약을 체결했다('오딘' 편 참조).

　아스 신족은 거인족의 재출현과 반 신족과의 싸움이라는 두 가지 위기를 겪고 나서 외적에 대한 공포에 떨게 되었다. 그래서 자신들의 신전을 지키기 위해 미드가르드의 안쪽에 또 하나의 땅을 둘러싸고 자신들만의 공간을 만들게 되었다. 이렇게 둘러싸서 만든 안쪽을 후에 '아스가르드(Ásgarðr : 아스 신족이 둘러싼 땅)'[68]라고 부르게 되었다.

　이렇게 신들은 인간들의 손이 닿지 않는 곳으로 가버린 것이다. 그러나 비

---

66) 오딘이 호흡을 주고, 헤니르(라는 이름의 또 다른 신)가 마음을 주고, 로두르(라는 또 다른 신, 아마도 로키일 것이다)가 체온과 얼굴 형태를 주었다는 전승도 있다. 또 북구 최초의 인간이 성서에 나오는 아담과 이브와 닮은 것은 흥미로운 일이다.

67) 세 명의 여성 : 일반적으로 이 세 여성을 운명의 여신인 노른 세 자매라고 보는 설이 유력하다. 노른은 인간과 신의 피할 수 없는 운명을 만들어내는 비정한 존재이다. 그러나 노른이 어디에서 태어났는지를 알려주는 자료는 없다. 이 세 여자 거인이 노른이라는 자료 역시 없다. 필자는 이 세 여자 거인을 노른이라고 생각하지는 않는다. 덧붙여서 말하면 독일의 작곡가 바그너는 노른의 어머니를 에르다(북구에서의 표르긴), 즉 대지를 신격화한 여신으로 보았다.

68) 미드가르드나 아스가르드의 성벽은 문자 그대로 건조물이라고도 할 수 있지만, 이 세상과 저승 사이의 장벽이라고 생각하는 사람도 있는 것 같다. 즉, 아스가르드는 하늘의 세계, 미드가르드는 이승, 그리고 미드가르드 밖에 거인들이 방황하고 있는 영역인 '요툰헤임(Jǫtunheimr : 거인족의 나라)'이나 '니블헤임'을 지옥으로 보기도 한다.

가 개이면 우리들은 인간세계인 미드가르드와 신들의 세계인 아스가르드를 연결하는 멋진 다리를 볼 수 있다. 일곱 색깔(『에다』에는 삼색이라고 씌어 있지만)로 빛나는 무지개는 인간세계인 미드가르드와 신의 세계인 아스가르드를 연결하는 '다리' 였던 것이다. 신화에서는 이 다리를 '비브로스트(Bifrost : 흔들리는 길)' 라고 불렀는데, 안에는 붉은 불꽃이 타고 있기 때문에 살아 있는 인간은 결코 건널 수가 없다. 이 다리를 건너 하늘 세계로 갈 수 있는 것은 전쟁에서 죽은 용감한 전사들뿐이다.

아스 신족과 반 신족

북구에는 신이 된 두 종족이 있었다. 그 두 종족은 아스 신족(áss)과 반 신족(vanr)인데, 아스 신족이 더 강했기 때문에 그냥 신이라고 부르는 경우에는 아스 신족을 가리킨다.

아스 신과 반 신의 구별은 상당히 어려운데, 필자는 북구 서부(노르웨이와 아이슬란드)에서 숭배되었던 신이 아스 신이고, 동부(스웨덴이나 덴마크)의 신들은 반 신이라고 생각한다. 아스 대 반의 투쟁 과정은 이러한 북구 양 지역의 투쟁과 화해를 의미한다고 볼 수 있다.

필자는 반 신족의 거처인 바나헤임을 다음에 나올 '북구세계도'에는 넣지 않았는데, 여러 신화나 전승을 찾아봐도 바나헤임의 확실한 위치가 나오지 않았기 때문이었다. 만약 이 지도에 그려넣는다면, 지면 바깥쪽에 그리는 수밖에 없을 것 같다. 사실 그들은 '이그드라실'도 '니블헤임'도 아닌 전혀 다른 세계, 즉 북구 동부에서 온 신들인 것이다.

앞에서도 말한 것처럼 신화의 자료는 아이슬란드와 노르웨이 등 북구 서부에서 대부분 나왔기 때문에 반 신족에 관한 신화는 그다지 많지 않다. 단지 그 종족에 대해 알 수 있는 것은 그들이 풍요와 평화를 지배하며, 뛰어난 지혜를 가지고 있었고, 마술에 특기가 있었다는 것뿐이다. 이 마술은 '세이드(seiðr)'라고 불리는 무술(巫術)인데, 이는 본래 아시아계 민족들에서 많이 볼 수 있는 '샤머니즘'에서 유래된 것으로 볼 수 있다.

분명 반 신족은 핀란드나 스웨덴 신들에게 그런 마술을 배웠을 것이다. 실제로 핀란드의 서사시 『칼레왈라(Kalevala)』를 보면, 영웅들은 검이나 완력으로 궁지에서 빠져나오기보다는 노래와 음악을 이용한 마술을 즐겨 사용한다. 또 삭소의 『데인인의 사적』을 보면 오딘이 핀란드 마술사의 뜻에 의지해서 여행하는 장면이 등장하기도 한다.

북구 신화의 세계관

북구 신화의 세계를 시·공간적으로 추적해보도록 하자.

이 세계 주위는 끝없는 바다로 둘러싸여 있고, 그 저편은 안개에 싸여 있다.

대지와 바다

우선 그들은 세계의 형태를 떠받치는 대지가 원형이라고 생각했다.

대지의 밑에는 소인족 '드베르그(Dvergr, 영어로는 dwarf)'가 사는 '스바르트알바헤임(Svartálfaheimr : 검은 요정의 나라)'이 있다. 드베르그는 성격이 비뚤어진 종족으로 항상 자신들의 이익만 추구했다. 하지만 마법의 세공이나 야금(冶金)을 잘했기 때문에 신들은 때때로 드베르그와 거래를 했다. 그들은 원래 이미르의 시체에서 태어나 대지에서 꿈틀거리던 구더기였지만 신들로부터 지성과 인간의 모습을 얻었다.

원형의 대지 주위에는 큰바다가 있었다. 큰바다에는 대지를 한 바퀴 둘러감고 자기 자신의 꼬리를 물고 있는 세계뱀 '요르문간드(Jǫrmungandr : 대지의 지팡이)'가 살고 있었다. 또 바다 밑 혹은 먼 섬에는 바다의 거신 에기르(Ægir)의 황금빛 궁전이 있었다.

북구의 3대 세계

북구 신화에서 세계는 아홉 개의 나라로 나누어져 있다. 그 자세한 내용은 별표에 나와 있으므로, 여기에서는 신화의 무대가 되는 주요한 세 나라를 소개하겠다.

1. 신들의 나라 아스가르드

아스가르드의 대지가 이중 성벽으로 둘러싸여 있다는 것은 앞에서도 이야기했지만, 첫 번째 성벽을 기준으로 하면 그 안쪽이 인간들이 사는 '미드가르드'이고 그 바깥쪽이 거인국 '요툰헤임'이 있는 '우트가르드(Útgarðr : 둘러싸인 곳의 바깥쪽)'이다. 미드가르드 안쪽에 있는 두 번째 성벽 안은 신들의 나라 '아스가르드'이다. 이 아스가르드에는 정말 하늘을 찌를 듯한 거대한 물푸레나무 세계수 '이그드라실'이 솟아 있다. 이 나무의 뿌리가 있는 계곡에는 '우르드(Urðr : 운명)의 샘'이라는 샘이 있어서 '스반(Svanr : 백조. 영어로는 Swan)'이라는 이름의 두 마리의 백조 또는 운명의 세 여신 노른(Nom)이 살았다. 노른은 매일 아침 샘물에서 진흙을 퍼올려서 이그드라실의 가지나 줄기에 발라, 건조하거나 썩지 않게 했다(이러한 손질을 게을리 하면 물푸레나무의 줄기는 금방 썩어버린다). 이 나무에서는 꿀 이슬이 물방울처럼 떨어져서 우르드의 샘물과 합쳐졌다. 이 물은 아주 맑고 신성했기 때문에 무엇이든 한번 담그면 모두 계란 껍질 안쪽에 있는 얇은 막처럼 하얗게 변했다.

2. 죽은 자의 나라 니블헤임

바다를 건너서 북쪽으로 향하면 거기에는 얼음과 죽은 자의 나라 '니블헤임'이 있다. 전통적으로 북구에서는 시체를 배에 실어서 장례를 치르는 방법이 있었는데, 아마 그 배가 니블헤임의 해안에 도착했다고 사람들은 생각했던 것 같다.

니블헤임에는 깊고 긴 계곡이 있으며, 그 끝에는 '콜(Gjoll : 외침)'이라는 저승의 강과 다리가 있었다. 이 다리를 건너면 드디어 저승의 문이 있고 그 앞에는 '가룸(Garum : 경계가 되는 것)'이라는, 죽은 자의 피로 앞가슴을 붉게 물들인 개가 지키고 있었다.

저승의 주인은 절반만 푸른 피부색인 헬(Hel : 서리로 뒤덮인 자)이라는 여자 거인으로, 그녀는 '엘류드니르(Eljúðnir : 비에 젖은 자)'라는 이름의 집에서 살며, 항상 옥좌에 웅크리고 앉아 있다. 집에는 강글라티(Ganglati : 민첩한 남자)와 강글로트(Ganglot : 움직이지 않는 여자)라는 이름의 노예가 있다.

저승의 주인 이름과 관련해서 저승 그 자체만으로도 헬이라고 부르는데, 이 단어는 영어의 '지옥(hell)'이라는 의미로 쓰이게 되었다. 다만 북구의 헬에는 '지옥의 심한 고통'이라는 개념이 없고, 단지 죽은 자들(병들거나 노쇠하여 죽은 자들의 혼)이 사는 나라 정도로 생각되었다.

전설에서 저승은 아홉 나라로 나누어져 있다고 전해지지만 각각의 나라에 대한 상세한 내용은 알려져 있지 않다.

3. 불꽃의 나라 무스펠스헤임

남쪽에는 작열하는 나라 '무스펠스헤임'이 있고, 국경에는 수르트(Surtr : 검다)라는 불꽃의 검을 가진 남자가 있어서 '무스펠(이 세상을 끝내는 불꽃)'이라는 주민들을 수호하고 있다. 그의 부인은 신마라(Sinmara : 사초의 마녀)라고 하는데, 무스펠 중에서 이름이 알려져 있는 것은 이 둘뿐이다. 그 외의 종족은 뜨겁기 때문에 무스펠스헤임에 살 수 없었다. 그들은 세계의 종말이 올 때, '나글파르(Naglfar : 손톱 배)'라고 불리는 큰 배를 타고 세계를 멸망시키러 온다고 전해진다.

■ **북구의 아홉 세계(필자의 분류에 따름)**

	명칭	의미	통치자
지상	① 아스가르드 ② 미드가르드	아스 신족의 성채 중앙의 나라	오딘 북구 각국의 왕
우트가르드	③ 요툰헤임 ④ 세 ⑤ 니블헤임(헬) ⑥ 무스펠스헤임	거인국 해양 안개의 나라(죽음의 나라) 불꽃 민족의 나라	우트가르다 로키 등 에기르 헬 수르트
이세계	⑦ 바나헤임 ⑧ 알브헤임 ⑨ 스바르트알바헤임	반 신족의 나라 빛의 요정의 나라 소인국	뇨르드 프레이 이발디 등

불꽃의 민족 무스펠(Muspell)

북구 신화에는 여러 종족이 등장하지만, 그 중에서도 가장 특이한 종족은 불의 나라에 사는 무스펠일 것이다. 흔히 '불꽃의 거인족' 등으로 불리는데, 『에다』에는 거인이라는 표현은 한 번도 나오지 않는다. 사실 불꽃의 민족이라고 부르는 것이 가장 정확할 것이다. 그들이 사는 나라는 '무스펠스헤임' 이라는 이름으로 불린다. 전 국토에서 불꽃이 붉게 타오르지만 그곳에 사는 사람들은 아무렇지도 않게 살아간다. 그러나 무스펠 이외의 종족(신들도 포함)은 고온 때문에 가까이 가기도 쉽지 않았다. 무스펠스헤임이 천지창조 이전부터 존재했다는 것은 앞에서 이야기했지만, 누가 어떻게 만든 세계인지는 『에다』에도 전혀 나오지 않는다.

무스펠스헤임의 주인인 무스펠들은 신들을 초월하는 힘을 가지고 있었다고 한다. 예를 들면, 우선 첫 번째로 거인들의 시조 이미르에게 생명을 준 것이 바로 그들이었다는 사실을 들 수 있다(『길피의 속임수』 제4장에, 열을 보내온 자들의 힘으로 물방울에 생명이 싹터서 이미르가 탄생했다고 한다). 그리고 태양이나 달, 별같이 하늘에서 빛을 만드는 것들의 원료가 무스펠스헤임에서 퍼져나온 불똥이었다는 사실도 들 수 있다. 또 무엇보다 결정적인 것은 신과 거인들의 마지막 전쟁 때 모든 신들을 죽이고 불을 질러 세계를 멸망시킨 것이 무스펠이라는 전설이다. 그들이 지른 불은 지옥의 업이 있는 불이 아니라 모든 것을 깨끗하고 새롭게 만들어서 세상을 재생하기 위한 정화의 불이었다는 것이다.

생명과 빛을 가져오고, 마침내 최후의 심판을 위해 세계를 멸망시키는 무스펠들……. 혹시 그들이 태고적 불꽃 신들의 후예였는지도 모른다.

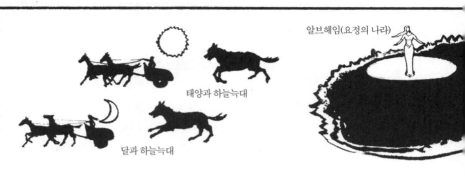

알브헤임(요정의 나라)

태양과 하늘늑대

달과 하늘늑대

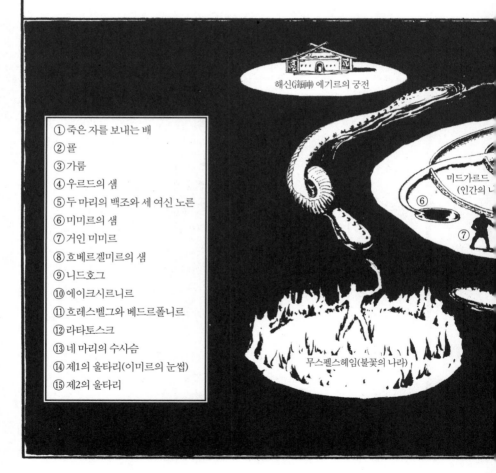

해신(海神) 에기르의 궁전

① 죽은 자를 보내는 배
② 콜
③ 가룸
④ 우르드의 샘
⑤ 두 마리의 백조와 세 여신 노른
⑥ 미미르의 샘
⑦ 거인 미미르
⑧ 흐베르겔미르의 샘
⑨ 니드호그
⑩ 에이크시르니르
⑪ 흐레스벨그와 베드르폴니르
⑫ 라타토스크
⑬ 네 마리의 수사슴
⑭ 제1의 울타리(이미르의 눈썹)
⑮ 제2의 울타리

미드가르드
(인간의 나

⑥

⑦

무스펠스헤임(불꽃의 나라)

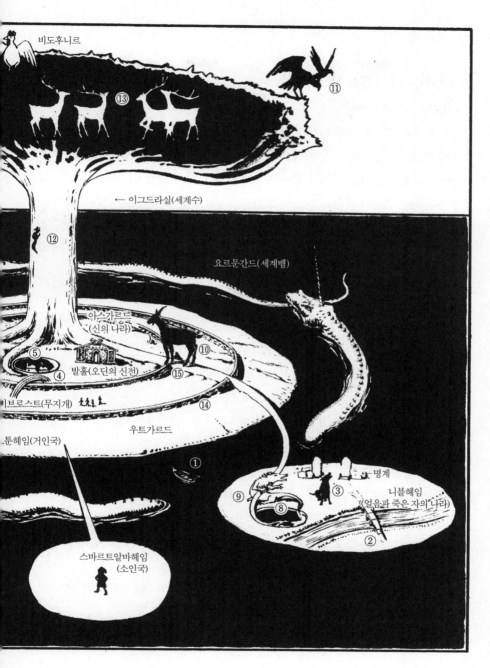

비도후니르

⑪

⑬

← 이그드라실(세계수)

요르문간드(세계뱀)

⑫

아스가르드
(신의 나라)

⑤

④ 발홀(오딘의 신전)

⑩

⑮

비브로스트(무지개)

⑭

우트가르드

①

툰헤임(거인국)

명계

⑨ ③

니블헤임
(얼음과 죽은 자의 나라)

⑧

②

스바르트알바헤임
(소인국)

229

세계수 이그드라실의 주변

아스가르드에 솟아오른 이그드라실은 너무나도 거대하기 때문에 요툰헤임과 니블헤임까지 그 뿌리가 뻗어 있다. 요툰헤임에 뻗친 원래의 뿌리에도 역시 '미미르(Mímir : 물을 가져오는 거인)의 샘' 이라는 샘이 있고, 무한의 지식을 기지고 있는 거인 미미르가 경계를 서고 있었다. 그 물은 꿀로 만든 술이어서 마신 자는 뛰어난 지혜를 얻을 수 있었다.

니블헤임의 뿌리에 있는 샘은 '흐베르겔미르(Hvergelmir : 끓어오르는 냄비)' 라고 불리는데, 이곳의 물은 '에이크시르니르(Eikþyrnir : 떡갈나무 가시)' 라는 수사슴의 뿔에서부터 떨어지는 물방울에서 나온 것이다. 이 에이크시르니르는 주신(主神) 오딘의 궁전 '발홀' 의 지붕에 살고 있으며, 이그드라실의 줄기를 먹고살았다. 그리고 이 샘물에서 흘러나온 물은 세상의 모든 강을 이루었다고 전해진다. 이 샘에는 무수한 뱀들[69]이 살고 있어서 이그드라실의 뿌리를 파헤쳤는데, 그 뱀들의 우두머리는 검고 빛나는 날개를 가진 비룡 '니드호그(Níðhǫggr : 조소하는 학살자)' 라고 알려져 있다. 니드호그는 큰 나무 뿌리만 아니라 가룸(저승 문을 지키는 개)과 마찬가지로 죽은 자의 살을 먹고 그 피를 빨아먹었다.

이그드라실의 뿌리는 모두 세 개인데, 어떤 자료에 따르면 아홉 개라고도 한다. 뿌리가 아홉 개라는 것은 세계를 구성하는 아홉 나라에 그 뿌리가 뻗쳐 있다는 의미로 해석할 수 있다.

그리고 생명력을 상징하는 이그드라실의 열매는 해산의 고통을 가볍게 하

---

69) 이 뱀 중에서 이름이 알려진 것은 다음의 일곱 마리다. 고인(Góinn : 짖는 것), 모인(Móinn : 황야), 그리고 둘의 부모인 그라브비트니르(Grafvitnir : 묘지의 늑대), 그라바크르(Grábakr : 회색의 등), 그라브뵐루드(Grafvǫlluðr : 묘지의 지팡이 나팔), 오브니르(Ofnir : 가마, 용광로), 스바브니르(Sváfnir : 잠자는 것).

는 효과가 있었다고 한다.

세계수의 끝에는 '비도후니르(Viðohunir : 나무 뱀)'라는 이름의 반짝거리는 수탉이 세계수의 가지를 밝게 비춰주고 있으며, 나뭇가지에는 니드호그와 사이가 나쁜 독수리 '흐레스벨그(Hrésvelgr : 죽은 자를 마셔버리는 자)'가 살고 있다. 이 독수리는 거인족의 자손으로 거대한 날개를 펄럭여서 바람을 만들어 낸다. 그리고 나뭇가지 위에서 세상을 내려다보기 때문에 많은 것을 알고 있다. 독수리의 눈썹 사이에는 비바람에 맞아서 새하얗게 된 '베드르폴니르 (Veðrfǫlnir : 바람을 잠재우는 것)'라는 매가 있는데, 이름으로 유추해보면 독수리와는 반대의 역할을 했던 것으로 생각된다. 이 독수리와 니드호그의 사이에서 말을 전달해주는 것이 세계수의 줄기를 오르락내리락하느라고 바쁜 다람쥐 '라타토스크(Ratatoskr : 돌아다니는 뻐드렁니)'이다. 라타토스크는 비룡 니드호그와 독수리 흐레스벨그의 사이를 오가며 때로는 싸움을 붙이기도 하면서 즐거워한다. 비룡과 독수리가 싸우는 것은 자신들이 먹고사는 죽은 자들 때문이다.

줄기 사이에는 네 마리의 수사슴이 뛰어다니며 새싹들을 뜯어먹고 있다. 그 이름은 각각 '다인(Dáinn : 죽은 자)' '드발린(Dvalinn : 늦어지게 하는 것)' '두네이르(Duneyrr : 귀에 울리는 것)' '두라스로르(Duraþrór : 도려낸 나무의 문)'이다.

천계의 구조

이그드라실의 한참 위쪽에는 천계가 있다. 천계는 세 개 층으로(혹은 아홉 개 층)으로 나누어져 있는데, 그 맨 아래쪽이 우리들이 위를 쳐다보면 보이는 하늘이다.[70]

이 하늘은 그릇을 엎어놓은 것 같은 형태를 띠고 있는데, 아우스트리(Austri :

동쪽), 베스트리(Vestri : 서쪽), 수드리(Suðri : 남쪽), 노르드리(Norðri : 북쪽)라는 네 명의 드베르그 소인들이 네 귀퉁이를 받치고 있다.

오로라와 유성은 이 첫 번째 하늘 밑에서 반짝이는데, 은하수나 그 외의 별들은 그 하늘 위를 통과한다.

태양은 이 하늘 위를 천마 '아르바크르(Árvakr : 빨리 일어남)'와 '알스비드(Alsviðr : 다 타버리는 것)'가 끄는 마차를 타고 하늘을 뛰어다닌다. 태양열에 다치지 않도록 말의 어깨 밑에는 두 개의 풀무가 붙어 있다. 마부는 거인족인 솔(Sól : 태양)로, 달 마차의 여자 마부인 마니(Máni : 달)와는 형제지간이다. 둘은 빛나는 금발과 하얀 피부를 가지고 있다. 유감스럽게도 달 마차를 끄는 말의 이름은 알려져 있지 않다. 마니는 달이 차고 기우는 것을 지배하고, 통을 달아 맨 천칭봉을 가진 빌(Bil : 빈 땅, 달의 바다?)과 휴키(Hjúki : 간호인)라는 두 명의 어린이를 데리고 있다.[71]

하지만 거인족의 후예인 하늘늑대에게 쫓기고 있기 때문에 태양과 달은 항상 어지럽게 도망갔다. 그리고 때로는 하늘늑대에게 먹혀버리는 때가 있는데, 사람들은 이것을 일식 또는 월식이라고 한다. 태양을 삼켜버리는 늑대는 '스켈(Skǫll : 소란스러운 것, 조소하는 것)', 달의 늑대는 '하티(Hati : 미워하는 것, 파괴하는 것)'라고 하는데, 늑대 중에서 가장 강하다.

마찬가지로 하늘 위에는 밤의 장막을 가져오는 천마 '흐림팍시(Hrímfaxi : 서리의 갈기)'와 낮을 가져오는 천마 '스킨팍시(Skinfaxi : 반짝이는 갈기)'도 있었

---

70) 제1의 하늘 : 이 하늘을 표현하는 특별한 명칭은 없다. 우선 '히민(Himinn)'이라고 불리는데, 영어의 헤븐(Heaven)과 같은 어원으로 하늘을 나타내는 일반명사이다. 그 외에도 '빈드블라인(Vindbláinn : 푸른 바람)'이라든지 '흐레그미미르(Hregg-Mímir : 폭풍을 가져오는 자)'라든지 '헤이드소르니르(Heiðþornir : 빛나는 하늘을 마르게 하는 것)' 등으로 불리고 있다.

71) 두 명의 어린이 : 달에 토끼가 산다는 동양권의 이야기와 유사한 면이 있다.

■ 북구의 하늘 전개도

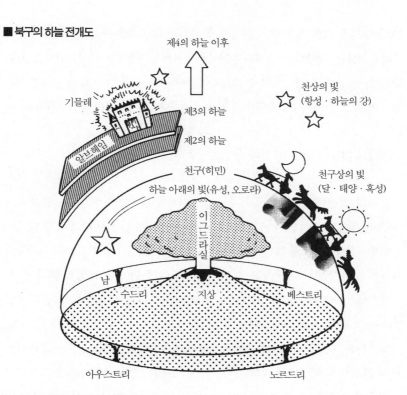

제4의 하늘 이후

기믈레

제3의 하늘

제2의 하늘

알브헤임

천상의 빛
(항성 · 하늘의 강)

천구(히민)

천구상의 빛
(달 · 태양 · 혹성)

하늘 아래의 빛(유성, 오로라)

이그드라실

남

수드리   지상   베스트리

아우스트리   노르드리

■ 북구의 천계(스트를뤼손의 분류에 의함)

	명 칭	의 미
제1의 하늘	히민(Himinn)	하늘 · 공중
제2의 하늘	안들랑그(Andlangr)	더 먼 곳
제3의 하늘	비드블라인(Víðbláinn)	넓고 푸른 곳
제4의 하늘	비드페드미르(Víðfeðmir)	널리 에워싼 것
제5의 하늘	흘료드(Hljóð)	벗겨내고 뒤덮는 것
제6의 하늘	흘리르니르(Hlýmir)	따뜻함, 두 개의 빛
제7의 하늘	기미르(Gimir)	불꽃 · 보석
제8의 하늘	베트미미르(Vet-Mímir)	겨울의 물을 만들어내는 것
제9의 하늘	스카티르니르(Skátýrnir)	보다 도움이 되는 것 · 보다 젖어 있는 것

는데, 이들은 해와 달처럼 늑대에게 쫓기지는 않는다(북구의 전설에 따르면 계곡에 발생하는 안개는 흐림팍시의 갈기에서 떨어지는 거품 때문에 생겨난다고 한다). 낮의 말을 달리게 하는 마부는 밝고 아름다운 모습의 다그(Dagr : 낮)였으며, 밤의 말을 끄는 마부는 머리가 칠흑같이 검은 다그의 어머니인 노트(Nótt : 밤)였다.

그리고 천계에 있는 네 명의 마부는 모두 거인족 출신이었다.

남방의 하늘에는 그 위층의 하늘이 존재했다. 제2의 하늘은 '안들랑그(Andlangr : 더욱 더 먼 곳)' 라고 했는데, 이에 대해서는 알려진 바가 거의 없다.

제3의 하늘 '비드블라인(Viðbláinn : 넓고 푸른 곳)' 은 실질적으로는 최고의 하늘이며 가장 빛나는 곳이다. 그 위의 하늘은 이름만 알려져 있을 뿐이다.

여기에는 빛나는 요정 '알브(álf, 영어로는 엘프elf)' 들이 사는 '알브헤임(Álfheimr : 요정의 나라)' 이 있다.

알브들은 풍요를 지배하는 반신(半神)적인 존재들로 때로는, 신들의 나라까지 내려와서 함께 음식을 먹는 일도 있다. 그들은 태양보다 아름답고 정직하며 마음씨가 착하다. 그러나 민간 전승에 따르면 기독교가 전래됨에 따라 땅으로 떨어져서 숲에서 살게 되었다고 한다. 그리고 알브헤임의 주인은 풍요의 신 프레이로 알려져 있다.

이 제3의 하늘 남단에는 역시 태양보다 빛나는 '기믈레(Gimlé : 빛을 주는 것, 불꽃으로부터 지켜지는 장소)' 라는 이름의 황금 저택이 세워져 있다. 여기는 정직하게 살아온 사람들이 사후 영원히 살기 위해 오는 곳이다. 기믈레는 세상의 끝(라그나뢰크)이 와도 결코 멸망하지 않는다. 그러나 이 세상에서 기믈레에 사는 것은 알브들뿐이라고 전해진다.

제3의 하늘보다 위의 계층은 모두 이름만 알려져 있을 뿐이다. 북구에서 신성한 숫자는 3과 9이기 때문에 본래 하늘은 최초 세 개였고, 다른 것은 단지 숫자를 맞추기 위해서 이름을 붙였다고 생각할 수 있다.

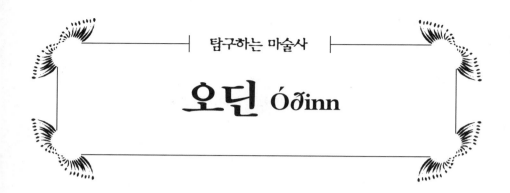

오딘 Óðinn

오딘(영어로는 Odin)은 북구 신화의 주신(主神)이고, 영국이나 독일에서는
보탄(Wotan), 보덴(Voden)[72] 등으로 불린다. 영어 'Wednesday'의 어원이 된
신으로 로마에서는 지식과 마술의 신 메르쿠리우스와 동일시되고 있다.

오딘의 모습에서 우선 눈에 띄는 것은 한쪽 눈이 없다는 것이다. 따라서 때
로는 넓은 창의 모자와 머리쓰개가 달린 망토로 비어 있는 안구를 가리기도
한다. 마술로 자신이 원하는 어떠한 얼굴 모양으로도 바꿀 수 있지만 대개는
길고 덥수룩한 잿빛 턱수염을 기른 노인 모습으로 등장한다. 얼굴 모양은 아
름답고 위엄에 차 있으며, 멀리 가거나 전쟁에 나갈 때는 황금 갑옷을 입는다.
그의 무기는 결코 빗나가지 않는 투창 '궁니르(Gungnir : 검을 휘두를 때 울리는
소리를 나타내는 유사음)'이다. 이 창을 던지면 적에게 맞고 자동적으로 되돌아
온다. 또 드베르그[73]가 만든 '드라우프니르(Draupnir : 떨어지는 것)'라는 이름
의 황금 팔찌를 차고 있다. 이 팔찌는 9일 밤마다 똑같은 크기의 팔찌가 다시

---

72) 보탄 : 앵글로색슨이 영국에 전해준 보탄은 오딘과는 성격이 약간 다른 것 같다. 보탄은
싸움이 일어나면 앞으로 나아가서 뛰어드는 죽음의 신으로 오딘처럼 사려 깊고 교묘한 측면
은 없다. 지옥을 지키는 개나 유령의 전사들을 데리고 폭풍 구름을 타고 황야나 하늘을 돌아
다닌다.

73) 드베르그 : 영어로는 '드워프(Dwarf)'이다. 솜씨가 좋아서 대장간 일에 뛰어났다고 한다.

여덟 개 만들어진다고 한다.

물론 이러한 모습을 하고 있는 데는 여러 가지 이유가 있다. 그는 보이지 않는 한쪽 눈으로 눈에 보이지 않는 저승을 엿본다. 또 노인이라는 것은 매우 지혜가 있다는 것, 그리고 죽음의 세계에 가까이 갔다는 것을 의미하고 있다. 구불구불한 수염은 폭풍 구름의 상징이고, 황금 갑옷은 역시 신들의 왕이라는 것을 나타내고 있다. 그리고 황금 팔찌는 왕권의 상징이다.[74]

처음에 그는 대기의 움직임을 인격화한 '기후의 신(특히 폭풍신)'으로 숭배되었다. 폭풍을 부르고, 바람을 타고 하늘을 날아다닌다고 생각했던 것이다.

그리고 그 이름에는 '광란' 또는 '격노'라는 의미가 있기 때문에 전사들에게 그러한 감정을 불어넣어서 전투를 하게 만드는 '싸움의 신' 성격도 있었다.

그러나 그의 변덕은 정말 기후의 신답게 여름 하늘처럼 자주 변했다. 지금까지 수호하고 있던 영웅을 어느 날 갑자기 배신해서 전사케 하는 것이 특기 중의 특기이다.[75] 오딘을 수호신으로 삼는 자나 그에게 기도를 올리는 자는 언젠가는 배신당해 죽음을 각오해야만 했다.

이러한 싸움의 신 또는 기후의 신으로서의 역할 외에 그는 '창조신'이나 '지혜의 신', '죽음의 신' 등의 성격을 가지고 있다. 그러나 이러한 여러 가지 성격은 그의 본질을 다른 각도에서 본 것에 지나지 않는다. 오딘의 가장 본질적인 성격은 탐욕적이고 지식을 구하는 마술사였던 점이다.

---

74) 고대 게르만의 여러 나라에서는 '팔찌나 반지 등을 주는 자'라는 관용구가 생길 정도로 왕후나 귀족은 팔찌나 반지 등을 자주 신하들에게 주었다.

75) 오딘의 이런 성격에 대해 간사한 신 로키는 「로키의 말다툼」 제22절에서 "입 다물어라, 오딘! 전사들의 가치도 분별할 줄 모르는 주제에. 네가 승리라는 선물을 주었던 놈들 중에는 겁쟁이도 많았다"라고 혹평하고 있다.

76) 발키리아 : 독일어로는 발퀴레(Walküre)라고 한다.

마술사로서의 오딘

오딘은 마력을 얻기 위해서라면 어떤 어려움이나 수치심도 극복할 수 있었다. 지식을 위해서는 저승이나 적국인 거인국이라도 위험을 무릅쓰고 달려갔다(물론 무사히 돌아올 수 있다는 자신감이 있었기 때문이지만). 그는 여행을 한 번 끝낼 때마다 룬(마력을 감춘 문자)이나 지혜의 봉밀주 등을 가지고 돌아와서 더욱 현명해지고 위대해졌다.

전쟁터에서도 앞으로 나아가 창만 던질 뿐 백병전에는 참가하지 않고, 실제 싸움은 부하인 여전사 '발키리아(Valkyrja : 전사자를 선택하는 자)' 76)들이나, 영웅 '에인헤랴르(einherjar : 단독으로 싸우는 전사)' 들에게 맡겨두었다. 오딘의 역할은 마술과 기교를 이용해서 적을 혼란에 빠뜨려 내부 붕괴를 이끌어내는 것이었다. 그는 신들의 책략가이자 참모였던 것이다.

이 책에서는 마술사 오딘에게 초점을 맞춰, 마술과 지식의 탐구자로서의 그를 묘사해보려고 한다. 그러면 지금부터 그와 함께 모험 여행을 떠나보기로 하자.

■ 오딘이 획득한 것

룬 문자	생과 죽음 사이에 들어가 저승에서 훔쳐왔다.
주술 노래 갈드르	거인국에 가서 거인왕 바프스루드니르 등으로부터 그 비밀을 훔쳤다.
마법의 지팡이 간반테인	거인 흘레바르드에게 받았다. 나중에 아들 중의 하나인 헤르모드의 소유가 되었다.
무술(巫術) 세이드	반 신족 프레이야의 애인이 되어 배웠다.
지식의 샘물 봉밀주	한쪽 눈을 담보로 수호 거인 미미르에게 받아 마셨다.
미미르의 목	죽은 미미르의 머리에 마술을 걸어서 살아나게 했다.
시예(詩藝)의 봉밀주	수호 거인 수퉁의 딸을 속여서 훔쳤다.
천마 슬레이프니르	로키에게 진상받았다.
팔찌 드라우프니르	로키에게 진상받았다. 후에는 발드르의 소유가 되었다.
투창 궁니르	로키에게 진상받았다.

생사의 갈림길에서…… 룬을 얻다

오딘은 첫부인 프리그가 아이를 낳아 아스 신족을 번성케 하지만 그것만으로 만족하지 않았다. 그는 왕의 지위보다는 마술사의 길을 선택했던 것이다. 오딘은 신들의 왕이라는 옥좌를 버리고 지식을 구하기 위해 방랑의 길을 떠났다.

최고의 신인 그보다도 더 많은 지식을 가지고 있는 자는 이 세상에는 아무도 없었다. 그는 저승에서 지식을 구할 수밖에 없다는 것을 알고 이 세상에서 가장 높은 물푸레나무에 목을 매고 스스로 자기 몸을 창으로 찔렀다. 단지 자신의 마술만 믿고 생사의 갈림길에서 명상만을 거듭했다. 아무 것도 먹지도 마시지도 않은 채……

이렇게 9일 낮과 밤이 지나자 드디어 오딘의 의식은 현세의 속박을 버리고 저승에 도달했다. 그리고 그곳에서 마침내 마력을 가지고 있는 문자 '룬(rún) 77)'을 손에 넣을 수 있었다.

그 순간 오딘은 깜짝 놀라 눈을 떴고, 동시에 땅으로 내동댕이쳐졌다. 신음하면서 일어나 물푸레나무를 올려다보니 로프가 끊어져서 바람에 흔들리고 있었다. 로프가 조금만 더 빨리 끊어졌더라면 룬을 손에 넣지 못했을 것이다. 반대로 조금 더 늦었다면 이 세상에 돌아오지 못했을지도 몰랐다. 그는 생사를 극복하여 승리를 얻고, 만족하며 신들의 옥좌로 돌아왔다.

이때부터 그 물푸레나무는 '이그드라실(Yggdrasill : 무서운 신 오딘의 말馬)' 또는 '레라드(Léraðr : 지식을 주는 것)'라 불리게 되었다.

거인국 요툰헤임 탐방……
지혜의 샘에서 꿀로 만든 술을 얻다

그로부터 몇 년이 흘러 오딘은 '서리 거인족'이 살아남아 있다는 사실을 알았다. 또다시 오딘에게서 마술사의 피가 끓기 시작했다. 거인족이 가지고 있는 미지의 지식을 생각하면 가만있을 수가 없었던 것이다.

물론 왕비인 프리그를 비롯한 많은 신들이 말렸다. 어쨌든 오딘은 거인족을 멸망시키려고 했던 장본인이었다. 거인국에 가서 무사히 돌아오리라고는 아무도 생각하지 않았다. 그러나 그는 모든 것을 뿌리치고 다시 먼 여행을 떠났다.

오딘은 오랫동안 돌아오지 않았다. 신들은 오딘이 죽었다고 생각하고, 그의 동생인 빌리와 베이에게 그의 뒤를 잇게 했다. 둘은 오딘의 재산을 나누고, 왕의 옥좌와 함께 왕비였던 프리그도 둘이 공유했다.

한편 오딘은 이 여행에서 일생의 친구인 로키를 얻을 수 있었다. 뒤에서 자세히 설명하겠지만, 로키는 거인족 밑에서 자란 반은 신이고, 반은 거인인 혼혈아였다. 오딘과 로키는 서로 피를 섞어 의형제를 맺었는데, 그 이유는 『에다』에는 나오지 않는다. 아마도 거인들에게 살해될 뻔했던 오딘을 로키가 감싸줬기 때문이 아닐까 생각한다.

거인국을 여행한 오딘은 로키 같은 친구뿐만 아니라 많은 여자 거인들과도 부부의 인연을 맺어 많은 아이를 낳기도 했다.

그런데 거인국 요툰헤임은 오딘이 생각했던 것 이상으로 진정한 지식의 보고였다. 그곳에서 오딘은 몇 가지 '갈드르(galdr : 주술 노래. 마력을 갖게 하는 노래)'와 태고에 일어났던 일들에 대해 배웠다. 그는 거인왕 바프스루드니르(Vafþruðnir : 강한 것을 감춘 자)와 목숨을 건 지혜 경쟁을 벌여 훌륭하게 승리를 거두었으며, 또 거인 흘레바르드(Hlébarð : 표범)로부터는 지팡이 간반테인

---

77) 룬 : 옛부터 북구에 전해지는 것으로 마력의 힘을 가지고 믿어졌던 문자. 새기는 방법에 따라 절대적인 힘을 발휘한다고 전해진다.

(Ganbantein : 마법의 지팡이)을 얻고 나서 마술로 그 거인의 정기를 없앰으로써 은혜를 원수로 갚기도 했다.

그리고 미미르(Mímir : 물을 가져오는 자)라는 늙은 거인이 지혜의 샘물을 지키고 있음을 알아냈다. 그 샘은 단순한 물이 아니라 벌꿀로 만든 술이 가득 채워진 샘이었고, 그 술을 마시는 자는 지혜와 현명함을 얻을 수 있었다. 오딘은 그 샘물을 한 모금 마시는 대신 자신의 한쪽 눈을 파내 미미르에게 줘야만 했다. 오딘의 담력이 마음에 들었는지, 후에 미미르는 오딘, 로키와 함께 신들의 나라로 향하게 된다.

이리하여 오딘은 거인족의 피를 받은 두 명의 남자들을 데리고 '미드가르드'로 살아 돌아왔다.

물론 오딘의 귀환으로 신들 사이에 커다란 동요가 일어났다. 자료에는 오딘의 동생들로부터 왕비 프리그와 옥좌를 되돌려받았다는 것 외에는 아무 것도 나와 있지 않지만, 아마 동생들은 오딘에게 죽음을 당했을 것이라고 생각된다. 왜냐하면 오딘의 귀환 이후 빌리와 베이는 더 이상 신화에 등장하지 않기 때문이다.

오딘은 동생들이 차지하고 있던 좌우의 옥좌에 로키와 미미르를 앉히고, 왕으로서 삼신일체를 유지하게 되었다.

반 신족과의 싸움과 평화 협정…… 미미르의 목을 얻다

왕위를 다시 찾은 오딘에게 곧바로 문제가 닥쳐왔다. 즉, 반 신족과의 분쟁이 일어난 것이다. 이 전쟁을 「무녀의 예언」에서는 세계 최초의 전쟁이라고 표현하고 있는데, 최후의 전쟁인 라그나뢰크와는 확실히 다른 면이 있다. 오딘은 이 싸움의 결과로 미미르의 목을 손에 넣게 되었다.

싸움의 발단은 오딘의 투창이었다. 창은 반 신족의 무녀 굴베이그(Gullveig : 황금의 불로 만든 술)의 가슴을 꿰뚫었다. 그러나 반 족은 마술에 능했기 때문에 그녀는 금방 다시 살아났다. 그리고 아무리 창으로 찌르고 검을 휘둘러도 결코 죽지 않았다. 게다가 하늘을 날아다니며 주문을 외워 아스 신들을 괴롭혔다. 그래서 한때는 미드가르드의 성벽이 파괴되고 적들이 침입하기도 했다.

그러나 전황은 시간만 흐르는 교착 상태에 빠져 끝내는 평화조약이 체결되었다. 그때 조약을 보다 확실하게 하기 위해 자국의 우두머리들을 인질로 교환하기로 했다. 반 신족은 아름다운 여신 프레이야를 포함해서 세 명의 귀족 신을 보냈지만, 오딘은 배후 조종자로 그다지 중요하지 않았던 헤니르(Hœnir)라는 신과 거인국에서 데려온 미미르를 자기 나라의 가장 중요한 신이라고 속였다. 그는 말솜씨도 뛰어나서 자신이 말하는 것을(설사 거짓말이라고 해도) 진실이라고 믿게끔 할 수 있었다.

물론 이 거짓말은 탄로가 났다. 미미르가 곁에 있었을 때는 괜찮았지만 그가 없을 때 헤니르는 어려운 문제에 대해 "좋을 대로 해라"는 대답밖에 할 수 없었던 것이다. 오딘에게 속았음을 안 반 신들은 미미르의 목을 자르고 헤니르를 시켜 오딘한테 갖다주도록 했다.

그러나 오딘은 이미 (분명 목을 매고 생사의 갈림길에 있을 때) 죽은 자를 되살리는 마술을 알고 있었다. 잘린 곳에 부패를 막는 약초를 바르고 주문을 외우니까 미미르는 입을 열어 생전에는 결코 하지 않았던 비밀스런 지식들을 이야기하기 시작했다……

미미르의 죽음은 결과적으로 오딘에게 상당한 지식을 가져다주었다. 혹시 그는 이런 일들을 예상하고, 반 신이 있는 곳으로 미미르를 보냈는지도 모른다.

오딘은 아스 신족 중에서 가장 위대한 신이었지만, 가장 믿을 수 없는 신이기도 했다. 그는 지식을 얻기 위해 친구의 목숨조차도 아까워하지 않았던 것이다. 아니면 미미르 탓에 한쪽 눈을 잃게 된 것을 원망해서 취한 행동일지도 모르지만.

명예를 버리면서까지 마술을 추구한 오딘……
무술 세이드를 배우다

반의 여신들이 마술에 뛰어났다는 사실은 앞에서도 이야기했지만, 인질로 잡혀온 여신 프레이야도 훌륭한 마술사였다. 무엇보다 마술에 대한 호기심이 많았던 오딘은 프레이야에게 흥미를 느끼기 시작했다. 그는 프레이야의 애인이 되어 '세이드(Seiðr)'라는 무술[78]을 배웠다. 그 둘은 분명 어떤 계약을 맺었던 것 같다. 「그림니르의 비가」 제14절에 보면 "……매일 그녀(프레이야)는 전사자의 반을 골랐고, 나머지 반은 오딘의 몫이 되었다"고 기록되어 있기 때문이다. 원래 모든 전사자는 오딘의 소유였지만 절반을 프레이야에게 준 것은 아마도 세이드를 배운 대가가 아닌가 생각된다.

원래 이 세이드는 여신들에게만 전해지는 것이기 때문에 남자인 오딘이 배우기에는 많은 어려움이 있었다. 세이드를 할 때는 황홀감을 느낄 수 있는데, 그 느낌은 남녀간의 교접시에 여성들이 느끼는 오르가슴과 비슷했다고 한다. 따라서 남자가 세이드 마술을 습득했다는 것은 동성애에서 여자 역할을 한 것이나 다름이 없었다. 이러한 일에 대해 로키는 「로키의 말다툼」 제24절에서 "더구나 사무스 섬 사람들에게 네가 세이드를 썼다는 소문이 자자하다. 무당

---

78) 무술(巫術) : 샤머니즘(Shamanism)이라고도 한다. 아주 격렬한 황홀감을 동반하는 무아 상태에서 예언, 신내림, 유체 이탈 등을 하는 기술이다.

처럼 상자 뚜껑을 두드리고, 마녀 같은 차림으로 나라를 방황하다니. 너는 여
자 흉내를 내는 음탕한 놈이다"라고 오딘을 매도하고 있다.

물론 생사를 초월한 오딘에게 세이드를 둘러싼 불명예나 악평 등은 그다지
신경 쓰이는 일은 아니었을 것이다.

다시 거인국으로 향하다…… 시예의 봉밀주를 얻다

반 신족과의 강화를 계기로 오딘은 시에 대한 재능을 얻을 수 있게 되었다.
북구의 마술은 모두 룬 문자나 주술 노래 갈드르를 사용했기 때문에 시에 대
한 재능은 마술사에게서 필수적인 것이었다.

반 신족과 아스 신족이 평화 조약을 맺을 때 양 진영은 서로 상대방의 항아
리 속에 침을 뱉었다. 이는 오딘과 로키가 의형제를 맺으며 서로 피를 섞은 것
처럼 아스 신족과 반 신족이 친족이 되었음을 의미한다.

그들은 이 우정의 표시를 그대로 버리기에는 아깝다고 생각해서, 섞인 침에
서 크바시르(Kvasir : 주장하는 자, 요구하는 자)라는 신도 인간도 아닌 남자를 만
들어냈다. 크바시르는 어느 누구보다도 현명하고, 어떠한 어려운 문제도 답할
수가 있었다.

크바시르는 오랫동안 여러 곳을 여행하며 인간이나 신들에게 그의 지식을
전파했지만, 이를 질투한 드베르그 소인들에게 죽음을 당해 밀주(꿀로 만든
술)의 재료가 되어버리고 말았다. 크바시르의 모든 지식이 용해되어 있는 이
술을 마시는 자는 아주 현명해지고, 특히 시예에 뛰어나게 되었다고 한다.

이 시예의 밀주는 우여곡절 끝에 거인족인 수퉁(Suttungr : 병들게 하는 혀)의
손으로 넘어갔고, 이는 아스 신들의 귀에도 들어가게 되었다. 이제 오딘이 행
동할 때가 왔다.

오딘은 거인국 요툰헤임으로 건너간 다음, 먼저 수퉁의 동생 바우기(Baugi : 귀금속 팔찌)의 노예들이 건초를 베고 있을 때 그들 곁으로 살며시 다가갔다. 그는 한 노예에게 낫을 빌려 빠른 솜씨로 숫돌에 갈아서 되돌려주었다. 낫은 아주 예리해졌고, 노예들은 "그 숫돌을 갖고 싶다"고 오딘에게 몰려왔다. 오딘은 "욕심부리는 자는 당연히 그 대가를 지불해야 한다"며 숫돌을 공중에 집어던졌다. 노예들은 서로 그 숫돌을 잡으려고 낫을 들고 싸우다가 결국 한 명도 남지 않고 모두 죽어버렸다(오딘의 별명 중에 '불화를 일으키게 하는 자'라는 것도 있다).

오딘은 아무렇지도 않은 얼굴로 숫돌을 주워들고 바우기의 집으로 가서 "노예들이 한꺼번에 다 죽어서 힘들겠구나. 내가 9인분의 일을 할 테니까 나를 고용하는 것이 어떻겠느냐? 보수는 네 형인 수퉁이 가지고 있는 봉밀주를 한 모금 마시게 해주면 된다"고 말했다. 바우기는 순순히 그 제안을 받아들였다.

그런데 봉밀주를 마실 때가 되자 수퉁은 "이 밀주는 누구에게든 한 방울도 줄 수 없다"고 고집을 부렸다.

그러나 그 정도에 의지가 꺾일 오딘이 아니었다. 그는 수퉁이 딸 군로드(Gunnlǫð : 싸움 거품)로 하여금 밀주를 지키게 하고 있다는 사실을 알아내고는 뱀으로 변신하여 집으로 들어갔다. 그러고는 그녀의 마음을 사로잡아 밀주를 세 모금 마시도록 허락을 받았다. 그는 큰 뚜껑을 열고 단 세 모금에 세 개의 항아리에 들어 있는 밀주를 모두 마셔버렸다. 아무리 주도면밀한 오딘이지만, 이때만큼은 술에 취해 있어, 화가 난 수퉁에게 잡힐 수밖에 없었다.

그때 군로드가 나타나 독수리 날개옷[79]을 주었다. 오딘은 그 날개옷을 입고 자신의 몸을 변신시켜 간신히 빠져나올 수 있었다.

이렇게 해서 오딘은 시예의 봉밀주를 손에 넣고, 시인의 신으로도 널리 알려지게 되었다.

오딘의 마술

이처럼 오딘은 여러 가지 마술의 지식과 방법을 획득했다. 그 중에서 몇 가지를 소개해보도록 하자.

우선 싸움을 할 때는 적에게 공포심을 불러일으킨다든지, 쇠줄로 묶는다든지, 눈이나 귀를 사용하지 못하도록 만드는 마술을 부렸다. 또 무기를 무디게 하고, 쳐다보는 것만으로도 적의 창을 떨어뜨리게 할 수도 있었다.

한편 오딘의 전사들은 '베르세르크(Berserkr : 곰의 속옷을 입은 자)' [80]라든지, '울프헤딘(úlfheðinn : 늑대의 모피를 입은 자)' [81]이라고 불리는 망각 상태에 빠져 마치 곰이나 늑대가 된 것처럼 난폭하게 적을 공격해 물리쳤다. 그들이 갑옷을 입지 않았음에도 적의 무기는 그들의 피부를 뚫을 수 없었다.

또 오딘은 예언을 하기도 하고, 상처나 병을 고치기도 하고, 사랑을 얻기도 하고, 고민하는 마음을 고쳐주기고 하고, 자유자재로 바람을 일으키기도 하고, 숨겨진 보물의 위치를 찾아내는 등 일상적인 마술에도 뛰어났다. 특히 세이드(무술)를 이용해서 유체 이탈하여 한순간에 자신의 마음을 멀리 날려버리기도 하고, 죽은 자의 영혼을 저승 헬에서 깨우는 특기도 가지고 있었다.

신수(神獸) 및 신들의 전사 '에인헤랴르'

신들의 왕 오딘에게는 신수인 많은 동물과 신령스러운 에인헤랴르와 여전사 발키리아가 있었다.

신수 중 첫 번째는 지상에서 가장 빨리 달리는, 여덟 개의 발을 가진 잿빛 말

---

79) 날개옷 : 원문에는 'fjaðrhamr', 즉 날개 형태 또는 날개 가죽이라고 기록되어 있다. 신들 중에는 프리그와 프레이야가 가지고 있었다. 이 옷을 입으면 새 모습으로 변하여 하늘을 날 수 있었다고 한다.

80) 베르세르크 : 이 말은 영어의 '버서커(berserker)', 즉 광전사의 어원이 되었다.

'슬레이프니르(Sleipnir : 미끄러지듯이 달리는 것)'이다.

나아가 오딘은 길을 떠날 때는 두 마리의 떠돌이 까마귀와 두 마리의 늑대를 데리고 다녔다. 떠돌이 까마귀의 이름은 '후긴(Huginn : 감정, 사고)'과 '무닌(Munnin : 기억)'으로, 날이 밝을 때 풀어주면 아침식사 때에 맞춰 돌아왔다. 오딘은 밀주를 마시면서 까마귀들로부터 이야기를 듣고 세상에서 일어나는 일들을 파악했다. 늑대의 이름은 '게리(Geri : 탐욕스러운 자)'와 '프레키(Freki : 굶주린 자)'로, 전쟁터에서 전사들의 시체를 걸신들린 것처럼 먹어치웠다.

전사자의 육체가 늑대의 위장으로 들어가면 영혼은 부하 여전사 발키리아에 의해 오딘이 있는 곳까지 갔다고 한다. 영혼만 있는 전사들(에인헤랴르라고 불린다)은 다가오는 라그나뢰크 때 신들의 전사로서 싸우게 되는 것이다. 오딘은 이처럼 죽은 자의 영혼들도 싸움에 써먹는 무서운 신이었다.[82] 또한 오딘은 제물을 원할 때도 있었다.

옛날 북구 사람들은 싸움을 하다가 패색이 짙어지면 오딘에게 제물을 바침으로써 축복받을 수 있었다고 한다. 제물은 룬에서 본 고사(故事)에 따라 나무에 묶거나 무기로 찔러 죽이기도 했다. 전투에서 죽은 적의 시체도 이 한쪽 눈의 신에게 바쳐야만 했다. 그리고 오딘을 숭배하는 자도 언젠가는 자신의 몸을 오딘에게 바쳐야 한다는 것을 알고 있었다.

오딘이 이렇게까지 전사들의 영혼을 원했던 것은 다음과 같은 이유에서였다.

---

81) 울프헤딘 : 이 말은 '늑대남자 전설'의 한 원류가 되었다고 추측된다.

82) 타키투스의 『게르마니아』 제9장에 따르면, 다른 신들은 짐승을 바치는 것으로 만족했지만 오딘만은 사람을 제물로 요구했다고 한다. 제물의 영혼이 그후에 어떻게 되는지는 잘 알려져 있지 않지만 신들의 전사인 에인헤랴르가 되었을 것이라고 추측된다. 필자는 그 영혼의 지식이나 힘을 오딘이 흡수해버렸을 것이라고 생각한다.

저승으로의 강하

어느 날 오딘의 아들인 빛의 신 발드르는 자신의 죽음을 예고하는 불길한 악몽에 시달리다가 눈을 떴다. 아들의 꿈 이야기를 들은 오딘은 곧바로 하늘을 달리는 말 슬레이프니르에 올라타 죽은 자의 나라 니블헤임으로 향했다. 그는 저승에 도착해서 예언을 지배하는 무녀[83]의 묘지를 찾아낸 다음, 마술로 그녀를 긴 죽음의 늪에서 불러냈다.

무녀의 이야기는 오딘의 간담을 서늘하게 했다. 그녀는 "발드르는 맹인인 호드의 손에 죽고, 막내동생인 발리 역시 호드와 서로 싸우게 될 운명에 놓여 있다"고 예언했다. 그리고 "로키의 징계가 풀리면, 신들의 종말(라그나뢰크)이 올 것이다"는 예언도 덧붙였다.

그런 말을 들은 오딘은 대단히 의기소침해서 신들의 나라로 다시 돌아왔다. 다름 아닌 자신의 아들이 죽음으로써 라그나뢰크가 도래할 것이라는 사실을 알았기 때문이기도 하지만, 그 자신도 '펜리르'라는 이름의 흉포한 늑대에게 잡아먹힐 운명이라는 사실을 알았기 때문이었다.

그래서 오딘은 다가오는 라그나뢰크에 대비해 용감한 인간들의 영혼(에인헤랴르)을 신들의 군대에 가세시키려는 계획을 세웠던 것이다.

오딘의 신도들과 에인헤랴르

오딘을 숭배한 것은 주로 북구의 귀족이나 전사 계급들이었다. 그들은 언젠가는 그의 가호를 받지 못하고 전쟁터에서 죽을 것을 알면서도 오딘에게 의지했다. 그들이 오딘에게 의지했던 것은 죽은 후에도 오딘이 있는 곳으로 불

---

83) 「발드르의 꿈」에서 이 무녀는 '세 거인의 어머니'라고 표현되어 있는데, 이는 황금시대의 종말을 알린 세 여자 거인과의 관계를 암시하는 것으로 보인다.

려가 에인헤랴르로서 세상의 종말이 올 때까지 새로운 삶을 만끽할 수 있다는 사실을 알고 있었기 때문이다.

전쟁터에서의 전사는 명예로운 것이지만, 늙어 죽거나 병으로 죽는 것은 전사에게 큰 수치로 여겨졌다. 따라서 집안에서 죽음을 맞을 것 같은 전사들의 경우, 심지어 가족들에게 창으로 찔러 죽여달라고 애원하는 일도 있었다. 물론 그렇게 하는 것은 자신의 마음을 편하게 하려는 것에 지나지 않았겠지만.

에인헤랴르는 라그나뢰크 때 신들의 편에 서서 싸우는 전사들이다. 오딘은 유망한 전사를 발견하면 소중히 길러 훌륭한 영웅으로 만든 다음, 그들을 창으로 찔러 죽여(혹은 부하인 여전사 발키리아를 시켜 죽이게도 한다) 에인헤랴르로 만들었다.

에인헤랴르들이 향하는 오딘의 거처는 신들의 나라 아스가르드르 중에서도 가장 높은 곳인 '글라드스헤임(Glaðsheimr : 환희의 나라)'에 있었다. 그곳에서는 전 세계를 내려다볼 수 있어서 오딘은 모든 전쟁이 어디에서 일어나는지 알 수 있었다. 글라드스헤임에는 발홀(Valhǫl : 전사자의 저택)[84]과 '발라스캴브(Valaskjalf : 전사자의 객실)'라고 불리는 번쩍거리는 신전이 세워져 있고, 오딘은 자신의 '흘리드스캴브(Hliðskjálf : 출입구가 있는 객실)'에 앉아서 사람들의 운명이나 싸움의 향방에 관해 여러 가지 생각을 했다.

발홀은 황금의 방패로 기와 지붕을 만든 은 저택으로, 햇빛을 받아서 눈이 부실 정도로 반짝인다. 서까래는 창 모양으로 장식되어 있고, 의자 표면은 갑옷으로 덮여 있다. 그 지붕 위에는 세계수 이그드라실의 잎을 먹고 밀주를 만들어내는 '헤이드룬(Heiðrún : 히스의 지혜)'이라는 암컷 양이 있고, 저택 안에는 몇 번을 잡아 요리해도 저녁이 되면 되살아나는 '세흐림니르(Sæhrímnir : 바

---

84) 발홀 : 독일어로는 '발할라(Walhalla)'지만, 발홀로 읽는 것이 일반적이 아닐까 한다.

■ 죽은 자의 행방

전사한 귀족	발흘(오딘), 세흐림니르(프레이야)
일반 민중	빌스키르니르(토르)
죄 없는 사람들	알브헤임 안의 기믈레(프레이)
소녀들	(게빈)
병으로 죽거나 노쇠한 자	니블헤임(헬)
익사자	황금의 궁전(에기르)
죽은 자의 손톱	무스펠스헤임(선박 나글파르가 된다)

다의 서리'라는 수퇘지가 있다. 이 밀주와 수퇘지 고기는 에인헤랴르들의 식사로 제공되는 것이다. 문 앞에는 늑대(게리나 프레키와 관계가 있는지는 명확하지 않다)가 지키고 있으며, 그 상공에는 독수리가 맴돌고 있다.

저택에는 모두 5백40여 개의 문이 있고, 그 안에는 60만 이상의 에인헤랴르들이 살 수 있는 공간이 있다. 오딘은 라그나뢰크 때 이렇게 많은 전사들과 함께 거인을 상대로 싸우려고 계획을 세웠던 것이다.

에인헤랴르들은 날이 밝으면 무기와 방패를 가지고 서로 찌르고 상대방을 죽였다. 이러한 살육은 장난에 지나지 않았고 단지 검술 단련 과정이었다. 그러다가 아침식사 시간이 가까워지면 죽은 자들은 다시 살아나고, 상처도 치료되어 모두 웃으면서 식탁으로 모여든다. 그들의 뒤처리를 하는 것은 발키리아이다.

오딘은 그런 모습들을 보며 만족한 듯 밀주를 마시고 돼지고기는 두 마리 늑대에게 던져준다. 오딘은 술만 있으면 다른 것은 아무 것도 먹지 않아도 되었다.

에인헤랴르들은 이러한 생활을 라그나뢰크가 올 때까지 계속했다. 영원이라고 할 수 있을 정도의 긴 투쟁의 날들이야말로 북구 귀족이나 전사들이 꿈꾸던 이상이었던 것이다.

오딘의 자식들

발리와 비다르

Váli & Víðarr

오딘은 프리그를 왕비로 맞이하지만, 그 외에도 여러 명의 여신이나 여자 거인들과 사랑을 나누고 많은 자식들을 남겼다. 다음에 나오는 도표에 그 계보가 잘 드러나 있다. 그 중에서도 부속신으로서 오딘을 잘 섬겼던 신은 헤르모드와 시의 신 브라기, 빛의 신 발드르였다.

발리와 비다르는 어린아이로 취급되었기 때문에 신화에서는 라그나뢰크가 올 때까지 특별하게 활약하는 모습은 없다.

『에다』 등의 자료에서는 토르, 티르, 호드, 표르긴 등도 오딘의 아이로 등장한다. 그러나 필자는 그런 내용을 채택하지 않았다. 이 계보는 오딘의 신봉자들에 의해 조작된 것이 분명하기 때문이다. 이렇게 주요한 신들을 어린애 취급함으로써 오딘의 위대함을 한층 더 높이려고 한 것이라고 생각한다.

또 오딘에게는 자식들 외에도 부속신들이 있었는데, 바로 제사장 헤니르와 언제 어디서 무슨 일을 저지를지 모르는 로키이다.

여기에서는 오딘의 자식들과 부속신들 중에서 발리와 비다르에 대한 이야기를 해볼까 한다. 그 외의 신에 관해서는 별도의 편을 참조해주기 바란다.

작은 복수자 : 발리

알리(Áli)라고도 불리는 이 신은 대단히 용맹스럽고 과감하며, 활의 명수였다고 알려져 있다(로키의 아들 중에도 같은 이름이 있지만 특별한 관계는 없다). 그

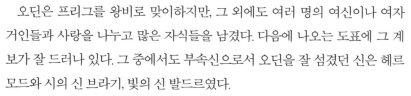

정확한 어원은 모르지만 'valigr', 즉 '고통을 주는'에서 파생되었을 것으로 추측된다.

발리는 발드르가 죽자마자 태어났다고 하는데, 그날 밤 호드를 죽이고 그 시체를 화장할 때까지 손도 씻지 않고 머리도 빗지 않았다고 한다. 하지만 그 자신도 호드와의 싸움에서 큰 상처를 입고 다음날 죽는 운명이 되었다.

하지만 그는 라그나뢰크 후에 부활하여 비다르와 함께 신들의 저택에 살 것이라고 예언되어 있었다.

발리의 어머니는 린드(Rindr : 굴뚝새)라는 여자 거인으로 알려져 있다. 삭소의 『데인인의 사적』에 보면, 오딘은 그녀와의 사이에서 태어나는 아이가 발드르의 복수를 해준다는 계시를 받고 그녀에게 구혼했다고 한다. 처음에 오딘은 그녀 아버지의 사신이 되고, 두 번째는 금속 세공사, 세 번째는 용감한 전사로 변신하여 그녀에게 접근했지만, 린드는 오딘의 늙고 추한 모습이 싫어서 허락하지 않았다. 그러자 마침내 오딘은 최후의 수단을 사용했다. 그는 린드의 의사로 변신해 재빨리 마법을 걸어서 그녀를 정신없게 만든 다음 자기 뜻을 이루었다. 이렇게 해서 태어난 것이 발리였다.

펜리르 늑대를 죽인 비다르

라그나뢰크 때 아버지 오딘을 죽인 원수를 갚은 것은 비다르였다. 과묵한데다 토르 다음가는 힘을 가지고 있었기 때문에 신들에게 신뢰를 받고 있었다. 그의 거처는 '비디(Viði : 숲, 또는 넓은)'라고 불리는, 잡초와 키 큰 풀이 우거져 있는 숲이다. 그는 '펜리르'라는 늑대에게 아버지가 잡아먹히는 것을 보자마자 말 위에서 복수를 맹세하는 함성을 지르며 늑대에게 달려들어 한쪽 발로는 턱을 누르고, 한쪽 손으로 위턱을 잡아 벌려 늑대의 입을 찢어놓았다(비다르의 이름에는 '넓히는 자'라는 의미가 있다). 그리고 무방비 상태가 된 늑대의 목

■ 오딘의 계보

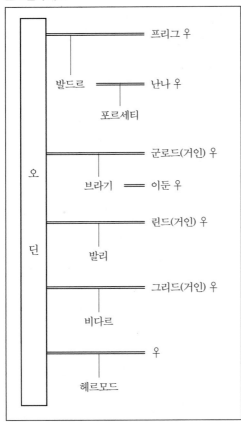

안에 검을 집어넣어 심장을 관통시켜 복수했다.

비다르가 늑대의 턱을 누를 때 신었던 신발은 굉장히 딱딱한 것이었는데, 이 신발은 인간이 구두를 만들 때 쓰고 버린 자투리로 만들어졌다. 그렇기 때문에 신들에게 협력하려는 사람들은 구두를 만들고 나서 그 자투리를 반드시 버렸다고 한다.

비다르는 라그나뢰크 후에도 살아남아 발리와 함께 신들의 저택에서 살았다.

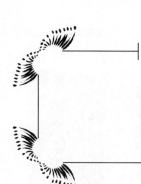

죽어서 다시 태어난 빛의 신

발드르 Baldr

발드르는 오딘과 프리그의 아들로, 신들 중에서 가장 뛰어났다고 전해지고 있다. 이름의 의미는 '흰 것' 또는 '영광' 인데, 그의 아름다운 얼굴은 똑바로 쳐다볼 수 없을 만큼 빛났고, 윤이 나는 머릿결과 아주 흰 피부를 가지고 있었다.

그의 저택은 '브레이다블리크(Breiðablik : 넓어지는 빛)' 라 하여 깨끗하지 않은 자는 결코 들어갈 수 없기 때문에 그곳에서는 그 어떤 재앙도 일어나지 않았다. 그는 또 신들이 가진 배 중에서 가장 큰 '흐링호르니(Hringhorni : 둥근 뿔)' 를 가지고 있었다.

현명하고 웅변에 뛰어났으며 한 가지 결점만 빼면 거의 완전무결한 신이었다. 결점이란 그의 심판이 언제나 명확하지 않고 때로는 가변적이었다는 것이다. 하지만 그런 결점은 그의 외아들인 심판의 신 포르세티가 도움을 주었기 때문에 그다지 큰 문제는 되지 않았다.

발드르의 부인과 자식 : 난나와 포르세티(Forseti & Nanna)

발드르는 젊어서 죽었기 때문에 자식을 한 명밖에 남길 수 없었다. 그 자식이 신들의 중재자 포르세티다.

포르세티는 모든 분쟁을 해결하는 데 최고의 조정자이며 재판관이었다. 이름의 의미는 '구하는 자리' 로, 하루 종일 법정 의자에 앉아서 신이나 사람들의 이야기에 귀를 기울이는 것에서 유래되었다. 아버지처럼 웅변에 능했으며,

정의와 진실로써 심판을 했기 때문에 언제나 주위를 납득시켰고 아무도 이의를 제기하지 못할 만큼 정확했다고 한다.

그의 궁전은 '글리트니르(Glitnir : 빛나는 것)'로, 황금 기둥과 은 지붕으로 되어 있었다. 신에게나 인간에게나 그의 궁전이었던 글리트니르는 최고의 법정이었다.

포르세티를 낳은 것은 난나('가장 친숙한 여성')로, 프레이야나 시브에게는 미치지 못하지만 역시 아름다운 여신이었다. 그녀는 멋진 옷과 황금 반지를 끼고 있었다.

발드르의 죽음

발드르에 관해서 알려진 유일한 이야기는 세계의 종말을 암시하는 비극적인 신화다.

어느 날 발드르는 자신의 죽음을 예감하는 이상한 꿈을 꾸었다. 아버지인 오딘이 그 꿈 이야기를 듣고 헬로 달려가서 저승의 무녀를 만났지만, 그녀는 아들의 죽음이 피할 수 없는 운명이라는 예언을 했다.

그러자 발드르의 어머니인 프리그는 피할 수 없는 운명을 바꾸기 위해 세상에 존재하는 모든 것들로부터 발드르를 해치지 않겠다는 보증을 받아냈다.

어머니의 정성으로 최고 신의 아들 발드르는 아무도 해칠 수 없는 존재가 되었다. 그런데 언젠가 신들이 발드르를 향해 무기를 들이대는 장난을 하게 되었다. 어떻게 해도 상처를 입지 않는 발드르를 보면서 신들은 놀라움과 함께 한층 더 경의를 표하게 되었다.

하지만 영원히 죽지 않는 발드르에 대해 불만을 가진 신이 있었다. 거인족의 아들 로키였다. 그는 인간의 여자로 변신해서 프리그를 찾아갔다.

"프리그님, 신들이 지금 무엇을 하고 있는지 아십니까?"

"모두 발드르에게 활을 쏘고 있지요. 그러나 상처를 입는 일은 없을 겁니다. 무기나 나무에게서 우리 아들에게 상처를 입히지 않겠다는 약속을 받아냈기 때문이죠."

"그 모든 것들이 그런 약속을 했다고는 믿어지지 않습니다."

"물론 그럴 테지요. 그런 약속을 받아내기에는 너무 어린 나무가 딱 한 그루 있었어요. 발홀 서쪽에 심어져 있는 기생목이라는 나무랍니다."

로키는 곧바로 그 자리를 떠나 기생목을 캐서 신들이 모여 있는 곳으로 향했다. 그리고 한 신에게 눈길을 주었다. 맹인의 신 호드였다.

"왜 당신은 발드르에게 화살을 쏘지 않소?"

"나는 눈도 보이지 않고 아무 무기도 없기 때문이오."

"그렇지만 당신도 다른 신들과 마찬가지로 발드르에게 경의를 표하지 않으면 안 될 것이오. 여기 내가 가져온 나뭇가지가 있으니 이것을 발드르에게 던져보시오. 방향은 내가 알려줄 테니까. 그렇지, 그쪽 방향으로 던지시오!"

호드의 손에서 기생목으로 만든 창이 날아갔다. 그 창은 정확하게 발드르의 몸을 관통했다. 그는 쓰러졌고, 잠시 후에 숨을 거두고 말았다.

오딘과 프리그, 그리고 많은 신들은 그 순간 너무 비통하여 차마 말을 하지 못했다. 그 모습을 흘끗 쳐다보고 로키는 슬그머니 모습을 감추어버렸다.

결코 죽지 않을 것 같았던 발드르의 장례식이 거행되었다. 시체는 흐링호르니에 실려 바다로 떠내려갔다. 발드르의 아내 난나는 배를 타고 죽음의 여행을 떠나는 남편을 보고 심장이 파열되어 남편의 뒤를 따라 죽었다. 신들은 그녀를 화장하고, 토르는 그 불을 헤머 '묠니르'로 깨끗하게 만들었다. 화장의 불꽃에는 난나뿐 아니라 발드르의 말과 오딘의 팔찌 드라우프니르가 바쳐졌다. 이것들은 모두 제물로 저승의 발드르에게 보내졌다.

이 장례식에는 신들은 물론 거인이나 소인들도 모두 참가했다. 그만큼 발드르는 모든 이들에게 사랑을 받고 있었던 것이다.

그러나 이런 거창한 장례식이 벌어지자 로키는 점점 더 초조해졌다.

이후 헤르모드가 발드르를 부활시키려고 저승으로 가는 이야기와 발리가 호드를 죽이고 발드르의 원수를 갚는 이야기가 계속되는데, 자세한 이야기는 각 신들의 편을 참고하기 바란다.

최종적으로 발드르는 라그나뢰크 후 새로 생겨난 세계에서 자신의 살해자였던 호드와 함께 부활한다고 전해진다.

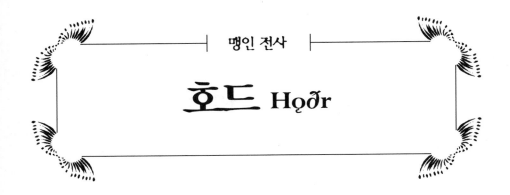

호드 Hǫðr

호드라는 이름에는 '싸움' 이라는 뜻이 들어 있다. 그는 굉장히 힘이 센 맹인 신으로 알려져 있다. 오딘 편에서도 말했지만, 맹인이기 때문에 육안으로는 볼 수 없다는 것은 곧 심령의 세계를 볼 수 있다는 것을 의미한다. 아마도 호드는 다른 신들보다 저승의 일들을 잘 알고 있는 신이었을 것이다. '헬의 추종자' 라는 호칭도 그 간접적인 증거가 될 것이다.

그는 로키에게 속아서 발드르를 죽인 죄지은 신이다. 그래서 그는 곧바로 발드르의 동생인 발리에게 죽음을 당하고 말았다. 그러나 라그나뢰크 후의 새로운 세계에서는 발드르와 손을 맞잡고 함께 부활한다고 전해진다.

『에다』를 비롯한 여러 자료에서 호드는 나쁜 역할로 등장하고 있지만, 삭소의 『데인인의 사적』에서의 평가는 전혀 다르다. 『에다』가 노르웨이 쪽의 시각이라고 한다면, 『데인인의 사적』은 스웨덴 쪽의 시각이기 때문에 같은 신에 대해서도 견해가 서로 다를 수 있다.

신을 죽인 영웅 호드…… 『데인인의 사적』의 시각

『데인인의 사적』에 의하면 호드는 『에다』의 기록과는 달리 인간의 영웅이었으며, 신도 맹인도 아니었다고 한다.

난나(『에다』에서는 발드르의 아내)는 원래 호드의 약혼자였는데, 발드르가 우

연히 난나가 목욕하는 것을 보고 그녀를 사모하게 되었다. 이리하여 인간의 군대를 통솔하는 호드와 신의 군대를 통솔하는 발드르 사이에 전쟁이 시작되었다.

호드는 드베르그 소인들으로부터 재산을 증식시키는 힘을 가진 반지(오딘의 드라우프니르 같은 것인지는 알 수 없다)와 상대방을 죽이는 마검을 빼앗았다. 그는 그 검으로 토르의 해머 손잡이를 잘라버리고 신의 군대를 쳐부수어 난

나를 아내로 삼고 스웨덴의 왕이 되었다.

그러나 집념이 강한 발드르의 공격으로 인간의 군대는 후퇴를 할 수밖에 없었다. 발드르가 끊임없이 공격해오자 호드는 너무 불안한 나머지 스스로 적을 정찰하러 나갔다가 운명의 세 여신 노른이 발드르의 진영에서 나오는 것을 보게 되었다. 그는 곧바로 여신들의 뒤를 쫓아가서 그녀들로부터 진실을 들었다.

사실 발드르는 난나 때문에 심한 상사병에 걸렸으며, 곧 죽을 것처럼 쇠약해져 있다는 것이었다. 그런 그에게 살아갈 힘을 준 것은 노른이 뱀독으로 만들어준 활력제였다.

호드는 노른과 협상을 했다. 수년 전에 노른과 만났을 때, 세 여신은 언젠가 필요할 때 자신을 수호해주겠다는 약속을 했던 것이다. 지금이야말로 세 여신이 그 약속을 지킬 때였다. 그래서 마침내 호드는 전쟁을 승리로 이끄는 힘이 있다는 '띠'를 받는 데 성공했다. 이때부터 운명은 발드르를 수호하지 않고 호드의 편을 들게 되었다.

운명의 세 여신과 만나고 돌아오는 길에 호드는 발드르와 만났다. 이것 역시 여신들의 인도에 따른 것이었다. 호드는 무아지경에서 그를 향해 검을 빼들었다. 그러나 주위는 발드르 군의 진지였다. 호드는 싸움의 결말을 짓지 못하고 그곳에서 도망쳐야만 했다.

양 진영의 싸움은 교착 상태에 빠졌고 며칠 동안 아무런 일도 일어나지 않았다. 그러던 어느 날 갑자기 발드르가 죽었다는 소식이 전해졌다. 호드가 휘두른 칼에 맞은 상처가 악화되어 숨이 끊어졌다는 것이었다.

호드는 아주 짧은 순간 승리의 기쁨을 맛보았다. 하지만 그는 곧 발드르의 형제인 발리에게 죽음을 당하고 말았다.

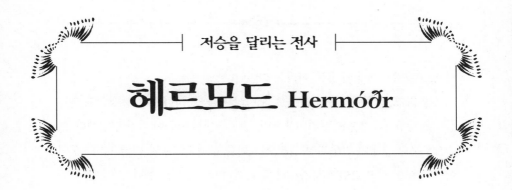

저승을 달리는 전사

헤르모드 Hermóðr

헤르모드는 '싸움의 흥분' 이라는 의미이다.

그는 젊고 빛나는 훌륭한 신으로, 오딘의 아들 중 하나였다. 용맹함과 과감함(나쁘게 말하면 경솔함)을 겸비했으며, 신들 중에서 행동이 가장 민첩했다. 오딘으로부터 투구와 갑옷과 마법의 지팡이를 물려받았으며, 가끔 명마 '슬레이프니르' 를 타고 오딘의 사자로서 땅 끝까지 달려가기도 했다.

브라기와 함께 발홀에 살고 있으며, 때로는 오딘의 심부름으로 이곳 저곳을 날아다녔다. 영웅 에인헤랴르들의 지휘관으로도 알려져 있으며, 가끔 발키리아와 함께 지상으로 내려와서 전사자들을 발홀까지 데려오기도 했다.

『데인인의 사적』에 의하면 그는 '간반테인(Ganbantein : 마법의 지팡이)' 이라는, 타인의 마술을 무력화시키는 지팡이를 가지고 있었다고 한다. 헤르모드는 이 지팡이를 이용해서 마술사 로스쇼프(Rossþjof : 말 도둑)에게 발드르를 죽인 호드에게 복수하려면 어떻게 하는 것이 좋은지 물은 적이 있었다. 이때 마술사는 오딘이 린드와 관계를 맺어 태어나는 아이(발리)가 부탁을 하면 그것을 이룰 수 있다고 대답해주었다.

그러나 아쉽게도 『에다』에는 그가 이 세상에서 사라진 발드르를 불러오기 위해 저승으로 향했다는 이야기만 남아 있을 뿐이다.

저승을 말을 타고 달리다

헤르모드는 9일 밤 동안 어둡고 깊은 계곡을 지나 꼴(강)을 건너 드디어 헬(저승) 문 앞에 도착했다. 그는 조금의 망설임도 없이 아버지로부터 받은 슬레이프니르를 힘차게 몰아 그 문을 뛰어넘었다. 그리고 마침내 형인 발드르가 저승의 옥좌에 앉아 있는 것을 보았다.

그는 저승의 여왕 헬 앞에 가서 발드르를 데리고 가게 해달라고 간절하게 부탁했다. 헬은 잠시 생각하다가 말했다.

"세상의 산 자와 죽은 자, 원래 생명이 없는 자까지도 발드르를 위해 울고 있다면 지상으로 데려가도 좋다."

헤르모드는 이 말을 듣고 말머리를 돌려 신들의 나라로 향했다. 하지만 그 때 발드르와 그의 아내 난나가 나타나 헤르모드에게 자신이 가지고 있는 보물 몇 가지를 맡겼다. 황금 팔찌 드라우프니르는 아버지 오딘에게, 멋진 의복과 장신구는 어머니 프리그에게, 그리고 황금 반지는 프리그의 부속신인 시종 풀라에게 전해주라고 부탁했다.

신들의 나라로 돌아온 헤르모드는 헬이 말한 조건을 신들에게 전했다. 그런 사정을 전해들은 이들은 모두가 눈물을 흘렸다. 풀과 나무들조차도 구슬프게 울었다. 그러나 세상에서 단 한 명 눈물을 흘리지 않고 싸늘한 미소를 남기고 사라진 여자 거인이 있었다. 그 때문에 결국 발드르는 지상으로 돌아오지 못했다.

머지않아 신과 사람들은 그 여자 거인의 정체가 로키였다는 것을 알게 되었다.

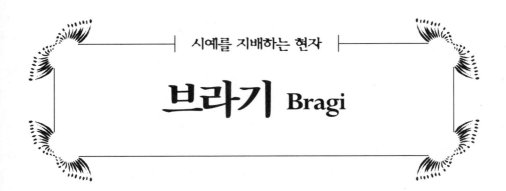

시예를 지배하는 현자

브라기 Bragi

브라기는 오딘의 아들 중 하나로, 아버지로부터 현명함과 뛰어난 웅변술, 시예의 기술을 물려받았다. 특히 시나 노래 솜씨는 오딘을 훨씬 능가하여, 신 중에서도 유일하게 스칼드(skáld : 북구의 음유시인)가 되었다. 실제로 그의 이름은 '시(Bragr)'라는 단어에서 왔다.

그는 머리털과 턱수염을 길게 기른 노인으로 묘사되며, 시인을 나타내는 하프가 항상 옆에 있다. 또 검과 말, 팔찌를 가지고 있었다. 그는 발홀의 의자에 앉아서 죽으면 찾아오는 영웅(에인헤랴르)들에게 서사시를 들려주며 마음을 온화하게 만들어주었다. 싸움은 그다지 좋아하지 않아서 신들의 나라가 평화롭기를 항상 기원했다. 그래서 로키로부터 "날아오는 화살이 무서워서 언제나 도망이나 다니는 주제에……"라는 비아냥을 듣기도 했다.

전설에 의하면 브라기의 어머니는 시예의 밀주를 지키고 있던 거인 수퉁의 딸 군로드였다고 한다('오딘' 편 참조). 브라기는 군로드가 살고 있는 바위산 속에서 태어났다. 오딘은 브라기의 탄생을 축하하기 위해 드베르그 소인들에게 황금의 마법 하프를 만들게 해서 갓 태어난 브라기에게 주었다.

하지만 오딘은 그곳에서 군로드의 아버지 수퉁에게 붙잡혔다가 극적으로 탈출한다. 아무리 장인이라고 해도 적은 적이었다. 급하게 그곳을 빠져나온 오딘은 브라기를 배에 태워 강물로 떠내려보냈다. 저승으로 연결된 강을 따

라 브라기는 계속 떠내려갔다. 그때 갑자기 브라기가 하프를 들더니 아름다운 곡을 연주하기 시작했다. 그 선율에 따라 파도가 일어나 배를 물가로 인도했고, 브라기는 배에서 내려 하프를 연주하면서 천천히 걸어갔다. 그 곡을 들은 초목들은 그에게 길을 만들어주었고, 아름다운 꽃을 갖다바쳤다. 브라기는 그곳에서 청춘의 여신 이둔과 만나 부부가 되었고, 드디어 신들의 나라 아스가르드로 돌아왔다.

　　그가 주인공으로 등장하는 신화는 이 이야기밖에 없다. 다만 『에다』 제2부 '시어법'에 보면 바다의 거인 에기르에게 신들의 이야기를 들려주는 역할로 잠깐 등장하기도 한다.

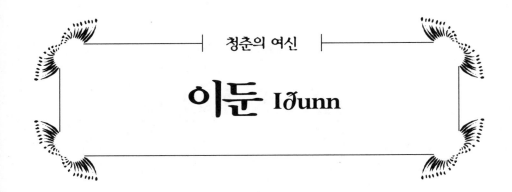

이둔 Iðunn

이둔은 아름답고 흰 팔을 가진 풍요의 여신이다. 그녀는 시의 신 브라기의 아내로, 계속 먹으면 결코 늙지 않는다는 '항상 젊은 사과' 를 자신의 상자 속에 보관하고 있었다(작곡가 바그너는 이 여신의 역할을 프레이야에게 맞추고 있다).

그녀의 이름에는 '굉장히 사랑받는 자' 라는 의미가 있는데, 로키는 그녀를 가리켜 자신의 오빠를 죽인 남자와 관계를 맺은 호색녀라고 비방하기도 했다. 이 남자가 브라기와 동일 인물인지는 자료가 부족하기 때문에 정확하게 알 수는 없다.

그녀는 너무나 아름다워서 거인왕 샤치에게 한 차례 납치된 적도 있다.

항상 젊은 사과

어느 날 오딘과 헤니르, 로키 셋이서 여행을 하고 있었다. 그들은 저녁으로 먹으려고 수소 고기를 불에 굽고 있었는데, 아무리 구워도 구워지지 않았다. 고개를 갸우뚱거리고 있을 때 머리 위 나무 꼭대기에서 소리가 들려왔다.

"내가 원하는 만큼 고기를 주면 고기를 아주 맛있게 구워주겠다. 그렇게 하겠는가?"

올려다보니 거대한 독수리가 내는 소리였는데, 그 정체는 거인왕 샤치(Þjazi : '즉' 이라는 뜻)였다. 그가 마법을 걸었기 때문에 고기가 구워지지 않았던 것이다.

셋은 하는 수 없이 독수리의 제안을 받아들이기로 했다. 독수리는 고기의

268

반 이상을 거머쥐고 하늘 높이 올라갔다. 그것을 보고 로키는 피가 솟구쳤다. 로키는 가까이 있던 몽둥이를 손에 들고 독수리를 향해 집어던졌다. 그러나 그 몽둥이 끝이 독수리 몸에 착 달라붙어 떨어지지 않았다.

샤치는 더 높이 하늘로 날아 올라갔다. 로키는 그대로 공중으로 떠올랐다. 독수리로 변한 거인은 로키의 발을 풀이나 암벽에 부딪히게 하면서 이리저리 날아다녔다. 로키는 죽을지도 모른다는 공포감에 떨면서 필사적으로 용서를 빌었다. 샤치가 로키에게 말했다.

"그렇다면 이둔을 아스가르드에서 여기로 데리고 와라. 그렇게 하겠다고 하면 놔주겠다. 맹세할 수 있겠느냐?"

로키는 맹세할 수밖에 없었다.

로키는 신들의 나라로 돌아가서 곧바로 이둔이 있는 곳을 찾아갔다.

"이둔, 내가 이상한 것을 보았소. 아니, 그것은 아주 훌륭한 사과였소. 아마 그대가 가지고 있는 사과보다 더 훌륭할 것이오."

이둔은 로키의 말을 듣고, 그 사과를 보고 싶은 마음에 로키와 함께 아스가르드의 문을 빠져나왔다. 물론 거기에는 독수리로 변한 샤치가 기다리고 있다가 눈 깜짝할 새에 요툰헤임으로 그녀를 납치해갔다.

이둔이 떠나자 신들은 서서히 늙어지기 시작했다. 이둔이 가지고 있던 사과를 먹을 수 없기 때문이었다. 신들은 여기저기로 그녀를 찾아다녔다. 그리고 로키가 이둔과 마지막으로 같이 있었다는 사실을 알아냈다. 신들에게 끌려나온 로키는 어떻게 해서든 이둔을 데리고 오겠다고 맹세하고, 즉시 프레이야의 매의 날개옷을 빌려 입고 거인국으로 날아갔다.

그는 샤치가 없는 틈을 타 이둔을 나무 열매로 변하게 만든 다음 한 손에 거

머쥐고 아스가르드로 향했다.

샤치는 이둔이 없어진 것을 알고, 독수리 날개옷을 입고 매로 변한 로키를 쫓아갔다. 매가 독수리를 당할 리 없었다. 둘의 거리가 점점 좁혀졌다.

아스가르드의 신들은 그 모습을 보고 벼랑 안쪽을 톱밥으로 쌓아올렸다. 쫓기던 로키는 아슬아슬하게 벼랑 안쪽으로 도망쳤고, 아무 것도 모르는 샤치는 그대로 톱밥 속에 처박히고 말았다. 신들은 톱밥에 불을 붙여 그를 죽여버렸다.

이리하여 거인왕은 죽고, 청춘의 여신 이둔이 돌아와서 신들은 다시 젊어졌다.

사실, 이 이야기에는 속편이 있다. 샤치에게는 스카디라는 딸이 있어서 그녀가 복수하러 온다는 것인데, 이것은 '뇨르드' 편에서 살펴보기로 하자.

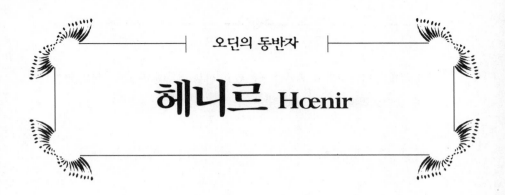

오딘의 동반자

헤니르 Hœnir

'오딘' 편에서 잠깐 언급했지만 헤니르는 오딘의 그림자 역할을 한 신으로 중요한 신화에서는 별로 등장하지 않는다. 따라서 '오딘의 동행자', '오딘의 추종자', '오딘에게 신뢰받는 자' 등의 호칭으로 불리고 있다. 또 로키의 별명에 '헤니르의 친구'라는 것이 있기 때문에 로키와도 친했던 것 같다. 실제로 로키와 함께 오딘을 수행했다는 신화가 몇 가지 남아 있지만, 대부분 오딘과 로키가 모든 문제를 해결해버리기 때문에 헤니르는 거의 잘 드러나지 않는다. 오딘의 동생 빌리와 동일시되는 경우도 있지만, 필자는 그 설에 의문을 가지고 있다. 거인국에서 오딘이 귀환한 후 이야기에 등장하지 않게 된 빌리와는 달리, 헤니르는 많지는 않지만 라그나뢰크 때까지 등장한다.

그의 유일한 특기는 재빠른 것이어서 '긴 다리의 신'이라든지 '몸 동작이 빠른 신'으로 불리기도 한다. 하지만 그 외에는 이렇다 할 만한 특기가 없다. 그에게는 왕으로서의 자질이 부족했기 때문에 '미친 왕'이라든지 '신 중에서 가장 겁이 많은 자'라고 불리기도 했다.

헤니르에 관한 신화에서 가장 중요한 것은 인간에게 마음이나 영감을 주었다는 전승이다. 이는 본래 그가 제사장이었음을 시사하고 있다. 헤니르라는 이름은 분명히 '암탉(hœns)'이라는 말에서 나왔다고 생각되는데, 이것은 풍요의 축제를 할 때 닭을 제물로 바쳤던 것에서 유래된 것으로 추측된다.

실제로 그는 라그나뢰크 후까지 생존했고, 신생 세계에서는 제사장의 역할
을 맡게 될 것이라고 예언되기도 했다.

신들의 어머니인 여신

프리그 Frigg

오딘이 남성 신 가운데서 가장 위대한 자였다면 프리그는 여신들의 정점에 서 있던 여왕이었다. 그녀의 이름은 영어의 'Friday'에 남아 있으며, 로마에서는 사랑의 여신 웨누스(영어로는 비너스)와 동일시되고 있다. 또 독일에서는 프리카(Frigga)라고 불렸는데, '사랑받는 자'라는 뜻이다.

순백 또는 검은 망토로 몸을 감싸고 있으며 모든 신들의 흠모의 대상이 되었다. 목에는 금목걸이를 두르고 있었는데, 이는 드베르그 소인들이 남편 오딘의 황금상을 깎아서 만든 것이었다. 그녀는 이 사건으로 한때 남편에게서 도망쳤지만 결국에는 다시 돌아왔다.

그녀가 사는 궁전은 '펜살리르(Fensalir : 늪지의 저택)'라고 불리는 곳으로, 비교할 곳이 없을 정도로 대단히 호화로웠다고 전해진다. 북구에서는 종종 제물이나 죄를 지은 인간을 습지에 빠뜨리는 의식이 있었는데, 펜살리르가 이러한 것을 암시하고 있는지도 모른다.[85]

그런데 프리그는 뒤에 나오는 미모의 여신 프레이야와 혼동되는 경우도 가

---

85) 타키투스의 『게르마니아』 제9장에 의하면, 게르만의 여러 부족 중 한 부족은 이시스에게도 제물을 받쳤다고 한다. 이시스는 이집트의 최고 여신으로 로마에서 널리 신앙의 대상이 되었던 신이다. 신들의 여왕이라는 의미에서 이시스는 프리그와 같은 성격이기 때문에 어쩌면 프리그를 지칭했을지도 모른다. 로마의 저술가는 흔히 이민족의 신을 자신들이 숭배하는 신으로 바꾸어서 기술하는 경우가 있었기 때문이다.

끔 있다. 그 이유는 우선 이름이 닮았다는 것과 풍요의 여신으로 많은 애인들이 있었다는 점, 매의 날개옷을 가지고 있었다는 점, 그리고 남편의 이름도 하나는 오딘이고 다른 하나는 오드로 거의 비슷했다는 점 등이다. 그러나 여기에서는 일단 다른 신으로서 다루기로 하자.

지모신(地母神) 프리그

오딘이 모든 이들의 아버지로 불렸듯이 그의 아내였던 프리그 역시 모든 이들의 어머니 신다운 성격을 갖추고 있었다.

예를 들면 「길피의 속임수」 제9장에는 오딘과 프리그로부터 모든 아스 신족이 나왔다고 씌어져 있다. 물론 이러한 기록은 계보(외아들인 발드르만 있다)와 모순되지만, 사람들은 이를 무시하고 프리그를 모든 이들의 어머니 자리에 올려놓은 것 같다.

따라서 사람들은 그녀에게 어머니라는 말에서 연상되는 여러 가지 희망이나 바람을 기대했다. 즉, 프리그는 애정과 결혼, 출산, 육아 등을 지켜주는 신이었던 것이다. 그녀가 가지고 있는 보물 중에 하나는 '자식을 낳게 해주는 사과'인데, 불임으로 고민하는 여성들은 이 사과를 먹음으로써 아이를 가질 수 있었다고 한다.[86] 원래 그녀의 어머니는 표르긴(Fjǫrgyn : 어머니인 대지)으로 대지 그 자체이며, 그런 의미에서 프리그는 위대한 지모신이 되는 셈이다. 상징적으로 볼 때, 남신인 오딘이 의미하는 '하늘'과 프리그가 의미하는 '대지'가 결합되어 모든 것이 태어났다고 해석할 수 있다.

---

86) 성서에 나오는 금단의 열매를 연상시킨다. 아담과 이브는 그 열매를 먹고 낙원에서 영원히 추방되지만 대신 아이를 갖게 된다.

지모신은 곧 풍요의 여신이기 때문에 언제나 많은 자식들을 낳았다. 아이를 많이 낳기 위해서는 아이를 갖게 해줄 많은 남성이 필요했다. 프리그가 오딘의 동생들과 혼약을 맺었다는 것은 이미 '오딘' 편에서 이야기했지만, 그들 외에도 몇 명의 남자와 상대를 한 것 같다. 로키가 「로키의 말다툼」 제26절에서 "조용히 해, 프리그! 너는 표르긴의 딸로 언제나 남자에 빠져 있지 않느냐……"라고 비난한 것에는 이런 배경이 있었다.

또 그녀는 자신이 낳은 자식들의 운명을 모두 알고 있었지만 어떤 경우라도 그 내용을 사람들 앞에서 이야기하지 않았다. 북구 사람들은 미래는 변하지 않는다고 생각했기 때문에 이미 정해진 운명에 대해 공개적으로 이야기함으로써 자식들을 슬프게 만들지 않으려고 했던 것 같다.

오딘과 프리그의 싸움

오딘과 프리그의 부부 관계에 대한 이야기가 「그림니르의 비가」에 나온다. 최고 신과 최고 여신의 이야기를 살펴보도록 하자.

어떤 곳에 왕자 형제가 있었는데, 형의 이름은 아그나르(Agnar : 물고 늘어지는 자)였고, 동생의 이름은 게이르뢰드(Geirröð : 창에 의한 평화)였다. 어느 날 둘은 배를 타고 낚시를 하다가 뜻하지 않게 조난을 당했다. 그 둘을 데리고 가서 양자로 삼은 것이 농민 부부의 모습으로 변장한 오딘과 프리그였다. 프리그는 형인 아그나르를 귀여워했고, 오딘은 게이르뢰드를 귀여워했다.

형제는 오딘 부부 밑에서 한 겨울을 보낸 후 배를 타고 자신들의 나라로 돌아갔는데, 그때 오딘은 동생 게이르뢰드에게 한 가지 계략을 가르쳐주었다.

"너는 동생이기 때문에 네 아버지가 죽으면 왕위를 아그나르에게 빼앗긴다. 잘 들어라, 게이르뢰드야. 배가 해안에 도착하면 네가 먼저 내려서 형이 내리기 전에 '가라, 나쁜 놈들이 사는 곳으로' 하고 외치면서 배를 밀어버려라.
아그나르가 없어지면 네가 왕좌에 앉을 수 있을 것이다."

이런 가르침에 넘어간 게이르뢰드는 오딘의 말대로 했다. 그래서 아그나르
는 거인국까지 떠내려가고, 왕이었던 아버지도(분명히 오딘이 그렇게 했을 테지
만) 곧 죽었기 때문에 게이르뢰드는 왕위에 오를 수 있었다.

그런데 오딘이 자랑삼아 그 이야기를 프리그에게 말한 것이 실수였다.

"프리그, 그대의 양자인 아그나르는 여자 거인과 결혼해 아들을 얻은 것 같
구나. 그러나 내가 귀여워했던 게이르뢰드는 지금 왕이 되어 있다."

프리그도 지지 않았다.

"그런데 아마 그 왕은 손님들을 좋지 않게 대한다는 평판이 있지요."

"바보 같은 소리하지 마라, 그런 일은 절대 없다!"

"그렇다면 당신의 눈으로 확인해보시지요."

오딘은 프리그의 말에 솔깃해서 마술사의 모습으로 변장해서 인간 세계(미
드가르드)로 내려갔다.

프리그는 곧바로 시종인 풀라를 불러서 게이르뢰드에게 다음과 같은 말을
전하라고 일렀다.

"왕의 나라에 오는 마술사들을 주의하십시오. 그는 재앙을 가져옵니다. 분
명히 신분을 감추고 접근하겠지만 주위를 지키는 어떤 개도 달려들지 않는
것이 그 증거일 것입니다."

프리그가 일러준 대로 과연 마술사가 찾아오자 게이르뢰드는 오딘을 사로
잡았다. 변장을 했기 때문에 게이르뢰드는 자신을 길러준 오딘을 알아 볼 수
가 없었던 것이다. 왕은 오딘이 방문한 진의를 캐려고 그를 불과 불 사이에 앉
혀놓고 고문했다. 물론 생과 사를 몇 차례 왕래한 신의 왕 오딘이 이 정도 고

문에 항복할 리 없었다. 그는 게이르뢰드가 자신을 풀어주리라 믿으며 참고 기다렸다. 그렇게 8일이 지났다.

그날 게이르뢰드는 언제라도 휘두를 수 있도록 무릎 위에 검을 올려놓은 채 술을 마시고 있었다. 그러자 왕자인 아그나르[87]가 술이 가득한 뿔잔을 들고 오딘에게 달려가 먹이면서 큰 소리로 게이르뢰드를 향해 외쳤다.

"아버님, 죄 없는 인간을 이렇게 괴롭히는 것은 잔인합니다. 지금이라도 당장 그만두세요!"

오딘은 뿔잔에 가득 찬 술을 다 마시고 나서 말했다.

"아그나르, 너에게 축복을 내려주마. 오늘밤 나에게 먹을 것을 준 것은 너 하나뿐이로구나. 게이르뢰드, 너는 술을 너무 많이 마셔 실수를 저질렀구나. 너의 수호신인 오딘에게 버림받았다는 것을 아직도 모르고 있는 모양이구나. 나에게는 보인다. 너의 검이 피에 젖어서 마룻바닥에 뒹굴고 있는 모습이. 오딘은 너에게 죽음을 줄 것이다. 그리고 한 가지 더 말해주마. 내가 바로 너를 길렀던 오딘이다!"

그 소리를 들은 게이르뢰드는 오딘을 불 속에서 끌어내려고 허겁지겁 일어났다. 그때 무릎에 올려놓았던 검이 칼집에서 빠져나와 마룻바닥에 떨어졌다. 검의 날은 꼿꼿하게 위를 향해 있었고, 무엇인가에 걸려 넘어진 게이르뢰드 왕은 그만 자신에 검에 찔려 마룻바닥에 맥없이 쓰러지고 말았다.

왕자 아그나르가 달려갔을 때 왕은 이미 숨이 끊어졌고 오딘의 모습도 사라져버렸다.

그후 오딘의 축복을 받았던 게이르뢰드의 아들 아그나르가 왕위를 계승하

---

87) 북구에서는 최근에 죽은 사람의 이름을 신생아에게 붙여주는 풍습이 있었다. 이것은 한 번 죽은 자가 아기로 다시 태어나기를 기원했기 때문으로 볼 수 있다. 게이르뢰드는 자신의 형이 죽었다고 생각하고, 자신의 아들에게 같은 이름을 붙였던 것이다.

고 오랫동안 통치했다고 전해진다.

여기에 소개한 전승은 그 밖에도 몇 가지가 더 있지만 그 대부분의 내용은 오딘이 프리그에게 당한다는 것이다. 신의 왕 오딘조차도 부인의 간계에는 여지없이 당했던 것 같다.

풀라, 흘린, 그나

Fulla, Hlín & Gná

앞의 이야기에서도 나왔지만 프리그에게는 몇 명의 부속신이 있었다.

풀라

제1여신은 풀라('채우는 자')라 불리며, 프리그의 여동생이라고도 알려져 있다. 처녀신이며, 금발을 길게 늘어뜨리고 머리에는 금관을 쓰고 손에는 금반지를 꼈다(이 반지는 발드르가 죽은 후에 그의 부인인 난나에게 받은 것이다). 프리그의 장신구 통을 받들고, 신발을 관리하고, 그녀의 화장실 관리를 하는 게 풀라의 역할이었다. 그 대가로 풀라는 프리그로부터 비밀의 지식을 전수받았다.

흘린

제2여신은 흘린('감싸는 자')이라고 불린다. 그녀는 프리그가 가호를 준 사람을 변호하고 그들을 지켜주는 신이었다. 민간 전승에서는 슬픔을 위로해주는 여신으로 알려져 있으며, 비탄에 빠진 사람들의 눈물을 부드러운 입맞춤으로 닦아주고, 찢어질 것 같은 가슴에 향기를 보낸다고 전해진다. 또 모든 인간들의 참회를 듣고 프리그와 상담해서 해결책을 내려준다.

그나

제3여신은 그나('높이 뻗어 올라가는 자')라고 불린다. 그녀는 프리그의 사자

로서 땅과 하늘, 바다를 달리는 말 '호브바르프니르(Hófvarpnir : 말굽을 던지는 것)' 를 타고 세계를 달렸다. 그녀는 본래 오딘의 여전사단 발키리아에 속해 있었다고 추측된다. 말을 타고 다니면서 얻은 정보를 프리그에게 보고했다. 오딘의 혈통을 이어받은 왕비가 아이를 낳지 못해 고민하고 있을 때 '아이를 내려주는 사과' 를 보낸 것도 그녀라고 한다(이 혈통에서 용을 죽인 영웅 지크프리트가 태어난다).

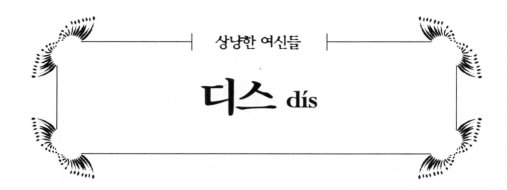

상냥한 여신들

디스 dís

북구 신화에는 프리그와 그 부속신들 외에도 많은 여신들이 등장한다. 그들을 통틀어 디스(여신)라고 하기도 하고, 아시냐(ásynja : 아스 여신)라고도 한다.

어머니인 대지의 여신 : 표르긴(Fjǫrgyn)

훌로딘(Hlóðyn) 혹은 요르드(Jǫrð) 등으로도 불리는 이 여신은 거인족 출신으로, 호걸 토르와 신들의 여왕 프리그의 어머니이기도 하다.

독일에서는 에다(Erda)라고 불리고 있지만, 그녀를 나타내는 모든 별칭에는 '대지' 라는 의미가 있어서 위대한 지모신이라는 것을 알 수 있다. 표르긴에 관한 전승은 거의 없는데, 바그너[88]의 비극 〈라인의 황금(Das Rheingold)〉에서는 운명의 여신 노른의 어머니로 등장한다. 그녀는 세상이 혼란스러울 때 태어났지만 과거도 미래도 모두 알고 있었다. 독일의 표르긴인 에다는 신들의 왕 오딘에게 파멸의 원인이 되는 반지를 버리지 않으면 신들의 종말(라그나뢰크)이 온다는 것을 알렸다.

---

88) 바그너 : 정확하게는 리하르트 바그너(Richard Wagner). 19세기 독일의 위대한 악극작곡가이다. 고대 게르만의 신화나 전설에 조예가 깊고, 그것들을 주제로 〈니벨룽겐의 반지(Der Ring Des Nibelungen)〉와 〈로엔그린(Lohengrin)〉 등 많은 걸작을 남겼다. 참고로 〈라인의 황금〉은 〈니벨룽겐의 반지〉의 제1부다. 아마도 바그너는 오딘이 저승을 방문했을 때 만난 무녀와 에다를 동일시했던 것 같다.

덴마크 개척의 여신 : 게뷴(Gefjun)

신화에는 가끔 모순되는 이야기가 나온다. 게뷴은 처녀신으로, 처녀의 몸으로 죽은 딸들은 그녀가 있는 곳으로 가서 영원히 행복하게 산다고 알려져 있다.

반면에 「로키의 말다툼」을 보면, 로키로부터 "금발의 남자에게 목걸이를 받고 넘어갔다"고 비난받고 있다(그런 의미에서 그녀를 프레이야와 동일시하는 설도 있다). 실제로 그녀는 거인과 관계를 갖고 네 마리의 황소를 낳았다고도 하고, 오딘의 자식 중 하나인 스쾨르드(Skjǫldr)의 부인이 되어 덴마크 왕가의 조상신이 되었다고도 전해진다.

「길피의 속임수」의 주인공인 스웨덴 왕 길피는 그녀가 여신인 줄도 모르고 하룻밤 관계를 가져 막대한 토지를 잃었다고 한다. 길피는 지난밤의 선물로 그녀에게 소 네 마리가 하루 낮과 밤 동안 갈 수 있을 만큼의 토지를 준다고 말했던 것이다. 그러자 그녀는 자기 자식인 네 마리 소를 거인국 요툰헤임에서 데리고 와서 주위의 모든 토지를 독차지해버렸다. 그래서 그곳은 호수가 되었고(남 스웨덴의 멜라렌 호수), 밭을 갈아서 빼앗은 토지는 바다 건너 덴마크의 영토가 되었다(세란 섬). 말하자면 게뷴은 덴마크판 '영토 늘리기'[89]의 주인공이라고 할 수 있다.

전승의 여신 : 사가(Sága)

사가는 오딘의 부인 가운데 하나로 프리그와 동일시되기도 한다. 그녀의 궁전은 '쇠크바베크(Søkkvabekkr : 작은 강의 밑바닥)'로 상당히 컸다고 한다. 지붕에는 차고 맑은 작은 강이 흐르고 있고, 『에다』와 다른 전승에 의하면 수정

---

89) 영토 늘리기 : 작은 나라를 늘리기 위해 다른 곳의 땅을 밧줄 등을 이용해 끌어온다는 이야기.

궁이었다고 한다. 이 궁전에서 오딘과 사가는 매일 황금 잔에 술을 마시면서 이야기를 나누었다.

사가라는 이름은 '사가(saga : 이야기가 된 말)'라는 단어에서 유래되었다고 보는 것이 정설이다. 사가는 북구의 여러 가지 이야기를 기록한 것으로, 실제로 왕실의 전승이나 잃어버린 민족에 대한 지식을 가슴에 깊이 감추어두고 있다고 한다.

솜씨가 뛰어난 의술신 : 에이르(Eir)

그녀는 상당히 솜씨가 뛰어난 의사였다고 한다. 민간 전승에서는 상처나 병에 효과가 있는 많은 약초를 모으는 여신으로 알려져 있고, 여자(무녀)들에게 약의 배합을 가르치는 역할을 했다고 한다.

이름의 의미는 불분명하지만, '자애심이 깊은(eird)'이라는 말에서 왔다고 추측된다.

현명한 여신 : 스노토라(Snotora)

스노토라는 현명한 여자라는 뜻이다. 그녀는 현명하고 우아한 몸짓을 했던 것으로 알려져 있다. 미덕을 지배하는 여신으로, 모든 지식에 두루 능통했다고 한다.

사랑을 주는 여신 : 쇼븐(Sjǫfn)

사람들의 마음을 애정으로 이끄는 여신이다. 그녀의 이름에는 '생각', '사랑' 같은 의미가 들어 있다. 전승에서는 세상에 평화와 조화를 가져다주며, 부부간의 싸움을 화해시켜주는 여신으로 알려져 있다.

불륜과 사랑의 수호여신 : 로븐(Lofn)

부드럽고 자애로운 여신으로, 그녀에게 빌면 용서받지 못할 사랑도 이룰 수 있었다. 로븐은 그 허가를 오딘과 프리그로부터 직접 받기 때문에 다른 신들에게 비난받지는 않았다. 그렇기 때문에 그녀는 사람들로부터 종종 찬사를 받고, 기도를 받기도 한다.

이름의 의미는 '사랑받는 자'로, 영어의 '사랑(love)'과 어원이 같다.

서약의 여신 : 바르(Vár)

이름의 의미는 '맹세'로, 남녀간의 약속이나 맹세에 귀를 기울이고, 그것을 지키지 않는 자에게 벌을 내린다. 반대로 맹세를 지킨 자에게는 축복을 내려준다.

탐색을 좋아하는 여신 : 보르(Vǫr)

역시 지혜의 여신인데, 탐색을 좋아하는 것으로 알려져 있다. 사람들은 그녀 앞에서는 아무 것도 감출 수 없었다고 한다. 이름의 의미는 '아는 자'이다.

부인(否認)의 여신 : 신(Syn)

이름의 의미는 '부인'이다. 신들의 법정 문지기를 하고 있으며, 안에 들어가서는 안 되는 자를 골라냈다고 한다. 또 하나의 역할은 법정에서 억울한 죄인을 변호하고, 진실하지 않은 것에 대해 부인하는 것이었다.

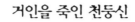

거인을 죽인 천둥신

토르 Thor

소르(Þórr)라고도 불리는 이 신은 독일에서는 도나르(Donar), 라플란드에서는 호르 또는 호라갈레스(Horagalles : 호르의 주인)라고 부른다. 바그너는 그를 천둥이라는 의미로 돈너(Donner)라고 불렀다. 어쨌든 어원은 '천둥' 또는 '꽝음'을 의미하는 의성어(천둥이 꽝 하며 치는 소리)로, 그가 천둥신이었음을 상징한다. 그가 거인의 안구나 영웅의 엄지발가락을 하늘에 올려서 별을 만들었다는 전승도 가끔 나오기 때문에 넓게는 번개뿐만이 아니라 하늘의 여러 가지 빛을 지배하는 신이었을지도 모른다. 번개가 비를 내리게 한다는 생각 때문에 사람들로부터 은혜의 비나 오곡백과의 풍성함을 지배하는 신으로 경배받았다.

그는 손에 든 '묠니르(Mjǫllnir : 가루로 만드는 것, 분산 시키는 자)'라는 해머로 숙적 거인족을 물리친 신국(神國)의 수호신이었다. 민간 전승에서는 나쁜 거인으로부터 인간을 지켜준다고 하여 상당히 인기가 있었다.

토르에게는 또 하나의 중요한 역할이 있었다. 그것은 결혼과 출산, 장례식 같은 인생의 통과의례 때 관혼상제를 정화하는 역할이다.[90] 사람들은 의식을 치를 때마다 묠니르를 (아마도 옆으로 뉘여서) 신부나 화장터의 불 위에 올려놓

---

90) 북구에서는 기독교가 들어오기 전부터 신생아에게 물을 부어 정결하게 하는 세례 의식이 있었다. 이 의식을 받지 못한 자는 사생아라고 하여 차별을 받았다고 한다.

고 그에게 빌었다고 한다. 이는 신부에게는 자식을, 아이들에게는 건강하게 자랄 수 있는 힘을, 그리고 죽은 자에게는 방황하지 않고 저승에서 살 수 있도록 하는 마음의 지주(支柱)를 갖도록 하기 위해서였다.

몰니르에게는 이같이 중요한 역할이 있었기 때문에 거인들은 토르로 하여금 몰니르를 손에서 놓게 만든 후에 해치려고 여러 가지 계획을 세우기도 했다. 다음에 소개하는 일화가 바로 그런 이야기 중 하나다.

토르가 게이르뢰드를 죽이다

어느 날 로키가 거인왕 게이르뢰드(Geirrøðr)에게 붙잡힌 적이 있었다. 게이르뢰드가 로키에게 말했다.

"로키, 너를 풀어주는 대신 조건이 있다. 전혀 어렵지 않다. 우리 집으로 토르를 불러주면 된다. 토르를 손님으로 극진히 대접하고 싶다. 다만 그의 해머와 힘을 쓸 수 있는 허리띠를 두고 오게 하면 된다. 할 수 있겠느냐?"

3개월간 먹지도 못하고 감금되어 있던 로키는 왕의 제의를 들어줄 수밖에 없었다.

아스가르드에 돌아온 로키는 토르에게 속임수를 썼다.

"거인 게이르뢰드가 당신의 영예를 칭송하기 위해 손님으로 초청하고 싶다고 한다. 하지만 당신의 해머와 힘을 내게 하는 허리띠를 가지고 와서는 안 된다고 하니까 그걸 두고 가는 게 좋겠다. 게이르뢰드는 당신을 겁내고 있다. 당신이 무기를 가지고 가면 자기를 죽일지 모른다고 생각하기 때문에 절대로 문을 열어주지 않으려고 할 것이다."

토르도 로키의 말을 의심하지 않은 것은 아니었다. 그러나 로키는 화술의 명인이었다.

"토르, 당신은 정말로 거인이 무서워서 게이르뢰드의 저택을 방문하지 못하는 게 아닌가? 무기 없이 요툰헤임에 갈 수 없을 정도로 당신은 정말 겁쟁이인가?"

이런 말까지 들은 토르는 그대로 물러날 수가 없었다. 토르는 하인인 샬비를 데리고 거인국을 향해 여행을 떠나게 되었다. 도중에 그는 여자 거인 그리드(Gríðr : 편안함)의 저택에서 하룻밤 묵어가기로 했다. 그리드는 오딘의 부인 중 하나로, 침묵의 신 비다르의 어머니이기도 했다. 그녀는 거인이기는 했지만 아스 신 편이었다.

"게이르뢰드가 당신한테 겁쟁이라고 했다고 그랬습니까? 그건 말도 안 되는 일입니다. 그는 교활하고 무서운 남자입니다. 딸 둘을 데리고 당신이 무기를 들지 않고 오는 것을 기다리고 있는 게 틀림없습니다."

"하지만 로키는 그들이 나를 손님으로 초대한다고 했소. 그게 사실이라면 내가 무기를 가지고 갈 수 없는 일이 아니오. 나는 오딘과는 다르오. 약속은 지켜야만 하고, 만약 그렇지 않으면 어떻게 이 세상에 정의가 존재하겠소?"

"그렇지만 결국 당신은 게이르뢰드에게 죽음을 당할 것입니다."

그리드의 말에 곁에 서 있던 하인 샬비가 힘있게 대답했다.

"제가 토르님을 지켜드릴 겁니다. 호락호락 당하고만 있지는 않을 겁니다."

이 말을 들은 토르는 크게 웃었지만, 그리드는 얼굴을 찡그렸다.

"어쩔 수 없군요. 제가 가지고 있는, 힘을 내는 허리띠와 철 장갑을 가지고 가세요. 해머는 아니지만 그 대신 이 지팡이를 가지고 가면 도움이 될 것입니다."

토르는 잠시 로키의 말을 곰곰이 생각해보았다. 그리고 입을 열었다.

"당신의 말을 고맙게 받아들이겠소. 게이르뢰드는 내 무기를 가지고 오지 말라고 한 것이지 타인에게 무기를 빌려와서는 안 된다고 말하지는 않았소. 사실 나도 이렇게 말장난을 하기는 싫지만 생명을 잃을 수는 없는 일 아니겠

소. 그리고 그가 약속을 지키면 당신으로부터 빌린 무기는 사용하지 않겠소. 그러면 괜찮겠지."

둘은 그리드의 저택에서 하룻밤을 보내고 다시 길을 떠났다. 도중에 큰 급류가 앞길을 막았다. 토르는 힘을 내는 띠를 차고 그리드의 지팡이를 짚으면서 천천히 건너갔다. 샬비는 떠내려가지 않으려고 힘을 내는 띠에 매달렸다. 거의 강 한가운데까지 왔을 때 갑자기 물이 불어나서 토르의 목까지 차올랐다. 그 힘은 정말 대단해서 천둥신마저도 떠내려보낼 것 같았다. 토르가 외쳤다.

"강이여, 우리가 가는 길을 막는 강이여. 네가 아무리 물을 많이 불려도 하늘까지는 닿지 못하겠지. 나의 아스메긴(Ásmegin : 신의 힘. 토르가 힘이 세다는 것을 나타내는 관용구)은 하늘과 같다. 결코 지지는 않는다."

그때 강의 상류에 한 여자 거인이 보였다. 그녀는 양쪽 다리를 강물에 집어넣고, 가랑이 사이로 물을 흘려보내고 있었다. 토르는 나중에서야 알게 되었지만, 그녀는 게이르뢰드의 딸 중 하나인 걀프(Gjálp : 짖어대는 자)였다.

"물을 막으려면 수원을 끊지 않으면 안 된다."

토르는 그렇게 말한 다음 강물 속에서 돌을 집어 걀프를 향해 던졌다. 물론 토르와 샬비는 미끄러져 떠내려갔지만, 여자 거인도 돌에 맞아 물을 흘려보낼 수 없었다. 토르가 강 옆의 마가목(능금나무에 속하는 낙엽 교목)을 붙잡고 겨우 지친 몸을 강에서 끌어 올렸을 때, 여자 거인의 모습은 어디에서도 찾아볼 수 없었다(토르를 살려준 마가목은 후에 토르의 성스러운 나무가 되었다).

드디어 둘은 게이르뢰드의 저택까지 왔다. 하인은 우선 그들을 산양을 키우는 작은 우리로 안내했다. 이런 대접은 분명 토르에 대한 모욕이었지만 오히려 토르는 기꺼이 받아들였다. 산양은 토르의 성스러운 동물이었기 때문이다. 긴 여행으로 피로해 있던 천둥신은 안에 있던 의자에 몸을 의지하고 힘을 내는 띠를 풀고 편히 쉬고 있었다. 그런데 기분 탓인지 천장이 가까워지는 것 같은 느낌이 들었다.

그때 샬비가 두 명의 여자 거인이 의자를 들어올려 토르를 천장에 부딪게 하여 죽이려는 것을 보았다. 그 중 한 거인은 강물을 불린 바로 그 여자였다.[91]

"토르님! 이것을!"

샬비는 그리드에게서 빌린 지팡이를 토르에게 던졌다.

토르가 지팡이를 잡아들고 정신없이 천장을 향해 찌르자 거인들은 동작을 멈출 수밖에 없었다. 그리고 있는 힘을 다해 더 깊숙이 찌르자 둔탁한 소리와 함께 여자들의 비명소리가 들려왔다. 게이르뢰드의 두 딸들은 등뼈가 부러져서 이미 숨이 끊어져 있었다.

천둥신은 이때 게이르뢰드가 자신들을 무사히 돌려보내지 않으리라는 것을 알고 몹시 화가 났다. 힘을 내는 띠를 차고, 철 장갑을 언제라도 사용할 수 있도록 가슴속에 준비해두었다.

이윽고 하인이 와서, 둘은 저택으로 초대되었다.

"딸들이 실수를 한 것 같군요. 깊이 사과 드립니다. 그건 그렇고 우리 저택에서는 무엇이든지 한 가지 뛰어난 것이 없는 자는 손님으로 맞이할 수 없습니다만……"

"그렇소? 그 다음은 어떻게 되는 것이오?"

"내 선물을 받으면 됩니다. 받을 수 있다면."

게이르뢰드는 불젓가락으로 빨갛게 달군 쇳덩어리(또는 철의 봉)를 집어들고 토르를 향해서 던졌다. 토르는 오른손에 곧바로 철의 장갑을 끼고 쇳덩어리를 받아 공중에 던졌다.

"게이르뢰드! 곧 원수를 두 배로 갚아주마!"

---

91) 다른 딸의 이름은 그레이프(Greip : 먹어버리는 자)이다.

저택의 주인은 철로 만든 기둥 뒤로 숨었다. 토르는 쇳덩어리를 기둥을 향해 던졌다. 한순간 폭음이 진동했고 주위는 곧 조용해졌다. 쇳덩어리는 철 기둥을 관통하는 것만으로는 성에 차지 않는 듯, 게이르뢰드의 허리를 뚫고 벽을 허물고 땅바닥에 꽂혔다. 저택의 주인은 쓰러져 마룻바닥에 길게 누워버렸다.

그 모습을 본 거인들은 토르 일행을 살려 보내지 않겠다고 다짐하며 다들 무기를 들고 덤벼들었다. 샬비는 한 손으로 검을 빼들고 토르 앞을 가로막아서면서 다른 한 손으로는 무엇인지 작은 것을 꺼내들었다. 그것은 손가락으로도 잡을 수 있을 만큼 작게 만든 토르의 해머였다.

그 다음에 일어난 일들은 두말할 필요도 없을 것이다. 둘은 나머지 거인들을 모조리 물리치고 무사히 신들의 나라로 귀환했다.

토르의 숭배자들

『하르바르드 음율시』 제24절에 보면 "……오딘은 야를(jarl : 북구의 귀족 계급) 중에서 죽은 자를 선택하지만 토르는 노예들을 선택한다"는 말이 나온다. 노예라는 단어가 사용되었지만, 야를과 대비해서 사용한 말이기 때문에 노예가 아닌 일반 민중을 뜻하는 것이라고 할 수 있다. 따라서 병이나 노쇠(이렇게 죽은 사람은 저승인 헬로 간다) 이외의 원인으로 죽은 일반 민중은 죽은 후 토르의 저택에서 살아가게 될지도 모른다. 토르의 저택은 '프루드반가르(Þrúðvangar : 힘의 평야)'에 있는 '빌스키르니르(Bilskirnir : 섬광의 공터)'로 6백 40여 개의 방을 가지고 있었는데, 신들의 저택 중에서 가장 넓고 컸다고 한다.

오딘은 주로 귀족이나 전사들의 숭배 대상이었지만 토르는 일반 민중인 농민들의 적극적인 지지를 받았다. 고고학적으로도 토르의 해머를 모방한 T자형의 부적이 많이 출토되는 것을 보면 상당히 널리 믿고 있었음을 알 수 있다.

본래 토르는 오딘을 능가하는 주신이었는데, 바이킹 시대가 도래하면서 전사들이 권력을 잡게 되자 오딘에게 그 자리를 빼앗겨버린 것이다.

그가 본래 북구의 주신이었다는 증거는 몇 가지 더 있다. 북구 신화의 수많은 신들 중에서도 단지 토르에게만 신(아스)이라는 접두어가 붙어 있다. 즉, 아사토르(Ásaþórr)이다. 그 이름은 영어 'Thursday'에 남아 있는데, 로마에서 목요일은 유피테르(영어로는 주피터)의 날이었다. 로마인은 토르를 주신 유피테르와 동일시했던 것이다. 또 아이슬란드로 이민 온 사람들의 대부분은 토르의 신봉자였기 때문에 알싱(Alþing : 이민 온 사람들의 모임)은 성스러운 토르의 날인 목요일에 행해졌다. 옛날 북구에서는 집 기둥에 토르 상을 새겨 넣었다고 하며, 아이슬란드에 최초로 들어온 사람들은 그 기둥을 배 앞에 띄워놓고 그것이 도착한 곳에 상륙했다고도 한다. 토르의 저택이 신들의 저택 중에서 최고라는 전승도 토르=주신(主神)이었다는 설을 뒷받침하는 또 하나의 증거라고 하겠다.

토르의 친족

토르의 원래 부인은 시브(Sif : 인척)인데, 여신 중에서도 가장 아름다운 금발을 자랑하고 있었다. 그러나 신들 중에는 다른 신이 자랑하는 것을 못마땅해하는 신이 있었는데 그가 바로 로키였다. 어느 날 그가 장난을 하다가 시브가 생명보다 소중히 여기는 머리털을 완전히 잘라버린 일이 있었다. 물론 토르는 불같이 화를 냈다. 로키를 붙잡아서 모든 뼈를 토막내놓겠다고 말하면서 로키를 쫓아다녔다. 로키도 토르가 흥분한 모습을 보고 두려워 떨며, 소인들에게 부탁해서 전보다도 더 좋은 머리털을 만들게 하겠다고 맹세하고 엎드려 용서를 빌었다.

그리하여 시브는 진짜 황금으로 만든(그것도 진짜 자라나는) 머리카락을 손에 넣을 수 있게 되었다. 이때 로키는 소인들의 나라에서 여러 가지 보물들을 가지고 왔는데, 그에 대해서는 '로키' 편에서 다시 이야기하기로 하자.

오딘이 새나 늑대를 데리고 다닌 것처럼 토르는 항상 수컷 산양 두 마리를 데리고 다녔다. 이름은 각각 '탕그뇨스트(Tanngnjóstr : 이를 가는 자)'와 '탕그리스니르(Tanngrísnir : 이가 난 식용 가축의 새끼)'였다. 이 두 마리는 고기가 되어 토르의 배로 들어가도 그 뼈를 모아서 묠니르로 깨끗하게 하면 다시 살아나는 불가사의한 산양이었다. 토르가 이 산양들이 끄는 차를 타고 대지나 하늘을 달리면 산들은 부서지고 대지는 불을 뿜어대며 타올랐다고 한다.

그리고 앞에서도 등장했던 샬비(Þjálfi : 올가미가 되는 자)와 로스크바(Rǫskva : 쾌활, 용감)라는 이름의 인간 형제를 하인으로 데리고 다니기도 했다. 특히 샬비는 빨리 달리는 것이 특기였고, 임기응변에도 능했기 때문에 토르에게 신뢰를 받았다. 그 둘이 토르의 동행자가 된 것은 다음과 같은 일이 있었기 때문이었다.

로키를 데리고 거인국 요툰헤임으로 가던 토르는 농민의 집에서 하룻밤을 신세지게 되었다. 그 대신 토르는 자신의 산양을 잡아서 그 집 사람들에게 만찬을 베풀었다.

다음날 아침 토르는 여느 때처럼 묠니르로 산양들을 살아나게 하고 작별 인사를 하려고 했다. 그런데 산양 한 마리의 다리가 부러진 게 아닌가.

그는 크게 화가 나서 농부를 노려보며 묠니르를 손가락 마디가 하얗게 될 정도로 꽉 쥐며 크게 휘둘렀다.

"너희들 중에 내 산양의 뼈를 아무렇게나 취급한 자가 있다!"

실은 농부의 아들 샬비가 산양의 뼈를 잘라서 그 안의 골수까지 빨아먹었던 것이다(이렇게 한 것은 장난꾸러기 로키의 부추김 때문이라는 설도 있다). "골수를 빼먹지 말라"는 말을 한 적이 없었기 때문에 사실 미리 말하지 않았던 토르의 실수였다. 하지만 해머로 머리를 쳐버리겠다는 말에 가만히 있을 사람은 아무도 없었다. 농부는 사과를 하면서 모든 재산을 내놓을 테니 아들의 목숨만은 살려달라고 토르에게 울면서 매달렸다.

그런 모습을 보자 마음씨가 착한 토르는 불쌍한 생각이 들었다. 그래서 화를 가라앉히고 농부의 아들들을 자신의 하인으로 삼기로 했다. 이렇게 해서 샬비와 로스크바가 토르와 함께 동행하게 된 것이다.

토르의 성격

토르는 원래 정직하고 성실하며 단순한 전사로, 간계를 중시하는 마술사 오딘과는 그다지 사이가 좋지 않았다(『하르바르드 음율시』에서 오딘은 토르에 대해 "싸움도 못하는 멍텅구리 바보"라고 조롱한 대목이 있다). 어머니는 프리그와 같은 대지의 여신 표르긴이고, 따라서 프리그는 누이동생이며 오딘과는 처남매부 지간이 된다. 어쩌면 이런 인척 관계가 둘 사이를 좋지 않게 만들었는지도 모른다.

그는 화를 잘 냈지만 소박했고, 많이 먹고 마셨지만 자신에게도 타인에게도 정직한 아주 좋은 신이었다. 그 대신 항상 오딘이나 로키로부터 놀림을 당하거나 속아넘어가서 손해도 많이 봤다. 토르는 결코 스스로 사람들이나 신들을 속인 적이 없었고, 숙적인 거인족에 대해서도 정정당당하게 정면으로 맞붙어 싸웠다. 또 사람이 진정으로 사과하면 대부분 용서해주는 마음이 착한 신이기도 했다. 로키나 오딘은 토르의 그런 면을 이용해 몇 번이고 마음을 바꾼 척하며 장난을 일삼았기 때문에 그때마다 토르는 배신감을 느끼기도 했다.

신들만이 아니었다. 그는 거인에게도 속은 적이 있었다. 다음에 소개하는 이야기는 토르와 로키가 거인족에게 함께 속았던 이야기다.

첫 번째 거인국 방문 : 마술에 걸린 토르

샬비와 로스크바가 천둥신의 하인이 되고 얼마 지나지 않아서 벌어진 일이다. 일행은 방이 다섯 개 있는 큰 집을 발견하고 잠시 그곳에 머무르기로 했다. 하지만 밤새도록 지진이 일어나고 정체를 알 수 없는 신음소리가 들려서 도저히 잠을 이룰 수 없었다. 아침에 일어나 보니 엄청나게 큰 거인이 가까이서 잠을 자고 있었다. 어젯밤의 신음소리는 그 거인이 코고는 소리였다. 거인은 아침에 일어나 어젯밤 토르가 머물던 집에 손을 집어넣으며 이렇게 말했다.

"거기에 있는 것은 아사토르(신 토르)가 아닌가. 내 장갑을 끌고 가면 곤란한데."

그들이 머물렀던 곳은 집이 아니라 그 거인의 장갑이었던 것이다.

"토르여, 우리들의 성 우트가르드에 가려면 나와 함께 가는 것이 좋을 것이다. 그곳에는 나보다도 더 큰 거인이 많으니까. 그렇게 작은 몸집으로 가려면 여기서 그만두는 것이 좋지 않을까."

거인에게 이렇게 바보 취급당하고 그대로 물러날 토르가 아니었다. 토르는 하인뿐 아니라 로키까지 대동하고서 거인과 함께 동쪽으로 향했다. 그때 거인은 어차피 같이 갈 거라면 토르의 짐을 자기가 들어주겠다며 식량을 자신의 큰 자루에 집어넣고 어깨에 둘러멨다.

그날 밤 거인은 피곤하다면서 먼저 잠자리에 들었다. 하루 종일 걸었기 때문에 배가 고팠던 토르는 거인의 자루를 풀려고 했지만, 아무리 힘을 써도 그 끈을 풀 수가 없었다(자루를 묶고 있는 끈은 마법의 철사로, 마술을 모르는 토르는 어떻게 묶어놓았는지조차 몰랐다). 그것을 흘끗 보며 거인은 크게 코를 골면서 계속 잠을 잤다. 화가 난 토르는 거인의 머리를 해머로 내리쳤다.

"어? 나뭇잎이 떨어졌나? 토르, 저녁은 먹었는가? 그래, 잠잘 준비는 다 되었겠지?"

거인은 전혀 죽을 기색도 없이 동그랗게 눈을 뜨고 중얼거렸다. 토르도 이 때만큼은 거인의 기세에 기가 질렸다. 로키와 샬비도 공포에 질린 것은 두말할 나위도 없었다. 토르는 두 번이나 거인의 숨을 끊어놓으려고 했지만 거인은 잠깐 눈을 떴을 뿐 가벼운 상처 하나 입지 않았다.

"우트가르드까지는 조금만 더 가면 된다. 나는 여기서 북쪽으로 갈 것이다. 그리고 미리 한 가지 충고해두겠는데, 우트가르드의 거인들은 너희들의 장난에 나처럼 관대하지는 않을 것이다."

거인은 그렇게 말하고 헐렁한 자루를 둘러멘 다음, 토르와 일행들을 그 자리에 남겨두고 사라졌다(사실 이 거인은 보기보다는 크지 않았는데, 토르에게 마술을 걸어 속였던 것이다. 토르가 때린 것은 거인의 머리가 아니라 땅이었다. 이러한 마술은 더더욱 토르를 당혹스럽게 만들었다).

얼마 걷지 않아 곧 성이 나타났다. 머리가 등에 붙을 정도로 올려다보지 않으면 보이지 않을 정도로 그 끝이 보이지 않았다. 물론 격자문은 꿈쩍도 하지 않았다. 넷은 그 격자문을 빠져나가 안으로 들어가서 거인들의 왕92) 우트가르다 로키(Útgarða-Loki : 밖의 땅을 잠그는 자)를 배알했다. 우트가르다 로키는 토르를 내려다보고 웃으면서 말했다.

"내 기억이 틀리지 않다면 거기에 있는 것은 토르가 아닌가? 몸에 어울리지 않게 아주 강한 것 같은데, 이 성에서는 무엇인가 한 가지라도 특별히 뛰어나지 않으면 손님으로 맞아들일 수 없다."

그러자 맨 뒤에서 어슬렁거리며 걸어나온 로키가 대답했다.

---

92) 북구 신화에서 몇 명의 거인 왕이 계속 등장하는 것은 두 가지 이유가 있다. 하나는 토르가 마구 죽여 왕위가 바뀌어서 그렇고, 또 하나는 거인국이 하나가 아니라 많은 소국으로 나뉘어져 있었기 때문이다. 실제로 거인국은 복수형으로 요툰헤이마르(Jǫtunheimar)라고 불리기도 한다.

"나보다 음식을 빨리 먹는 자는 없을 것이다."

아무 것도 먹지 않고 이틀이나 걸어왔기 때문에 일행은 몹시 배가 고팠다. 우트가르다 로키는 그것도 좋은 생각이라며 로기(Logi : 불꽃)라는 남자를 부른 다음 둘에게 고기를 내놓았다. 로키와 로기는 거의 동시에 모든 것을 먹어치웠다. 하지만 로키는 뼈는 남기고 고기만 전부 먹었지만 로기는 뼈는 물론 그릇까지 모조리 먹어치워버렸다(로기는 말 그대로 '불꽃' 그 자체이기 때문에 고기나 뼈, 그릇을 구분하지 않고 전부 태워버린 것이다. 마술에 걸린 토르에게 그런 '불꽃'이 보일 리 없었다).

거인국의 왕은 다음으로 샬비에게 눈을 돌렸다.

"지금의 승패는 누가 봐도 명확하다. 그러면 이 젊은이는 무엇을 할 수 있느냐?"

우트가르다 로키는 후기(Hugi : 생각)라는 소년을 불러내서 샬비와 달리기 시합을 시켰다. 첫 번째는 간발의 차로 샬비가 뒤졌다. 그러나 두 번째, 세 번째 계속 시합을 해도 그 차이는 점점 벌어졌다(물론 후기는 거인 왕의 '생각' 그 자체였다. 샬비가 아무리 빨라도 대적할 수 없었던 것이다). 우트가르다 로키가 말했다.

"비록 지기는 했지만 이제까지 성을 방문한 자 중에서 이 정도로 빨리 달리는 자는 없었다. 그런데 토르, 너처럼 용맹하고 이름을 떨친 자가 나를 실망시키지는 않겠지."

토르는 우선 마시기 시합을 하자고 했다. 우트가르다 로키는 사람을 불러서 항상 사용하고 있는 잔을 가지고 오게 했다.

"이 잔을 한 번에 모두 마신다면 정말 대단하다고 할 수 있다. 하지만 두 번에 나누어 마셔도 좋다. 단, 이 성채 안에는 세 번에 나누어서 못 마시는 자가 없다."

토르도 아무 것도 먹지 않았기 때문에 충분히 가능할 것이라고 쉽게 생각했다. 그러나 꿀꺽꿀꺽 숨이 찰 정도로 마셔도 술은 줄어들 기색이 없었다. 가득 찼던 잔이 약간 줄어든 것뿐이었다. 토르는 우트가르다 로키의 조롱을 무시하고, 두 번째 도전을 하게 되었다. 그런데 이번에는 잔의 귀퉁이가 약간 줄어들 뿐이었다. 화가 난 토르는 세 번째 도전을 했다. 죽을힘을 다해 마셨지만 역시 아주 조금 줄어들 뿐이었다. 이제 더 이상 마시는 것은 무리였다(이 술잔은 바다와 연결되어 있었다. 바다의 썰물은 이때부터 생겨났다고 한다).

"아사토르도 별수 없구나. 어떠냐? 다른 것을 더 해보겠느냐?"

"물론이다. 그러나 이상하지 않느냐? 내가 이 정도로 마셨는데 아무 일도 일어나지 않았다는 것은 아스가르드에서는 있을 수 없는 일이다. 그렇지만 좋다. 이번은 무엇을 할 작정이냐?"

"너의 능력이 그것밖에 안 된다는 것을 알았으니까 이번에는 약간 쉬운 것을 해보도록 하자. 내 고양이를 들어올려 봐라. 여기서는 젊은이들이 쉽게 할 수 있는 기술이다만."

토르는 고양이를 들어올리려고 했지만 간신히 한쪽 다리만 약간 들어올릴 수 있었다(이 고양이는 실제로는 세계를 감싸고 있는 세계뱀 요르문간드였다. 토르는 그후 거인왕에게 속은 화풀이를 하기 위해 바깥쪽 바다로 나가 세계뱀을 낚아올려서 몹시 혼을 내주었다).

거인왕은 비웃었다.

"역시 그 정도인가? 너는 내가 본 대로 애송이로구나."

"애송이라고 부르고 싶으면 네 마음대로 해라. 누군가 여기 나와서 나와 승부를 하자!"

"그렇게 흥분하지 마라. 여기서 정말로 너와 승부하고 싶어하는 자는 없는 것 같구나. 나의 양어머니 엘리(Elli : 노령) 할머니와 맞붙어보는 것은 어떠냐?

엘리 할머니는 이 성채의 무사들을 몇 명이나 물리쳤기 때문에 너와 상대가
될 것이다."

토르는 엘리를 넘어뜨리기 위해 여러 가지 기술을 썼지만 엘리는 조금도
움직이지도 않았다. 잠시 후 엘리가 공격하자 격렬한 싸움이 일어났다. 싸움
도중에 토르는 한쪽 무릎을 다치고 말았다. 우트가르다 로키는 거기서 싸움
을 말렸다(엘리는 노령의 화신이었다. 누구도 늙는 것에는 이길 자가 없다. 그러나
그토록 오랫동안 싸우고서 한쪽 무릎만 다친 것은 토르 외에 아무도 없었다).

저녁때가 되었으나 거인왕은 당장 토르 일행을 성밖으로 내쫓지 않고 호화
스러운 식사와 침실을 마련해주었다.

다음날 아침 토르는 거인왕이 마련해준 집에서 나와 다시 거인왕을 만났다.

"이번 여행은 어떠했느냐? 강한 자들을 많이 만났느냐?"

"그렇게 비꼬지 말아라. 이제 꼴도 보기 싫다. 너희들에게는 확실하게 졌다
는 걸 인정한다. 앞으로 너희들은 나를 보고 어린아이라고 놀릴 테지."

"지금에야 이야기하는데, 사실은 네가 생각하고 있는 것과는 모두가 반대
다. 우리들은 네가 잠자고 있을 때 환각의 마법을 걸어놓은 것이다."

마침내 우트가르다 로키는 진실을 털어놓았다.

"나는 너희들이 어려운 난관을 극복할 때마다 식은땀을 흘렸다. 너희들이
이토록 강하다는 것을 알았더라면 결코 우트가르드에 들여보내지 않았을 것
이다. 물론 앞으로는 너희들을 결코 여기로 초대하지 않을 것이다."

토르는 그 말을 듣자마자 부들부들 떨며 묠니르를 크게 휘둘러 우트가르다
로키를 치려고 했다. 하지만 이미 거인왕과 거대한 성채는 자취를 감춘 뒤였다.

두 번째 거인국 방문 : 세계뱀 요르문간드를 낚다

토르 일행이 우트가르다 로키의 궁전을 방문했을 때 다른 신들은 바다의

거인 에기르의 황금 궁전에 있었다. 그러나 저택의 주인은 갑자기 연회를 강요당했기 때문에 참을 수 없었다. 그래서 "신들 전부에게 술을 대접할 수 있을 정도로 큰 냄비를 찾아오지 않는 한 연회는 불가능하다"면서 냄비를 찾아오라고 했다.

다행히 신들의 전사 티르는 자신의 아버지인 거인 히미르(Hymir : 거대한 새우)가 엄청나게 큰 냄비를 가지고 있다는 것을 생각해냈다. 그 중 하나를 토르가 가져오게 하는 것으로 신들의 이야기는 결말이 났다.

그때 마침 토르가 거인국에서 돌아왔다.

토르는 이미 고양이로 변한 세계뱀 요르문간드를 쳐부수기 위해 다시 한 번 거인국을 방문하고 싶은 생각이 있었기 때문에 신들의 요청을 기꺼이 받아들였다.

그래서 토르와 티르는 히미르가 집에 없을 때 찾아갔다. 티르는 신들과 같은 편이었기 때문에 친족이라 해도 그를 좋게 생각하는 거인들은 없었다. 단 한 명, 티르의 어머니(이름은 불명, 그녀가 아스 신족 출신인지 거인족 출신인지는 분명하지 않지만 티르 편이었다)는 히미르가 돌아오는 것을 보고 둘을 튼튼한 솥 밑에 숨겨놓고 남편을 불렀다.

"당신의 아들이 인간의 수호자 토르를 데리고 돌아왔어요."

"뭐라고!"

히미르가 둘이 숨어 있는 곳을 노려보자 너무나도 무서운 눈빛 때문에 기둥과 대들보가 무너지고, 천장이 무너져 내렸다. 그러나 거대한 솥 덕분에 둘은 무사했다. 토르는 솥 밑에서 기어나왔다.

"당신 집에서 가장 큰 솥을 가지러 왔다."

"나보다 약한 자에게는 결코 내줄 수 없다."

히미르의 말에 토르는 웃으면서 대답했다.

"어느 정도 강한지 잠시 두고 보면 알 것이다."

이리하여 토르는 히미르의 저택에 잠시 머물게 되었다. 그리고 그날 밤 즉시 소머리 두 개를 먹어치우는 용맹스러움을 발휘했다.

다음날 히미르는 물고기를 잡으러 갔다. 토르는 자신의 힘을 보여줄 좋은 기회라 생각하고 동행을 자청하고 나섰다.

"너는 젊고 신체도 적기 때문에 별 도움이 못 된다. 정말 나와 함께 가고 싶다면 얼어붙지 않도록 정신이나 똑바로 차려라. 내가 고기를 잡는 동안 바다에 나가면 너는 추워서 얼어죽을 것이다. 그리고 나보다 먼저 돌아오면 가만두지 않겠다."

토르는 기분이 상했지만 티르 앞에서 아버지인 히미르를 때려죽일 수는 없었다.

배는 점점 먼바다를 향해 나아갔다. 히미르는 고래를 한꺼번에 두 마리나 잡는 기술을 보였지만, 토르는 신경도 쓰지 않고 열심히 낚시도구만 준비했다. 그리고 더 이상 튼튼할 수 없는 낚싯대와 황소 머리 먹이를 준비했다.

그러나 히미르는 이제 슬슬 돌아가지 않겠느냐고 토르에게 물었다. 토르는 빙긋이 웃으며 대답했다.

"왜 벌써 돌아가지? 나는 하나도 춥지 않다. 고래보다 더 큰놈을 잡으려면 더 안쪽으로 들어가야 하지 않겠느냐?"

"이 앞은 세계뱀 요르문간드가 사는 곳이다. 위험하니까 돌아가야 한다."

"내가 원하는 것은 그놈이다. 처음부터 그놈을 낚으려고 생각했다."

"뭐라고! 그만두는 것이 좋겠다. 제발 그만둬!"

하지만 토르는 히미르의 만류를 뿌리치고 점점 바다 안쪽으로 들어갔다. 겁이 난 히미르는 머리를 흔들며 배 끝을 붙잡고 있었다. 잠시 후 토르가 낚싯대를 집어던지자 무엇인가 묵직한 것이 낚싯대에 걸렸다. 토르는 몸을 제대로 가누지 못하고 휘청거리다가 배 귀퉁이에 부딪쳐서 하마터면 낚싯대를 놓칠 뻔했다. 온갖 욕설을 퍼부으면서도 천둥신은 낚싯대를 지탱하는 팔에 힘을 주고 뱃바닥에 꼿꼿이 서서 두 발로 굳세게 버텼다. 팽팽한 긴장감 속에 갑자기 무엇인가 깨지는 소리가 들렸다. 히미르가 눈을 떠보니 토르가 배 밑바닥을 너무나 세게 밟아서 구멍을 낸 것이었다. 그곳에서 바닷물이 솟구쳐 올라왔다. 토르는 개의치 않고 계속해서 낚싯줄을 힘차게 감아올렸다. 해면을 가르면서 드디어 거대하고 무서운 괴물의 머리가 나타났다. 화가 나서 벌겋게 된 안구, 무수한 이빨, 입에서 뿜어져 나오는 독, 틀림없는 세계뱀 요르문간드의 머리였다. 그러나 토르는 그 무시무시한 모습에도 기가 꺾이지 않고, 뱀을 노려보면서 힘차게 해머를 들어올렸다.

히미르는 미칠 것만 같았다. 배는 침몰하기 직전이고, 토르는 세계뱀을 상대로 미친 듯이 낚시를 하고 있었기 때문이었다.

"제발 그만둬! 제발!"

생각다 못 한 히미르는 달려가서 낚싯줄을 끊어버렸다. 그러자 뱀은 곧바로 바다 속으로 머리를 감추고 말았다. 하지만 토르는 끈질기게 뱀을 쫓아가서 해머로 뱀의 머리를 세게 내리쳤다. 물의 저항 때문에 위력이 떨어졌는지 뱀은 죽지 않고 그대로 바다 속으로 사라져버리고 말았다. 천둥신은 히미르를 노려보다가 손바닥으로 뺨을 내리쳤다. 거인의 몸은 바다로 굴러떨어졌다. 둘은 간신히 해안으로 돌아왔지만 둘 다 기분이 좋지 않았다. 히미르는 토르에게 일을 좀 도와달라고 부탁했다.

"잡은 고래를 옮기든지 배를 육지에 붙잡아 매든지 좋은 쪽을 선택해라."

토르는 고래와 부서진 배를 둘러메고 집까지 갔다. 이렇게까지 도와주었지만 아직도 히미르는 토르를 인정하지 않았다. 거인은 집 안으로 들어가더니 마법의 보물을 가지고 나와서 또다시 어려운 문제로 토르를 괴롭혔다.

"아무리 팔 힘이 강하다고 해도 이 유리로 만든 그릇을 깨지 못하면 나보다 뛰어나다고 할 수 없다."

"그게 무엇이냐?"

토르는 아무렇게나 잡고 유리그릇을 돌기둥에 부딪쳤다. 그릇은 산산이 깨졌지만 파편들이 모여서 원래 상태대로 되어버렸다. 몇 번을 반복해도 똑같았다. 히미르는 득의만면한 미소를 지었다. 그때 티르의 어머니가 토르의 귀에 대고 속삭였다.

"우리 집 사람 머리에 부딪치세요. 저 사람 머리는 무엇보다도 단단하니까 그 그릇도 원래대로 돌아오지 않을 정도로 산산이 깨질 것입니다."

다음 순간 굉장한 소리가 났다. 히미르는 자신의 이마에 손을 대고 마룻바닥을 보면서 바들바들 떨었다.

"내 귀중한 마법의 그릇이…… 어떻게 된 거지?"

토르는 당당하게 말했다.

"자, 약속대로 저 큰 솥을 가져가도 되겠지, 히미르?"

거인은 토르를 노려보면서 그 큰 솥에 밀주를 가득 부었다.

"자, 준비가 됐다. 그래, 가지고 갈 테면 가지고 가라."

먼저 티르가 두 번이나 들어봤지만 솥은 꿈쩍도 하지 않았다. 다음에는 토르가 도전했다. 그가 천천히 솥을 머리와 등에 올렸더니 조금씩 움직이기 시작했다.

두 명의 신은 솥을 든 채 작별 인사를 하고 히미르의 집에서 나왔다. 그러나 이야기는 아직 끝나지 않았다. 분을 삭이지 못한 히미르는 동료 거인들을 선동해 갈 길 바쁜 토르에게 덤벼들도록 했다. 그러나 천둥신은 힘뿐만 아니라 발 또한 빨라서 남에게 뒤지지 않았다. 곧바로 솥을 어깨에서 내려놓더니 묠니르로 거인들을 한 명 남기지 않고 모두 물리쳤다.

히미르가 더 이상 토르에게 저항했다는 이야기는 전해지지 않고 있다. 둘은 솥을 들고 무사히 살아 돌아왔고, 그때 이후 신들은 언제라도 원하는 때에 좋아하는 밀주를 마시게 되었다.

토르의 모습

토르의 성격을 잘 나타내고 있는 신화를 소개한 다음 그의 면모에 대한 이야기를 하도록 하자.

우선 첫 번째로 토르는 신들 중에서 가장 키가 크고 씩씩했다는 것을 들 수 있다. 물론 어머니가 거인이라는 것도 관계가 있을 것이다. 걸음을 걸으면 대지가 울릴 정도였기 때문에 거인족을 상대해도 뒤로 한 발짝도 물러나지 않았다. 얼굴은 붉은 수염으로 덮여 있고, 화가 나면 긴 속눈썹 밑의 눈이 빛을 발산할 정도로 반짝반짝 빛났다고 전해진다. 머리털은 황금보다도 밝고 아름다우며, 목소리는 힘있게 울렸다. 그의 힘은 거인이나 신들도 필적할 자가 없었다. 『신 에다』 서문에 따르면, 12세 때 이미 최강의 힘을 발휘하여 곰 가죽 12장을 짊어질 수 있었다고 한다.

그는 '메긴 교르드(megin gjǫrð : 힘이 나오는 띠)' 라는 띠를 가지고 있었는데, 이것을 조이면 가만히 있어도 힘이 두 배로 늘어났다. 또 앞에서도 언급했지만, 묠니르라는 이름의 해머를 무기로 가지고 있었다. 이 해머는 드베르그 소인들이 만든 것으로 작아서 품안에 넣고 다닐 수도 있는데, 던지면 반드시 적에게 맞고 자동적으로 되돌아왔다. 해머에 한 번 맞고 다시 살아난 거인이 한 명도 없을 정도로 그 위력은 대단했다. 단지 손잡이가 짧고 철 장갑을 끼지 않으면 사용할 수 없는 것이 결점이라면 결점이었다. 이 묠니르는 천둥신 토르가 만들어내는 번개를 상징한다는 이야기도 있다. 실제로 신화 속에서도 묠니르를 휘두르면 번개와 천둥이 쳤다는 묘사가 있기 때문에 신빙성이 있다고 볼 수 있다.

『하르바르드 음률시』 제6절에 의하면, 오딘은 토르의 복장을 "……맨발로 서 있으며 방랑자 같은 모습이다. 토르, 너는 반바지라도 제대로 입고 있나?" 하며 비아냥거린다. 실제로 토르는 그런 모습이었다. 하지만 그런 모습이 일반적인 토르의 모습이라고는 단정하기 어렵다. 신화의 무대에는 강이 자주 등장하기 때문에 아마도 그 강을 건너려고 바지나 구두를 벗었는지도 모른다. 장소는 북구, 눈이 녹아내리는 계절이었기 때문에 상당히 추웠을 것이다. 그런 모습으로 오딘과 오랜 시간 이야기해도 아무렇지도 않았던 것을 보면 거꾸로 더운 여름에는 거의 맨몸에 가까운 상태로 생활한 것이 아니었을까?

또 그의 이마는 숫돌 조각으로 채워져 있었다. 그 이유를 설명하려면 거인 흐룽그니르 대 토르의, 북구 신화 최대의 일 대 일 승부에 대한 이야기를 하지 않으면 안 된다.

거인 흐룽그니르를 죽이다

어느 날 오딘이 거인왕 흐룽그니르(Hrungnir : 동그란 것)[93]를 아스가르드의 성에 초대한 적이 있었다. 흐룽그니르는 거인들 중에서도 가장 강하고, 머리와 심장이 돌[94]로 되어 있었다. 그리고 오딘의 말 슬레이프니르와 필적할 만한 천마 '굴팍시(Gullfaxi : 황금의 갈기)' 를 타고 다녔다.

그는 아무 것도 두려워하지 않았지만 토르만은 예외였다. 하지만 대부분의 신들은 이 거인의 강력한 힘을 두려워했다. 신들은 흐룽그니르의 기분을 맞추기 위해 자주 연회를 베풀었다. 그런 모습을 보고 즐거워한 것은 거인과 토

---

93) 흐룽그니르 : '오딘' 편에서도 언급했지만 북구의 왕은 흔히 신하들로부터 팔찌나 반지를 진상받았다. '동그란 것(팔찌나 반지)을 받는 자' 는 왕후의 대명사였다. 따라서 최고의 거인 용사에게는 왕을 연상시키는 '동그란 것(팔찌나 반지)' 이라는 이름이 붙여지기도 했다.

르의 불화를 좋아하는 오딘뿐이었다.

그때 토르가 나타났다. 그는 아스가르드에서 신들이 거인에게 연회를 베푸는 모습을 보고 격노하며 공중을 향해 해머를 휘둘렀다. 그리고 고래고래 소리를 질렀다.

"왜 거인이 여기에 있지. 왜 저놈을 죽이지 않았느냐? 누가 저놈을 불렀느냐? 누가 거인의 신변을 보증했느냐? 누가 저놈에게 술을 대접했느냐?"

흐룽그니르는 토르를 노려보면서 말했다.

"오딘이다! 오딘이 그렇게 했다."

"오딘! 오딘 그놈이 허락해도 나는 허락을 하지 않았다!"

"잠깐, 토르! 너는 아무 것도 갖지 않은 나를 죽이려고 하느냐? 설마 무기도 갖지 않은 나를 해머로 내리치지는 않겠지. 정정당당한 승부를 중시하는 토르가 그렇게 하지는 않겠지. 무기를 가지고 나와 한판 겨루겠는가? 너만 괜찮다면 국경에서 한판 붙어보자."

물론 토르는 흐룽그니르의 신청을 받아들였다.

"피하지 마라, 토르! 네가 피하지 못하도록 네 딸을 데리고 간다."

흐룽그니르는 토르의 딸 스루드를 납치해 굴팍시에 뛰어올랐다. 토르는 화가 치밀어 안절부절못했다.

거인국 요툰헤임은 곧바로 흐룽그니르와 토르의 결투 이야기로 들끓었다. 흐룽그니르가 거인 중에서 가장 강한 자였기 때문에, 만약 그가 지면 거인들은 안심하고 살아갈 수 없었다. 그래서 거인들은 만일의 경우를 생각해서 흐

---

94) 돌 심장 : 흐룽그니르의 심장에는 세 개의 각이 있어서, 이 모습을 본따 '흐룽그니르의 심장'이라는 룬 문자가 만들어졌다고 한다. 어떤 룬 문자가 거인을 나타내는 문자인지는 명확하지 않지만, 필자는 '▷'이라고 생각한다. 이 룬 문자는 다른 문자와 달리 상하와 우측에 정점을 갖는 삼각형 형태를 띠고 있기 때문이다.

룽그니르의 원병군으로서 점토로 모쿠르칼비(Mǫkkurkálfi : 구름의 정강이)라는, 몸 길이가 무려 1백 리가 넘고 가슴 넓이도 35리가 넘는 엄청난 거인을 만들었다.

드디어 약속의 날이 밝아왔다. 흐룽그니르는 무기인 큰 숫돌을 어깨에 메고 왼손에는 돌로 만든 방패를 들었다. 또 그 곁에는 싸움을 도와줄 모쿠르칼비가 서 있었다. 토르는 아직 나타나지 않았지만 하인인 샬비는 이미 와 있었다. 그는 흐룽그니르가 방패를 가지고 토르를 기다리고 있는 모습을 보자 토르가 등장하는 때에 맞추어 야유를 퍼부었다.

"야! 거인, 왜 그렇게 추한 모습을 보이냐! 토르님은 땅 속으로 파고들어가 네 발 밑에서부터 공격할 것이다."

깜짝 놀란 흐룽그니르는 샬비의 거짓말을 완전히 믿고 가지고 있던 창을 발 밑에 깔아놓았다.

그때 갑자기 하늘이 천둥소리와 함께 진동하면서 구름이 떼지어 몰려오고 우박이 비오듯 쏟아졌다. 토르가 산양이 끄는 전차를 타고 하늘을 날아서 온 것이었다. 토르는 해머를 꼭 쥐고 전차에서 내렸다. 번갯불이 번쩍거리면서 토르의 화난 얼굴이 거인의 눈에 들어왔다. 그런 모습을 본 모쿠르칼비는 오줌을 참지 못하고 싸버렸다. 그러나 흐룽그니르는 양손으로 숫돌을 높이 들고 토르를 향해 달려갔다. 토르가 번개 해머를 던짐과 동시에 거인도 숫돌을 던졌다. 공중에서 섬광이 일더니 숫돌은 그만 둘로 갈라져 땅바닥에 떨어졌다. 대지는 갈라지고 바위산은 진동하고 하늘은 불타올랐다. 결국 흐룽그니르가 마지막으로 본 것은 자신의 머리에 꽂힌 묠니르였다.

그러나 토르도 무사하지는 않았다. 갈라진 숫돌 반쪽이 이마에 박혀 대지에 내동댕이쳐진 것이다.

흐룽그니르는 머리가 날아갔음에도 잠시 동안 그대로 서 있었다. 그리고 천천히 토르의 목 위에 다리를 걸쳐놓은 채 쓰러졌다. 부상을 입은 토르는 그 다리를 치울 힘조차 남아 있지 않았다. 그런 와중에 점토로 만든 거인 모쿠르칼비가 토르를 죽이려고 달려오고 있었다. 그 모습을 본 샬비는 검을 꺼내 곧바로 거인을 베어 쓰러뜨렸다. 그리고 토르가 있는 곳으로 달려가 흐룽그니르의 다리를 치워주려고 했지만 너무 무거워서 들 수 없었다. 다른 신들도 힘을 합쳐 거인의 다리를 들려고 했지만 도저히 움직일 수 없었다. 결국 이 어려운 일을 해낸 것은 토르의 아들 마그니였다.

토르는 그 싸움 이후 머리에 박힌 숫돌 때문에 두통에 시달리게 되었다. 사람들은 그때부터 숫돌을 조심스럽게 다루게 되었다. 숫돌이 무엇인가에 부딪치면 토르의 이마에 박힌 숫돌도 함께 흔들려 그를 괴롭히기 때문이었다.

노르딕 정신의 화신 토르

거인들은 흐룽그니르와 토르의 결투로 자신들의 미래는 없을 것이라고 생각했다. 그리고 어차피 이기지 못한다면 무승부로 끌고가려고 여러 가지 계략을 생각해냈다. 그러나 토르는 태연하게 다가오는 운명을 기다리고 있었다. 「무녀의 예언」에 따르면, 그는 세계뱀 요르문간드와의 싸움에서 무승부가 되어서 죽는다는 것이었다. 그러나 그는 포기하지도 않았고, 또 태도를 바꾸지도 않았으며, 운명에 따라서 죽을 결심을 하기도 했다. 이런 정신이야말로 많은 북구의 전사들에게서 공통적으로 볼 수 있는 일종의 높은 경지였다.

죽음으로도 쓰러뜨릴 수 없는 불굴의 정신. 그것이야말로 가장 고귀한 노르딕 정신(Nordic spirit, 북구의 혼)이 아닐까? 그리고 토르야말로 그 노르딕 정신을 구현한 영웅 중의 영웅이었다. 전쟁터에 나가는 사람들은 자신을 토르와 동일시함으로써 싸움의 공포나 고통을 극복하고 숱한 싸움에서 이길 수 있었던 것이다.

붉은 수염 토르가 여장을 했다!

북구의 신화 세계는 거인족의 살해로부터 시작되었다가 마지막 전쟁 라그나뢰크로 끝나기 때문에 상당히 살벌한 이야기라는 생각을 가질 수 있다. 하지만 그런 좋지 않은 인상이나 느낌을 무너뜨릴 만한 이야기도 신화 속에 들어 있다.

어느 날 토르가 눈을 뜨니 그의 자랑인 해머가 없어진 게 아닌가. 로키가 알아봤더니 거인왕 스림(Þrymr : 술렁거림)이 그 범인이었다.
스림은 해머를 돌려받고 싶으면 프레이야를 넘겨달라고 요구했다.
로키와 토르는 여신이 있는 곳으로 급하게 달려가 어떻게 해서든지 거인에게 시집을 가달라고 부탁했다. 당연히 프레이야는 아스가르드의 건물이 흔들릴 정도로 화를 냈다.
할 수 없이 토르는 신들을 모아놓고 모두의 지혜를 빌리기로 했다. 아름다운 신 헤임달이 한 가지 제안을 했다.
"토르가 프레이야로 변장해서 거인국에 들어가면 어떨까요?"
"바보 같은 소리하지 마라. 토르가 여자로 변장을 하다니, 그건 웃음거리밖에 안 된다."
그러나 신들은 토르의 의사를 묻지도 않고 하나둘 나서서 토르를 신부 의상을 입혀 변장시켰다. 프레이야의 목걸이, 열쇠 꾸러미, 가슴에는 보석, 머리에는 면사포, 손에는 금반지를 끼웠다. 로키가 말했다.
"그런 이상한 표정 짓지 마라. 내가 당신 시녀로 함께 따라갈 테니 염려하지 마라."
여장을 한 둘은 요툰헤임을 향해 또다시 길을 떠났다. 물론 스림은 둘을 크게 환영하면서 맞이했다. 금방 축하연이 베풀어지고 밀주와 각종 산해진미가 나왔다. 그런데 프레이야(로 변장한 토르)는 자신이 신부로 변장했다는 사실을 잊어버리고 소 한 마리와 연어 여덟 마리, 밀주

세 되를 금방 먹어치워버렸다. 이 모습을 본 스림은 깜짝 놀랐다.

"어떻게 된 거지? 나는 오랫동안 살아왔다고 생각하는데, 신부가 이렇게 먹고 마신다는 얘기는 이제까지 들어본 적이 없다."

현명한 시녀(로 변한 로키)가 즉시 대답했다.

"프레이야님은 당신을 동경해서 8일 낮과 밤 동안 거의 아무 것도 먹지 못했습니다."

로키의 말에 넘어간 스림은 그 말을 완전하게 믿어버렸다. 거인은 신부 프레이야의 아름다운 얼굴에 키스를 하려고 신부의 면사포를 살며시 들었다. 그 순간 거인은 깜짝 놀라 뒤로 나자빠졌다.

"어떻게 된 거냐! 프레이야의 눈빛이 왜 저렇게 격렬하지? 불이 뿜어져 나올 것 같지 않느냐!"

"프레이야님은 당신을 생각하면서 8일 낮과 밤을 한숨도 자지 않고 달려왔기 때문입니다."

"아! 그렇구나……. 그렇다면 빨리 축하의 말을 해야지. 해머를 가지고 오너라. 묠니르를 신부의 무릎에 올려놓고 깨끗하게 단장하도록 해야지."

그 순간 토르는 묠니르를 빼앗고 여장을 벗어던졌다. 순간 거인들은 너무나도 놀라서 아무 말도 하지 못했다. 해머를 되찾은 천둥신은 결혼 선물로 스림을 비롯한 거인들을 차례로 죽이고 로키와 함께 아스가르드로 돌아왔다.

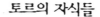

토르의 자식들

마그니, 모디, 스루드

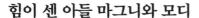

Magni, Móði & Þrúðr

힘이 센 아들 마그니와 모디

마그니는 토르와 여자 거인 야른삭사(Jámsaxa : 철로 만든 단도) 사이에서 태어난 신으로, 그 이름의 어원은 '힘(Megin)'에서 유래되었다. 그는 토르로부터 강한 힘을 물려받은 신이었다. 생후 사흘 만에 이미 토르의 몇 배나 되는 힘을 가지고 있었다. 어머니가 거인이라는 사실도 그런 사실과 무관하지 않을 것이다. 그의 강한 힘을 나타내는 이야기 중에 다음과 같은 것이 있다.

어느 날 토르는 거인 중에서 가장 힘이 센 흐룽그니르와 일 대 일 결투를 벌여 간신히 쓰러뜨릴 수 있었다. 그러나 그의 시체 밑에 깔려서 빠져나올 수가 없었다. 물론 다른 신들도 힘을 모아 흐룽그니르의 다리를 들어올리려고 했지만 도저히 들 수가 없었다.

그곳에 생후 사흘밖에 되지 않은 토르의 아들 마그니가 와서 한 번에 흐룽그니르를 집어던져버리고 토르에게 말했다.

"늦어서 죄송해요, 아빠. 제가 있었더라면 이런 거인 정도는 한 방에 헬로 보냈을 텐데……."

토르는 이런 마그니를 더욱더 귀여워하여, 흐룽그니르가 가지고 있던 '굴팍시(Gullfaxi : 황금의 갈기)'를 선물로 주었다. 이 말은 오딘의 말 슬레이프니르보다 더 뛰어난 천하의 명마로, 오딘은 "왜 그 말을 나에게 주지 않고 아들

■ 토르의 계보

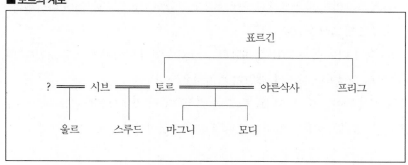

표르긴

? ═══ 시브 ═══ 토르 ═══ 야른삭사   프리그

울르   스루드   마그니   모디

에게 주었느냐!"며 토르를 나무랐을 정도였다.

　다른 아들 모디의 이름에는 '격노'와 '흥분'이라는 의미가 있고, 토르의 성격을 이어받은 것으로 추측된다. 그러나 그에게는 이렇다 할 만한 설화가 없다.

　마그니와 모디는 라그나뢰크 후까지 살아남았고, 토르의 해머인 묠니르를 물려받았다고 한다.

아름다운 딸 스루드

　토르에게는 스루드(의미는 '강한 힘을 가진 자')라는 딸이 있었다. 그녀는 어머니 시브로부터 물려받은 뛰어난 미모와 눈처럼 흰 피부를 가지고 있었다. 「알비스가 말하기를」의 기록에 따르면, 그녀는 드베르그 소인인 알비스(Alvíss : 모든 지혜)에게 구혼을 받은 적이 있었다. 물론 아버지인 토르는 그 결혼을 크게 반대했다.

　그러나 토르도 이때만은 없는 지혜를 짜내기로 결심한다. 그래서 알비스에게 자신의 질문에 모두 대답을 하면 딸을 주겠다고 말했다. 토르가 한 질문은 이랬다.

　"대지, 하늘, 달, 태양, 구름, 바람, 바람이 잔잔해짐, 바다, 불, 숲, 밤, 곡물, 맥주를 각각의 종족은 무엇이라고 부르는가?"

　알비스는 아주 박식했기 때문에 조금도 당황하지 않고 거침없이 대답했다.

　토르는 빙그레 웃었다.

　"지혜가 너의 목을 조였다. 대답하는 데 몰두해서 알아차리지 못한 것 같은데, 이제 아침이다. 보거라, 태양이 비치지 않느냐?"

　소인이 돌아본 순간 그대로 돌로 변해버렸다. 땅 밑에서 태어난 드베르그에게 태양 광선은 죽음을 가져올 수밖에 없었던 것이다.

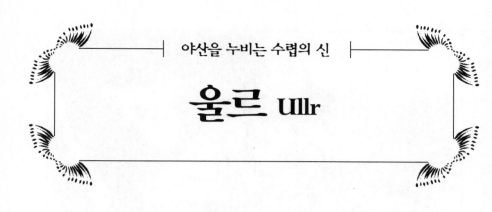

야산을 누비는 수렵의 신

울르 Ullr

　울르는 스키로 야산을 달리고 스케이트로 얼어붙은 바다를 누비며 수렵하는 신이었다. 스키를 타면 너무나 빨랐기 때문에 누구도 쫓아올 수가 없었다. 주목으로 만든 아주 좋은 활을 가진 활의 명수이고, 훌륭한 방패도 가지고 있었다. 아름답고, 전사로서도 자신의 몫을 훌륭하게 수행했으며, 화덕의 불을 지배한 신이었다. 또 공정한 신으로, 인간들이 결투를 할 때는 울르에게 바른 결과를 기원했다고도 한다.

　울르의 저택은 다른 신들과는 달리 '이달리르(Ýdalir : 주목의 계곡)'라는 숲 속에 있었다.

　그 이름의 의미는 불분명하지만 일반적으로 '광휘(wulþus)' 혹은 '양털(ull)'이 어원이라는 것이 다수의 견해이다. 필자는 울르가 양 모피를 입고 겨울 산야를 누비는 모습이 상상되기 때문에 후자의 의견에 찬성하는 입장이다. 계보상 시브의 아들로 등장하지만 아버지의 이름은 알려져 있지 않다. 토르의 입장에서 보면 의붓자식인 셈이다.

　울르에 관한 유일한 설화는 삭소의 『데인인의 사적』에 등장한다. 그 배경은 오딘이 마술을 써서 억지로 린드와의 사랑을 이룬 사건('발리' 편 참조)이다. 이 사건으로 오딘은 신들에게 비난을 받고 왕좌를 박탈당하게 되는데, 그후 임자가 바로 울르였다. 그러나 그 역시 10년밖에 왕의 지위에 있지 못했다. 10년 동안 추방되었던 오딘이 그 벌을 다 받고 돌아왔기 때문이었다. 그후 울르

는 스웨덴으로 갔다고 전해진다.

이를 뒷받침하듯, 실제로 울르는 스웨덴에서 많이 숭배되는 신이다.

또 『에다』의 「그린란드의 아트리 노래」 제30절에는 왕이 울르의 팔찌를 잡고 맹세하는 장면이 나온다. 몇 차례 언급했지만 팔찌는 북구에서 왕권의 상징이었기 때문에, 울르 역시 신들의 왕좌에 올랐다는 사실을 증명하는 것이라고 볼 수 있다.

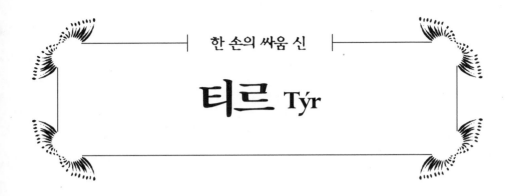

한 손의 싸움 신

티르 Týr

　북구의 신들 중에서 가장 기원이 오래된 신 가운데 하나가 티르다. 그에 대한 신화는 오딘 계열의 이야기에서 시작되기 때문에 그보다 더 오래된 자료에서 티르의 기원을 찾기는 쉽지 않다.

　그러나 이름의 유사성 때문에 『게르마니아』에 나오는 최초의 신 투이스코와 동일시하는 사람도 있다. 「히미르의 서사시」에 따르면 티르는 거인 히미르의 아들이었다고 한다. 그의 어머니는 이름을 알 수는 없지만 하얀 눈썹이었으며, 역시 이름을 알 수 없는 할머니는 9백 개의 머리를 가진 거인이었다고 한다.

　그는 영국에서는 티우(Tiw), 독일에서는 티우츠(Tiwz) 등으로 불리고, 그 이름을 영어 'Tuesday'에 남기고 있다. 로마에서는 전쟁신 마르스와 동일시되었고, 토르와 마찬가지로 짐승을 제물로 바쳐 추앙하는 신이었다.

　비교신화학이나 비교언어학 등의 연구 결과에 따르면 티르의 어원은 그리스의 제우스나 로마의 유피테르(주피터), 인도의 시바, 이란의 다에와(데우)와 그 어원이 같다고 한다. 따라서 티르도 예전에는 주신(主神)의 위치에 있었지만 나중에는 토르나 오딘, 프레이 같은 신들에게 그 지위를 빼앗겨서 나중에 평범한 신이 되었다는 것이 통설이다.

　이 외에도 티르의 주신(主神)설을 뒷받침하는 증거는 몇 가지 더 있다.

　티르의 이름은 후에 '신'을 나타내는 일반명사로 변하는데 이런 사실이 그

가 주신이었다는 분명한 증거라고 할 수 있겠다.

또 많은 신들 가운데 오로지 티르만이 룬 문자로 자신의 이름을 남겼다는 것도 그 증거다.[95] 위로 향한 화살표 모양의 문자 '티와드(↑)'는 '승리의 룬'이라고 불리며 주로 검이나 창에 새겨졌다. 사람들은 룬 문자 무기를 들고 두 번 티르의 이름을 부르면 승리가 찾아온다고 믿었다. 보다 많은 가호를 기대할 경우에는 상하로 조금씩 밀리게 이중(↟), 삼중으로 새겨넣는 일도 있었다고 한다.

어쨌든 티르는 싸움의 신이었기 때문에 힘으로는 토르에게 뒤지지만, 용맹스러움과 지휘 능력 면에서는 그를 당할 신이 없었다. 그는 신들의 지장이며 싸움의 수호신이었다.

흔히 티르는 허리에 검을 찬 오른손이 없는 전사의 모습으로 나타난다. 그가 한 손이 된 이유는 다음과 같다.

늑대 펜리르의 포박

세계의 종말을 가져오는 요괴의 한 마리로 '펜리르(Fenrir : 땅을 움직이게 하는 것)'라는 늑대가 있었다. 이 늑대는 로키의 자식으로 신들의 손에서 자랐는데, 티르만이 그에게 먹이를 줄 용기를 가지고 있었다. 예언에 따르면 이 늑대는 태양까지 삼켜버릴 것이라고 했는데, 그것을 뒷받침이라도 하듯이 하루가 다르게 점점 크게 성장해갔다. 이런 동물을 그대로 두면 예언대로 될 가능성이 있었기 때문에 신들은 펜리르에게 족쇄를 채우기로 결정했다.

처음에 채운 족쇄는 '레딩(Loeðingr : 가죽의 포박)'이었다. 족쇄를 채운 신들

---

95) 티와드 : 불명확한 형태로는 토르 혹은 아스 신 전체를 나타내는 안사드(ᚨ)와 프레이의 별명인 인그에서 유래한 인그드(◇) 등의 룬이 있지만 이것을 토르의 룬이라든지 프레이의 룬이라고 부르지는 않는다.

은 펜리르에게 이구동성으로 말했다.

"시험삼아 이 족쇄를 비틀어 뜯어보아라. 만약 끊어지면 펜리르 너의 이름
은 더욱 더 빛날 것이다."

레딩을 본 펜리르는 그다지 튼튼한 것이 아니라고 생각하고 확 잡아당기니
까 간단하게 끊어져버렸다.

신들은 펜리르의 놀라운 힘에 몹시 당황했다. 레딩으로 묶어놓으면 될 거라
고 생각했는데 그 포박이 그다지 도움이 되지 못했던 것이다. 그래서 보다 강
력한 '드로미(Drómi : 힘줄의 포박)'를 만들었지만 이 역시 펜리르가 혼신을 힘
을 쓰자 끊어지고 말았다.

신들은 자신들의 힘으로는 도저히 늑대를 포박할 수 없음을 깨닫고, 프레이
의 하인 스키르니르를 드베르그 소인국 스바르트알바헤임으로 보냈다. 그 나
라에서 스키르니르가 가지고 돌아온 족쇄는 '글레이프니르(Gleipnir : 삼켜버
린 것)'로, 처음 볼 때는 마치 명주실처럼 부드러운데다 상당히 약해 보였다.
그러나 이 줄은 만든 드베르그의 이야기에 따르면, 글레이프니르는 고양이의
발걸음 소리와 여자의 수염, 산의 뿌리, 곰의 힘줄, 물고기의 숨, 새의 침으로
만들어졌기 때문에 절대로 끊어지지 않는다는 것이었다(이 여섯 가지의 재료는
현재 좀처럼 찾아볼 수 없는 것들인데, 드베르그들이 몰래 훔쳐서 보관하고 있기 때
문이다).

신들은 즉시 이 글레이프니르를 펜리르에게 가지고 가서 그 앞에서 위세
좋게 말했다.

그러나 이번만큼은 펜리르도 경각심을 늦추지 않았다. 이상하게도 너무 약
해서 금방이라도 끊어질 것 같았기 때문이었다. 분명히 마법을 걸어놓은 것
이라고 생각하고(실제로도 그랬다) 펜리르는 망설였다.

'신들은 나의 힘을 시험하는 것이 아니라 정말로 나를 포박하려는 것이 아닐까? 그러나 내가 글레이프니르를 차지 않으면 저놈들은 한평생 나를 용기 없는 자라고 비웃을 것이다……'

펜리르는 그렇게 생각하면서 말했다.

"나를 속이지 않겠다는 표시로 누군가의 손을 내 입안에 집어넣는다면 그 족쇄를 찰 것이다."

물론 처음부터 사슬로 묶으려고 했기 때문에 손이 잘릴 게 분명했다. 주위는 조용해졌고 누구도 그 위험한 짓을 하려고 하지 않았다.

"내가 하겠다."

침묵을 깬 것은 티르였다. 그가 굳은 각오를 하고 펜리르의 입에 오른손을 넣자마자 신들은 곧바로 족쇄를 채웠다.

늑대는 있는 힘을 다해 티르의 팔을 물었다. 그러나 그 명주실은 점점 더 조여들 뿐이었다. 신들은 펜리르가 줄에 묶여 나뒹구는 모습을 보고 크게 웃었다. 하지만 티르는 그만 오른쪽 손목을 잃는 큰 고통을 감수해야만 했다.

신들은 족쇄에서 나온 명주실을 큰 돌로 누르고 땅 속 깊이 파묻은 다음 그 위에 큰 바위를 올려놓아 움직이지 않게 만들었다. 그리고 검 하나를 준비해서 날을 위로 가게 해서 펜리르의 입안에 세워놓았다. 이후 세상의 종말이 올 때까지 펜리르는 글레이프니르에 묶여 있는 고통을 견뎌야만 했다고 한다.

전승 중의 티르

『에다』에 나오는 티르에 관한 신화는 앞에서 한 이야기와 '세계뱀 요르문간드를 낚다'('토르' 편 참조), 그리고 라그나뢰크 때 저승의 경비견 가룸과 싸워서 무승부가 되어 죽었다는 설화 외에는 남아 있지 않다.

하지만 민간 전승에는 티르에 대한 이야기가 적지 않게 남아 있는데, 그 중에서도 티르의 검에 관한 이야기는 널리 알려졌다. 티르가 가지고 있던 검은 오딘의 창 궁니르처럼 드베르그 소인 이발디(Ivaldi : 왕)의 아들들이 만든 명검이라고 전해진다. 티르는 가끔 이 검을 신봉자들에게 빌려주기도 했지만 아주 조심스럽게 보관했다. 왜냐하면 이 검은 아침의 첫 햇살을 받으면 연기처럼 사라졌기 때문이었다. 그리고 이 검을 가진 자는 세상의 패자가 될 수 있었지만 제왕의 자리를 차지한 다음에는 반드시 비극적으로 죽었다. 만약 이러한 칼이 독자 여러분의 손에 들어온다면 어떻게 할 것 같은가? 가질 것인가, 아니면 못 본 척하고 말 것인가?

뇨르드 Njǫrðr

풍요롭게 하는 자 뇨르드는 바람이나 바다, 불 등의 움직임을 지배하는 신으로, 항해자나 어부들에게 인기가 있었다. 이름에는 '힘' 이라는 의미가 들어 있다. 자태가 수려했고, 특히 그의 발은 신 중에서도 가장 아름다웠다고 하며, 부유해서 숭배자들에게 토지와 재산도 나누어주었다고도 한다.

굉장히 정직한 신이었기 때문에, 그의 도움이 있으면 세상은 평화롭고 풍요로운 힘이 넘치게 될 것이라고 전해진다. 그의 궁전은 하늘 높이 솟은 '노아툰 (Nóatún : 선착장)' 이다. 그러나 저택의 이름과는 달리 그는 배가 아닌 전차를 가지고 있었다.

그는 신과 거인과의 마지막 전쟁인 라그나뢰크에는 참가하지 않고, 혼자서 바나헤임으로 돌아갔다고 전해진다.[96] 바나헤임은 '반 신족의 나라' 라는 의미이다. 그는 아스 신족과 적대적이었던 반 신족의 우두머리였다.

그는 아스 대 반 전쟁 후 맺은 평화 조약 때 아들(프레이)과 딸(프레이야)을 데리고 아스 신의 인질로 미드가르드에 왔다.

이런 전력이 있던 그는 조정을 담당하는 신으로 거인족에게 인질로 보내졌던 일도 있었다.

뇨르드와 그의 아들 프레이가 미드가르드에 왔을 때는 인질이었음에도 신들의 제사 때 제물을 바치는 제사장 역할을 하기도 했다.

뇨르드의 친족

반 신족의 왕인 뇨르드는 자신의 여동생과 결혼해서 프레이와 프레이야 남

---

96) 이때 그가 딸 프레이야도 함께 데리고 갔다는 이야기도 있다. 북구에서는 지금도 살아 있는 신은 프레이야뿐이라고 한다.

매를 얻었다. 반 신족의 사이에는 이러한 형제간의 결혼이 금기시되지 않았으며, 실제로 프레이와 프레이야도 서로 정을 나누었다고 전해진다.

뇨르드의 첫부인 이름은 기록에 남아 있지 않다. 다만 최근에는 네르투스 (Nerthus : 어머니의 대지, 또는 힘)라고 알려지고 있다. 이런 사실은 타키투스의 『게르마니아』제40장에도 등장하는 이름이다.

네르투스는 뇨르드처럼 평화와 부, 풍요를 지배하는 신으로, 젖소가 끄는 수레를 가지고 있었다.

뇨르드의 두 번째 부인은 거인족 스카디(Skaði : 해치는 자, 또는 스키의 여신) 였다. 그녀는 '이둔' 편에 등장하는 거인 샤치의 딸이다. 북구 신화에 나오는 뇨르드의 설화는 유일하게 이 스카디와의 연애담이다.

슬픈 스카디

아버지 샤치가 죽음을 당하자('이둔' 편 참조) 스카디는 갑옷과 투구로 완전 무장하고 아스가르드로 갔다. 복수심에 불타는 스카디를 본 신들은 배상을 해줄 테니 용서해달라고 빌었다. 그래서 그녀는 신들 중에서 남편을 선택할 수 있게 해줄 것과 자신을 웃게 해줄 것을 요구 조건으로 내걸었다. 이에 신들은 다른 것은 안 되고 발만 보고 남편을 고를 수 있도록 허락했다.

그녀는 한 남신의 아름다운 발에 눈길이 갔다. 분명 발드르의 발이 틀림없다고 생각하고 그를 남편으로 지명했지만 실제로는 뇨르드였다.

다른 한 가지 조건은 로키가 해결했다. 그는 산양을 끌고 와서 그 수염을 자신의 음낭에 맸다. 로키가 잡아당기면 산양은 울었고, 산양이 잡아당기면 로키는 너무 아파서 소리치며 날뛰었다. 신과 산양이 번갈아 우는 모습을 보고 그녀는 자기도 모르게 웃음을 터뜨렸다. 이것으로 배상은 끝이 났다. 그녀는 신들에게 완전히 속았던 것이다.

하지만 그녀는 거인족으로는 드물게 신들의 동료로 환영받았다. 스키에 능숙하고, 활로 짐승들을 잡을 수 있었기 때문에 '스키의 여신'이라고도 불리게 되었다. 또 장신구를 좋아해서 많은 여신들과도 친했다고 전해진다.

하지만 무엇보다도 슬픈 일은 스카디와 뇨르드의 결혼 생활이 그다지 행복하지 않았다는 사실이다. 스카디는 아버지의 저택 '스림헤임(Þrymheimr)'[97]에 있는 산이 그리웠지만, 항해의 신인 뇨르드는 바다 곁에 살고 싶었던 것이다. 그래서 둘은 9일 동안은 산에서 살고, 9일 동안은 바다에서 살기로 했다. 그러나 시간이 가면 갈수록 상대방이 좋아하는 환경에 적응하기 어렵게 되었고, 끝내는 각각의 저택에서 떨어져 살았다. 그때 이후로 그 둘이 화해했다는 이야기는 아직까지 전해지지 않고 있다.

---

97) 스림헤임 : 거인 스림의 나라. 또는 술렁이는 나라. 필자는 스림이 쓰러진 후 저택을 샤치나 스카디가 물려받았을 것이라고 생각한다.

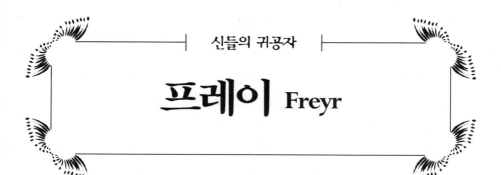

프레이 Freyr

프레이[98]는 뇨르드의 아들이며 프레이야의 오빠다. 오딘이나 토르 다음가는 제3위의 신이며, 아름다웠을 뿐 아니라 발드르를 제외하면 가장 완전한 신이었다고 한다.

그는 비와 햇빛을 다스림으로써 대지의 축복을 자유로이 내릴 수 있었다. 풍작과 평화, 재산 등에 관하여 그에게 기원하면 가호가 내려졌다고 한다.

그는 식물과 동물에게 풍요로움을 주는 신이기도 했다. 그의 신상은 흔히 커다란 남자 성기와 함께 묘사되기도 하는데, 그 때문인지 그의 제사에는 성적인 요소들이 많이 등장했다고 한다. 인간들이 혼례를 할 때는 그에게 동물을 제물로 바쳤다.

또 전사로도 뛰어나서 거인 벨리(Beli : 함정)를 수사슴 뿔로 죽였다고 하는데, 유감스럽게도 자세한 내용은 남아 있지 않다. 하지만 그의 유능함은 그가 '신들의 지휘관'이라고 불렸던 것에서도 분명하게 알 수 있다.

프레이는 독일에서는 프로(Froh), 스웨덴에서는 프리코(Fricco) 등으로 불리고 있으며, '주인' 또는 '지배자'라는 의미가 있다. 스웨덴에서는 앞의 두 신을 제치고 그를 제1위의 신으로 떠받들고 있다.

---

98) 옛날에는 '프로이'라고도 발음했던 것 같다.

그에 관한 유일한 신화가 나오는 「스키르니르의 여행」을 보면, 원래 그는 오딘이 앉아 있어야 할 왕좌인 흘리드스칼브에 앉아 있는 모습으로 등장한다. 이는 그가 주신(主神)이었다는 사실을 증명하는 것으로 볼 수 있다.

별명으로 인그(Ing, Yng)가 있는데, 그 이름은 룬 문자 '인그드(◇)'에도 나타나 있다. 이 인그라는 이름을 이어받은 게르만의 여러 민족으로는 스웨덴의 '인글린가탈 왕가(Ynglingatal)'와 『베오울프(Beowulf)』에 나오는 덴마크의 '인그비네(Ingwine) 왕가', 『게르마니아』 제2장에 나오는 부족 '인가에보네스(Ingaevones)' 등 다수가 있는데, 학자들은 그 기원이 상당히 오래된 것으로 보고 있다.

신수(神獸)와 마법의 보물

프레이의 첫 번째 보물은 '굴린부르스티(Gullinbursti : 황금의 강한 털)' 또는 '슬리드루그탄니(Sliðrugtanni : 무서운 이빨을 가진 자)'라고 불리는 수컷 산돼지다. 온몸에서 빛을 발산하며 밤낮을 가리지 않고 땅과 바다, 하늘을 어떤 말보다도 빨리 달릴 수 있었다.

그 다음 보물로는 '스키드블라드니르(Skiðblaðnir : 나뭇잎)'라는 마법의 힘을 지닌 배가 있었다. 이 배는 작게 접어서 가지고 다닐 수가 있는데, 넓게 펼치면 모든 신들과 무기를 실을 수 있었다. 그리고 한번 닻을 올리면 어디를 가더라도 항상 배가 목적지까지 갈 수 있도록 뒷바람을 부르는 힘도 갖추고 있었다.

그 밖에 '스스로의 힘으로 거인을 쓰러뜨리는 검'을 갖고 있었는데, 이 검에는 명확한 이름이 붙어 있지 않다. 다만 가느다란 양날 검이고, 룬 문자와 장식 모양이 새겨져 있다는 것만 알려져 있다. 이 검이 스스로 적을 쓰러뜨리는 것은 그 소유자가 현자일 경우에 한하며, 어리석은 자는 단순한 검으로밖에 사용할 수 없다.

'블로두그호피(Blóðughófi : 피범벅이 된 발굽)'라는 수컷 말도 프레이의 것이었다.

그러나 이 검과 말은 후에 신하인 스키르니르의 소유가 된다. 그렇기 때문에 프레이는 라그나뢰크 때 맨손(또는 사슴뿔로 만든 곤봉)으로 싸우다가 끝내는 무스펠(불꽃의 백성)의 수령 수르트의 불꽃 검에 쓰러지고 만다.

프레이의 신하들

프레이의 신하는 비그비르(Byggvir : 보리 남자)와 베일라(Beyla : 구부리는 자)라는 이름을 가진 부부가 있는데, 그들에 대한 특기할 만한 정보는 거의 없다. 비그비르는 민첩했다고 알려져 있지만 「로키의 말다툼」에서는 그를 "어린애" 혹은 "겁쟁이"라고 비웃는 장면이 나온다.

프레이의 신하 중에서 첫 번째로 들 수 있는 것은 훔치기가 특기인 스키르니르(Skírnir : 씻어서 깨끗하게 하는 자)이다. 그는 프레이의 신하이기도 하지만 어릴 때부터의 친구이기도 했다. 그리고 지금부터 소개하는 「스키르니르의 여행」에 등장해 활약하는 것 외에도 그에 대한 이야기들은 많이 남아 있다.

스키르니르의 여행

어느 날 프레이는 오딘의 옥좌 흘리드스캴브에 앉아 세상을 내려다보고 있었다. 그때 그의 눈에 요툰헤임에 사는 한 소녀의 모습이 눈에 들어왔다. 그녀의 이름은 게르드(Gerðr : 평야). 그 아름다움은 비할 데가 없을 정도여서, 미모가 뛰어난 자신의 누이 프레이야보다 몇 배나 더 아름답게 보였다. 하지만 그녀는 불타는 세계의 안쪽에 살고 있었기 때문에 여간해서는 접근하기 어려웠다. 그리고 무엇보다도 중요한 것은 그녀가 신들과 적대적인 관계인 거인족이라는 사실이었다.

그날 이후 프레이는 병으로 드러눕게 되었다. 상사병이었다. 잠은 물론 식사조차도 제대로 하지 못했다. 아버지 뇨르드는 걱정이 되어 프레이의 신하인 스키르니르에게 그 이유를 물어보라고 지시했다. 상사병 때문에 쇠약해진 프레이가 겨우 입을 열고 진심을 이야기했다.

"스키르니르, 나는 그 여자를 사랑하고 있어. 하지만 요정이나 신들은 내 사랑을 허락해주지 않을 거야. 내가 어떻게 해야 하지?"

스키르니르가 말했다.

"프레이님, 그렇게 한탄하실 필요가 없습니다. 제게 불꽃의 세계를 뛰어넘을 말과 한 손으로 거인과 싸울 검을 주십시오."

"그래, 이 병을 치유해줄 수 있다면 그런 건 문제없지. 그녀 아버지의 승낙 같은 건 아무래도 좋아. 게르드를, 그 소녀를 이곳으로 데려오기만 해줘."

스키르니르는 생각한 바가 있어 오딘의 궁전 발홀에서 보물 세 가지를 훔쳤다. 하나는 발드르의 유해와 함께 타버린 팔찌 드라우프니르이고, 다른 하나는 헤르모드의 마법 지팡이 간반테인, 그리고 세 번째는 이둔의 항상 젊어지는 사과였다. 그러고 나서 스키르니르는 명마 블로두그호피에 올라타고 요툰헤임으로 향했다. 말은 순식간에 불꽃의 세계를 뛰어넘어 게르드가 사는 집으로 달려갔다. 갑자기 나타난 스키르니르의 모습에 소녀는 깜짝 놀라 뜰로 뛰어나왔다.

"격렬한 불꽃을 가볍게 뛰어넘어 온 당신은 요정입니까? 아니면 혹시 아스신의 아들입니까? 그렇지 않으면 현명한 반 족의 신입니까?"

"그 어느 쪽도 아닙니다. 저는 단지 인간일 뿐입니다. 프레이님의 명령으로 당신의 사랑을 구하러 왔습니다. 자, 이 사과를 가지십시오. 이둔의 항상 젊어지는 사과입니다."

"항상 젊어지는 사과 같은 것은 필요없습니다. 프레이 신과 평생을 같이 보내느니 차라리 죽는 것이 낫다고 생각합니다."

"그렇다면 이 황금 팔찌를 선물로 드리겠습니다. 이것은 9일 밤마다 같은 무게의 팔찌를 여덟 개씩 떨어뜨리는 드라우프니르입니다."

"그 팔찌가 발드르와 함께 타버린 것이라고 해도 내게는 필요 없습니다. 저는 아버지 기미르(Gymir : 양)[99]의 유산도 받게 될 테지만 재물에는 전혀 관심이 없습니다."

"그렇다면 힘있는 것을 보여드리겠습니다. 이 검을 보십시오. 이것은 스스로의 힘으로 거인을 넘어뜨리는 천하의 명검입니다."

"나에게 무리하게 강요하지 마십시오. 나그네여, 만약 우리 아버지께서 당신을 보면 가만두지 않을 것입니다."

"어떤 거인이든 이 검에는 대적할 수 없을 겁니다. 검이 마음에 들지 않으면 이 마법의 지팡이는 어떻습니까? 이 지팡이로 마법을 걸면 당신은 헬이 지배하는 저승으로 가고 말 것입니다. 아무리 울고 몸부림쳐도 거기에서 빠져나올 수 없습니다. 그렇게 되면 당신은 평생 남편을 가질 수 없을 뿐만 아니라 설사 갖더라도 목이 세 개 달린 추악한 거인일 것입니다. 또 남녀간에 일어나는 환희를 당신에게서 빼앗아가도 당신의 격정은 가라앉지 않을 것입니다. 그래서 당신은 쇠약해지고, 고통받아 죽고 싶지만 죽을 수도 없습니다. 결국 당신은 신들의 원한을 받게 될 것입니다. 그렇게 되어도 좋겠습니까, 게르드?"

"……알았습니다. 설마 나는 반 신족에게 시집을 가리라고는 생각지도 않았습니다. ……지금부터 아홉 밤이 지나면 바리(Barri : 곡물)라는 조용한 숲으로 오라고 전해주십시오. 그곳은 프레이님도 잘 알고 있는 장소일 것입니다."

---

99) 기미르는 바다의 거인 에기르의 별명 중 하나인데, 여기서는 다른 거인의 이름이다.

스키르니르는 서둘러 말을 타고 돌아갔다. 프레이는 스키르니르가 가지고 올 소식을 학수고대하며 기다리고 있었다. 일이 잘됐다는 이야기를 들었지만 프레이는 길게 한숨을 내쉬기만 했다.

"하룻밤은 길고 이틀 밤은 더 길다. 어떻게 아홉 밤을 기다리겠는가. 아! 이 짧은 밤을 보내는 것이 한 달보다 더 길게 느껴지는구나."

스키르니르의 강압적인 위협과 게르드의 거부에도 불구하고 둘은 행복한 결혼 생활을 했다고 전해진다. 그것은 프레이의 따스한 인격 덕분이었음에 틀림없다.

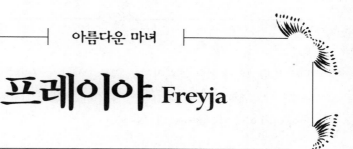

아름다운 마녀

프레이야 Freyja

프레이의 누이동생 프레이야[100]는 신들 중에서 가장 아름다웠으며, 성적으로 가장 자유분방한 여신이었다.

「로키의 말다툼」 제30절에 "……여기에 있는 신이나 요정들도 모두 너의 애인들이 아니었던가" 하는 비난이 있을 정도로 그녀는 성적으로 자유로웠던 여신이었다. 하지만 그녀 자신은 로키의 비난 따위는 전혀 마음에 두고 있지 않았던 것 같다. 그녀는 그만큼 매력적인데다 신들의 구애를 거절할 수 없을 정도로 정이 넘쳐흘렀다.

프레이야는 그런 매력 때문에 항상 거인족이나 드베르그 소인들의 구애 대상이 되었다. 그래서 신들에게 프레이야를 지키는 것은 아스가르드를 지키는 것과 거의 같은 의미였다.

그녀는 미의 화신이며 풍요의 여신으로 애정을 나누어주는 신이었다. 연가를 좋아했기 때문에 그녀에게 기도를 바치면 사랑이 이루어졌다. 또 그녀는 주로 동물을 제물로 받으면 좋아했다고 전해진다.

그러나 정작 그녀 자신의 사랑은 슬픈 결말을 맺는다. 그녀와 남편 오드(Óðr : 격정)[101] 사이에 흐노스(Hnoss : 장식품, 귀중품)라는 아름다운 딸이 있었다. 하지만 오드는 사랑스러운 아내와 딸을 남겨두고 이곳 저곳을 떠돌아다

---

100) 옛날에는 '프로이야' 라고 발음했던 것 같다.

니며 방랑생활을 했다. 프레이야는 오드의 사랑이 그리워 항상 붉은 눈물을 흘렸는데, 그것이 황금이 되었다고 전해진다. 그리고 그녀는 사랑하는 남편을 찾아 여러 이국 땅을 찾아다니기도 했다.

프레이야의 여러 별명 중에 바나디스(Vanadís : 반 신족의 여신)라는 것이 있다. 아스 신족을 대표하는 토르를 아사토르라고 부른 것처럼, 이 별명은 그녀가 반 신족을 대표하는 여신이었음을 보여주고 있다. 프레이야라는 이름 자체에도 '여주인'이라는 의미가 있다. 지위는 오딘의 부인인 프리그 다음이라고 하지만 지명도에서는 가장 첫 번째 자리에 있었다. 또 토르와 함께 인간들에게는 가장 부드럽게 느껴지는 신이기도 했다.

주거 · 신수 · 보물

프레이야의 거처는 '폴크방(Fólkvangr : 싸움의 평야)'에 있는 '세스룸니르(Sessrúmnir : 자리가 있는 방)'라는 크고 아름다운 저택이다. 그녀는 가끔 두 마리의 고양이가 끄는 수레를 타고 전쟁터로 달려가 전사자의 반을 세스룸니르의 연회석에 초대했다고 한다.

그녀 자신이 무기를 가지고 싸웠다는 이야기는 없지만, 힘이 셌기 때문에 그리스의 아테나처럼 '싸움의 여신' 역할을 했던 것 같다.

그녀의 특기는 뛰어난 마술이었다. 아스 신족 내에 마술을 들여온 것이 바

---

101) 오드 : 이 신을 오딘과 동일시하는 설도 있다. 그럴 경우 프레이야와 프리그는 같은 신으로 볼 수 있다. 실제로 프레이야가 오딘의 부인이 되었다는 전승도 있고, 또 오딘이 프리그를 두고 자주 여행을 떠난 것도 오드와 비슷해서 상당히 설득력 있는 이야기라고 볼 수 있다. 하지만 프리그와 프레이야의 성격이 닮은 부분보다는 틀린 부분이 더 많기 때문에 서로 다른 여신으로 보는 것이 옳을 것이다.

337

로 그녀였고, 최고의 신 오딘의 마술 선생님이었다('오딘' 편 참조). 그런 힘과 능력으로 그녀는 신들의 여제사장 역할도 했다.

프레이야는 오빠인 프레이처럼 드베르그들이 만든 빛나는 황금 돼지 '힐디스비니(Hildisvíni : 싸움의 포도주)'와 자주 로키에게 빌려주었던 유명한 매의 날개옷도 가지고 있었다. 이 날개옷은 그것을 입은 자를 매의 모습으로 변신시켜 하늘을 날게 했다.

프레이야의 목에는 '브리싱가멘(Brísingamen : 불꽃의 목걸이)'이라는 금목걸이가 걸려 있다. 이 목걸이는 원래 드베르그 소인들이 가지고 있던 것으로, 성적으로 분방했던 프레이야가 자신의 성적 매력을 이용해 손에 넣은 것이다. 그래서 오딘은 프레이야의 부정함을 심하게 꾸짖기도 했다. 프레이야가 목걸이를 어떻게 얻었는지 그 이야기를 알아보자.

햐드닝의 싸움

어느 날 여신 프레이야는 여행을 하다가 네 명의 드베르그 소인들이 아름다운 목걸이를 만들고 있는 모습을 보았다. 그녀는 그 목걸이가 너무나 탐이 나서 드베르그들에게 그 목걸이를 줄 수 없겠느냐고 물어보았다. 그러나 그들은 아무리 좋은 보물을 준다고 해도 들은 척도 하지 않았다.

"하룻밤에 한 명씩 같이 잠자리를 해준다면 몰라도……."

그녀는 감히 있을 수 없는 제의를 받았지만 조금도 당황하지 않고 받아들이기로 했다. 그래서 프레이야는 브리싱가멘을 손에 넣을 수 있었고, 드베르그들은 하룻밤의 꿈을 얻을 수 있었다.

그런데 그런 사실을 로키가 알아버렸다. 로키는 오딘에게 달려가서 프레이야의 부정을 알렸다. 오딘은 프레이야를 응징하려고 로키에게 그 목걸이를 빼앗아 오라고 지시했다. 그 자세한 이야기는 '헤임달' 편에 나와 있지만, 결국 로키는 헤임달에게 패배하여 목걸이는 프레이야의 손에 되돌아가게 되었다.

그러나 이것으로 이야기가 끝난 것이 아니다. 오딘은 프레이야의 부정에 대한 벌을 다음과 같이 내렸다.

"네가 용서를 받기 위해서는 다음과 같은 일을 해야만 한다. 각각 스무 명의 하인을 데리고 있는 두 명의 왕 사이에 끼어들어 서로 사이를 나쁘게 만들어서 싸움이 나게 만들어라. 그날의 싸움이 끝나면 부서진 무기도 죽은 자도 모두 새롭게 다시 살아나서 두 왕은 영원히 싸우지 않으면 안 된다. 프레이야, 너의 죄는 그것에 의해서만 용서받을 수 있다."

그녀는 오딘이 준 임무를 확실히 수행했다고 한다.

그래서 이 세상 어딘가에 멈추지 않고 영원히 싸우고 있는 40명의 전사가 있다는 것이다. 그 싸움은 한 왕의 이름을 따서 '햐드닝의 싸움(Hjaðningavíg)'이라고 불리고 있다. 그들이 영원히 잠들 수 있는 것은 라그나뢰크가 와서 세계가 함께 멸망하는 때뿐이다.

에기르 Ægir

주요 신 중에서 유일하게 거인족에 속하는 신이 에기르다. 에기르는 '유혹하는 자' 라는 의미이고, 그의 궁전은 바다 밑 또는 서방의 프레세이 섬에 있다고 알려져 있다. 궁전에는 황금이 널려 있고, 그 빛 때문에 다른 조명이 필요 없을 정도라고 한다. 바다에 가라앉은 보물은 모두 그의 궁전으로 모여들었기 때문에 금은 보석이 아주 많았다. 그 자신도 일부러 배를 침몰시켰기 때문에 큰 파도는 흔히 '에기르의 아가미' 라고 불렸다. 뱃사람들은 바다 거인의 배를 채워주고 안전하게 항해하기 위해 인간을 제물로 바치기도 했다. 그리고 죽은 후에 에기르의 기분을 상하게 하지 않기 위해 약간의 돈을 가슴속에 넣어두는 관습도 있었다.

그는 신들의 부탁으로 가끔 연회를 열기도 했는데, 그곳에 가면 자동적으로 술이 든 잔이 나왔다고 한다.

친족과 신하

에기르에게는 란(Rán : 빼앗는 자)이라고 불리는 아내와 아홉 명의 파도의 딸들이 있었다. 그녀들은 파도 사이에서 어부들을 유혹해서 목숨을 빼앗고, 영혼을 매료시켜 바다 속으로 데려갔다. 특히 란은 사람들을 포박하기 위한 망

■ 파도의 소녀들

1. 히밍레바(Himinglæva)	하늘의 빛, 하늘의 바다
2. 두파(Dúfa)	가라앉는 파도
3. 블로두그하다(Blóðughadda)	피투성이의 낚시질
4. 헤프링(Hefring)	높이 올라오는 파도
5. 운(Unn)	세차게 내리치는 파도
6. 후론(Hurǫnn)	겹치는 파도
7. 비르갸(Byrgja)	둘러싸는 자
8. 바라(Bára)	표류자를 가지고 노는 큰 파도
9. 콜가(Kólga)	밀려오는 큰 파도

을 가지고 있었다. 이렇게 어부들을 죽였지만 그 영혼들은 해저 궁전에서 여러 가지 대접을 받는다고 전해진다.

파도의 여자들의 모습은 후세에 로렐라이 전설[102]로 계승된 것으로 추측된다.

그리고 에기르에게는 피마펭(Fimafengr : 재빠르게 훔치는 자)과 엘디르(Eldir : 불의 남자)라는 유능한 하인이 있었다. 하지만 피마펭은 로키에게 죽음을 당하고 마는데, 그 자세한 내용은 '로키' 편에서 이야기하도록 하자.

---

102) 로렐라이 전설 : 로렐라이(Lorelei)는 '로라의 바위' 라는 뜻으로, 로라는 '엘레오노라' 라는 여성 이름을 줄여 부르는 말이다. 로렐라이는 독일 라인 강변에 있는 바위 이름이며, 그곳에 사는 요정(또는 인어)이 노랫소리로 배를 유인하여 좌초시켰다는 전설이 있다. 그 주위에는 암초가 많고, 큰 메아리가 들리는 곳으로 유명하다. 지금은 요정의 노랫소리가 실제 요정이 내는 소리가 아니라 바람소리가 울려서 나는 소리라고 알려져 있다. 이와 비슷한 전설은 다른 지역에도 있는데, 아르고 탐험대나 오디세우스 설화에 나오는 세이렌이 유명하다.

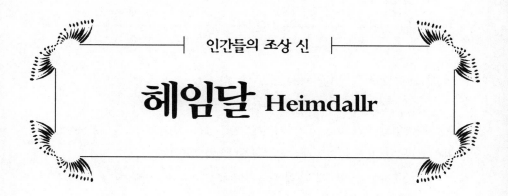

헤임달 Heimdallr

헤임달은 '하얀 신'이라고 불리며, 신 중에서 가장 아름다운 남신으로 알려져 있다. 그의 이빨은 황금으로 되어 있으며, 큰 키와 현명함, 강한 힘을 가지고 있었다. 또 오감과 그것을 넘어선 육감에도 뛰어났던 것으로 알려져 있다.

그는 거의 잠잘 필요가 없었으며, 초목과 털이 자라는 소리를 들을 수 있었고, 주야에 관계없이 7, 8백 킬로미터 앞을 볼 수 있는 능력을 가지고 있었다. 그리고 미래의 일을 예측하는 능력도 가지고 있었다. 그렇기 때문에 신들의 파수꾼으로서 무지개 다리 '비브로스트' 옆에 '히민뵤르그(Himinbjǫrg : 하늘의 파수)'라는 저택을 지어놓고 아래 세상을 두루 살폈다.

그가 가진 첫 번째 보물은 '걀라르호른(Gjallarhorn : 외치는 뿔피리)'이다. 그는 라그나뢰크가 오면 이 뿔피리를 불어 세계의 종말이 왔다는 사실을 온 세상에 알린다. 걀라르호른은 원래 거인 미미르의 뿔잔이었는데, 미미르가 죽은 후에 오딘이 뿔피리로 다시 만들어 헤임달에게 준 것으로 추측된다. 그는 걀라르호른을 언제나 지니고 다니지는 않고 미미르의 샘에 보관해두었다. 또 검을 무기로 하고, 황금 갈기를 가진 말 '굴토프(Gulltoppr : 황금의 정수리)'를 타고 달렸다.

사람들의 조상신 헤임달

헤임달은 인간들에게 계급을 부여한 신으로 알려져 있다. 그에 대한 신화는

『에다』의 「리그의 광상시(狂想詩)」에 등장한다.

한때 헤임달은 리그(Rigr : 고대 아일랜드어로 왕을 의미하는 '리' 를 노르드어로 읽은 것)라는 이름으로 미드가르드를 여행한 적이 있었다.

처음 하룻밤을 신세지게 된 집에는 아이(Ái : 증조할아버지)와 에다(Edda : 증조할머니)라는 이름의 노부부가 살고 있었다. 둘은 가난하고 어린아이도 없었는데, 정성을 다해 리그를 대접했다. 리그는 사흘 낮과 밤을 거기서 머물면서 노부부 사이에서 잠을 잤다.

이상하게도 리그가 떠나고 아홉 달이 지나자 노부부는 어린아이를 갖게 되었다. 그 아이는 검고 추한 모습이었지만 건강하게 자랐다. 부부는 어린아이에게 스렐(Þræll : 노예)이라는 이름을 지어주었다. 그리고 어디서 온지는 몰라도 시르(Þír : 여자노예)라는 여자가 나타나 장성한 스렐과 결혼했다. 둘은 곧 아이를 낳았는데, 그 후손들로부터 노예 일족이 생겨났다.

한편 리그는 전보다 조금 더 행복한 부부의 집에 머무르게 되었다. 남편은 아비(Afi : 아저씨), 부인은 암마(Amma : 아주머니)라고 했다. 리그는 사흘 낮과 밤을 거기서 머물면서 그 부부 사이에서 잠을 잤다.

이상하게도 리그가 떠나고 아홉 달이 지나자 또 둘 사이에 아이가 생겼다. 붉은 머리에 붉은 뺨의 아기는 튼튼하게 자라 카를(Karl : 농부, 평민)이라는 이름을 얻고 밭일을 열심히 하는 청년으로 성장했다. 곧 카를에게 어디에서 온지는 몰라도 스뇌르(Snør : 며느리, 양녀)라는 이름의 여성이 나타났다. 둘은 결혼해서 아이를 낳았고, 거기에서 농민의 일족이 생겨났다.

리그는 이번에는 더욱더 행복한 부부의 집에 머무르게 되었다. 남편은 파디르(Faðir : 아버지), 부인은 모디르(Móðir : 어머니)라고 했다. 리그는 사흘 낮과 밤

345

을 거기에서 머물렀고, 부부 사이에서 잠을 잤다.

이상하게도 이전 집들과 마찬가지로 리그가 떠나고 아홉 달이 지나자 둘 사이에 아이가 생겼다. 금발에 하얀 피부를 가진 아이는 금방 자라 야를(Jarl : 귀족)이라는 이름을 얻고 사냥과 싸움을 익히며 자라났다. 리그는 야를에게 룬 마술을 가르쳤으며, 이후 자신의 이름을 계승해 리그 야를이라고 부를 수 있도록 지혜를 내려주었다. 리그 야를은 여러 나라를 공격하여 많은 보물을 자기 소유로 만들었고, 헤르시르(Hersir : 나라의 수장)의 딸 에르나(Erna : 활발한 여자)를 아내로 삼아 일족을 번성시켰다. 둘의 자손으로부터 왕후의 일족이 나왔다.

프레이야의 목걸이

리그는 로키와 상당히 사이가 좋지 않았다. 그런 사정은 다음 전설에 잘 나타나 있다.

여느 때와 마찬가지로 세계를 내려다보고 있던 헤임달은 우연히 로키가 프레이야의 저택으로 향하는 것을 목격했다. 로키는 확실하게 걸린 자물쇠를 옆눈으로 쳐다보더니 마법으로 한 마리의 파리로 변신하여 안으로 들어갔다. 헤임달은 점점 눈을 가늘게 뜨고 일의 진행 상황을 지켜보았다.

아마도 로키는 프레이야의 목걸이 브리싱가멘을 훔치려고 하는 것 같았다. 그러나 브리싱가멘의 연결고리는 프레이야의 몸 밑에 깔려서 그녀를 일으키지 않고서는 훔칠 수가 없었다. 그래서 로키는 이번에는 벼룩으로 변신해서 프레이야를 콕 찔렀다. 그녀가 몸을 뒤트는 순간 연결고리가 나타났다. 로키는 간단하게 목걸이를 훔쳐서 저택의 자물쇠를 안쪽에서 열고 밤을 틈타 도망가려고 했다.

이것을 본 헤임달은 검을 뽑아들고 로키를 쫓아갔다. 쫓아가서 목을 치려는 순간 로키는 파란 불꽃으로 변해 검은 허공을 갈랐다. 헤임달은 곧바로 몸을 구름으로 바꿔서 불꽃을 끄는 비를 내리게 했다. 그러자 로키는 또다시 거대한 백곰으로 변신해서 비를 모두 마셔버리려고 했다. 헤임달은 그것을 보고 자신도 곰으로 변했다. 그러자 로키는 이번에는 물개로 모습을 바꾸어 바다로 도망치려고 했다. 헤임달도 물개로 변신했다. 둘은 넓고 차가운 바다 속에서 싸우다가 결국 헤임달이 프레이야의 목걸이를 찾는 데 성공했다.

예언에 따르면 둘의 싸움은 라그나뢰크 때까지 계속될 것이며, 무승부로 결말이 난다는 것이었다. 헤임달은 한 남자(로키)의 머리가 관통해서 죽었다고 한다. 그리고 그 남자도 역시 헤임달의 머리에 박혀 죽었다고 한다.

이그드라실과 헤임달

헤임달의 출생은 그의 죽음처럼 기묘했다. 그의 아버지는 신들이며, 어머니는 아홉 명의 거인 자매였다고 한다.[103] 아홉 명의 태내에서 태어나, 대지와 바다와 산돼지의 피에서 위대한 힘을 얻었다는 것이다. 이 수수께끼 같은 신의 정체를 핀란드의 학자 H. 피핑은 '세계수 이그드라실'이 신격화된 것으로 해석한다. 아홉 개의 세계에 뿌리를 뻗고 있는 이그드라실야말로 헤임달인 것이다.

만약 그렇다면 그의 아홉 어머니는 북구 세계를 형성하는 아홉 개의 세계를 상징하는 것이라고 해석할 수 있다. 또 세상의 종말 때 불게 되는 그의 뿔

---

103) 「힌들라의 시」에 의하면, 그 중 둘은 '토르의 게이르뢰드 살해' 일화에 등장하는 걀프와 그레이프이고, 다른 한 명은 마그니의 어머니 야른삭사이다. 나머지 여섯은 다음과 같다. 에이스틀라(Eistla : 고환, 돌), 에이르갸바(Eyrgjafa : 귀의 보람), 울브룬(Úlfrún : 늑대의 지혜), 안게이야(Angeyja : 바쁘게 짓는 것), 이므드(Imðr : 뜻 미상), 아틀라(Atla : 습격하는 자).

피리는 쓰러지려고 하는 세계수의 비명이라고 해석할 수도 있다.

수수께끼 같은 신세계의 신과 헤임달

이처럼 헤임달에게는 기묘한 점이 많은데, 그런 사실들은 라그나뢰크 후에 더욱 명료하게 나타난다.

『고 에다』에 나오는 「무녀의 예언」이나 「힌들라의 시」에 의하면, 세계가 멸망한 후 다시 한 번 세계가 만들어지면 그때 새로운 두 명의 신이 천상계에서 강림하여 사람들을 인도할 것이라고 한다. 하지만 그 신들의 이름은 『에다』와 관련된 자료 속에는 없다.

그러나 그 두 신 중에서 한 신에게는 다음과 같은 특징이 있다. 즉, 그 신은 모든 '계급'의 인간이나 '대지로부터 태어난 자'와 혈연 관계를 맺지만 다른 모든 자보다는 월등한 힘을 갖는다는 것이다.

여기서 한 가지 기억할 수 있는 것은 리그라고도 불리는 헤임달이 인간의 모든 '계급'을 생기게 했다는 사실이다. 그는 신과 거인의 피를 동시에 받고 있었다.

나아가 신세계의 신은 자라날 때 대지로부터 위대한 힘을 얻는다고 되어 있다. 이 점도 헤임달과 같다.

말하자면 헤임달이야말로 새로운 세계를 통치하는 신 중에 하나였던 것이다. 그는 로키와의 싸움에서 서로를 찌른 후 새로운 세계의 신으로 새롭게 부활한 것이 아닐까? 만약 그렇다면 헤임달에게 북구 신화의 세계는 단지 '전생'에 불과한 것인지도 모른다.

헤임달은 고대의 북구어로 '세계를 비추는 빛'이라는 의미를 가지고 있다. 이 이름은 세계의 주신(主神)에게 대단히 잘 어울리는 명칭일 것이다.

로키 Loki

　로키는 한 마디로 신화 속에 등장하는 신 중에서 '가장 자유분방한 플레이보이'라고 할 수 있다. 보기 드문 용모와 마법의 힘으로 그는 많은 사랑을 자신의 것으로 만들었다. 여신 중에서 그와 잠자리를 하지 않은 신이 거의 없을 정도였다.

　'장난치기 좋아하는 속이기의 천재'라고 해도 로키를 잘못 본 것은 아니다. 토르의 아내 시브의 머리털을 잘라버린 것도, 프레이야로부터 목걸이를 훔치려고 한 것도 모두 로키의 소행이었다.

　또한 로키는 '피카레스크(악당소설)의 주인공'이기도 했다. 빛의 신 발드르를 살해하고, 토르를 생명의 위험에 빠지게 하고, 같은 신들을 매도하는 등 반사회적인 신이었다.

　그의 이름에는 '닫는 자, 끝내는 자'라는 의미가 있다. 또 로프트(Lopt : 하늘)라는 별명도 있다.

　바그너는 그를 로게(Loge : 불꽃)라고 지칭함으로써 불의 신으로 이해했지만 필자는 이 의견에는 찬성하지 않는다. 그와 불이 관련된 것은 라그나뢰크 때 무스펠(불꽃의 백성)들을 데리고 간다는 설화만 있을 뿐이며, 또 로키가 만약 불의 신이라면 토르와 함께 거인 우트가르다 로키의 성을 방문했을 때 불꽃을 인격화한 로기에게 패배했을 리 없기 때문이다.

「길피의 속임수」 제33장에는 "변덕쟁이에다 간사한 지혜와 나쁜 지혜에 능통하며, 어느 것 하나 속이지 않는 것이 없는 신"이라고 묘사되어 있다. 신들은 모두 그를 일족의 수치라든지, 허위의 화신이라 하여 경멸했지만, 만약 그러한 간계가 없었더라면 라그나뢰크가 오기 훨씬 전에 아스가르드는 멸망하고 말았을 것이다. 또한 신화에 등장하는 신들의 보물이나 무기의 대부분도 역시 로키가 소인족 드베르그에게 만들게 한 것이었다.

신들의 보물과 드베르그(소인)

토르의 부인 시브는 무엇보다도 아름다운 머리가 자랑이었다. 용모로는 프레이야에게 뒤떨어져도 머리카락만큼은 누구보다도 아름다웠다.

그러나 로키는 누구든 자만하는 것을 참지 못했다. 어느 날 그는 심술을 부려 시브를 완전히 빡빡머리로 만들어놓았다. 물론 화가 난 토르가 제대로 혼을 냈더라면 아마 로키는 전신의 뼈가 부러졌을지도 모른다. 로키는 드베르그들을 시켜 전보다도 더 멋진 황금 머리를 만들어올 테니까 용서해달라고 애원했다. 마음씨가 착한 토르는 결국 로키의 말대로 하기로 했다.

로키는 약속을 지켜야만 했다. 그는 이발디의 아들들이 사는 드베르그를 찾아갔다. 그들은 로키의 이야기를 듣고 "신들을 위해서라면 기꺼이 만들겠다"며 시브를 위해 금발을 만들기 시작했다. 그들이 만든 것은 황금으로 된 머리카락으로, 머리에 쓰면 저절로 머리털이 자라는 특이한 것이었다. 그런데 드베르그들은 "신들에게 드릴 선물인데 이것만으로는 부족하다"며 프레이를 위해 스키드블라드니르라는 이름의 배를 만들었고, 최고의 신 오딘에게는 '궁니르' 창을 만들어주었다.

로키는 이 세 가지의 귀중한 보물들을 가지고 있다가 갑자기 무슨 생각을 했는지 소인국에 더 깊숙이 들어갔다. 그곳에는 브로크(Brokkr : 중개인)와 에

드베르그 소인

- 왕의 검
- 글레이프니르 (족쇄)
- 시여의 밀주
- 힐디스비니 (돼지)
- 브리싱가멘 (목걸이)
- 궁니르 (투창)
- 드라우프니르 (팔찌)
- 굴린부르스티 (돼지)
- 스키드블라드니르 (배)
- 금발
- 묠니르 (해머)

프레이야

티르

수퉁 (거인)

미미르 (거인)
- 봉밀주
- 미미르의 머리

로키
- 슬레이프니르 (말)
- 레바테인 (검)

갈라르호른 (뿔잔 / 뿔피리)

반 신족

헤니르

헤임달

흘레바르드 (거인)

간반테인 (지팡이)

오딘
- 발드르
- 헤르모드

프레이
- 블로두그호피 (말)
- 스스로의 힘으로 거인을 쓰러뜨리는 검

토르
- 흐룽그니르 (거인)
- 굴팍시 (말)

스키르니르

시브

마그니

신마라 (불꽃 민족)

펜리르 (늑대)

수르트 (불꽃 민족)

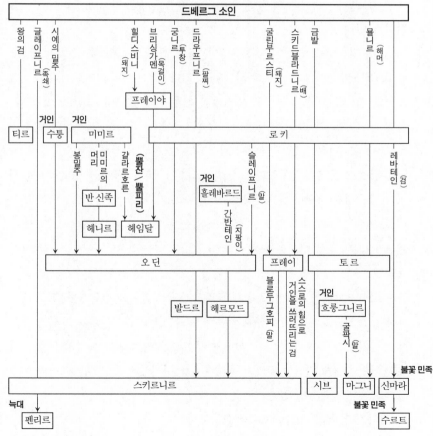

이트리(Eitri : 독)라는 이름을 가진 형제가 살고 있었다. 로키는 그 둘에게 보물들을 보여주며 말했다.

"어떤가? 훌륭하지 않느냐? 이것은 이발디의 아들들이 만든 것이다."

"그게 뭐냐? 우리들은 더 훌륭한 것을 만들 수 있다. 승부를 걸어도 좋다."

"분명히 큰소리쳤겠다? 만약 이발디의 아들들보다 더 좋은 것을 만들지 못하면 공짜로 그 보물을 가져가도 되겠느냐?"

"좋다. 그 대신 우리들이 더 훌륭한 것을 만들면 너의 머리를 우리에게 줘야 한다. 알았지?"

에이트리는 화로 안에 산돼지 가죽을 넣고, 브로크에게 "풀무로 바람을 보내고, 내가 말할 때까지 불을 약하게 하지 말라"고 말했다. 에이트리가 나오자 로키는 뱀으로 모습을 바꾸어 브로크의 손을 힘껏 물었다. 그러나 브로크는 형이 시킨 대로 그 자리를 지켰고 아무렇지도 않게 작업을 계속했다. 마침내 화로 안에서 나온 것은 온몸에서 빛이 나오는 산돼지 굴린부르스티였다. 또 그런 과정을 거쳐 드라우프니르라는 팔찌가 나왔고, 철에서는 묠니르라는 해머가 만들어져 나왔다. 도중에 뱀으로 변한 로키가 몇 번이나 브로크를 물었지만 브로크는 개의치 않고 무사히 작업을 끝냈다. 에이트리는 브로크에게 이 세 개의 보물을 가지고 로키와 함께 신들이 있는 곳으로 가서 승부를 가려오라고 했다.

브로크는 오딘에게 궁니르 창과 드라우프니르 팔찌를 진상했다. 또 프레이에게는 스키드블라드니르 배와 굴린부르스티 산돼지를 주었다. 그리고 토르에게는 시브의 금발과 묠니르 해머를 주었다. 세 명의 신들은 협의 끝에 묠니르가 거인족에게 대항할 최고의 무기가 될 것이라는 이유로 에이트리와 브로크 형제의 손을 들어주었다.

"기다려라, 머리 대신 금으로 배상하겠다."

로키는 신들의 판정에 당황해서 새빨간 거짓말을 늘어놓았다. 그러자 브로크가 바짝 다가와서 비아냥거렸다.

"내가 그걸 믿겠는가? 지금 당장 너의 머리를 내놓아라!"

로키도 지지 않았다.

"멍청한 놈. 갖고 싶으면 나를 잡아봐라!"

그러고 나서 로키는 재빨리 도망쳤다.

로키는 '땅에서도 바다에서도 달리는 구두'를 가지고 있었기 때문에 곧바로 그 자리에서 모습을 감추어버렸다. 브로크는 울면서 신들에게 억울하다고 호소했다. 토르는 인정이 많은 신이었다. 그는 산양을 타고 로키를 붙잡으러 갔다. 토르가 로키를 잡아오자 브로크는 기뻐하며 로키의 목을 치려고 했다.

"잠깐 기다려라! 누가 목을 잘라도 좋다고 했느냐! 머리는 주겠지만 목은 주지 않겠다. 목을 잘라도 좋다는 약속은 하지 않았다."

"이놈, 생떼 쓰지 마라."

화가 난 브로크는 가죽끈으로 로키의 입을 꿰매버렸다. 그러나 로키가 누구인가. 로키는 그 끈을 풀고 다시 도망가버렸다.

이 이야기 속에서도 나타나지만 로키는 변신 능력이 매우 뛰어났다. 동물이나 새, 물고기, 벌, 벼룩 등으로 변신할 수 있었다. 그가 가장 좋아하는 모습은 매였는데, 이는 프레이야에게 빌린 매의 날개옷을 걸칠 수 있었기 때문에 가능했다.

그의 변신은 표면적인 속임수뿐만이 아니라 육체의 구조까지 완전히 바꾸어버리는 것이었다. 심지어 그는 완전한 여자로 변신해 아이도 낳을 수 있었다.

슬레이프니르의 탄생

이 세상이 만들어지고 얼마 후, 신들은 미드가르드 대지 중앙의 약간 높은 언덕에 발홀 궁전을 짓고 평온하게 살고 있었다. 그러던 어느 날 한 목수가 신들에게 와서 성채(아스가르드)를 짓겠다고 말했다.

"성을 쌓으면 거인들 때문에 고민하지 않아도 될 것입니다. 태양과 달과 프레이야를 주십시오. 아주 훌륭한 성을 쌓아드리겠습니다."

신들은 모여서 상의를 했다. 성은 갖고 싶지만 태양과 달과 미모의 여신을 줄 수는 없었다. 결국 어려운 문제를 내서 목수의 솜씨를 시험해보기로 했다.

"기한은 반년이다. 누구한테서도 힘을 빌려서는 안 된다. 그 사이에 너의 안전은 보장하겠다."

"그건 무리한 일입니다. 하지만 훌륭한 성이 갖고 싶다면 적어도 내 말 한마리는 사용할 수 있게 해주십시오. 그러면 그렇게 할 수 있습니다."

신들은 아무런 반응이 없었지만 로키는 그 정도는 해줘도 될 것 같다고 말했다. 그러고 나서 작은 소리로 신들에게 이야기했다.

"……비쩍 마른 말 한 마리로 무엇을 할 수 있겠습니까?"

결국 신들은 로키의 말에 따라 목수의 조건을 들어주었다. 다음날, 목수는 '스바딜페리(Svaðilfœri : 불운의 여행자)'라는 이름의 훌륭한 말을 데리고 왔다. 스바딜페리는 목수의 두 배 몫을 하는 명마였다. 목수는 스바딜페리와 함께 불과 하루만에 튼튼하고 높은 성벽을 쌓았다. 이대로 가면 반년은커녕 단 며칠만에 성을 다 쌓아버릴 것만 같았다.

시간이 지나자 신들은 점점 초조해졌다. 약속한 기한이 앞으로 사흘밖에 남지 않았는데 아스가르드 성은 거의 완성되어가고 있었다. 이대로 가다간 태양과 달과 프레이야를 어디서 왔는지도 모르는 정체 불명의 목수에게 넘겨줘야 할 판이었다. 신들은 로키에게 이렇게 된 것은 모두가 네 탓이니 책임지라고 위협했다. 로키는 공포에 질렸지만 뭔가 생각이 있는지, 알아서 문제를 해결하겠다고 맹세했다.

다음날 목수가 일을 시작하려고 하자 스바딜페리가 도무지 일을 하려 들지 않았다. 숲 속에 아주 매력적인 암컷 말이 나타난 것이었다. 말 두 마리는 하루 종일 숲 속을 뛰어다니며 격렬하게 사랑을 나누었다. 목수는 머리를 감싸쥐다가 성이 기한 내에 완성될 수 없다는 것을 깨닫고 '요툰모드(Jotunnmóðr : 거인의 분노)'로 변해 정체를 드러냈다. 이 모습을 본 신들은 상대가 거인이라면 약속을 지키지 않아도 된다고 생각하고 토르를 불렀다. 토르는 신들을 속인 거인(목수)에게 해머를 휘둘러 머리를 가루로 만들어버렸다.

잠시 후 로키가 잿빛에다 여덟 개의 다리를 가진 새끼 말을 데리고 나타났다. 그리고 "이 말은 하늘도 바다도 달리는 슬레이프니르입니다" 하며 오딘에게 주었다. 실제로 스바딜페리를 꾀었던 암컷 말은 로키가 변신한 것이었고, 슬레이프니르는 그 사이에서 태어난 말이었던 것이다.

오딘의 그림자로서 로키

로키는 오딘과 피를 나눈 형제이며, 헤니르의 친구였다. 이 셋은 함께 신화에 자주 등장한다.

「무녀의 예언」 제18장에서는 인간에게 체온이나 형태를 부여한 신을 로두르(Lóðurr : 검은 가슴 물떼새)라고 말하는데, 이는 아마도 로키를 지칭하는 이름일 것이다. 왜냐하면 인간에게 호흡을 준 것은 오딘이며, 마음을 준 것은 헤니르였다고 전해지기 때문이다.

잘 생각해보면 로키의 본질은 오딘과 상당히 비슷하다. 둘 다 거인 부모에 삼형제로 태어났고, 변신을 비롯한 각종 마술에도 능통하다. 여신들을 잠자리 친구로 만드는 바람기로 신들 사이에 불화를 일으킨 것도 마찬가지다. 그러나 오딘은 주신이기 때문에 그를 비난할 수는 없다. 그래서 '오딘의 그림자'라고 할 수 있는 로키가 비난의 표적이 되었던 것이다. 어떤 면에서 보면 로키는 온갖 비난을 받는, 참으로 불쌍한 신이라 아니할 수 없다.

로키의 계보

로키의 아버지는 거인족인 파르바우티(Fárbauti : 재앙의 고통)이고, 어머니는 라우베이(Laufey : 잎이 많은 자) 혹은 날(Nál : 침)이라고 한다. 빌레이스트(Býleistr : 밀봉의 양말)와 헬블린디(Helblindi : 저승의 맹인, 서리처럼 하얀 맹인)라는 형제가 있지만 그들은 신화에는 등장하지 않는다.[104]

그의 첫부인은 앙그르보다(Angrboða : 슬픔을 알리는 자)라는 노파로, 둘 사이에는 바나르간드(Vanargand : 파괴의 지팡이)라고 불리는 '펜리르 늑대(Fenrisúlfr)'와 세계뱀 '요르문간드(Jǫrmungandr : 대지의 지팡이)', 그리고 여자 거인 헬(Hel : 서리로 뒤덮는 자)이 태어났다. 「힌들라의 시」 제41절에 나오는 이 출산 과정을 보면 등골이 오싹할 정도로 상당히 무서운 내용이다.

로키는 어느 날, 설익은 여자(분명히 앙그르보다)의 심장을 보고 그것을 먹었다고 한다. 그리고 나서 얼마 지나지 않아 로키 자신이 임신을 해서 이러한 괴물들을 낳았다는 것이다.

그가 왜 심장을 먹었는지는 확실하지 않은데, 혹시 마녀 앙그르보다의 마력을 갖고 싶어서 그랬는지도 모를 일이다.[105] 하여간 그때부터 로키는 자유자재로 변신할 수 있는 마술 능력을 가지게 된 것이 아닐까?

그런데 신들은 이 삼형제가 재앙을 가져올 것이라는 예언 때문에 우선 요

---

104) 로키와 오딘, 헤니르가 삼신일체를 구성하고 있다는 것은 앞에서도 이야기했지만, 로키의 두형제는 역시 오딘과 헤니르를 연상시킨다. 맹인 헬블린디는 한쪽 눈의 오딘과 비슷하고, 밀봉의 양말을 의미하는 빌레이스트는 재빠른 헤니르를 연상시킨다.

■ 로키의 계보

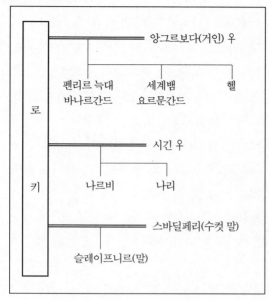

르문간드를 바다 속 깊은 곳에 던져버렸다. 그러나 뱀은 죽기는커녕 점점 자라서 대지를 완전히 감고 자신의 꼬리를 입에 물 정도로 성장했다.

그리고 죽음의 나라 니블헤임에 떨어진 헬은 거기서 저승과 죽은 자를 통치하는 왕이 되었다.

펜리르 늑대는 신들에게 사로잡혔는데, 이 이야기는 '티르' 편에 자세하게 언급되어 있기 때문에 여기서는 생략한다.

로키의 또 다른 부인인 시긴(Sigyn : 포승줄을 헐겁게 하는 자)은 나리(Nari : 우물쭈물하는 자)와 나르비(Narfi : 우물쭈물하게 하는 자) 또는 발리(Váli : 찢어버리는 자)라는 이름의 형제를 낳았다. 이들 로키의 자식들은 라그나뢰크와 관련된 신화에서 모두 비극적인 죽음을 맞이한다. 그리고 그런 사실은 로키가 신들에게 반역하는 최종적인 원인이 된다. 이 비극은 바다의 신 에기르의 궁전에서부터 시작된다……

---

105) 영웅 지크프리트 또한 자신이 쓰러뜨린 용 파프니르의 심장을 구워서 먹은 적이 있다. 그렇게 한 이유는 파프니르의 강함과 죽지 않는 신성(또는 새가 이야기하는 것을 아는)이라는 마력을 받기 위해서였다.

붙잡힌 로키

신과 요정들이 바다의 거인 에기르의 연회에 초대되었을 때 일이다. 모두가 에기르의 신하를 칭찬하는 이야기를 듣고 로키는 심술이 났다. 그는 신하들이 알랑거리는 모습을 더 이상 참지 못하고 신하 중의 하나인 피마펭을 비틀어 죽여버렸다. 화가 난 신들은 방패를 들고 로키를 쫓아갔다. 그러나 로키는 '땅에서도 바다에서도 달리는 구두'를 신고 행방을 감추어버렸다.

로키는 신들이 흥분을 가라앉힌 틈을 타 궁전으로 돌아왔다.

"어떻게 된 것이냐? 지금 도대체 무엇을 하고 있느냐? 이 로키에게 술을 따라줄 놈이 아무도 없단 말인가?"

연회석에는 아직 토르가 없었다. 신들은 로키를 잡을 수 있는 것은 토르뿐이라는 사실을 알고 있었지만 토르가 없었기 때문에 잠시 동안은 로키가 하는 대로 내버려두었다.

로키는 술에 취해 주정을 부리며 생각나는 대로 주위의 신들을 비난하기 시작했다. 로키의 무례를 보다 참지 못한 프리그가 외쳤다.

"만약 여기에 발드르가 있었더라면 그렇게 건방지게 말하지는 못했을 것이다. 너는 죽어도 수백 번 죽었을 것이다."

"프리그, 또 나의 독설이 듣고 싶은가? 네 아들을 저승으로 보낸 것도 살아오지 못하게 한 것도 모두 내가 한 짓이다. 너는 아직 아무 것도 모르고 있었구나."

로키가 이런 고백을 하고 후회했는지 하지 않았는지는 알려져 있지 않다. 이윽고 연회에 토르가 나타나자 로키도 뒤로 물러나 도망칠 수밖에 없었다.

그는 어느 산 속으로 도망가서 사방에 문이 있는 작은 집을 만든 다음 어느 방향으로든 밖을 볼 수 있게 해놓았다. 그리고 신들을 속이기 위해 낮에는 연어로 변신해서 연못에서 헤엄을 치기도 했다. 그러나 결국 신들의 추적으로

발각되고 말았다.

로키는 물고기로 변한 자신을 잡기 위해 신들이 도대체 어떤 궁리를 했을까, 하고 생각하다가 스스로 물고기를 잡는 데 사용하는 투망을 만들었다. 그는 신이 가까이 다가오는 것을 보자마자 그 투망을 불 속에 넣고 연어로 변해서 강으로 도망쳤다.

신들이 들이닥쳤지만 로키의 작은 집은 허물만 남아 있었다. 그러나 신들 중에 가장 현명했던 크바시르는 재가 된 투망을 불 속에서 발견하고 새로운 재료를 사용해서 다시 투망을 만들었다. 투망을 가진 신들은 다시 로키를 잡으려고 강가로 내려갔다.

로키는 드디어 올 것이 왔다고 각오를 했지만 최후까지 포기하지는 않았다. 그는 신들이 쳐놓은 그물을 뛰어넘어 도망가려고 했다. 한순간은 잘되는 것 같았지만 토르가 나타나 로키를 사로잡아버리고 말았다. 붙잡힌 로키는 포로 신세가 되어 동굴로 끌려갔다. 그곳에서 로키는 자신의 아내인 시긴과 아들 나리, 나르비의 모습을 보았다. 오딘은 담담하게 말했다.

"봐라! 이것이 너에게 주어진 벌이다."

오딘은 나르비에게 마술을 걸어서 늑대로 변신하게 만들었다. 그러자 이성을 잃은 나르비는 곧바로 형제인 나리를 물어뜯어 죽였다. 로키와 시긴의 비명소리가 동굴 속에 오래도록 메아리쳤다. 오딘은 다른 신들에게 명령해서 로키를 단단히 포박했다. 그 정도로 발드르를 잃은 오딘의 분노는 무서웠다. 곧바로 귀퉁이가 뾰족한 세 장의 석판이 준비되었다. 석판에는 로키를 묶는 로프를 통과시키기 위한 구멍이 나 있었다.

"너를 포박하기 위해 이것을 사용하겠다."

오딘은 갈기갈기 찢긴 나리의 배에 손을 집어넣어 창자를 꺼냈다. 그런 와중에 로키는 묶여버렸다. 어깨와 허리와 무릎 밑에 놓여진 석판 위에 로키는 자식의 창자로 묶여버린 것이다. 그 포승줄은 철과 같이 딱딱했기 때문에 로키는 몸을 움직일 수 없었다.

갑자기 동굴 속에 뇨르드의 부인 스카디가 나타났다. 그녀 역시 연회 도중에 로키에게 당했던 굴욕을 참지 못하고 복수하기 위해 달려온 것이었다. 스카디는 독이 있는 뱀 한 마리를 로키 얼굴 위쪽에 올려놓았다. 뱀은 한 방울 한 방울 독을 떨어뜨려 로키를 고통스럽게 만들었다.

부인 시긴은 기특하게도 그릇을 로키 얼굴 위에 받쳐 독을 받아냈지만, 그릇이 넘치면 그 독을 버려야만 했다. 그 짧은 순간에도 로키는 독을 뒤집어쓰고 부들부들 몸을 떨어야 했다(이렇게 로키가 몸을 떠는 것을 세상의 지진이라고 불렀다).

그는 이런 상태로 라그나뢰크가 올 때까지 오랫동안 기다렸다고 한다. 여기서 한 가지 중요한 점은, 그의 포박은 세상의 종말이 오면 풀린다는 예언이 있었다는 사실이다. 로키는 고통 속에서도 그때가 오면 신들에게 복수할 수 있는 최후의 기회가 오리라는 사실을 알고 있었다.

라그나뢰크

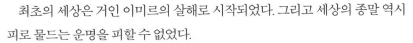

ragnarǫkkr

　최초의 세상은 거인 이미르의 살해로 시작되었다. 그리고 세상의 종말 역시 피로 물드는 운명을 피할 수 없었다.

　거인들은 죽은 자와 불꽃의 일족을 데리고 신들의 도시를 공격했다.

　신들은 선택된 인간 전사들과 함께 맞서 싸웠다.

　결국 전쟁에서 살아남은 자는 거의 없고 세계는 불과 물이 넘쳐서 멸망하고 말았다.

　사람들은 이 거인족과 신들의 마지막 전쟁을 라그나뢰크, 즉 '위대한 신들의 운명' 이라고 부른다.

　이 '라그나=위대한 신들(ragna 또는 regin)' 이라는 단어는 두 가지 의미로 해석할 수 있다. 하나는 말 그대로 아스 신족을 표현하는 사고방식으로, 라그나뢰크는 신들에게는 피할 수 없는 숙명이며, 그에 따라 죽어가는 예언을 실현하는 의미를 갖게 된다. 이러한 해석은 비교적 일반적인 설로 받아들여지고 있다. 『신 에다』를 지은 스노리 스튀를뤼손 등은 '신들의 멸망' 을 강조했기 때문에 라그나뢰크를 '위대한 신들의 어둠' 이라는 말로 바꾸어 해석하고 있다. 그리고 라그나뢰크를 '신들의 황혼(Götterdämmerung)' 이라는 시적 표현으로 표현한 사람은 독일의 작곡가 바그너였다.

　이와 다른 또 하나의 주장은 '라그나=위대한 신들' 을 아스 신족보다 힘있는 상위의 신으로 해석하는 것이다. 실제로 「알비스가 말하기를」에서는 세상을 구성하는 주요한 종족으로 인간, 요정 알브(엘프), 소인 드베르그(드워프), 거인 요툰, 아스 신족, 반 신족 외에도 '상위신들(upregin)'이라든지, '보다 높은 신들(ginregin)'이라고 불리는 자들이 등장한다. 또 프레이나 뇨르드는 신들의 제사장으로 설정되어 있지만, 제사장은 신에게 제사지내는 자이기 때문에 아스 신들도 제사를 올리는 보다 상위의 신들이 있었다는 것을 시사한다.

이 해석에 따르면 라그나뢰크는 '보다 높은 신이 보다 낮은 신들과 거인들에게 내리는 재판'이라는 의미가 된다. 그러나 이 주장의 문제점은 '보다 높은 신'이 도대체 무엇을 말하는지 명확하지 않다는 것이다. 운명의 여신 노른이라고 하는 것이 보통인데, 라그나뢰크에 관한 신화에서는 한 번도 그녀의 이름이 나오지 않는다. 또 앞에서도 이야기했지만 불의 백성 무스펠로 보는 해석도 가능하다.

그러나 필자는 라그나뢰크 후에 하늘에서 내려오는 두 명의 남자가 '보다 높은 신'과 좀더 어울리는 설정이 아닌가 생각한다.[106] 라그나뢰크 후의 세계에 관해서 아스 신들은 몇 가지밖에 예언을 남기지 않았다. 그 이유는 라그나뢰크 이후의 세계가 이미 아스 신들의 것이 아니라 하늘에서 내려오는 두 명의 남자에 의해 통치될 것이기 때문이다.

징조

라그나뢰크는 도대체 언제 오는 것일까? 그것은 알 수 없다. 어쩌면 북구가 기독교화되면서부터 그런 일이 일어나고 있었을지도 모른다. 신들도 거인도

---

106) 일부 학자는 성서 「요한묵시록」과의 유사성을 근거로 이 두 명의 초월자를 구세주 같은 존재로 보고 있다. 그러나 세계의 파멸과 새로운 탄생, 그리고 구세주가 오는 것은 세계의 여러 신화에서 공통적으로 나타나는 요소들로 굳이 기독교적인 해석을 할 필요는 없을 것이다.

이 세상에 없고, 그것을 믿는 자도 없어진 지금의 세상을 보면 그런 기분조차 든다.

그러나 라그나뢰크가 오기 전에 징조는 있다.

세 번의 여름 동안 날이 어두워지고, 세 번의 겨울 동안 혹독한 추위가 계속 된다. 사람들은 서로를 배반하고, 이 세상은 싸움과 살해와 탐욕으로 가득 찬 다. 법은 모두 없어진다. 그리고 태양과 달은 늑대에게 삼켜지고, 하늘은 피로 가득하다.

그에 이어 다가오는 것이 '핌불베트르(fimbulvetr : 큰 겨울)'라고 불리는 세 번의 겨울이다. 여름은 더 이상 오지 않는다. 바람은 차고 거칠며, 파도는 하늘 까지 닿고 대지를 쓸어내린다. 눈은 사방에서 몰아치고 추위는 갈수록 더해 갈 뿐이다. 지상 사람들의 대부분은 헬(저승)로 초대된다.

그리고······.

서막

요툰헤임에서 한 마리, 아스가르드에서 한 마리, 니블헤임에서 한 마리의
수탉이 라그나뢰크의 시작을 알린다.

오딘의 전사 에인헤랴르는 눈을 뜨고 무장을 한다. 오딘과 헤임달은 미미르
의 샘으로 달려가서 '미미르의 목'과 '걀라르호른'의 뿔피리를 손에 든다.

모든 포박이 풀리고 가룸은 저승에서, 펜리르 늑대는 글레이프니르의 족쇄
에서, 그리고 로키는 자식의 창자로부터 풀려난다.

세계뱀 요르문간드는 해변가를 향하고, 대지는 움직이기 시작한다.

신들은 미미르의 목을 앞에 놓고 끝나지 않을 것 같은 회의를 한다. 뇨르드
는 프레이야를 데리고 어디에 있는지 알려져 있지 않은
바나헤임으로 돌아간다. 거인과 드베르그는 싸움의 예
감에 들떠 있다.

로키는 우선 요툰헤임으로 달려가서 거인족의 우두
머리 흐림(Hrymr : 늙은이)을 데리고 불의 나라 무스펠스
헤임으로 간다.

무스펠의 우두머리 수르트는 죽은 자들의 손톱으로
만든 나글파르라는 배를 풀어서 일족을 태운다. 그리고
로키는 니블헤임에 가서 저승을 지키는 개 가룸과 죽은
자들을 통솔해서 데리고 간다.

바다의 거인 에기르의 신전은 불에 뒤덮이고 그도 불
타 죽는다.

수르트는 태양보다 밝게 빛나는 불꽃 검[107]을 손에 들고 전신이 불에 뒤덮여 무지개 다리 비브로스트를 건넌다. 무스펠들은 말에 매달려서 따라간다. 무지개 다리는 그들이 서 있는 곳부터 무너져내리기 시작한다.

헤임달은 비브로스트의 위에 서서 뿔피리를 크게 불어 울려퍼지게 한다. 신들은 무장을 끝내고 비그리드(Vígrðr : 싸움의 말달리기)라고 불리는 사방 1천 킬로미터나 되는 평야에서 적을 기다린다. 하늘은 찢어지고 대지는 진동한다.

거인왕 흐림은 창을 들면서 요툰모드(거인의 분노)로 변한 일족들과 함께 공격해온다.

펜리르 늑대는 아래턱을 대지에, 위턱을 하늘에 대고서 이 세상의 모든 것을 삼켜버리려고 한다. 그 눈이나 코에서는 불이 뿜어져나오고 있다. 세계뱀 요르문간드는 독을 내뱉으면서 대지를 기어가고 있다. 싸움의 막이 이제 막 열리기 시작했다.

돌입

처음에는 펜리르 늑대가 신들의 왕 오딘을 삼켜버린다. 그러나 곧바로 비다르가 늑대의 턱을 찢고 심장에 검을 꽂아 아버지의 원수를 갚는다.

옆에서 싸우고 있던 것은 토르였다. 격렬한 전투 끝에 토르는 세계뱀 요르문간드를 죽인다. 그러나 그는 비틀거리며 아홉 발짝 뒤로 물러나더니 그 자리에 쓰러져 숨이 끊어지고 만다. 뱀의 독은 이미 천둥신의 몸에 퍼지고 있었던 것이다.

---

107) 이 검의 이름은 알려져 있지 않다. 단지 「스비프다그가 말하기를」에 의하면, 수르트의 부인인 신마라가 레바테인(Lævatein : 해치는 마법의 지팡이)이라는 검을 보관하고 있다고 기록되어 있다. 이 검은 로키가 다듬은 것으로, 어쩌면 수르트가 가지고 있는 불꽃의 검인지도 모른다.

로키와 헤임달은 서로의 몸에 서로의 몸을 비벼대는, 기괴한 주검의 모습을 취하고 있다.

길게 이어지는 죽은 자의 무리들을 상대하고 있던 티르도 가룸과 무승부가 되었다. 만일 티르의 오른팔이 무사했더라면 승패는 달라졌을지도 모른다.

에인헤랴르와 발키리아들은 거인과 무스펠들을 상대로 싸웠으며, 그 대부분은 영원한 죽음의 길로 떠나갔다.

모든 자가 죽었고, 전쟁터에 남은 것은 단 둘뿐이었다.

그리고 사슴의 뿔을 손에 든 프레이가 불꽃 검을 가진 수르트에게 다가갔다. 이때 그 '스스로의 힘으로 거인을 쓰러뜨리는 검'이 있었더라면…….

프레이는 죽음을 당했고 세상에 남은 것은 단 하나 수르트뿐이었다. 수르트는 검을 번쩍이며 세상에 불을 질렀다.

세계수 이그드라실은 비명을 내지르며 타기 시작하고, 수르트는 어디론가 사라진다. 대지는 바다에 삼켜지고, 별들은 하늘에서 떨어지고, 모든 것을 태워버린 불꽃만이 하늘을 붉게 물들이고 있다.

단 하나 니블헤임에 있는 비룡 니드호그와 독수리 흐레스벨그만이 계속해서 밀려오는 죽은 자를 먹기 위해 서로 싸우고 있는 모습이 보일 뿐이다.

세계는 이렇게 종말을 맞이한다…….

새로운 세대

시편은 라그나뢰크 이후까지 예언을 하고 있다. 라그나뢰크라는 대재앙 이후에 세례를 받고 새로운 세계가 태어나는 것이다(피를 흘리지 않으면 새로운 세대는 태어나지 않는 것일까?). 바다로부터 신록이 넘치는 새로운 대지가 올라온다. 거기에는 생명이 가득하고 죽었던 신들이 새롭게 태어난다. 발드르와 호드는 손을 맞잡았고, 비다르와 발리는 아버지 오딘이 남긴 발홀의 저택에서 살아간다.

토르의 아들 모디와 마그니는 묠니르 해머를 가지고 놀고 있다. 이름도 모르는 오딘 형제의 자식들이 하늘에 '빈드헤임(Vindheimr : 바람의 나라)'이라는 이름의 저택을 짓는다. 그리고 헤니르가 신들의 제사장이 되면서 새로운 세계가 시작된다.

태양은 늑대가 삼켜버리기 전에 한 명의 딸을 낳았다. 그녀는 성장해서 새로운 대지를 비춰주고 있다. 거기에는 재앙이 없고, 씨를 뿌리지 않아도 작물에 열매가 맺혔다. 새와 물고기들도 기쁜 듯이 놀고 있다. 그 생명력은 도대체 어디서 온 것일까?

인간은 '호드미미르(Hoddmímir : 저장하기 위한 물을 가져오는 것)'의 숲 속에 숨어 아침 이슬을 먹으면서 살아남는다고 전해진다. 이 호드미미르가 어디 있는지는 확실하지 않다. 남자 리브(Lif : 생명)와 여자 리브스라시르(Lifþrasir : 생명의 외침)라는 이 두 사람이 최후의 인간이었다.

이 둘로부터 새로운 세대의 인간들이 태어날 것이다.

강림

라그나뢰크의 재난으로부터 피할 수 있었던 장소가 두 군데 있었다.

한 곳은 앞에서도 이야기했지만 저승 니블헤임이다. 비룡 니드호그는 여전히 죽은 자의 몸을 먹고 있다.

그리고 또 한 곳은 기믈레를 비롯한 천상의 세계이다. 거기에는 마음 착한 사람들과 요정들이 모여 서로 이야기를 하고 있다.

그 천상의 세계에서 한 명의 힘있는 자가 내려왔다. 누구보다도 강한 힘을 갖고 있으며, 모든 인간과 피를 나눈 자가 이 세상을 다스리기 위해 내려온 것이다. 그 모습을 보고 니드호그는 죽은 자를 등에 업고 사라져간다. 저승 니블헤임은 이 힘있는 자에 의해 멸망하고 말 것인가? 그리고 또 다른 한 명의 초월자가 내려온다.

예언은 여기까지다.

그 뒤의 이야기는 아무도 모른다. 오딘 같은 신조차도 모른다⋯⋯.

끝맺는 말

인류는 이미 몇 차례의 대재앙(예를 들면 빙하기, 지축 변동, 지자기[地磁氣]의 소멸 및 반전)을 경험했으며, 그때마다 많은 사람들이 죽었지만 지금까지 살아남아서 이렇게 문명을 발달시키고 있다.

파멸 후에는 인류를 이끌 수 있는 강력한 지도자가 태어났을 것이다. 그러한 과거 체험이 인류에게 보편적인 신화를 남긴 것은 아닐까? 그리고 대재앙은 주기적으로 닥친다(예를 들면 현대는 제4 간빙기라고 불리는 비교적 따뜻한 시대이다. 그러나 간빙기는 빙하기와 빙하기 사이의 기간이기 때문에 몇천 년 후에는 반드시 다섯 번째 빙하기가 찾아올 것이다). 성서의 「요한묵시록」도, 신화 속의 라그나뢰크도 이렇게 주기적으로 찾아오는 대재앙을 다르게 표현한 것은 아닐까?

신화는 실제로 있었던 과거의 일이 인간의 상상력에 의해 각색된 것이라고 필자는 생각한다.

■ 북구 신화 연표

1. 세상의 원초
세계에는 남쪽의 불꽃 나라 무스펠스헤임과 북쪽의 나라 니블헤임, 그리고 그 사이에 끼어 있는 나락의 공간 긴눙가가프만이 있었다.

2. 이미르의 탄생
니블헤임의 독을 머금은 얼음 덩어리로부터 원초의 거인 이미르와, 암소 아우드후물라가 생겨났다. 이미르는 자손을 늘려 서리 거인족의 일족을 번영시켰다.

3. 신의 등장
아우드후물라가 핥은 얼음 속에서 신이 나타났다. 그는 자손을 늘려 신의 일족을 번영시켰다.

4. 이미리 살해와 홍수
신들은 이미르를 죽였고, 그 사체에서 세계가 만들어졌다. 거인족은 이미르의 피로 인해 일어난 홍수에 휩쓸려 한 쌍의 부부만을 남기고 전멸했다. 소인족 드베르그, 인간 등 새로운 종족이 만들어진다. 외계와 신, 그리고 인간의 세계를 가르는 미드가르드의 성채가 만들어진다.

5. 거인족, 다시 번영하다
한 쌍의 부부로부터 서리 거인족은 수를 늘려갔다. 신과 거인 사이에 혼혈아가 생겨난다. 로키도 그 중의 하나. 로키는 여자 거인 앙그르보다의 심장을 먹고 세계에 파멸을 가져오는 삼괴(三怪), 즉 헬, 펜리르 늑대, 세계뱀을 낳는다.

6. 오딘의 방랑
주신 오딘이 세계의 비밀을 찾아서 여행한다. 오딘, 한쪽 눈을 잃는다. 로키와 미미르가 미드가르드에 온다. 빌리와 베이가 죽는다.

7. 반 신족과의 전쟁
반 신들의 도래. 세계 최초의 전쟁이 일어난다. 그러나 머잖아 평화가 성립. 뇨르드, 프레이, 프레이야가 신들의 나라에 온다. 미미르가 죽는다. 크바시르가 만들어진다. 요정 알브(엘프)가 신들의 나라에 온다.

8. 괴마(怪魔), 봉쇄되다
헬은 지옥으로, 세계뱀은 바다로 떨어지고, 펜리르 늑대는 족쇄에 묶인다. 티르는 오른쪽 손목을 잃는다.

9. 아스가르드의 성채 구축
인간계 미드가르드와 신들의 세계 사이에 아스가르드 성채가 세워진다. 동시에 무지개의 다리 비브로스트가 만들어진다. 오딘의 천마 슬레이프니르가 태어난다.

10. 신들의 보석
로키가 소인의 나라에서 신들의 보물을 가지고 돌아온다. 로키와 헤임달이 프레이야의 목걸이 때문에 싸운다. 햐드닝의 싸움이 시작된다.

11. 토르의 거인국 방문
토르는 하인 샬비와 로스크바를 얻는다. 거인왕 우트가르다 로키의 궁전을 찾아갔다가 속임수에 당한다. 거인 히미르한테 가서 큰 솥을 가져온다. 이후 바다의 거인 에기르에게 가서 연회를 열도록 한다. 토르는 거인왕 게이르뢰드, 흐룽그니르, 스림 등을 잇달아 쳐부순다. 토르, 부상당한다. 마그니가 태어난다.

12. 발드르 살해
호드가 로키의 꾀임에 넘어가 발드르를 살해한다. 발드르를 되살리기 위한 노력이 이루어지지만, 로키 탓에 실패로 돌아간다. 발리가 태어난다. 호드와 발리가 싸운다. 오딘은 무녀로부터 계시를 받고, 라그나뢰크에 대비하기 위해 에인헤랴르를 모으기 시작한다.

13. 시예의 봉밀주의 획득
크바시르가 소인들에게 살해당한다. 소인들은 크바시르의 피로 시예의 봉밀주를 만든다. 오딘이 거인 수퉁으로부터 봉밀주를 빼앗는다. 오딘이 자리를 비운 사이에 프레이는 여자 거인 게르드와 혼례를 치른다. 프레이, '스스로의 힘으로 거인을 쓰러뜨리는 검을 잃는다. 브라기가 태어난다.

14. 로키의 활약
이둔의 항상 젊은 사과가 도둑맞는다. 거인왕 샤치가 죽는다. 뇨르드는 샤치의 딸 스카디와 결혼한다.

15. 로키의 포박
로키가 바다의 궁전에서 신들을 매도한다. 로키, 자기 아들의 창자로 바위에 묶인다.

16. 에기르의 아스가르드 방문
바다의 거인 에기르, 신들의 나라를 찾아와서 여러 가지 신화를 듣는다. 『신 에다』의 「시어법」에 나오는 일화.

17. 인간의 시대
전설시대에서 현재 우리들이 살고 있는 역사시대로 접어든다. 헤임달이 인간세계를 찾아와 이 세상의 계급제도를 만든다. 스웨덴의 왕 길피가 신들의 나라를 방문한다. 『신 에다』의 「길피의 속임수」에 나오는 일화.

18. 라그나뢰크
세계가 멸망하고 새로이 태어난다.

■ 본문에서 언급한 『에다』 각 시편의 원제는 다음과 같다.

● 『고 에다』

무녀의 예언 Vǫlspá

하르(높은 자=오딘)가 말하기를 Hávamál

바프스루드니르(거인)가 말하기를 Vafþrúðnismál

그림니르(가면을 쓴 자=오딘)의 비가 Grímnismál

스키르니르의 여행 For Skírnis

하르바르드(잿빛 수염=오딘) 음률시 Hárbarðzljóð

히미르(거인)의 서사시 Hymiskviða

로키의 말다툼 Lokasenna

스림(거인)의 서사시 Þrymskviða

알비스(소인)가 말하기를 Alvíssmál

그린란드의 아트리 노래 Atlakviða in grœnlenzka

발드르의 꿈 Baldrs draumar

리그(=헤임달)의 광상시 Rígsþula

힌들라(거인)의 시 Hyndloljóð

스비프다그가 말하기를 Svipdagsmál

● 『신 에다』

길피의 속임수 Gylfaginning

시어법 Skáldskaparmál

운율 일람 Háttatal

[참고문헌]

(＊는 원전, 그 밖에는 해설본이나 2차 저작물)

● 신화 · 민속학 일반

신들의 구조(神々の構造, 1987, 國文社), ジョルジュ · デュメジル

신의 가면(神の假面上 · 下, 1985, 靑土社), J. キャンベル

신화학입문(神話學入門, 1988, 晶文全書), カール · ケレーニイ, カール · グスタフ · ユング

유럽의 축제전(ヨーロッパの祝祭典, 1987, 原書房), マドレーヌ. P. ゴズマン

신화 · 전승사전(神話 · 傳承辭典, 1988, 大修館書房), バーバラ · ウォーカー

세계의 신화전설 총해설(世界の神話傳說總解說, 1987, 自由國民社)

상상과 환상의 불가사의한 세계(想像と幻想の不思議な世界, 1989, 教育社), マイケル · ペイジ, ロバート · イングペン

신 · 여신 · 악마 사전(Dictionary of Gods and Goddesses, Devils and Demons, 1987, Routledge & Kegan Paul), Manfred Lurker

신화학(Mythology, 1987, Black Cat), Richard Cavendish

세계의 신화와 전설(World Mythology and Legend, 1988, Facts On File), Anthony S. Mercatante

민속 · 신화 · 전설 표준사전(Standard Dictionary of Folklore, Mythology and Legend, 1984, Harper & Row), Edited by Maria Leach, Jerome Fried

성채(Castles, 1984, Georgee Allen & UNW Inc.), David Day, Alan Lee

● 고대세계

고대유럽의 신들(古ヨーロッパの神々, 1989, 言叢社), マリア · ギンブタス

고대의 우주론(古代の宇宙論, 1986, 海鳴社), C. ブラッカー, M. ローウェ 편

＊고대오리엔트집(古代オリエント集, 1987, 筑摩世界文學體系1) 衫勇, 三笠宮崇仁 엮음

＊갈리아전기(ガリア戰記, 1980, 岩波文庫), カエサル

＊게르마니아(ゲルマーニア, 1963, 岩波文庫), タキトゥス

켈트인(ケルト人, 1986, 河出書房新社), ゲルハルト · ヘルム

● 유대교 및 기독교 관계

＊성서(聖書, 1989, 日本聖書協會), 新共同譯

구약성서의 민속학(舊約聖書のフォークロア, 1979, 太陽選書), フレーザー

＊황금전설(黃金傳說1～4, 1988, 人文書院), ヤコブス · デ · ウォラギネ

성자 사전(Dictionary of Saints, 1980, Doubleday), John J. Delaney

373

● 브리튼 섬 전반

켈트 신화와 전설(Celtic Myth and Legend, 1975, Newcastle Publishing Co. Inc.), Charles Squire

켈트족의 신화와 전설(Myths and Legends of the Celtic Races, 1988, Schocken Books), T. W. Rolleston

켈트(Celtic, 1985, Avenel Books), T. W. Rolleston

켈트 신화학(Celtic Mythology, 1983, Newnes Books), Proinsias Mac Cana

* 브리튼 왕들의 역사(The History of the Kings of Britain, 1988, Penguin Classics), translation by Lewis Thorpe

* 앵글로 색슨 연대기(The Anglo-Saxon Chronicle, 1986, Everyman Classics), translation by G. N. Garmonsway

요정의 나라(妖精の國, 1987, 新書館), 井村君江

요정나라의 주민(妖精の國の住民, 1983, 硏究社), キャサリン. M. ブリッグズ

고양이의 민속학(描のフォークロア, 1987, 誠文堂新光社), キャサリン. M. ブリッグズ

밤의 승리(夜の勝利[1&2], 1984, 國書刊行會)

요정 백과사전(An Encyclopedia of Fairies, 1976, Pantheon Books), Katharine Brigs

신편 세계 옛날이야기집1 : 영국편(新編世界むかし話集1イギリス編, 1977, 教養文庫)

영국민화집(英國民話集1~2, 1980, 東洋文化社), J. ジェイコブズ

게르만·켈트 신화(ゲルマン·ケルトの神話, 1987, みすず書房), E. トンヌラ, G. ロート, F. ギラン

켈트 잡록(A Celtic Miscellany, 1988, Penguin Classics), Kenneth Hurlstone Jackson

영국·아일랜드 신화에 대한 물병자리 길라잡이(The Aquarian Guide to British and Irish Mythology, 1988, The Aquarian Press), John and Caîtlín Matthews

로마의 적들(2) : 게일인과 브리티시 켈트족(Rome's Enemies[2] ; Gallic and British Celts, 1987, Osprey Men-At-Arms 158), Peter Wilcox, Angus McBride

켈트의 전사들(Celtic Warriors, 1986, Bland Ford Press), Tim Newark

켈트(The Celts, 1977, Robin Place), Macdonald

켈트(The Celts, 1986, Little Brown & Company), Frank Delaney

● 아일랜드 신화·전설

아일랜드 신화집(The Irish Mythological Cycle, 1903, O'Donoghue And Co.), H. D'arbois De Jubainville / translation from french Richard Irvine Best

아일랜드 신화와 전설(Irish Myths & Legends[1&2], 1988, The Mercier Press), Eoin Neeson

게일의 황금전설(Golden Legends of the Gael, 1940, The Talbot Press), Maud Joynt

고대 켈트 로맨스(Old Celtic Romances, 1967, The Educational Co.), P. W. Joyce

* 아일랜드 초기의 신화와 사가(Early Irish Myths and Sagas, 1986, Penguin Classics), translation by Jeffrey Gantz

은 팔(Silver Arm, 1989, Paper Tiger), Jim FitzPatrick

에린 사가(Érinn Saga, 1985, Dé Danann Press), Jim FitzPatrick

아일랜드 신화 · 전설 · 민속의 보물창고(A Treasury of Irish Myth, Legend and Folklore, 1986, Avenel Books), W. B. Yeats, Lady Gregory

켈스의 서(The Book fo Kells, 1927, 'The Studio' Limited)

아일랜드 사가(Irish Sagas, 1985, The Mercier Press), Edited by Myles Dillon

고대 아일랜드 문학(古代アイランド文學, 1987, オセアニア出版), マイルズ・ディロン

아일랜드의 민화와 전설(アイランドの民話と傳說, 1986, 大修館書店), 三宅忠明

켈트의 신화(ケルトの神話, 1987, 筑摩書房[1990, 筑摩文庫], 井村君江

아일랜드 문학은 어디에서 왔는가(アイランド文學はどこからきたか, 1985, 誠文堂新光社), 三橋敦子

얼스터의 사냥개, 쿠 훌린(Cuchulain The Hound of Ulster, 1913, George G. Harrap & Company), E. Hull

핀 마쿨의 모험(フィン・マックールの冒險, 1983, 教養文庫), バーナード・エヴスリン

핀 마쿨의 모험(The Adventures of Finn Mac Cumhal, 1979, The Mercier Press), T. W. Rolleston

핀 마쿨(Fionn Mac Cumhall, 1987, Gill and Macmillan), Dáithí Óhógáin

● 아일랜드 전승

켈트 민화집(ケルト民話集1~3, 1980, 東洋文化社), J. ジェイコブズ

켈트 요정이야기(ケルト妖精物語, 1986, ちくま文庫), W. B. イエイツ편

켈트 환상이야기(ケルト幻想物語, 1987, ちくま文庫), W. B. イエイツ편

아일랜드의 역사와 문학(アイランドの歷史と文學, 1986, 大修館書店), 櫻庭信之, 蛭川久康 편저

아일랜드의 요정과 민속이야기(Irish Fairy & Folk Tales, 1986, Dorset Press), W. B. Yeats

아일랜드(Ireland, 1987, Bucher), Siggi Weidemann & Harald Mante

● 스코틀랜드

* 오시안(オシァン, 1989, 岩波文庫), シェイマス・マクヴーリッヒ

스코틀랜드 민화(スコットランドの民話, 1977, 大修館書店), 三宅忠明

켈트민화집(ケルト民話集, 1983, 月刊ペン社), フィオナ・マクラウド

슬픈 여왕(かなしき女王, 1989, 沖積社), フィオナ・マクラウド

● 웨일즈, 콘월, 브르타뉴 반도
* 웨일즈의 4대 고서(The Four Ancient Books of Wales[1&2], 1968, Edinburgh Edomonston and Douglas), Williams F. Skene
* 마비노기온(マビノギオン, 1988, 王國社), シャーロッ・ゲスト
* 마비노기온(The Mabinogion, 1987, Penguin Classics), Charlotte Guest / translation by Jeffrey Gantz
콘월 민속(Cornish Folk-Lore, 1960, Tor Mark Press), Robert Hunt
기사와 요정(騎士と妖精, 1988, 音樂之友社), 中木康夫

● 아더왕과 원탁의 기사
* 아더왕의 죽음(アーサー王の死, 1986, ちくま文庫), サー・トーマス・マロリー / ウィリアム・キャクストン 편
* 아더왕의 죽음(Le Morte D'arthur[1&2], 1987, Penguin Classics), Sir Thomas Malory / Edited by William Caxton / Edited by Janet Cowen
* 8행연시 아더의 죽음(八行連詩アーサーの死, 1985, ドルフィンプレス)
* 두운시 아더의 죽음(頭韻詩アーサーの死, 1986, ドルフィンプレス)
* 가웨인과 녹색의 기사(ガウェーンと綠の騎士, 1990, 水魂社)
* 가웨인과 녹색의 기사(Sir Gawain and Green Knight, 1987, Penguin Classics), translation by Brian Stone
* 파르티발(パルチヴァール, 1974, 郁文堂), ヴォルフラム・フォン・エッシェンバハ
중세기사 이야기(中世騎士物語, 1986, 岩波文庫), ブルフィンチ
아더왕 이야기(アーサー王物語, 1987, 筑摩書房), 井村君江
아더왕 이야기(アーサー王物語, 1989, 岩波少年文庫), R. L. グリーン 편
아더왕의 동반자(King Arthur Companion, 1983, Chaosium Inc.), Phyllis Ann Karr
아더왕 궁정의 양키(アーサー王宮庭のヤンキー, 1980, 角川文庫), マーク・トウェイン

● 북구・에다와 신화
* 에다 문헌(Edda Text, 1983, Carl Winter・Universität sverlag)
* 고 에다(The Elder Edda, 1982, AMS Press), translation by Olive Bray
* 에다 시가집(Poetic Edda, 1988, University of Texas Press), translation by Lee M. Hollander

* 에다(エッダ, 1988, 新潮社)

* 에다 글레티르의 사가(エッダ グレティルのサガ, 1986, ちくま文庫)

북구신화(北歐神話, 1984, 東京書籍), 菅原邦城

고대북구의 종교와 신화(古代北歐の宗教と神話, 1988, 人文書院), フォルケ・ストレム

신화학입문(神話學入門, 1980, 東海大學出版局), ステブリン=カーメンスキイ

북구의 신들과 요정들(北歐の神々と妖精たち, 1985, 岩崎美術社), 山室靜

북구신화(北歐神話, 1988), K. クロスリィ-ホランド

북구신화(The Norse Miths, 1987, Penguin Books), Kevin Crossley-Holland

북구신화와 전설(北歐神話と傳說, 1986, 新潮社), グレンベック

북구의 신화(北歐の神話, 1988, 筑摩書房), 山室靜

바이킹 신화의 신과 영웅들(Gods & Heroes from Viking Mythology, 1982, Shocken Books), Brian Branston, Giovanni Coselli

북구인(The Norseman, 1987, The Mystic Press), H. A. Guerber

율리카(ユリイカ[1980年3月北歐神話特輯號], 靑土社)

● **북구・사가와 전설・전승**

* 아이슬란드 사가(アイスランド・サガ, 1979, 新潮社)

* 붉은 털의 에리크 전기(赤毛のエリク記, 1974, 冬樹社)

* 게르만 북구의 영웅전설 : 볼숭그 일족의 사가(ゲルマン北歐の英雄傳說[ヴォルスンガ・サガ], 1978, 東海大學出版局)

* 가우트렉의 사가와 그 밖의 중세 이야기(Gautrek's Saga and Other Medieval Tales, 1989, U-M-I), translation by H. Palsson

* 베오울프(ベーオウルフ, 1977, 岩波文庫)

* 베오울프(ベオウルフ, 1985, 篠崎書林)

* 베오울프(Beowulf, 1987, Penguin Classics), translation by Michael Alexander

* 베오울프(Beowulf, 1977, Anchor Press Doubleday), translation by Howell D. Chickering Jr.)

에다와 사가(エッダとサガ, 1988, 新潮社), 谷口幸男

아이슬란드의 옛날이야기(アイスランドの昔話, 1979, 三彌井書店), ヨウーン・アウトナソン편

사가의 마음(サガのココロ, 1990, 平凡社), ステブリン=カメンスキイ

메세리아(メッセリア, 1980, メルヘン文庫)

고틀란드 그림비석(ゴトランド繪畫石碑, 1986, 彩流社), エーリック・ニーレン, カーン・ペーデ

ル・ラム

바이킹(ヴァイキング, 1985, 東京書籍), ルイ=ルネ・ヌジュ, ピエール・ジュベール

바이킹의 세계(ヴァイキングの世界, 1986, 新潮社), 谷口幸男, 遠藤紀勝

〈아스코르도〉 붉은 털의 에리크(アスコルド 赤毛 のエリク, 1981, インターナショナルブックス),
ジョン・オリビエ&エドゥアルド・リエーリョ, ジャック・バスティアン&ホセ・ビエルサ

바이킹(The Vikings, 1972, National Geographic Society), Howerd La Fay

바이킹(The Vikings, 1974, The Tryckare Crescent)

바이킹(Vikings, 1985, Osprey Elite Siries 3.), Ian Heath, Angus Mcbride

바이킹가르나(Vikingarna, 1981, Fyrisbiblio teket), KRG Pendlesonn

색슨, 바이킹, 노르만(Saxon, Viking and Norman, 1984, Osprey Men-At-Arms 85), Terence Wise,
Angus Mcbride

룬 퀘스트 바이킹(Rune Quest Vikings, 1985, Avalon Hill Game Company / Chaosium Inc.)

바이킹(Vikings, 1989, Iron Crown Enterprises), Lee Gold

북구의 언어(北歐の言語, 1973, 東海大學出版局), エリアス・ヴェーセン

*칼레왈라(カレワラ上・下], 1983, 講談社學術文庫)

● 독일

*니벨룽겐의 노래(ニーベルンゲンの歌, 1987, 岩波文庫)

니벨룽겐의 노래(ニーベルンゲンの歌, 1987, 筑摩書房), 山室靜

니벨룽겐의 반지(ニーベルンゲンの指輪1~4], 1989 新書館), リヒャルト・ワーグナー, アーサー・
ラッカム

도설 독일민족학 소사전(圖說ドイツ民族學小辭典, 1986, 同學社), 谷求幸男, 福嶋正純, 福居和彥

● 문학작품

한여름 밤의 꿈・폭풍(夏の夜の夢・あらし, 1987, 新潮文庫), シェイクスピア

리어왕(リア王, 1989, 新潮文庫), シェイクスピア

엘리크 사가(エルリック・サガ, 1987, 早川文庫), M. ムアコック

붉은 옷의 공자 코름(紅衣の公子コルム, 1987 早川文庫), M. ムアコック

엘레코제 사가(エレコーゼ・サガ, 1987, 早川文庫), M. ムアコック

룬의 지팡이 비록(ルーンの杖秘錄, 1983, 創元社推理文庫), M. ムアコック

브라스 성 연대기(ブラス城年代記, 1989, 創元社推理文庫), M. ムアコック

코난 시리즈(コナン・シリーズ, 1986, 創元社推理文庫), ロバート・E. ハワード
영웅 코난 시리즈(英雄コナンシリーズ, 1982, 早川文庫), ハワード, ディ・キャンプ, ニューベリ
무민 시리즈(ムーミン・シリーズ, 1988, 講談社文庫), ヤンソン
데 다난의 기사(デ・ダナンの騎士, 1990, 角川文庫), ケネス・フリント

[찾아보기]